Sabrina Žel[illegible]ný

Das Geheimnis de[illegible]hagonibaums

atb aufbau taschenbuch

Sabrina Železný, 1986 geboren, studierte in Berlin und Peru. Ihre Liebe zu dem Land lässt sie immer wieder nach Südamerika zurückkehren.

Blanca kann ihr Glück kaum fassen, als sie ein begehrtes Stipendium für eine Foto-Akademie in Peru erhält – der Heimat ihrer Vorfahren, insbesondere der geheimnisvollen Guadalupe. Kurz vor der Abreise offenbart Blancas Großmutter ihren größten Wunsch: Anhand einer alten Fotografie soll Blanca herausfinden, warum sich Guadalupe nach ihrer Flucht vor den Nazis nach Peru nie wieder bei ihrem Mann und ihrer kleinen Tochter gemeldet hat. In Peru angekommen, inspiriert durch die Exotik des Landes, stürzt sich Blanca zunächst in ihre Arbeit. Doch dann lernt sie Emilio kennen, den verschlossenen Assistenten ihres Professors. Gemeinsam tauchen sie immer tiefer in die bewegte Geschichte ihres Landes und ihrer Familien ein – und stoßen auf ein Geheimnis, das über Generationen hinweg gehütet wurde.

SABRINA ŽELEZNÝ

Das Geheimnis des Mahagonibaums

ROMAN

atb aufbau taschenbuch

ISBN 978-3-7466-3097-7

Aufbau Taschenbuch ist eine Marke der Aufbau Verlag GmbH & Co. KG

1. Auflage 2015

Umschlaggestaltung Mediabureau Di Stefano, Berlin
unter Verwendung von Motiven von © Frans Lemmens / Getty Images, Daisy Gillardini / Getty Images, Agenieszka Murphy
Satz LVD GmbH, Berlin
Druck und Binden CPI books GmbH, Leck, Germany
Printed in Germany

www.aufbau-verlag.de

Bajo el árbol solitario del silencio
¿cuántas veces nos ponemos a soñar?
Todos vuelven por la ruta del recuerdo
Pero el tiempo del amor no vuelve más.
César Miró, Todos Vuelven, peruanischer Walzer

Wie oft träumen wir wohl
Unter dem einsamen Baum der Stille?
Alle kommen zurück über den Weg der Erinnerung,
Aber die Zeit der Liebe kehrt nicht mehr wieder.

Prolog

Guadalupes Tagebuch

02. Juni 1928

Ich erwachte im Morgengrauen, und Constanzas Seele saß als nebelgrauer Vogel auf meiner Fensterbank und blickte mich an.

Zumindest will ich mir vorstellen, dass sie es gewesen ist. Dass sie zu mir kam, um Abschied zu nehmen, ehe sie davonflatterte in den blassen Himmel. Ich lief auf bloßen Füßen zur Zellentür, die Kälte des Steins biss in meine Sohlen; ich stieg hinauf zu der kleinen Plattform, von der man bis zu den Klostermauern sehen kann, bis zum Fluss und zu den Vulkanen. Constanza und ich waren manchmal hier gewesen. Zu selten.

Die ganze Stadt war in ein Dämmerlicht getaucht, das mir fremd vorkam. Der Misti hatte seinen schneebedeckten Gipfel verhüllt. Es ist ungewöhnlich für diese Jahreszeit, mit Wolken zu erwachen. Constanza, meine Schwester im Herzen, Arequipa hat heute Trauer für dich getragen. Ich wünschte, ich hätte es festhalten können, zeichnen vielleicht. Doch es wird wohl ein Bild meiner Erinnerung bleiben.

Trotz des frischen Windes, der an meinem Nachthemd zupfte, als wolle er mich daran erinnern, dass es Zeit war, in die Zelle zurückzukehren, meine Kutte anzulegen und mich für die Morgenandacht fertig zu machen, blieb ich noch auf der Plattform, rauen Stein unter den Füßen und Traurigkeit im Herzen. Zum ersten Mal, seit ich nach Santa Catalina gekommen war, fühlte ich mich allein. Constanza war vom ersten Tag an meiner Seite gewesen, hatte mich durch die verwinkelten Gassen aus Tuffgestein geführt, die aus dem Kloster eine ganz eigene Welt machten, über sonnengeflutete Innenhöfe, in denen ich mich allein verloren hätte. Sie war älter als ich und ganz bestimmt weiser. Ich wollte für sie beten, als ich dort auf der Plattform stand, aber in mir war Schweigen. Als trüge auch ich einen Wolkenschleier in der Seele. Mein Blick glitt über das Kloster, über die flachen Steindächer, die Gassen im Zwielicht. Mir war, als habe Constanza aus allen Farben das Leuchten mitgenommen, hier im Kloster und in der ganzen Stadt.

Aber ich irrte mich. Ich traue mich kaum, es zu schreiben, aber ich irrte mich.

Sie sagten uns bei der Morgenandacht, dass am Nachmittag der Fotograf kommen würde, um das letzte Bild von Constanza zu machen.

Es kommen nie Männer ins Kloster. Das ist Gesetz, ist es immer gewesen, seit Santa Catalina besteht, die Stadt in der Stadt, verborgen hinter hohen Mauern. Eine Ausnahme gibt es, und das ist der Tod. Wann immer eine Schwester stirbt, darf ein Mann eintreten. Einst war es ein Maler, heute ein Fotograf.

Ich stand im Innenhof, als dem Mann geöffnet wurde. Ich wartete nicht auf ihn, ich suchte nur meinen Mut, Constanza ein letztes Mal zu sehen, den leeren Körper auf der Bahre zu betrachten, der nichts mehr von der Schwester barg, die ich so geliebt hatte.

Ich hatte ihn noch nicht gefunden, meinen Mut, als der Fotograf kam. Er trat um die Ecke und blieb stehen, sah sich um, erforschte nur mit den Augen das Atrium, in das jetzt wieder heller Sonnenschein geflossen war. Und ich stand im Säulengang, war ganz Schatten und Stille. Ich sah dem Mann beim Sehen zu.

Er war fremd. Seine Haut war zu hell, nicht weiß, eher ein Schimmer, der mich an Rosenblüten erinnerte. Seine Stimme verirrte sich im Spanischen wie im Labyrinth der Klostergassen. Seine Kamera und das Stativ hielt er fest, als ob es ihn sonst fortreißen würde vor lauter Fremdheit hinter diesen Mauern.

Dann wandte er den Kopf und blickte zu mir in die Schatten, zögerte und sandte mir ein Lächeln zum Gruß – scheu und flüchtig, fast wie der Vogel von heute Morgen.

Ich kann nicht sagen, ob ich zurücklächelte. Ob ich überhaupt etwas tat. Ich weiß nur, dass ich seine Augen sah, blau wie der Mittagshimmel, zu blau für die Wirklichkeit, und in diesem Blau alles Leuchten, alle Wärme, die ich für immer verloren geglaubt hatte, wiederfand. Constanza war fort, sie hatte Abschied genommen. Aber die Farben, die hatte sie mir zurückgesandt.

1. Kapitel

Das Sonnenlicht stach Blanca schmerzhaft in den Augen, als sie den ersten Schritt auf die Gangway hinaustrat. Sie blieb ruckartig stehen, legte eine Hand auf das warme Geländer und war froh, dass sie als eine der Letzten das Flugzeug verlassen hatte und hinter ihr niemand mehr nachdrängte.

Dann blinzelte sie, fühlte die neue Luft, die hier, zweitausenddreihundert Meter über dem Meer, tatsächlich eine Spur dünner und frischer schmeckte.

Peru. Das war es also.

Als sie am Flughafen in Lima umgestiegen war, hatte sie durch die hohen Fenster nur einen flüchtigen Blick auf bewölktes Grau erhascht. Doch der Anschlussflug hatte sie nach Arequipa gebracht – tausend Kilometer südlich von Lima, eine Kolonialstadt aus weißem Vulkangestein, in der das trübe und feuchte Klima der Pazifikküste keine Macht besaß. Es war die Stadt, in der Blanca die nächsten Monate verbringen würde, dank des Stipendiums, das sie für einen Platz an der Fotografischen Akademie Arequipas ergattert hatte. Und letztlich war es noch mehr als das.

»*Arequipa.*« In ihren Gedanken hörte sie plötzlich ganz klar Oma Magdas Stimme, sah das versonnene Lächeln. »Du weißt, dass es eine besondere Stadt ist, nicht wahr?«

Nur ein kurzer Moment, dann gewann die Gegenwart wieder die Oberhand: Makellos blau leuchtete der Himmel, die Sonne brannte mit großer Kraft. Das Flughafengebäude lag, kleiner als erwartet, ein Stück entfernt – flach, rotbraun, nicht im Geringsten spektakulär oder exotisch. Aber als Blanca ihren Blick etwas weiter schweifen ließ, breitete sich mit einem Mal ein warmes Kribbeln in ihrer Magengrube aus, und sie musste lächeln. Langsam nahm sie Stufe um Stufe nach unten, das beruhigende Gewicht der Kameratasche immer an ihrer Seite, ohne den Blick von den Vulkanen am Horizont zu lassen.

Einer ragte als breites Massiv gut sichtbar in den Mittagshimmel, grau und schroff, die Gipfelpartie wie von einer Schicht Puderzucker bedeckt.

Der andere lag genau in Blancas Blickfeld. Ein vollkommener Vulkankegel. Er war auf fast allen Fotos zu sehen gewesen, die Blanca zur Einstimmung auf ihre Reise betrachtet hatte: der Misti. Allerdings war er auf den Bildern immer auch verschneit gewesen, das hatte Blanca fasziniert, diese Nähe von Feuer und Eis. Aber alles, was sie jetzt sah, waren nackte, staubige Flanken, die Konturen des Vulkans seltsam weich in der Hochlandluft.

Blanca überquerte das Rollfeld und trat ins Flughafengebäude. Nach dem grellen Sonnenlicht draußen kam es ihr hier nahezu dunkel vor. Sie fasste ihre Kameratasche fester und suchte sich einen Platz, von dem aus sie einen guten Blick auf das Gepäckband hatte.

Ihr Körper fühlte sich dumpf vor Müdigkeit an, obwohl die Aufregung diesem Empfinden denkbar wenig Raum ließ.

Blanca mochte nicht nachrechnen, wie lange sie jetzt unterwegs war. Der Flug nach Lima war schon Abenteuer genug gewesen, dann hatte sie auf dem dortigen Flughafen ihr Gepäck abholen und neu einchecken müssen, um die letzte Etappe in den Süden zu überwinden. In den unbequemen Flugzeugsitzen hatte sie nur wenig und kaum erholsam geschlafen, und über alledem schwebte eine bange Unsicherheit.

In der letzten E-Mail hatte es geheißen, dass jemand von der Akademie Blanca am Flughafen erwarten würde. Aber was, wenn das nicht klappte? In ihrer Hosentasche knisterte ein Zettel, auf dem sie sich feinsäuberlich die Adresse des Gästehauses notiert hatte. Außerdem hatte Blanca sich aus dem Internet einen Plan des Stadtzentrums ausgedruckt. Und verdammt, sie war hier nicht auf dem Mond, und sie war keine unbeholfene Touristin. Die Nervosität blieb dennoch, egal wie sehr sie sich sagte, dass sie unbegründet war.

Blanca wuchtete ihren Rollkoffer vom Band, suchte sich ihren Weg nach draußen und hatte den Eindruck, mit jedem Schritt tiefer in diese fremde Welt einzutreten. Um sie herum zerflossen die Sprachfetzen der Touristen, die mit ihr am Kofferband gewartet hatten. Stattdessen schwoll das Spanische an wie das Sirren eines Bienenstocks, trug immer wieder einzelne Sätze an ihr Ohr, hieß sie wie in einem vergessenen Zuhause willkommen.

Sie folgte dem Strom der anderen Menschen nach draußen, wo sie einmal mehr der strahlend blaue Himmel empfing. Und ein Schild, das beinah triumphierend geschwenkt wurde. *Blanca Freyenberg* stand darauf, in dicken schwarzen Lettern, so dass sie es nicht übersehen konnte. Blanca atmete auf, suchte den Blick des Mannes, der das Schild hielt, und wurde auf der Stelle mit einem Lächeln und einem Winken belohnt. Wahrscheinlich hatte er ihr Foto auf den Bewerbungsunterlagen für das Stipendium gesehen und sie nun wiedererkannt.

»Herzlich willkommen in Arequipa!« Er strahlte sie an und hauchte ihr ein Luftküsschen auf die Wange, bevor er ihr das Schild wie einen verhinderten Blumenstrauß in die Hand drückte, um ihr stattdessen den Koffergriff zu entwinden. »Schön, dich hier zu haben. Ich bin Francisco, Leiter der Fotografischen Akademie Quiroz. Und für die nächsten Monate somit auch dein Lehrer. Hattest du einen guten Flug, Blanca?«

Seltsamerweise war es ihr, als spülte sein Redeschwall einen guten Teil ihrer Erschöpfung hinweg. Das peruanische Spanisch war weich und melodiös, sie mochte den Klang auf Anhieb, auch wenn sie insgeheim gehofft hatte, er würde so etwas wie vergessene Erinnerungen in ihr wecken. Aber das war natürlich Unsinn.

Sie mochte Francisco sofort. In jedem Wort schwang Wärme mit, das Lächeln strahlte aus seinen Augen. Ein wenig hager, sonnenverbrannt und leger in Karohemd und Jeans gekleidet, wirkte er nicht so, wie sie sich den Leiter einer Akademie vorgestellt hatte – vor allem nicht nach ihrem Mailwechsel, in dem er immer sehr korrekt und formal geklungen hatte. Das alles passte gar nicht zu dem charmanten und jugendlich aussehenden Mann um die vierzig im Schlabberlook.

»Es hat alles gut geklappt. Und danke fürs Abholen«, sagte

sie und kam sich mit ihrem eigenen Spanisch auf einmal fehl am Platz vor – als präsentierte sie ein Kunstobjekt, das für die praktischen Dinge nicht geeignet war. Die Kameratasche hielt sie fest, und Francisco machte keinen Versuch, sie ihr abzunehmen. Stattdessen steuerte er bereits auf eines der zahllosen Taxis vor dem Flughafengebäude zu, verhandelte kurz mit dem Fahrer um den Preis und ließ den Mann dann Blancas Koffer einladen.

Blanca sank auf den Rücksitz und suchte vergeblich nach einem Gurt.

Francisco lächelte ihr zu, als er neben ihr einstieg und das Taxi sich in Bewegung setzte. »Wir fahren jetzt erst einmal zum Gästehaus, da kannst du dich frischmachen. Du bist sicher völlig erschöpft von der langen Reise.«

Sie gab die Suche nach dem Gurt auf. »Ja, ziemlich.«

»Dein Spanisch ist sehr gut. Viel besser, als ich dachte. Wie kommt's?«

Sein Lob trieb Blanca eine leichte Wärme in die Wangen. »Ich war auf einer zweisprachigen Schule. Und meine Urgroßmutter stammte aus Arequipa.«

Zum ersten Mal überlegte sie sich, dass das Spanisch in ihrer Familie weitergereicht wurde wie ein Erbstück. Für Blanca hatte es stets außer Zweifel gestanden, dass sie diese Schule deshalb besuchte, weil sie eine peruanische Urgroßmutter hatte, aber wie so viele Dinge war auch diese Tatsache nie mehr als eine Floskel gewesen. Bis jetzt.

Francisco riss die Augen auf, dann strahlte er. »Nein, wirklich? Aber bist du dann früher schon einmal hier gewesen?«

»Noch nie«, sagte Blanca und spähte aus dem Taxifenster.

Sie hatten den Flughafen hinter sich gelassen. Überwiegend flache, ein- bis zweistöckige Häuser säumten die Straßen, teilweise von mannshohen Zäunen umgeben, die Blanca an Zookäfige erinnerten. Auf einer langgestreckten Mauer prangten knallbunte Graffitibilder: ein grinsendes Lama und ein pink gekleideter Inka. Blanca musste grinsen.

Eine Merkwürdigkeit von unterwegs. Der Gedanke kam aus reiner Gewohnheit in ihr auf, erinnerte sie an ihr altes Spiel mit Laura. Irgendwann, das war noch zu Schulzeiten und mit uralten Kleinbildkameras gewesen, hatten sie damit angefangen, auf Reisen alle Arten von kuriosen Dingen zu fotografieren. Wenn sie sich nach den Ferien wiedergesehen hatten, waren das ihre Mitbringsel füreinander gewesen. Zu Hause unter Blancas Bett stand noch irgendwo die bunt beklebte Pappschachtel mit all den Bildern, die Laura über die Jahre für sie gemacht hatte: schräg gewachsene Bäume, schielende Gartenzwerge, Schilder seltsamer Ortsnamen.

Ob Laura ihre Schachtel auch noch hat?

Plötzlich fiel Blanca das Atmen schwerer. Es war seltsam genug, dass sie Laura vor der Abreise nicht mehr getroffen hatte. Es hatte sich nicht einmal die Gelegenheit für eines ihrer stundenlangen Telefonate geboten. Und jetzt musste sie sich an den Gedanken gewöhnen, dass es ihre erste Reise war, auf der sie keine Merkwürdigkeiten für Laura fotografieren würde. Der Gedanke tat weh, wie überhaupt die Erinnerungen an Laura und ihre Worte wehtaten.

Aber es war sinnlos, darüber nachzugrübeln. Sie hatte hier andere Aufgaben.

Blanca presste die Lippen aufeinander und tastete nach

dem Brustbeutel, den sie sicherheitshalber unter dem T-Shirt trug. Sie spürte den Widerstand festen Papiers unter dem Stoff. *Eine ganz besondere Fotografie.*

»Ich weiß auch nur sehr wenig über meine Urgroßmutter. Aber mein Urgroßvater war ebenfalls Fotograf, und er hat sie kennengelernt, als er durch Peru reiste.«

Das waren spröde Worte für eine Geschichte, die Blanca von Kindesbeinen an geprägt hatte wie ein Märchen. Blanca hatte ihre Urgroßmutter nie kennengelernt – außer in Oma Magdas Erzählungen. Erzählungen, die Blanca liebte und denen ein wenig der gleiche Zauber innewohnte wie besonders alten Fotografien: Man mochte nicht glauben, dass sie die Wahrheit abbildeten. Durch diese Geschichten hatte das geheimnisvolle Paar Blancas bisheriges Leben begleitet: ihr Urgroßvater, der deutsche Fotograf. Und ihre Urgroßmutter, die Peruanerin, die ihm übers Meer gefolgt war. Max und Guadalupe. Nur von einer Handvoll sorgsam gehüteter Schwarzweißfotografien wusste Blanca, dass sie das schwarze Haar und die dunklen Augen ihrer Urgroßmutter geerbt hatte – und die Leidenschaft zur Fotografie von ihrem Urgroßvater.

Es hätte wesentlich mehr zu erzählen gegeben. Doch es fühlte sich falsch an, Francisco solche Details zwischen Tür und Angel preiszugeben.

Francisco lachte leise. »Dann ist Fotografieren in Arequipa für dich ja eine richtige Familienangelegenheit.« Wahrscheinlich ahnte er nicht, wie recht er damit hatte. »Das freut mich, dass deine Wurzeln dich hierhin gebracht haben. Du wirst Arequipa mögen. Für Fotografen ist diese Stadt ein Paradies.

Das Licht, die Farben, all die Motive – glaub mir, es gibt keinen besseren Ort.«

Blanca nickte. Mit einem Mal drückte die Müdigkeit sie bleischwer auf den Rücksitz. Bei aller Vorfreude auf die Stadt und die Sommerschule wünschte Blanca sich schlagartig vor allem eines: einen Augenblick Stille.

*

Das Gästehaus der Akademie war ein gedrungenes Haus im Kolonialstil, mit leuchtend blau getünchten Wänden und weißen Stuckornamenten, schmalen Säulen und Rundbögen, die dem ganzen Gebäude mit seiner Veranda einen luftigen und filigranen Charakter verliehen. Alles in allem wirkte es wie ein Relikt vergangener Zeiten, und Blanca hätte hinter dieser eleganten Fassade eher ein Museum erwartet.

Das Haus lag ein wenig abseits der lebhaften Hauptstraße in einer schmalen Gasse. Nur wenige Schritte trennten die Häuserfront von der steinernen Brüstung, hinter der steil die Böschung zum Río Chili abfiel, so dass sich der Straßenlärm Stück für Stück im Rauschen der trüben Wassermassen verlor.

Francisco half Blanca, ihren Koffer über die Marmortreppe in den ersten Stock zu wuchten, und schloss die Tür zu ihrem Zimmer auf: schlicht, aber zweckmäßig eingerichtet, und es gab sogar ein eigenes Bad.

»Mach dich frisch und komm erst einmal an.« Er lächelte ihr zu. »Um vier treffen wir uns unten vor dem Gästehaus, dann zeige ich euch die Akademie, und wir besprechen das

Kursprogramm. Ihr seid nur zu siebt, das wird ein schöner, überschaubarer Kurs. Aber alle Details besprechen wir dann. Brauchst du noch etwas?«

Sie schüttelte den Kopf. »Ich denke, ich komm klar.«

Als er mit einem Nicken die Tür hinter sich zugezogen hatte, blieb Blanca für einen Moment stehen und blickte sich um. Zeit, das Zimmer ein wenig wohnlicher zu machen. Sie stellte die Kameratasche aufs Bett und tastete nach dem Samtbeutel im Innenfach. Sie lächelte, als ihre Finger den weichen Stoff zu fassen bekamen. Sacht zog sie die Kordel auf.

Die trübgewordene Fourierlinse musste einst zur Ausrüstung ihres Urgroßvaters gehört haben. Doch nach der Hochzeit mit Guadalupe hatte er sie in Silber fassen und mit einer Kette versehen lassen. Es war Guadalupes liebstes Schmuckstück gewesen, hatte ihr Magda erzählt.

Bis Guadalupe fortging.

Blanca streichelte über das kühle Glas der Linse. An dem Tag, als Blanca bei der Fachhochschule für Fotografie aufgenommen worden war, hatte ihre Großmutter ihr Linse und Silberkette geschenkt.

»Sie wären so stolz auf dich«, hatte sie gesagt. »Alle beide.« Ihre Stimme hallte voll Klarheit in Blancas Gedanken wider.

Unwillkürlich seufzte Blanca und ließ sich auf der Bettkante nieder, wobei die dünne Matratze quietschte. Blanca nestelte den Brustbeutel unter dem T-Shirt hervor, öffnete ihn und zog das Foto heraus, das sie darin aufbewahrte.

Es war alt – schwarzweiß, leicht verblasst, die Vorderseite noch immer glänzend, die Rückseite rau – und zeigte eine junge Frau in einem langen weißen Kleid. Der Blick ging verträumt ins Leere, vorbei an der Kamera, ein Lächeln deutete sich in den Mundwinkeln und vor allem in ihren dunklen Augen an. Die Frau hielt sich gerade, ihr Haar verborgen unter einer schwarzweißen, langen Haube: das Habit einer Nonne. Der Hintergrund der Aufnahme musste ein schlichter, leerer Raum gewesen sein, dessen verwaschene Grautöne hinter der klaren Gestalt nur noch nebelhafter wirkten. Es fühlte sich an, als spähte sie in eine vergangene Zeit.

Guadalupe.

Seit Blanca denken konnte, hatte dieses Foto schlicht gerahmt im Wohnzimmer ihrer Großmutter gestanden. Schon als Kind hatte Blanca es oft betrachtet und versucht, den Blick der jungen Frau zu finden, den sie nicht fassen konnte. Auch jetzt forschte sie nach Vertrautheit in dem schmalen Gesicht mit der Stupsnase, dessen Züge ihr verschmitzter erschienen, als es sich für eine Nonne gehört hätte. Es war wie ein Blick in einen Spiegel, der sie selbst in Schwarzweißtönen zeigte.

Wenn wir uns je begegnet wären, ich hätte sie gemocht.

Wieder drang die Erinnerung an die Worte ihrer Großmutter in ihre Gedanken. »Guadalupe Schwarzkopf. Ihr Mädchenname war Bustamante. Ich möchte dir dieses Bild schenken, Kind. Vater hat es sehr geliebt, es ist das erste, das er von ihr geschossen hat. Es ist mit Liebe gemacht, das kann man spüren, meinst du nicht auch?«

Vorsichtig strich Blanca mit einer Fingerkuppe über den leicht gezackten Rand der Fotografie. Sie stellte sich den jungen Mann hinter der Kamera vor, der dieses Mädchen betrachtete, der es in einem Bild einfangen wollte und vielleicht auf einen Blick, auf ein für ihn bestimmtes Lächeln gelauert hatte. Stattdessen blickte Guadalupe irgendwohin, tat so, als verberge sie ihr Lächeln, als gebe es keinen Fotografen. Blanca wusste, dass in jedem Foto auch ein Stück von demjenigen steckte, der es aufgenommen hatte, und als unsichtbarer Betrachter war ihr Urgroßvater auf dieser Aufnahme ebenso präsent wie ihre Urgroßmutter. Er hatte nicht nur Guadalupe fotografiert, sondern in dieses Bild auch all die Faszination und Liebe für dieses Mädchen gelegt, das ihm zu jenem Zeitpunkt noch beinah fremd gewesen sein musste. Hier, in diesem sonnendurchfluteten Zimmer des Gästehauses, empfand Blanca diese Gewissheit stärker als je zuvor. Sie starrte auf die Fotografie, und mit einem Mal schien sie zurück im Wohnzimmer ihrer Großmutter Magda zu sein, unwirklich im Abendlicht, als befinde es sich selbst in einem alten Sepia-Bild. Magda hatte sie zu sich gerufen, am Abend, bevor Blanca geflogen war, hatte das gerahmte Bild von Guadalupe in beide Hände genommen und jenen Satz gesagt, der sich Blanca eingebrannt hatte: »Arequipa … Du weißt, dass es eine besondere Stadt ist, nicht wahr?«

Blanca hatte vor ihr gesessen, auf jenem wackeligen Holzschemel, den sie seit Kindertagen liebte. Bei der bloßen Erinnerung musste sie lächeln.

»Weil deine Mutter von dort kam.«

Es fühlte sich seltsam an, *deine Mutter* zu sagen. Als sei diese Person jemand gewesen, mit dem Blanca nichts verband. Tatsächlich aber hätte sie es als noch merkwürdiger empfunden, *meine Urgroßmutter* zu sagen, denn das wiederum klang nach einer Nähe, die niemals bestanden hatte.

»Weil sie einander dort begegnet sind«, hatte Oma Magda mit einer Zärtlichkeit in der Stimme geantwortet, die Blanca erst verstehen ließ, wie nah sie diesen schattenhaften Personen tatsächlich gewesen war. Es waren Omas Eltern gewesen, wahrhaftig und greifbar in jener Vergangenheit, in der Magda Kind gewesen war. Diese Nähe war es, die Omas Augen zum Schimmern brachte – oder besser, die Erinnerung an eine Nähe, die schon so lange zu einer unüberwindbaren Distanz geworden war.

Und dann der Blick über den Bilderrahmen hinweg.

»Ich habe es nie verstanden, weißt du?«, murmelte ihre Großmutter, die Finger fest um das dunkle Holz geschlossen. »Vater hat Briefe geschrieben. Daran erinnere ich mich. Wenn es ein Bild meiner Kindheit gäbe, Blanca, ein einziges, das alles andere zusammenfasst, dann wäre es dieses: Vater am Schreibtisch, wie er die Feder über das Papier fliegen lässt. Er hat immer schnell geschrieben, als ob er die Worte nicht zurückhalten könnte. Ich war still, wenn er schrieb. Das Kratzen kann ich noch immer hören, weißt du? Das Geräusch der Feder auf dem Briefpapier … Manchmal ist es da, wenn ich in der Nacht aufwache. Und dann kommt die Stille. Wenn Vater fertig war, hat er gewartet. Nie den Brief noch einmal gelesen, das weiß ich, und nie einfach nur die Tinte trocknen lassen. Aber ich sehe Vater, wie er dasitzt, die Feder in der Hand, den Blick auf die Wand gerichtet, so müde und so alt geworden, ich hatte immer das Gefühl, in diesen Momenten geht er mir verloren, wie uns Mutter verloren gegangen ist. Ich dachte mir stets, sie muss es doch spüren, wie viel Schmerz in seinen Briefen steckt. Wie sehr wir sie vermissen. Jedes Mal dachte ich, sie muss doch zurückkommen, um uns zu retten, um uns nicht zerbrechen zu lassen. Aber sie hat niemals geantwortet.«

Blanca schwieg. Sie wusste nicht, was sie sagen sollte. Ihre Großmutter hatte niemals auf diese Weise von der Vergangenheit erzählt. Anekdoten zum Schmunzeln, kleine Abenteuer des Alltags, bisweilen Bewunderung für Urgroßvaters Arbeit im Labor. Doch Schmerz oder Trauer – das hatte nie eine Rolle in Magdas Erzählungen gespielt.

»Noch heute frage ich mich, warum«, fuhr Oma leise fort. »Eine Familie, ein Kind, das ist doch das Kostbarste, was man auf der Welt haben kann? Vater sagte mir, dass wir damals gemeinsam auswandern wollten, als Deutschlands dunkle Zeit begann. Er und Mutter haben es kommen sehen und fürchteten um unsere Zukunft. Sie haben geahnt, dass Deutschland ein Land wird, in dem sie unter den politischen Umständen nicht mehr leben wollten. Er hat Guadalupe vorausgeschickt. Danach ist so viel schiefgegangen …« Sie zog hörbar die Luft ein, es klang, als kämpfte Magda gegen ein Schluchzen. Behutsam streckte sie die Hand aus und legte sie wortlos auf Magdas Arm, tat nichts weiter, als einfach da zu sein und zu hoffen, dass es genug war. *Danach ist so viel schiefgegangen …* Das war auch eine Geschichte, die sie kannte und deren Ausmaß ihr doch niemals ganz bewusst geworden war. Probleme mit den Behörden bei der Ausreise, Schwierigkeiten mit dem Reisepass, das waren Worte, die spröde schmeckten und kaum Leben in sich trugen. Aber erst in dem sanften Zittern in Magdas Stimme ahnte Blanca den wahren Abgrund, der hinter diesen Floskeln lauerte.

»Blanca, ich kann mir einfach nicht vorstellen, dass sie uns niemals verziehen hat. Sie muss doch gewusst haben, was in Deutschland geschehen ist. Und all die Briefe, all die Erklärungen … Ich begreife es nicht, Blanca.« Sie schluckte, sah auf ihre Finger und das Foto, dann direkt in Blancas Augen. »Willst du mir helfen, es zu verstehen?«

Ihr Blick brachte etwas in Blanca zum Schwingen, das sich fremd und vertraut zugleich anfühlte.

»Du gehst nach Arequipa. Vielleicht ist das ein großer Zufall, vielleicht auch nicht. Ich bin neugierig und gespannt, was du von dieser Stadt erzählst. Ich weiß davon nur wenig, es sind ja nicht einmal meine Erinnerungen, sondern die meiner Mutter. Aber viel wichtiger … Du wirst beschäftigt sein mit dem Studium und all den Eindrücken, das weiß ich, aber ich möchte dich dennoch darum bitten: Wenn es dir irgendwie möglich ist, kannst du nach ihr suchen? Kannst du herausfinden, was geschehen ist? Ich bin alt, Blanca, und ich habe nur noch wenige offene Fragen. Von ihnen allen ist sie die dringendste. Ich will es verstehen. Ich will wissen, was aus meiner Mutter geworden ist, wie es sein konnte, dass sie nie zu uns zurückkehrte. Ich werfe es ihr nicht vor, aber ich möchte es begreifen können.«

Von sehr weit her mischte sich ein anhaltendes Hupkonzert in Blancas Gedanken und brachte sie nachdrücklich in die Gegenwart zurück. Sie fuhr sich mit dem Handrücken über die Augen, betrachtete das Foto und hatte plötzlich das

Gefühl, dass Guadalupe sie mit einer gewissen Neugier betrachtete.

Blanca war mit einer Mission hergekommen. Es gab Orte, an denen sie suchen konnte – das Kloster, das Stadtarchiv. Irgendwo, da waren Blanca und ihre Großmutter sich einig gewesen, musste es Hinweise auf Guadalupes Rückkehr in diese Stadt geben. Hinweise und vielleicht sogar Antworten.

Blancas Blick wanderte zu ihrem Koffer, dann zu der kahlen Wand über dem Schreibtisch. Eigentlich hatte sie vorgehabt, noch schnell die Fotos von daheim aufzuhängen – in den Wochen vor ihrem Abflug hatte sie extra für diesen Zweck Bilder von Freunden, Familie und ihren Lieblingsorten gemacht. Sie hatte sogar das alte Foto, das sie mit Laura zeigte, eingepackt, das bis zuletzt an ihrer Pinnwand gehangen hatte, weil sie sich einfach nicht hatte durchringen können, es abzuhängen.

Arm in Arm strahlten sie in die Kamera, glückliche, hoffnungsvolle Abiturientinnen – es fühlte sich an, als sei das ewig her. Da hatten sie noch beide geglaubt, dass nichts ihrer Freundschaft etwas anhaben konnte.

Warum habe ich es mitgebracht? Ich werde es nicht aufhängen.

Mit einem Mal fühlte sie sich so erschöpft, als habe sie einen Tag lang in einem Steinbruch gearbeitet. Die Fotos konnten warten, entschied sie und schob Guadalupes Bild zurück in den Brustbeutel. Sie brauchte eine Dusche und danach eine kurze Siesta, um gerüstet zu sein, die Geheimnisse von Arequipa zu entdecken.

Guadalupes Arequipa.

Berlin, am 24. Mai 1946

Meine geliebte Guadalupe,

ich hoffe so inständig, dass dieser Brief Dich erreicht und ich eine Antwort erhalten werde. Ich habe an Deine Familie geschrieben, an das Kloster, nun sende ich meinen Brief an Tacho; er wird Dich ausfindig machen, das weiß ich. Er ist ein guter Freund.

Das Schweigen und die Ungewissheit sind das Schlimmste. Jetzt meine ich zu wissen, wie es sich im Krieg angefühlt hat für alle, die daheim auf ihre Männer, Väter und Brüder warteten. Nun ist es umgekehrt, als würde ich, der alte Soldat, auf Post von einer fernen Front hoffen.

Magda ist sehr still geworden, das schreibe ich Dir nicht als Vorwurf, sondern weil ich denke, Du willst und musst es wissen. Manchmal steht sie stundenlang am Wohnzimmerfenster, hält die Puppe an sich gedrückt, die Du damals für sie genäht hast (ein zerlumptes, kleines Ding mittlerweile, aber Magda liebt sie so sehr) und sieht nach draußen. Anfangs habe ich versucht, sie abzulenken, aber sie scheint mich dann gar nicht zu hören. Es kann einem Angst machen, wie sie dort steht und ganz regungslos die Straße betrachtet. Sie erklärt es nie, aber ich bin mir sicher, dass sie auf Dich wartet. Und wenn ich könnte, mein Herz, ich würde nichts tun, als an ihrer Seite zu stehen und auf die Straße zu blicken, immer in der Hoffnung, dass Du um die Ecke biegen wirst, dass ich Deine vertraute Gestalt sehe, dass Du die Hand hebst und uns zuwinkst, weil Du uns hinter den Gardinen erahnst.

Ich habe Dir in meinem letzten Brief schon so viel von Trümmern und Staub geschrieben, dass ich es nicht wiederholen möchte. Wahrscheinlich möchtest Du es auch gar nicht noch einmal lesen. Schweigst Du, weil Dich der Gedanke an all die Zerstörung verstummen lässt? Bleibst Du fort, weil Du in dieses zerstörte Land nicht zurückkehren willst? Ich kann es verstehen. Wenn ich die Sonne und die Farben Arequipas hätte, ich würde sie nicht eintauschen gegen Deutschlands Grau und all das Blut. Guadalupe, Du musst nicht zurückkehren, wenn Du es nicht willst. Magda und ich, wir warten nur auf einen Wink, nur auf ein Wort. Wir werden einen Weg finden und zu Dir kommen. Diesmal wirklich. Aber ich wage es nicht, die Reise anzutreten, ohne dass ich weiß, ob Du wirklich auf uns wartest.

Ich denke so oft an Arequipa, weißt Du? An die Zeit, in der alles begonnen hat und alle Schatten so fern von uns waren. Als ich Santa Catalina betrat, habe ich den Tod erwartet. Der alte Agustín, der ansonsten Eure Toten fotografieren kam, hat mich an seiner Stelle zu Euch geschickt, damit ich die verbotene Welt hinter den Klostermauern sehen konnte. Ich weiß nicht, was ich erwartet hatte, aber bestimmt nicht diese strahlenden Farben, diese Lebendigkeit inmitten der Stille. Und bestimmt nicht Dich, mein Leben, meine Liebe.

Ich weiß noch, wie ich Dich das erste Mal sah. Ich dachte, dass ich Dir Angst einjagte, so schüchtern war Dein Lächeln. Und doch strahlte aus Deinen Augen eine Lebenslust, die nicht zu Deinem Habit passen wollte. Ich erinnere mich, wie Du näher kamst und vorsichtig über meine Kamera gestrichen hast. Später habe ich immer gesagt, dass Du Dich zuerst in die Kamera und dann erst in mich verliebt hast, und ein Quäntchen Wahrheit mag darin sein, nicht wahr?

Die Fotografie hat Dich fasziniert. Einfangen, was die Seele sieht, hast Du einmal gesagt, das war noch ganz am Anfang, als wir auf dem Rand des kleinen Springbrunnens saßen und die Plätzchen mit der Milchcreme aßen. Du hast sofort verstanden, dass Fotografie mehr ist als der schnelle Blick durch den Sucher, der mechanische Druck auf den Auslöser. Das ist eines der Dinge, die ich sofort an Dir geliebt habe.

Ich weiß bis heute nicht, wie Du es wirklich angestellt hast, dass wir uns wiedersehen durften, wie Du Deine Mutter Oberin überzeugt hast, mich wieder ins Kloster zu lassen. Dein sprudelndes, quicklebendiges Spanisch habe ich damals noch nicht in allen Einzelheiten verstanden, auch wenn Du immer wieder gespürt hast, wenn Du mich unterwegs verloren hattest. Du hast gelächelt, mit großer Vertraulichkeit nach meiner Hand gegriffen und langsamer weitergesprochen, bis Du spürtest, dass ich mich entspannte im Fluss Deiner Worte.

Es hatte immer etwas von einem Abenteuer. Ich durfte kommen, um das Kloster zu fotografieren, aber es musste durch die Seitenpforte an der Westmauer sein, immer zur Nachmittagszeit, wenn die Straße dort in trägem Schlummer lag. Dann musste ich keine Entdeckung fürchten. Bis heute spüre ich mein Herzklopfen, wenn ich vor der Pforte auf Dich wartete. Immer wieder die bange Frage, ob Du kommen und mir öffnen würdest. Wenn ich das Geräusch des rostigen Schlüssels in dem vergessenen Schloss hörte, das mühselige Quietschen in den Angeln, dann wurden meine Hände feucht, weil ich dachte, dass mir heute vielleicht eine Fremde gegenüberstehen würde, eine zerknitterte alte Nonne ohne Glanz in den Augen. Aber du warst immer da, immer lächelnd, im Sonnenlicht.

Zwei Wochen, Guadalupe, in denen Du mir Santa Catalina in all seiner Schönheit geschenkt hast. Wir teilten das Wissen um all die kleinen Mysterien, die vergessenen Winkel, die stummen Zellen, die Erinnerung von Jahrhunderten, die in den gemauerten Gassen schläft. Du zeigtest mir Santa Catalina, und ich zeigte Dir die Fotografie. Mit jeder Berührung bist Du mehr ein Teil meiner Welt geworden. Mit jedem Tag habe ich weniger verstanden, wie ich ohne Dich gewesen war – und mehr noch, wie ich wieder ohne Dich sein sollte. Wie oft saßen wir auf der kleinen Dachterrasse, deinem Lieblingsplatz mit Blick über die Stadt. Seite an Seite, der Stein in unserem Rücken war kühl, und unsere Hände wollten einander nicht loslassen. Du hast gesagt, wir wären wie Papierschiffchen, die auf einem wilden Fluss tanzten, einander nah für den Augenblick und trotzdem hilflos gegen die Strömungen, die uns voneinander fortreißen würden. Ich liebe die Bilder, die Du mit Deinen Worten zeichnest, Guadalupe. Während ich dies schreibe, spüre ich wieder die Wärme Deines Körpers dicht neben mir. Das Gewicht Deines Kopfes, der vertrauensvoll an meiner Schulter lehnt. Den sanften Druck Deiner Finger um die meinen.

»Manchmal ist es gut, die verbotenen Dinge zu tun«, hast Du gesagt, »weil sie die richtigen sind. Können sie falsch sein, wenn sie uns so glücklich machen?«

Dass Du mir vorschlugst, mit mir zu kommen und alles hinter Dir zu lassen, nahm mir den Atem. Du hast für mich verbotene Dinge getan und die Farben Arequipas aufgegeben. Manchmal frage ich mich, ob Du jetzt überhaupt nach Arequipa zurückgegangen bist, ob meine Briefe Dich nicht verfehlen. Vielleicht sollte ich Papierschiffchen aus ihnen falten. Aber auf welchem Fluss sollten sie fahren, um Dich zu finden, Guadalupe?

Ich gebe die Hoffnung nicht auf, dass ich Dich wiederfinde. Dass Du Dich ein weiteres Mal für mich entscheidest, für mich und unsere Tochter, die Dich so vermisst. Schreib uns, mein Herz. Und wenn es nur ein paar hingeworfene Worte sind. Aber schreib uns, ich flehe Dich an, lass uns nicht länger im Ungewissen.

Ich sende Dir Grüße und Küsse, auch von unserer Magda. Sie steht am Fenster, während ich dies schreibe. Sie ist so ein großes, ernstes Kind geworden.

In Liebe, Dein Max

2. Kapitel

Ein nachdrückliches Klopfen weckte Blanca, sie schreckte hoch und schaute auf ihre Armbanduhr. Es war zwanzig nach vier. Verdammt! Sie hatte doch nur einmal kurz die Augen schließen wollen.

Hastig stand sie auf und griff nach ihrer Kameratasche. Wie üblich hatte sie das Gefühl, dass sie erst dann richtig angekommen sein würde, wenn sie die ersten Eindrücke auf ihren Film gebannt hatte.

Sie prüfte den Riemen der Tasche, zögerte und verstaute dann die Fourierlinse an der Silberkette im Seitenfach. Das war ein Talisman, auf den sie bei dieser Reise nicht verzichten wollte. Auch den Brustbeutel streifte sie sich wieder über.

Erst dann öffnete sie die Zimmertür.

»*Hola!*« Ein Mädchen in ihrem Alter strahlte sie an. Dunkle Augen, glattes kastanienbraunes Haar, Bluse und Bleistiftrock. Schon die zwei Silben Spanisch verrieten, dass sie keine Muttersprachlerin war – Blanca glaubte einen französischen Akzent zu erkennen. »Ich bin Claire. Ich dachte, ich komme dich mal holen.«

»Danke. Sorry, ich bin einfach eingeschlafen.« Im direkten Vergleich fand Blanca ihre spanische Aussprache gar nicht so übel, und das beruhigte sie irgendwie. Sie kramte nach dem altmodischen Schlüssel, um ihre Zimmertür abzuschließen, und fragte sich insgeheim, ob sie mit ihrem T-Shirt und ihrer Jeans zu leger für die Akademie angezogen war. Aber Francisco hatte schließlich auch nicht den Eindruck erweckt, viel Wert auf schicke Kleidung zu legen. Wahrscheinlich war das einfach Claires Geschmack.

»Ach, ist nicht schlimm. Du bist auch heute erst angekommen, nicht wahr? Dann ist klar, dass du müde bist.« Claire sprach flüssig, und der französische Akzent hatte etwas Charmantes. Außerdem wirkte ihr Lächeln ehrlich und warm. Es erinnerte Blanca an Laura, und sogleich erschien ihr Claire viel vertrauter.

Der Rest der Stipendiaten wartete draußen auf sie, auch Francisco war bereits da. Er lächelte nur, als Blanca zu einer Entschuldigung für ihre Verspätung ansetzte, winkte ab und begann die einzelnen Kursteilnehmer vorzustellen.

Tommy und Cole kamen von derselben Fotoschule in Boston, waren locker gekleidet und strahlten tiefe Entspanntheit aus. Jennifer studierte in London. Sie hatte kantige Gesichtszüge und wirkte mit ihrem verkniffenen Mund sehr streng. Aber vielleicht würde sie im täglichen Umgang freundlicher sein. Noemi kam aus Valencia, hatte einen milchkaffeefarbenen Teint, eine wallende dunkle Lockenmähne und ein schüchternes Lächeln, das sie Blanca auf Anhieb sympathisch machte. Pablo war der einzige Peruaner unter ihnen und studierte an einer anderen Privatakademie in Lima. Klein, zart und sehr blass wirkte er wie eine filigrane Marmorskulptur. Wegen seiner unbewegten Miene konnte Blanca sein Alter schwer einschätzen.

Das also waren die Leute, mit denen sie die nächsten Monate gemeinsam verbringen würde. Ihr fiel auf, dass sie die Einzige war, die für dieses Treffen ihre Kamera mitgebracht hatte, und seltsamerweise empfand sie so etwas wie leisen Stolz darüber. Als ob dieser kleine Unterschied sie zu einer besseren Fotografin machte als den Rest der Gruppe. Erschrocken verdrängte Blanca diesen Gedanken.

Die Gruppe setzte sich bereits in Bewegung. Mit jedem Schritt tauschten sie ein Stück des Flussrauschens gegen den Lärm der Hauptstraße ein.

Aufmerksam spähte Blanca um sich und lauschte. Kleine Busse, in denen sich die Passagiere stapelten, veranstalteten ein dissonantes Konzert hell quäkender Hupen; Taxis drängten sich in einem zähen Fluss über den Asphalt. Blanca war froh, dass sie selbst nur die wuchtige Steinbrücke über dem Río Chili überqueren musste. Neugierig ließ sie ihren Blick über die Häuser schweifen. Obwohl viele von ihnen ebenso alt wie das Gästehaus wirkten, reichte keines an die verspielte Eleganz der blauen Fassade heran. Stattdessen sah Blanca bröckelnden Putz und von Abgasen geschwärzte Wände.

»Manche Ecken hier sind sehr dreckig«, bemerkte Claire neben ihr, als habe sie Blancas Gedanken gelesen. »Und das, obwohl die Altstadt zum Weltkulturerbe gehört.«

Francisco lotste sie einige Schritte von der Hauptstraße fort und blieb nach einigen hundert Metern vor einem Haus stehen, dessen Fassade früher blendend weiß gewesen sein musste. Ein Schild hing über der wuchtigen Eingangstür: *Academia Fotográfica de Arequipa.*

»Dieses Haus hat nicht nur einen guten Ausblick, sondern

auch Tradition«, erklärte Francisco und pochte wie zur Bestätigung mit den Fingerknöcheln auf das dunkle Holz der Tür. »Es ist Familienbesitz, und schon mein Großvater hatte hier sein Fotoatelier. Das war in den zwanziger Jahren, ein goldenes Zeitalter für die Fotografie in unserer Stadt. Ihr habt vielleicht von Max Vargas und Emilio Díaz gehört. Nun, die Fotografen der Familie Quiroz müssen sich hinter diesen Namen nicht verstecken …«

Die Tür wurde geöffnet, und Blanca verstand, dass das Pochen weitaus mehr als begleitende Untermalung von Franciscos Worten gewesen war, sondern ein Signal. Ein junger Mann, vielleicht Mitte zwanzig, hatte ihnen die Tür geöffnet. Blanca sah verwuscheltes schwarzes Haar und dunkle Augen, deren Blick auf den Boden geheftet blieb. Ein Anflug von Trotz lag in seinem Gesicht. Fast, als wäre er nicht wirklich erfreut über die Ankunft der Gruppe. Blanca konnte nicht anders, als den Blick über seinen schlabberigen Pullover streifen zu lassen, der eindeutig schon bessere Tage gesehen hatte. Wer das wohl war? Blanca nahm sich vor, Francisco später danach zu fragen.

Ohne ein Wort an den jungen Mann zu verlieren, führte Francisco die kleine Gruppe in einen gepflasterten Hof, in dessen Mitte ein kleiner Springbrunnen vor sich hin plätscherte. Von innen wirkte das Gebäude der Akademie weitaus gepflegter, als die heruntergekommene Außenfassade nahelegte. Ein schattiger Säulengang zog sich an drei Seiten um den Hof, und an den Wänden hingen großformatige Schwarzweißfotografien. Vor einem der Bilder blieb Francisco stehen.

»Ein weiteres Mal: herzlich willkommen in der Akademie

Quiroz. Ich freue mich, eine Gruppe so sympathischer und talentierter junger Menschen hier versammelt zu wissen. Bevor ich einige Worte zu unserem Programm in den nächsten Wochen sage …« Francisco lächelte, verschränkte die Arme und blickte auf das Foto an der Wand. »Kennt jemand von euch diese Bilder?«

Blanca biss sich auf die Unterlippe. Eigentlich war sie recht gut darin, die Aufnahmen bekannter Fotografen zuzuordnen und auseinanderzuhalten. In ihrer letzten Seminararbeit hatte sie sich sogar mit einer Reihe peruanischer Fotografen beschäftigt und wusste, wer Vargas und Díaz waren, die Francisco erwähnt hatte.

Darüber hinaus erschien ihr das Bild, vor dem sie jetzt standen, seltsam vertraut. Und gleichzeitig wusste sie mit absoluter Sicherheit, dass sie es noch nie zuvor gesehen hatte.

Das Foto zeigte eine alte Frau, die direkt in die Kamera blickte. Ihr Gesicht war von kleinen Fältchen durchzogen, die sich besonders um die Augen und Mundwinkel tief eingegraben und ihrer Miene eine harte Bitterkeit verliehen hatten. Das Haar war zu einem strengen Zopf geflochten, einzelne Strähnen schienen jedoch im Wind zu flattern. Eine Faust hatte sie vor der Brust geballt, hielt eine Handvoll Körner darin, vielleicht Mais. Hinter der Frau verschwamm der lebhafte Trubel einer Marktszene, aber sie selbst war in atemberaubender Schärfe gezeichnet, alle Kontraste perfekt ausbalanciert. Selten zuvor hatte Blanca eine derart lebendige Schwarzweißaufnahme gesehen. Es war ein wundervolles Bild, und doch konnte Blanca einzig und allein sagen, dass es von keinem der Fotografen stammte, die sie kannte.

Jemand neben ihr hob die Hand. Es war Pablo, der Student aus Lima.

»Das sind die Alltagsbilder von Anastasio Quiroz, nicht wahr? *Mosaike einer Schattenwelt?*« Er formulierte es als Frage, aber die Sicherheit in seiner Stimme zeigte, dass er genau wusste, wovon er sprach.

Francisco nickte mit deutlicher Zufriedenheit. »Genau. Ich denke, ihr werdet genug Gelegenheit haben, euch diese Bilderreihe anzusehen. Sie bildet das Herzstück in der Arbeit meines Großvaters: Alltagsansichten aus der einfachen Bevölkerung. Meisterhafte Aufnahmen, die in handwerklicher Perfektion und Ausdrucksstärke ihresgleichen suchen. Und das sage ich nicht nur, weil er mein Großvater war. Diese Bilder haben ihn damals über die Grenzen Perus hinaus berühmt gemacht. Mein Großvater hat es schwer gehabt. Immer wieder wurden ihm Steine in den Weg gelegt, sein Talent verleugnet, seine Fähigkeiten herabgewürdigt. Aber er hat nie aufgegeben.« Er seufzte. »Am Beispiel dieses Porträts seht ihr, denke ich, was einen wirklich guten Fotografen ausmacht. Deswegen habe ich unseren Rundgang hier begonnen, um euch auf das einzustimmen, was euch erwartet. Wir sind sehr unterschiedlich. Aber uns verbindet die Liebe zur Fotografie, und dafür seid ihr an den richtigen Ort gekommen. In den kommenden Wochen werden wir intensiv miteinander arbeiten. Ich möchte eure Fähigkeiten in der Bildgestaltung perfektionieren, euch zeigen, was man mit den Lichtverhältnissen machen kann, wie man mit Perspektive und Kontrast spielt, kurz: wie man das Handwerkszeug des Fotografen einsetzt. Ich denke, an euren Hochschulen habt ihr einiges über

Digitalfotografie und ihre Möglichkeiten gelernt. Ich schätze sie, aber in der Akademie Quiroz werden wir ganz altmodisch arbeiten. Meine Arbeiten sind analog, und das aus Überzeugung. Ihr sollt euch in den nächsten Wochen klarwerden, was eure persönliche Bildsprache, eure eigene Ausdrucksweise ist. Denn ich bin überzeugt, dass jeder Fotograf darin unverwechselbar ist.« Während seiner kurzen Rede hatte er von einem zum anderen geschaut und Blanca hatte das Gefühl, dass sein Blick an ihr einen Wimpernschlag länger hängen blieb als an den restlichen Stipendiaten.

»Deswegen«, fuhr Francisco fort, »werde ich euch fordern. Ihr seid hier, weil ihr von euren Hochschulen ein Stipendium erhalten habt. Ein Stipendium gibt es nur für besondere Leistungen. Das bedeutet, dass ihr alle Talent habt. Fotografie in ihrer höchsten Form ist mehr als Handwerk. Sie ist Kunst. Sie berührt die Menschen und zeigt Bilder, in denen sich Schicksale und Geschichten verbergen.«

Blancas Herz klopfte. Franciscos Worte hatten etwas in ihr ausgelöst, das sie sich selbst nicht erklären konnte. Es würde ein guter Sommer werden, soviel wusste sie mit Bestimmtheit.

»Und weil ich überzeugt bin, dass jeder von euch die Fähigkeit mitbringt, Großes zu leisten«, sagte Francisco, »habe ich einen besonderen Anreiz für euch.« Sein Lächeln erinnerte Blanca an einen stolzen Vater. »Ich arbeite seit Jahren mit dem *Centro Artístico* zusammen, einer Institution der städtischen Kulturszene. Es wurde 1890 gegründet, eine Zeitlang von Größen wie Max Vargas unterstützt und ist dann allerdings jahrzehntelang in Vergessenheit geraten. Im Gedenken an meinen Großvater Anastasio habe ich mich dafür eingesetzt, es wieder ins Leben zu rufen, und nun besitzt es wieder Renommee weit über die Stadtgrenzen hinaus. Am Ende der Sommerschule wird es in den Räumlichkeiten des Instituts eine Fotoausstellung geben.« Er schaute uns erwartungsvoll an. »Wir konnten das größte Fotofachgeschäft Arequipas als Sponsor gewinnen: Der Gewinner darf sich eine hochwertige Spiegelreflexkamera und einiges an Zubehör aus dem Sortiment aussuchen. Die Details gebe ich euch bald noch schriftlich. Die nächsten Monate werden für euch nicht nur eine Zeit des Lernens sein, es wird auch ein Wettbewerb sein. Jeder von euch hat die Chance, mich und die Herren vom *Centro Artístico* mit seinen Aufnahmen zu überzeugen. Ihr werdet im Laufe eures Aufenthalts eine Bewerbungsmappe erstellen. Und der mit den besten Arbeiten, mit dem hochwertigsten Portfolio, wird im Zentrum dieser Ausstellung stehen.«

Nur das Plätschern des Springbrunnens folgte seinen Worten, ansonsten war es still. Blanca betrachtete die anderen Stipendiaten aus den Augenwinkeln. Franciscos Worte hatten bei ihnen allen die gleiche Reaktion hervorgerufen. Eine eigene Fotoausstellung war in der Tat etwas, wovon sie alle träumten.

Blanca strich über ihre Kameratasche und erinnerte sich an die lobenden Worte ihrer Dozenten daheim. Sie war gut. Wenn sie sich anstrengte, wenn sie verinnerlichte, was Francisco ihnen beibringen würde, dann standen ihre Chancen nicht schlecht, ihre eigene Ausstellung zu bekommen. Jedenfalls hoffte sie das. Ob es ihr aber gelingen würde, Bilder zustande zu bringen, die auch nur ansatzweise an die Ausdruckskraft der Quiroz-Aufnahmen heranreichten?

Oder an die meines Urgroßvaters, an sein Porträt von Guadalupe? Blanca dachte an die Fotografie, die sie im Brustbeutel unter ihrem T-Shirt trug. In den nächsten Tagen würde sich bestimmt die Gelegenheit ergeben, im Kloster oder im Stadtarchiv mit der Suche zu beginnen.

»Über den genauen Ablauf des Wettbewerbs werden wir in den nächsten Tagen sprechen. Aber jetzt möchte ich euch die Arbeitsräume und das Labor unserer Akademie zeigen. Und das Studio meines Großvaters, das wir so belassen haben, wie es war. Ab und zu öffne ich es für interessierte Touristen.«

»Entschuldigung.« Noemi hob die Hand und warf einen unsicheren Blick über die Schulter. »Wer ist der Junge, der uns die Tür geöffnet hat?«

Blanca stellte fest, dass sie ihn über den Eindruck der Quiroz-Fotografie und den Reiz des Wettbewerbs vollkommen vergessen hatte.

»Oh.« Francisco lächelte. »Das ist Emilio, mein Assistent. Er ist sehr fähig und geht mir gut zur Hand. Kommt! Ich will euch die Dachterrasse zeigen, und zwar noch im Hellen!«

Er nickte der Gruppe zu und eilte den Säulengang entlang.

Blanca spähte noch einmal kurz zum Eingang, wo auch Noemi vor ihrer Frage hingeblickt hatte.

Im Halbschatten des Durchgangs konnte sie Emilio erkennen. Aufgrund der diffusen Lichtverhältnisse wirkte er eigentümlich unwirklich. Fast sah es aus, als habe er die Fäuste geballt. Sie kniff die Augen zusammen, und in diesem Moment begegneten sich ihre Blicke. In Emilios dunklen Augen lag etwas, das Blanca erschrecken ließ. Wut? Hass? Eifersucht? Sie konnte es nicht mit Sicherheit zuordnen, aber es berührte sie. Sie presste ihre Kameratasche an sich und hastete hinter den anderen her, Emilios Blick immer noch in ihrem Rücken.

*

Emilio wartete, bis die Gruppe unter Franciscos Führung den Innenhof verlassen hatte. Vor allem das Mädchen mit der Kamera, dem neugierigen Blick und den dunklen Haaren, das nicht so fremd aussah, wie es eigentlich hätte aussehen müssen.

Als die Schritte auf den steinernen Stufen verklungen waren und Emilio die Stille wieder für sich allein hatte, durchquerte er den Hof. Kurz huschte sein Blick hinüber zum Labor, seine Gedanken zur einsamen Dunkelkammer …

Nicht jetzt. Emilio kehrte in den leeren Seminarraum zurück, zu Eimer, Wischmop und dem Geruch von Seifenwasser. Der Raum musste blitzblank sein, wenn morgen der Kurs begann. Verbissen tauchte Emilio den Mop ins trübe Putzwasser und klatschte ihn auf die Bodenfliesen. Das einfallende Sonnenlicht brachte die nasse Fläche zum Leuchten, und Emilio kniff die Augen zusammen, während er sich der Monotonie seiner Arbeit überließ. Und dem Gefühl, dass er direkt ins Gegenlicht seiner Erinnerungen blinzelte.

Irgendwann einmal, das wusste Emilio, hatte es auch

Freude in ihnen gegeben, klare Luft und Kinderlachen. Aber das war Stück für Stück überlagert worden. Schatten. Sorgen. Furcht.

Die Erinnerungen gewannen an Kraft. Plötzlich lag er wieder auf der harten Matratze, die er sich mit Marcelo geteilt hatte, und sah unter den Augenlidern hervor Mamá, die an der Kochplatte hantierte, mit fahrigen Bewegungen, den Kopf gesenkt, den Mund zu einem schmalen Strich gepresst. Sie war der lebendigste aller Schatten in einer Welt aus Zwielicht. Und dann, als Emilio sich konzentrierte, trat Papá neben sie, betrachtete sie aus schuldbewussten Augen und streckte eine Hand nach ihr aus. Mamá hielt inne, sobald die Handfläche ihre Taille berührte.

»Versteh doch, Sarita …«, flüsterte Papá, und dieses Wispern fraß sich in Emilios Bewusstsein, wurde zu einem Windhauch, zu seinem eigenen Echo, das in Emilios Kopf widerhallte und ihn immer begleitete. »Versteh doch.«

»Da gibt es nichts zu verstehen«, gab Mamá zurück, ihre Stimme viel zu dünn. »Das ist Wahnsinn. Du lässt dich damit umbringen und uns alle gleich mit.«

»Nein, Sarita.« Papás Hand glitt höher, bis sie Mamás Arm fassen konnte. Er sprach leise wie sie, doch es lag Kraft in jeder Silbe. Entschlossenheit. Emilio erinnerte sich daran, dass er diese Entschlossenheit geliebt hatte.

»Versteh doch, ich muss es einfach tun. Es wird viel mehr Schaden entstehen, wenn ich es nicht wage.«

»Aber du hast eine Familie!« Jetzt riss Mamá sich los, trat einen Schritt zurück und hob den Blick. Die Fäuste geballt, das Kinn gereckt, schlagartig war Mamá keine müde Frau am

Herd mehr, sondern das wilde und lebenslustige Mädchen, in das Papá sich einst verliebt hatte.

Hochlandliebe, dachte Emilio, wusste selbst nicht, woher dieses Wort ihm in den Sinn kam.

»Du hast uns. Ich weiß nicht, an wen du bei deiner Entscheidung denkst, aber du solltest zuallererst an deine Frau und deine Kinder denken.«

»Sarita.« Papá hob besänftigend die Hände. Emilio konnte sie sehen, klarer, als er Papás Gesicht sehen konnte. Große Hände, weiche Hände. Hände, die niemals schlugen. Geschickte Hände.

»Sarita, ich denke an euch. An wen, wenn nicht an dich und die Kinder? Das ist der Grund, warum ich es tun muss. Siehst du nicht, was um uns herum vorgeht? Was für Unrecht geschieht? Willst du, dass unsere Söhne mit ständiger Angst aufwachsen? Denn das wird passieren, wenn nicht jemand handelt.«

»Ich will, dass unsere Söhne mit einem Vater aufwachsen!«, rief Mamá aufgebracht. »Ich will nicht am Rand einer Grube stehen müssen und wissen, dass dort irgendwo dein zerfetzter Körper liegt!«

»Eben darum, Sarita.« Papá trat vor, fasste Mamá an den Schultern und zog sie an sich. Diesmal wehrte sie sich nicht. Sie ließ den Kopf an seine Brust sinken und war still. Emilio erinnerte sich an ihre Augen. Wie die eines verschreckten Vogels.

»Solche Dinge werden passieren, wenn wir nicht handeln. Ich will einer von denen sein, die handeln.«

»Diese Leute haben doch keine Ahnung, was sie tun«, flüsterte Mamá, »die wissen doch überhaupt nichts davon, wie wir hier oben leben.«

»Umso wichtiger, dass wir es ihnen zeigen. Dass die Welt davon erfährt, Sarita. Es ist unser Schweigen, an dem wir ersticken. Wir müssen eine Stimme haben, wenn wir uns retten wollen.« Papá hielt sie, strich über ihr Haar, und einmal mehr liebte Emilio diese großen sanften Hände. »Wir haben lange genug stillgehalten. Es ist Zeit für Veränderung.«

»Siehst du denn nicht, wie gefährlich es ist?« Mamás Stimme zitterte.

»Doch, Sarita.« Papá barg sein Gesicht in ihrem Haar, ließ zu, dass das Murmeln seiner Worte sich in den dunklen Strähnen verfing. »Ich sehe es, und ich habe Angst. Aber ich habe auch Angst vor allem anderen, und wenn das Schlimmste eintritt, will ich wissen, dass ich etwas getan habe. Dass ich nicht die Augen geschlossen habe. Ich will sagen können: Zumindest habe ich gekämpft. Auf meine Weise.«

Emilio erinnerte sich an die Stille, durchbrochen nur vom schweren Atmen seines Vaters und dann vom leisen Weinen seiner Mutter. Er erinnerte sich, wie die beiden dort standen, eng umschlungen, als könnten sie einander ein Schutz sein gegen all das Düstere, das draußen auf sie lauerte. Emilio sah das Bild vor sich, und plötzlich musste er nicht mehr blinzeln, sondern konnte die Augen ganz zukneifen, konnte sie verschließen und die Silhouette seiner Eltern blieb trotzdem dort: ein Scherenschnitt mit klaren Linien.

3. Kapitel

Arequipa hatte Blanca regelrecht aufgesogen. Ihr Leben daheim in Deutschland erschien ihr mit einem Mal sehr weit weg. Umgekehrt konnte sie sich kaum vorstellen, dass sie wirklich erst eine Woche in der weißen Stadt verbracht hatte. Der Unterricht nahm viel Zeit in Anspruch, und wenn Francisco seine Schüler am frühen Abend entließ, fühlte sich Blanca meist einfach nur erschlagen. Immer vor dem Schlafengehen schob sie den Beutel mit Guadalupes Foto schuldbewusst unter ihr Kopfkissen. Manchmal angelte sie nach ihrer Kladde und notierte sich hastig ein paar Ideen dazu, wie sie mit der Suche beginnen wollte. Gedankenspiele, ob es noch überlebende Bekannte Guadalupes geben konnte. Rechnereien, wie alt sie heute wohl sein mochte. Dann schlief Blanca mit dem festen Vorsatz ein, sich am nächsten Tag wirklich Zeit für ihre Mission freizuschaufeln – doch jedes Mal zerrannen ihr die Stunden nur so zwischen den Fingern.

Die Stipendiaten hatten das Stadtzentrum erkundet, obwohl Blanca dabei nur einen Bruchteil der Motive hatte fotografieren können, die ihr lohnenswert erschienen.

Arequipas Zentrum war ein eigener kleiner Kosmos aus Kopfsteinpflaster und ehrwürdigen Kolonialhäusern, geprägt vom einst makellosen Weiß des Vulkangesteins. Und doch war es zugleich eine höchst lebendige Stadt im Hier und Jetzt: Hupende Taxis verstopften die engen Gassen, und unter den herrschaftlich anmutenden Ornamenten der Häuserfassaden baumelten Werbeschilder. Salsa-Rhythmen dröhnten aus Internetcafés, und nur eine Tür weiter verkauften kleine Kramläden frisches Obst und Gemüse neben quietschbunten Limonaden. Eine Farbenpracht, die Blanca auch nach einer Woche noch Schwindel verursachte — und von der sie hoffte, dass sie sie in ihren Fotografien einfangen konnte.

Pablo, der stets ernst blieb, kannte sich mit den Fotografen Arequipas sehr gut aus. Auf Streifzügen in der Mittagspause zeigte er der Gruppe ein Eckhaus an der Plaza de Armas, in dem Max Vargas sein extravagantes Studio geführt hatte, die oberste Adresse für die feine Gesellschaft Arequipas zu Beginn des zwanzigsten Jahrhunderts. Der Student aus Lima erzählte außerdem, in welchem Geschäft bis in die späten fünfziger Jahre Vargas' Gehilfen ansässig gewesen waren, ein Brüderpaar, das verwirrenderweise ebenfalls Vargas hieß. Pablos nüchterne Erklärungen, ergänzt durch Franciscos schillernde Ausführungen, weckten in Blanca eine Vorstellung davon, welche Rolle die Fotografie damals gespielt haben musste. Die Faszination einer jungen Technik, die sich langsam zur Kunst entwickelte, deren Produkte das Statussymbol einer wohlhabenden städtischen Elite wurden und deren Möglichkeiten die Träume aufstrebender Künstler und gewiefter Unternehmer gleichermaßen beflügelten. Eine vergangene, verblichene Zeit, aber ein Hauch von ihr schien in den Gassen des historischen Stadtzentrums fortzuleben.

Blanca beschloss, eine Reihe von Fotos zu entwickeln und

als Postkarten nach Hause zu schicken. Ihre Eltern würden sich freuen, Magda ebenfalls. Und Laura … Bei dem Gedanken an ihre beste Freundin krampfte sich Blancas Magen zusammen.

Noch vor ein paar Jahren wäre es undenkbar gewesen, Laura keinen Gruß von einer Reise zukommen zu lassen. Sie hatten einander immer geschrieben, auch noch, nachdem Laura nach München gegangen war und die ersten Schulfreundschaften bereits eingeschlafen waren. Aber das war vor dem großen Krach gewesen, als sie beide verstanden hatten, dass ihre Wege in zu unterschiedliche Richtungen führten.

Du kannst nächstes Wochenende nicht kommen. Ich gehe Skifahren mit Maxi und den anderen. Ich will mal was erleben, weißt du?

Sie schob die Erinnerung an Lauras Stimme beiseite. Aber der Schmerz blieb.

Wenn jemand Blanca gefragt hätte, was sie in dieser ersten Woche in der Akademie gelernt hatte, hätte sie nicht auf Anhieb antworten können. Es war kein Wissen, das sie in ihrer Kladde hätte notieren oder mit bunten Klebezetteln in irgendeinem Fachbuch markieren können. Und doch meinte sie, aus jeder von Franciscos Unterrichtsstunden mehr mitzunehmen als aus ihrem ganzen bisherigen Studium. Er vermittelte ihnen nur wenige harte Fakten, aber er lenkte den Blick auf Dinge, die zumindest Blanca vorher außer Acht gelassen hatte, und zeigte Zusammenhänge auf, die ihr so offensichtlich erschienen, dass sie sich fragte, wie sie sie bislang hatte übersehen können. Darin bestand das eigentliche Geheimnis seines Unterrichts.

Nach der morgendlichen Theorie-Sitzung inmitten der kühlen Steinmauern versammelte Francisco seine Schüler regelmäßig auf der Dachterrasse des Kolonialhauses, einer weiten freien Fläche, auf der jeder nach Belieben sein Stativ aufbauen und verrücken konnte. Er machte ihnen in diesem Moment keine besonderen Vorgaben, welches Motiv sie auswählten, ob sie auf ein Detail aus der Dächerwelt Arequipas zoomten, sich dem Vulkankegel des Misti widmeten oder dem Flussbett des Río Chili, das von hier oben gut sichtbar war. Es kam nur darauf an, eine Fragestellung im Hinterkopf zu behalten, die Bilder entsprechend zu komponieren und zu entwickeln.

Blanca dachte daran, wie sie vor wenigen Tagen überzeugt gewesen war, dass sie die Möglichkeiten dieses besonderen Ortes vollkommen ausgeschöpft hatte. Sie war damit nicht allein gewesen.

»Hey, werden wir jetzt jeden Tag hier oben rumhängen, anstatt mal von woanders Bilder zu machen?«, hatte Tommy gefragt in seinem breiten amerikanischen Englisch und offenbar in der Überzeugung, dass es Francisco dann entgehen würde, der gerade am anderen Ende der Terrasse Noemi half.

Aber der Fotograf hatte sich ruhig aufgerichtet und halb zu Tommy und den anderen umgewandt. »Nein, das werden wir nicht«, hatte er auf Spanisch geantwortet, mit einem Lächeln auf den Lippen und doch so viel Bestimmtheit in der Stimme, dass Blanca zusammenzuckte. »Allerdings habe ich noch nicht das Gefühl, dass ihr bereit seid. Das Besondere besteht darin, immer wieder das Fremde in einem vertrauten Motiv zu entdecken. Du hast das nicht verstanden, Tommy – und ihr anderen auch nicht.«

Auch sie hatte geglaubt, dass es langweilig werden würde. Doch das stimmte nicht. Francisco hatte es ihnen bewiesen. Unwillkürlich kamen ihr die Bilder im Innenhof in den Sinn, besonders das Porträt der alten Frau. Es war Blanca, als würde dieser Blick unablässig auf ihr ruhen, auch jetzt, obwohl sie wieder auf der sonnenüberfluteten Dachterrasse stand, gemeinsam mit den anderen Stipendiaten.

Francisco schlenderte von einem zum anderen, warf kurze Blicke auf die Position von Kamerastativen und etwas längere durch die Sucher, nickte oder legte skeptisch den Kopf schief, verteilte Ratschläge und Lob.

Gerade stand er neben Claire und klopfte ihr auf die Schulter. »*Très bien, chérie.*« Sein Französisch besaß einen eigenwilligen Charme. Der spanische Akzent darin war nicht zu überhören, aber Franciscos strahlendes Lächeln machte das wieder wett.

Claire erwiderte den Blick und lachte ebenfalls.

Blanca wandte sich hastig ab und beugte sich über ihre Leica. Sie wusste nicht genau, warum, aber der triumphierende Glanz in Claires Augen störte sie. An Blancas Stativ war Francisco vor wenigen Minuten nur mit einem kurzen Nicken vorbeigeschritten, und es tat weh, dass er für Claire jetzt lobende Worte übrig hatte.

Verdammt, war das nicht albern, sich darüber den Kopf zu zerbrechen?

Betont konzentriert rückte Blanca das Stativ zurecht, strich sich eine schweißnasse Strähne aus der Stirn und kniff die

Augen zusammen, um durch den Sucher zu sehen. Sie hatte auf einen der zahllosen Kirchtürme gezoomt, die aus dem Häusermeer Arequipas aufragten. Zu welcher Kirche er gehörte, wusste sie nicht, aber er war weiß und kantig, und in dem Ausschnitt, den sie gewählt hatte, stand er fast frei gegen den tiefblauen Himmel. Das Sonnenlicht brachte die Steinmauern zum Leuchten. In der unteren Bildkante würde Blanca die Andeutungen weiterer Dächer zulassen, um zu zeigen, dass dieser Kirchturm nicht so einsam stand, wie es den Eindruck erwecken mochte.

Ihre Finger umschlossen behutsam die Kamera, korrigierten sanft die Blendenöffnung. Noch zögerte Blanca. Der richtige Moment war noch nicht ganz gekommen.

Sie fixierte einmal mehr ihren Bildausschnitt, regelte die Bildschärfe ein wenig nach oben und nickte leicht.

Jetzt.

Die Leica jubilierte, als Blanca auf den Auslöser drückte. Blanca schoss mehrere Bilder, dann richtete sie sich wieder auf – und blickte direkt in Franciscos Augen.

Sie wusste nicht, wann er neben sie getreten war, aber offensichtlich hatte er sie sehr genau beobachtet. Ein Lächeln zeigte sich in seinen Augen, und er nickte anerkennend. »Das wird ein hervorragendes Foto. Du hast ein Gespür für den richtigen Moment und das richtige Motiv.«

Sie spürte Stolz. »Danke.«

Er streckte die Hand aus und drückte sanft Blancas Schulter. Das Lachen verschwand keine Sekunde lang aus seinen Augen. »Talent hat man, oder man hat es eben nicht. Und du hast es.«

Seit der Erwähnung des Wettbewerbs fiel es ihr schwer, an etwas anderes zu denken. Und ein Seitenblick zu Claire, deren Miene sich jäh verdüstert hatte, bewies Blanca nur zu deutlich, dass es den anderen auch so ging. Eilig beugte sie sich wieder über ihre Leica, ließ den Blick über die Dächer schweifen und tat, als suchte sie ein neues Motiv.

Francisco klatschte in die Hände. »Die Sitzung ist vorbei, meine Lieben. Mittagspause!«

Blanca verstaute sorgfältig ihre Kamera und das Stativ. Obwohl Claires Blick gerade leises Unbehagen in ihr ausgelöst hatte, wartete sie, bis die Französin zu ihr aufgeschlossen hatte. Sie waren jetzt eine Woche gemeinsam hier, und auch wenn Blanca noch nicht so weit gegangen wäre, Claire als Freundin zu bezeichnen, hatte sich doch eine gewisse Vertrautheit zwischen ihnen entwickelt, die sie nicht missen wollte. Nicht, solange es sich mit dem unterschwelligen Gefühl von Wettkampf vereinbaren ließ, das sie wahrscheinlich alle empfanden. Seit der Sache mit Laura hatte Blanca keine wirkliche Freundschaft mehr zugelassen, und jetzt tat es zu gut. Claire lachte auf eine ähnliche Art wie Laura, hatte das gleiche schalkhafte Blitzen in den Augen und arbeitete, zumindest kam es Blanca so vor, mit dem gleichen stillen Ehrgeiz und Ernst.

Gut, dass Claire trotz allem nicht Laura war. Blanca würde sich hüten, alte Fehler zu wiederholen, und so nah wie Laura musste sie niemanden mehr an sich heranlassen.

Lächelnd trat Claire nun auf sie zu und hakte sich bei ihr unter. »Saftbar?«

Blanca grinste. »Wollte ich auch grad vorschlagen. Wer kommt mit?«

Noemi und Pablo schlossen sich ihnen an, Noemi mit ihrem schüchternen Lächeln, Pablo mit einem kurzen Nicken.

Auf dem Weg durch den Innenhof begegneten sie Emilio, der gerade zwei Flaschen mit Entwicklerflüssigkeit in Franciscos Labor trug. Er hielt sie sacht an seine Brust gedrückt, eine Hand schützend über die weißen Plastikkörper gelegt. Als die Stipendiaten seinen Weg kreuzten, blieb Emilio ruckartig stehen und wich einen Schritt zurück, als sei er gegen ein unsichtbares Hindernis geprallt.

Blanca wurde nicht schlau aus ihm. Sie lächelte ihm zu, während sie an ihm vorbeiging und sein Blick ihnen aus dunklen, zusammengekniffenen Augen folgte.

Emilio erschien ihr wie der Hausgeist der Akademie. Er begegnete einem an jeder Ecke, tauchte immer wieder aus den Schatten der steinernen Mauern auf und war stets beschäftigt. Er ging Francisco im Labor zur Hand, fegte Innenhof und Treppe, rückte Stühle und Tische zurecht, goss die Blumen. Wann immer er auf die Stipendiaten stieß, zuckte er zurück wie ein scheues Tier, erstarrte förmlich. Es fehlte nur, dass er den Kopf senkte. Aber das tat er nicht. Mehr als einmal war Blanca seinem durchdringenden, beinah feindseligen Blick begegnet. Und nie hatte sie Emilio auch nur ein Wort sagen gehört. Vielleicht war er stumm. Oder konnte es sein, dass er gar kein Spanisch sprach? Sie hatte gelesen, dass es in Peru noch immer einen bedeutenden Prozentsatz an Menschen gab, die nur die Quechua-Sprache beherrschten, und wenn Emilio aus dem Hochland kam, gehörte er vielleicht zu ihnen.

Auf der anderen Seite, wie hatte er unter diesen Umständen

Franciscos Gehilfe werden können? Wie war er überhaupt in die Akademie gekommen? Warum beschäftigte Francisco nicht jemanden, der wirklich etwas von Fotografie verstand, anstatt einen Jungen aus dem Hochland anzulernen?

Die »Saftbar« lag nur wenige Straßen von der Akademie entfernt. Auch sie war in einem etwas heruntergekommenen Kolonialhaus untergebracht. Dunkle Holztische und Lampenschirme aus buntem Mosaikglas vermittelten Gemütlichkeit, Berge von frischem Obst türmten sich in flachen Körben auf dem Tresen. Die Stipendiaten waren auf Empfehlung von Francisco hergekommen, und Blanca hatte sich auf Anhieb in das kleine Lokal verliebt. Dass auf der Speisekarte eine schier unendliche Auswahl an frisch zubereiteten Fruchtsäften stand, trug seinen Teil dazu bei, und mittlerweile war die Mittagspause hier zu einem festen Ritual geworden.

»Wisst ihr schon, was ihr in eure Mappen für den Wettbewerb aufnehmt?«, fragte Claire, ohne von der Speisekarte aufzublicken.

Noemi sah auf und grinste schief. »Wir sind doch gerade erst angekommen. Es ist noch so viel Zeit. Ich mache mir darüber noch keine Gedanken, ich bin hier, um zu lernen.«

»Ich möchte ein wirklich gutes Konzept präsentieren, und deswegen muss ich beizeiten darüber nachdenken«, erwiderte Claire.

Ein Satz, den Laura genauso hätte sagen können. Den sie vielleicht sogar gesagt hatte, als sie damals während der Bewerbungsphase auf Blancas Teppich gesessen hatten, um Broschüren und Websites verschiedener Kunsthochschulen zu studieren.

Die Kellnerin kam, und während sie alle ihre Säfte und dazu Salat bestellten, sah Blanca plötzlich wieder Emilio vor sich, wie er schweigend im Innenhof stand, die beiden Plastikflaschen im Arm, als seien das auf der Welt seine einzigen Freunde.

»Blanca?« Claire knuffte sie leicht in die Seite. »In welcher Galaxie bist du gerade unterwegs?«

»Alles gut.« Blanca zwang sich zu einem Lächeln. »Ich habe mich nur gerade gefragt, ob wir Emilio mal mitnehmen könnten, wenn wir in die Mittagspause gehen. Ich meine, es fühlt sich doch merkwürdig an, dass wir ihn ständig sehen und nie ein Wort mit ihm reden.«

Schweigen legte sich über den Tisch.

»Ich finde ihn ganz süß«, sagte Claire schließlich, »aber … auch irgendwie unheimlich.«

»Weil er nie redet, nicht wahr?« Noemi zögerte. »Ich habe eher das Gefühl, dass er … na ja, dass er uns unheimlich findet.«

Blanca musste ihr innerlich beipflichten. Emilios Zurückprallen, wann immer jemand von ihnen in Sicht kam, vermittelte schon ein wenig diesen Eindruck.

Claire schnalzte mit der Zunge. »Als ob an uns etwas unheimlich wäre. Im Ernst, ich hab ihn gleich am Anfang der Woche gefragt, ob ich von ihm ein Foto machen darf. Er hat mich voller Verachtung angestarrt und ist dann einfach fortgelaufen.«

Essen und Getränke kamen, und Blanca nahm einen Schluck von ihrem tiefroten Saft, eine Mischung aus Erdbeere, Passionsfrucht und Kaktusfeige, bevor sie sich räusperte. »Ich hatte überlegt, ob er vielleicht kein Spanisch versteht. Im Hochland spricht man doch Quechua, oder?«

»Ich habe aber gehört, wie Francisco mit ihm auf Spanisch spricht«, warf Noemi ein. »Ich glaube, er ist einfach schüchtern. Das ist alles. Vielleicht sollten wir ihn wirklich einmal fragen, ob er mitkommen will.«

»Wahrscheinlich läuft er dann nur wieder davon«, sagte Claire ein wenig pikiert und beugte sich über ihren Obstsalat. Offenbar nahm sie Emilio seine wortlose Abfuhr noch immer übel.

»Wir können es ja wenigstens versuchen«, murmelte Blanca, auch wenn sie sich plötzlich nicht mehr sicher war, ob das wirklich eine gute Idee war. »Er muss doch keine Angst vor uns haben.«

»Du weißt nicht, was seine Geschichte ist.«

Überrascht sah Blanca zu Pablo. Es kam so selten vor, dass der Student aus Lima sich zu Wort meldete, und wie immer, wenn er es doch tat, klang seine Stimme ruhig und sicher. Auch jetzt hatte Blanca das Gefühl, dass Pablo ganz genau wusste, wovon er sprach.

»Was meinst du?«, fragte sie.

Pablo erwiderte ihren Blick. »Nach allem, was ich weiß, kommt Emilio aus dem zentralen Hochland. Ich will jetzt keine Gerüchte in die Welt setzen, aber wer weiß, was er zur Zeit des Terrors miterlebt hat. Zumal er da noch ein kleiner Junge gewesen sein muss.«

Erneut folgte Schweigen, und in Blancas Magengrube machte sich ein gewisses Unbehagen breit.

»Terrorismus?« Das war Noemi.

Pablo sah von einer zur anderen und nahm in aller Ruhe einen Schluck Orangensaft, bevor er antwortete. »Ihr wisst nichts davon?«

»Doch«, sagte Blanca. »Aber nur wenig. Das war in den Achtzigern, oder? Der Leuchtende Pfad?« Verzweifelt versuchte sie, sich an Genaueres zu erinnern. Schließlich hatte sie genug über Peru und dessen Geschichte gelesen, und verdammt, sie hatte eine peruanische Urgroßmutter. Irgendwo in Blancas Bewusstsein flatterte der Gedanke an das Versprechen, das sie Magda gegeben hatte. Im Trubel der ersten Tage hatte sie weder Zeit noch Kraft gehabt, etwas zu Guadalupes Schicksal zu recherchieren. Sie würde es nachholen. Ebenso, wie sie dringend Details zur Epoche des Terrorismus in Peru nachlesen musste.

»In den Achtzigern und bis in die Neunziger hinein. Es ist eine komplexe Geschichte, eigentlich zu lang für eine Mittagspause«, sagte Pablo mit seiner gewohnt ruhigen Stimme. »Fakt ist, dass diese Zeit schwere Wunden hinterlassen hat. Die Terroristen waren vor allem im Hochland aktiv, aber sie kamen auch in die Städte. In Lima gab es Stromausfälle. Kennt ihr die Bilder von den Hunden, die an Laternenmasten aufgeknüpft wurden? Das war der Leuchtende Pfad. Damit sagten sie uns: Seht her, wir sind hier. Wir sehen euch, und wir können jederzeit etwas geschehen lassen.«

»Das klingt grauenhaft«, murmelte Claire, und Pablo sah ihr direkt in die Augen.

»Es war grauenhaft. In vielen Städten gab es nach Einbruch der Dunkelheit Ausgangssperren. Immer wieder explodierten Autobomben. Und wenn du morgens zur Arbeit gegangen bist, hast du nie so genau gewusst, ob du nach Feierabend zurückkehrst. Insgesamt gab es Zehntausende Tote und Verschwundene. Und diejenigen, die am allermeisten gelitten haben, waren die Leute im Hochland. Die einfache Bevölkerung. Sie wurde zwischen den Fronten aufgerieben. Manchmal kamen die staatlichen Militärs und brannten ein Dorf nieder, weil sie glaubten, dass die Menschen dort mit den Terroristen kooperierten, und wenn sich die Dorfbewohner aus Schutt und Asche wieder auf die Füße kämpften, kamen die Terroristen und brannten nieder, was noch übrig war, weil sie glaubten, dass die Leute mit den Militärs zusammenarbeiteten.«

Blancas Magen krampfte sich zusammen. Die Nüchternheit in Pablos Stimme machte die Vorstellung nur noch schlimmer, wie sich das Leben damals angefühlt haben musste. Ob Emilio Derartiges miterlebt hatte?

»Später hat man eine Wahrheitskommission gegründet, um den Verbrechen auf den Grund zu gehen«, fuhr Pablo fort. »Ihr Bericht ist erst 2003 veröffentlicht worden.«

2003. Blanca starrte auf die Tischplatte. Das war erst elf Jahre her. Eine Zeitspanne, die bequem in ihr eigenes Leben hineinpasste. Und sicher auch in Emilios.

»Aufgearbeitet ist das alles trotzdem noch längst nicht«, sagte Pablo.

»Und du meinst, Emilio … ?«, begann Noemi unsicher.

Pablo hob die Schultern. Zum ersten Mal sah Blanca in seinen dunklen Augen nicht mehr nur Selbstsicherheit, sondern etwas anderes: Mitgefühl. »Francisco hat mir gegenüber angedeutet, dass Emilio aus einer Gegend kommt, in der der Leuchtende Pfad sehr aktiv war. Vielleicht hat es Vorfälle in Emilios Kindheit gegeben, ich weiß es nicht. Ich weiß nur, dass viele von uns Peruanern dem Grauen nähergekommen sind, als ein Mensch es tun sollte. Wenn Emilio einer von ihnen ist, dann reicht ein Lächeln nicht aus. Dann wird er uns nie an sich heranlassen.«

*

Sie hatten das Thema gewechselt, irgendwann über Banalitäten geredet und sogar gelacht. Aber für Blanca hing für den Rest der Mittagspause das Echo von Pablos Worten im Raum. Vielleicht war sie die Einzige, der es so vorkam, vielleicht waren die anderen auch nur geschickter darin, ihr eigenes Unbehagen zu überspielen.

Erst, als sie über sonnenheiße Pflastersteine zurück in die Akademie schlenderten, wich das Gefühl der Beklemmung langsam und wurde von all den anderen Eindrücken überlagert, die das Treiben in den Straßen bereithielt.

Claire schlug vor, am Abend tanzen zu gehen, schließlich war Freitag, und Blanca fühlte sich plötzlich von einem euphorischen Tatendrang erfüllt. Farben, Klänge, Gerüche, das Licht und die Wärme – sie sog alles begierig in sich auf.

Im Nachmittagsblock des Unterrichts standen Laborarbeit und noch einmal Theorie auf dem Programm. Blanca hing an Franciscos Lippen, als er über die Eigenschaften des Lichts sprach, über die Möglichkeiten, die es für den Fotografen im Hinblick auf Raumgestaltung und Atmosphäre im Bild bot. Viele Dinge hatte sie schon einmal gehört oder intuitiv richtig gemacht, doch hier in Arequipa kam ihr mit einem Mal alles echter und lebendiger vor.

Sie merkte nicht, wie die Zeit verflog, zumal das fensterlose Labor ohnehin immer eine kleine Welt für sich darstellte, abgenabelt von allem anderen. Als Francisco sie alle mit einem Lächeln entließ, konnte Blanca kaum glauben, wie viel Zeit vergangen war. Sie war die Letzte, die aus dem Labor auf den Innenhof trat. Die Sonne musste schon fast untergegangen sein, denn der Himmel wirkte blass, und Blanca wusste, dass die Dunkelheit sich binnen weniger Minuten über Dächer und Straßen legen würde.

Francisco verstellte ihr den Weg und lächelte. »Du strahlst so. Das freut mich, meine Liebe.«

Blanca blieb stehen und befürchtete, dass ihr Grinsen jetzt ein wenig dümmlich ausfiel. »Es macht einfach Spaß. Ich bin froh, dass ich hier sein darf, ehrlich.«

»Und ich bin froh, dich hier zu haben. Eure Arbeiten sind alle vielversprechend. Aber, und das muss ich einfach loswerden, was du machst, ist besonders, Blanca. Du bist mehr als vielversprechend, du bist talentiert. Und ich weiß, heute magst du noch etwas von mir lernen, aber irgendwann werde ich hier sitzen und sagen: Das ist Blanca, und ich war ihr Lehrer.«

Hitze schoss Blanca in die Wangen. Francisco ging sparsam mit Lob um, und diese Überschwänglichkeit erschien ihr ebenso unverdient, wie sie ihr guttat.

»Danke, aber … du übertreibst«, brachte sie hervor.

Francisco schüttelte den Kopf und drückte sanft ihre Schulter. »Nein, durchaus nicht. Ich wollte es dir unter vier Augen sagen, weil ich keinen Neid möchte. Aber ich denke, du hast das Zeug zu einer großen Karriere.« Er zögerte kurz. »Und deshalb wollte ich dir etwas vorschlagen.«

»Was denn?« Blancas Herzschlag beschleunigte sich.

»Ich versuche, euch möglichst viel Raum für Praxis zu geben«, sagte Francisco, »aber unsere Unterrichtszeit ist begrenzt, und seien wir ehrlich: Für wirklich konzentriertes Arbeiten reicht sie nicht.« Er griff in seine Hosentasche und streckte Blanca etwas entgegen. »Allerdings möchte ich, dass du konzentriert arbeiten kannst. Wann immer du willst.«

Sie starrte auf das, was er ihr da hinhielt. Ein kleiner Metallring, an dem drei Schlüssel hingen. Dann sah sie wieder Francisco an, fragend. Sie hatte eine dumpfe Ahnung, was das für Schlüssel sein konnten.

Sein Lächeln flammte wieder auf. »Nun nimm schon. Sie beißen nicht.«

»Sind das … ?«

»Die Schlüssel zur Akademie und zum Labor, ja. Die beiden sind für die Eingangstür, dort gibt es zwei Schlösser. Nicht wundern, wenn du etwas rabiater sein musst, und bitte vergiss nicht, die Tür abzuschließen, sonst haben wir sofort Einbrecher im Haus. «

»Ja, aber …« Blanca schluckte. Noch immer brachte sie es nicht über sich, die Hand auszustrecken. »Ist das nicht unfair?«

»Die Einbrecher auszusperren?«

»Nein.« Sie schüttelte den Kopf. »Unfair gegenüber den anderen. Das verschafft mir … Vorteile, und es kommt mir falsch vor.«

»Du denkst an den Wettbewerb«, stellte Francisco hörbar belustigt fest.

Blanca musste den Blick senken und nickte. Sie fühlte sich seltsam ertappt.

»Kopf hoch, Liebes.« Er stieß sie freundschaftlich in die Seite. »Es ehrt dich, dass du dir darüber Gedanken machst. Du bist ehrlich und zuverlässig. Und zusammen mit deinem Talent sind das genau die Gründe, warum ich dir die Schlüssel gebe. Ich habe dir gesagt, dass ich kein böses Blut zwischen euch will, und deshalb möchte ich dich bitten, dass du das hier erst mal keinem erzählst. Aber ich will dich auch bitten, mein Angebot anzunehmen und zu nutzen. Ich mache es dir, weil ich denke, dass es dir hilft. Ich könnte auch an alle anderen eine Runde Schlüssel verteilen, so teuer ist es nicht, sie nachmachen zu lassen. Aber die Frage ist, muss ich das? Wer von den anderen würde das wirklich nutzen? Wer würde auch in seiner Freizeit herkommen und hier arbeiten? Denk darüber nach, Blanca.«

Sie starrte auf ihre Fußspitzen. »Ich denke, Claire … «, begann sie und sah schüchtern auf.

Francisco schüttelte den Kopf. »Claire ist eine gute Schülerin mit Fingerspitzengefühl. Aber keiner hat schneller seine Sachen zusammengesucht als sie, wenn Feierabendzeit ist. Sie ist ehrgeizig und leistet, was sie kann, doch nicht mehr, als sie muss. Nimm die Schlüssel, Blanca. Du bist in der ganzen Gruppe die, in der ich das meiste Potential sehe, und ich würde mir dumm vorkommen, das nicht zu fördern.« Er trat einen Schritt näher und drückte ihr sanft die Schlüssel in die Hand.

Blanca musste lächeln. »Danke.«

»Das ist natürlich keine Verpflichtung, dass du herkommen musst. Aber du hast meine ausdrückliche Erlaubnis. Komm, wann immer du willst.«

Sie ließ die Schlüssel in ihre Hosentasche gleiten.

»Danke«, wiederholte Blanca. »Das bedeutet mir viel, Francisco. Wirklich.«

Francisco legte den Kopf schief, und sein Lächeln wurde breiter. »Natürlich.«

Guadalupes Tagebuch

Arequipa, 31. August 1939

Wenn ich an Deutschland denke, verblassen seine Farben. Mir ist von Anfang an alles gedämpfter erschienen als in Arequipa, und vielleicht hat es damit zu tun. Aber während ich in Deutschland lebte, während ich mir meinen Weg durch ein Dickicht aus spitzen und harten Silben suchte, standen mir Arequipas Farben stets kraftvoll im Gedächtnis. Die Klostermauern, die tiefblau und blutrot in der Sonne leuchten. Selbst das Weiß strahlend.

Und Deutschland? Die Sonne war so weit entfernt. Der Regen, ich denke besonders oft an den Regen. Nicht, dass es nur Regentage gegeben hätte, aber ich konnte mich nie daran gewöhnen, dass der Regen jederzeit fallen konnte.

»Nimm einen Schirm mit«, hat Max mir aus seinem Arbeitszimmer zugerufen, bevor ich aus dem Haus ging.

Und ich blieb stehen, ließ die Dielen vertraut unter meinen Füßen knarren und rief zurück: »Aber ist denn schon Regenzeit?«

Bis heute höre ich sein Lachen, es ist lebendig, und ich bin dankbar, dass wenigstens diese Erinnerung nicht verblasst.

»Guadalupe«, hat er gesagt, »hier in Deutschland ist immer Regenzeit, wenn es dem Regen gefällt.«

Also habe ich in der Hand einen Schirm getragen und im Herzen die Sonne von Arequipa.

Dann kam die Zeit, in der wir spürten, wie sich alles veränderte.

Wir saßen am Küchentisch und flüsterten, die Wände waren doch dünn wie Papier, und Magda sollte nicht aufwachen. Der Lichtkreis der Kerze unsere Insel, auf die wir uns geflüchtet hatten. Unsere Finger ineinander verhakt, ein Anker, der uns an diese Insel band. In welcher Sprache haben wir gewispert? Ich kann es nicht mehr sagen. Es ist auch nicht mehr wichtig. Wichtig ist nur, dass wir eine Sorge teilten und einen gemeinsamen Weg sahen. Dafür aber musste ich das Land verlassen.

Hat es geregnet, als ich abreiste? Als ich aufbrach und mit einem Taschentuch Max und Magda zuwinkte, tatsächlich ein kleines Segel, das sich im Wind blähte? Ich hab es noch. Sie sind mir näher, wenn ich es hervorhole.

Bestimmt hat es geregnet. In Sepia sehe ich diesen Tag, den Bahnhof, die Menschen, nur mein Taschentuch leuchtet weiß.

»Auf bald«, haben wir gerufen, die Blicke ineinander verhakt, wenn es doch schon die Finger nicht mehr durften, die Worte umeinandergeschlungen, wenn wir uns doch anders nicht mehr berühren konnten.

Auf bald.

Manchmal stehe ich auf und durchsuche meine Sachen nach dem Bild dieses Tages, weil es mir in allen Einzelheiten vor Augen steht, so klar, dass ich denke, es muss dieses Bild geben, und wenn ich es ansehe, kann ich die Blicke einfangen, die mich auf die Reise schickten.

Aber es gibt dieses Bild nicht. Nur in meiner Erinnerung. Es gibt nur das Taschentuch, und natürlich Max' Kamera, die mit mir gereist ist. Sie liegt auf meinem Schoß, während ich schreibe. Ihr Gewicht beruhigt mich, ich streichle ihre Oberfläche, und ich weiß, dass sie mit mir wartet, auf die Rückkehr der Farben.

Vielleicht, sag ich mir, wird Max zur Regenzeit kommen.

Auf bald!

4. Kapitel

Blanca schloss den Reißverschluss ihrer Strickjacke und nickte ihrem Spiegelbild zu, dann griff sie nach ihrer Tasche. Es war Samstagabend, die anderen Stipendiaten hatten sich lose zu einem Treffen in einer der Bars im Zentrum verabredet, lose genug, dass Blanca nicht hatte flunkern müssen, um ihre Abwesenheit zu erklären. Den Tag hatte sie mit Claire und Noemi verbracht und Aussichtspunkte besucht, wo sie tatsächlich eine ganze Reihe schöner Bilder gemacht hatte: blauer Himmel, geschwungene Rundbögen aus weißem Vulkangestein und im Hintergrund der Misti, den Blanca hoffentlich mit dem richtigen Kontrast ausreichend zur Geltung bringen konnte.

Das war der Plan.

Immer noch fühlte Blanca sich ein wenig schuldig, dass sie gegenüber den anderen im Kurs eine zusätzliche Möglichkeit hatte, an ihren Bildern zu arbeiten. Allerdings sagte sie sich, dass es im Moment ja noch nicht um den Wettbewerb ging. Ebenso wie Claire grübelte Blanca noch immer über einem Konzept, einem roten Faden für die Bilder, die sie einreichen wollte. Wenn sie dieses Konzept erst einmal entwickelt hatte, würde sie daran innerhalb der Unterrichtszeiten arbeiten, so gut es ging, damit ihr niemand vorwerfen konnte, sich Vorteile erschlichen zu haben. Was sie für heute vorhatte, war einfach nur eine Fingerübung. Und der Gedanke, ganz allein in Franciscos Fotolabor zu arbeiten, ohne die Unruhe, welche die Anwesenheit der anderen zwangsläufig mit sich brachte, hatte etwas Reizvolles.

Blanca tastete in ihrer Hosentasche nach den Schlüsseln.

Es war bereits dunkel geworden, die Sonne sank recht früh in Arequipa. Marmortreppe und Foyer lagen fast völlig im Dunkeln, und als Blanca eine Hand auf das Geländer legte, fühlte sie sich wie in einer längst vergangenen Zeit.

Sie hielt inne und lauschte. Vorsichtig legte sie die Hand auf das Außenfach ihrer Kameratasche, wo sich noch immer die Fourierlinse befand. Nach einem kurzen Zögern holte sie die Linse samt Silberkette aus dem Fach, wog sie in der Handfläche und ließ sie schließlich an der feinen Kette vor ihrem Gesicht baumeln. Sie hielt die Linse vor ein Auge, während sie das andere zukniff.

Natürlich war da nichts. Der Korridor lag nur noch trüber vor ihr; der neue Blickwinkel gab keine bislang verborgenen Details preis. Das Glas der Linse lag kühl auf Blancas Haut. Jetzt, da sie nur noch verschwommen durch altes Glas sah, nahm sie die Stille der Umgebung in besonderer Deutlichkeit wahr. Sie hörte nur das Ticken der altmodischen Pendeluhr, die unten im Foyer stand. Ein mechanischer Herzschlag. Wie alt mochte diese Uhr sein?

Vielleicht alt genug, dass Guadalupe eine ähnliche besessen hatte?

Mit einem Mal bekam Blanca weiche Knie. Ihre Handflächen fühlten sich feucht an, und sie ließ den Anhänger sinken, schloss beide Hände darum, damit er ihr nicht auf den Boden rutschen konnte. Die Silberkette lag weich zwischen ihren Fingern. Blanca wurde wieder bewusst, wie alt das zerbrechliche Objekt in ihrer Hand war. Dass ihr Urgroßvater damit gearbeitet und ihre Urgroßmutter es als Schmuck getragen hatte.

Blanca musste sich setzen. Guadalupes Foto knisterte in der Tasche unter Jacke und T-Shirt. Sie sog so heftig die Luft ein, dass es wehtat. Vorsichtig schob sie den Anhänger mit der Fourierlinse zurück in das Seitenfach, verschloss es und wischte dann die Handflächen an ihrer Hose ab. Langsam verebbte das seltsame Gefühl.

Vorsichtig stemmte sie sich wieder hoch. Ihre Beine zitterten noch immer, als sie die Treppe hinunterging, aber von den merkwürdigen Empfindungen eben war nur eine zurückgeblieben: Schuldbewusstsein. Die ganze Woche hatte Blanca kaum einen Gedanken an das Versprechen verschwendet, das sie Magda gegeben hatte.

Denn was ihre Gedanken in den vergangenen Tagen am allermeisten beansprucht hatte, war der Wettbewerb gewesen, die Verheißung einer eigenen Ausstellung. Sie hatte nicht nur über einem Konzept gegrübelt und auf jedes lobende Wort von Francisco gelauert, sondern sich auch schönen Tagträumen hingegeben, in Gedanken bereits vor sich gesehen, wie sie ihre Ausstellung eröffnete, begleitet vom Klicken der Pressekameras, von freudigem Applaus und dem Klingen von Sektgläsern. Plötzlich fühlte sie sich, als habe sie wichtige Zeit verschwendet.

Auf der Brücke über den Río Chili hielt sie kurz inne, stützte sich auf die Brüstung und starrte auf das schwarze Wasser des Flusses, das verlangend unter ihr rauschte.

»Ich hab's nicht vergessen«, murmelte sie und stellte sich vor, dass der Wind ihre Worte mit sich trug. »Gleich morgen fange ich an. Ich hab es versprochen.«

Dann erst lief Blanca weiter, aber jetzt fühlte sie sich zumindest etwas beruhigt.

Das Kolonialhaus der Akademie wirkte im Mondlicht mehr wie eine düstere Festung, die drohend über Blanca aufragte. Als sie den Schlüssel ins Schloss schob, hatte sie wieder das Gefühl, als würde sie etwas Verbotenes tun. Zuletzt hatte sie so etwas empfunden, als sie mit Laura heimlich über den Zaun ins Freibad geklettert war, am ersten Jahrestag nach dem Abitur, das Lachen nur mühsam unterdrückend. Da hatte Laura sie gefragt, ob sie nicht auch nach München kommen wollte, in das freie WG-Zimmer. Bei der Erinnerung zog sich alles in Blanca zusammen. Hatte es da schon angefangen? Hätte es ihre Freundschaft gerettet, wenn Blanca nach München gegangen wäre? Vielleicht hätte sie dann noch immer zum Kreis der Menschen gehört, die Laura etwas bedeuteten und mit denen sie Zeit zu verbringen gewillt war. Vielleicht hätte es dann all die vergessenen Anrufe, die entnervten Einzeiler im Postfach, die kurzfristigen Absagen nicht gegeben, und Blanca wäre ein Teil der Gruppe gewesen, mit der sie sich zuletzt immer hatte messen müssen, ohne sie zu kennen. *Gibt's denn irgendwas Neues bei dir, Blanca? Ich muss gleich los, Maxi und Nastja machen eine Party.*

Blanca versuchte, sich ein Leben in Lauras WG vorzustellen. Ob ein gemeinsamer Alltag wohl verhindert hätte, dass ihre gemeinsamen Gesprächsthemen sich immer weiter ausdünnten? Sie dachte an die Fotomappe, die sie Laura nach dem Wochenende in London zugeschickt hatte. Alle Fotos selbst entwickelt. Großartige Bilder für die Merkwürdigkeiten-Sammlung.

Laura hatte nie etwas dazu gesagt. Nur knapp Bescheid gegeben, dass die Mappe angekommen war. Es tat Blanca noch immer weh, wenn sie daran dachte.

Aber jetzt bin ich in Peru. Und siehe da, ich komme wunderbar allein zurecht.

Sie straffte sich.

Der erste Schlüssel ließ sich problemlos umdrehen, und Blanca hörte das Klicken, als die Tür aufsprang. Beim zweiten Schloss jedoch tat sich nichts, und einen bangen Moment lang fürchtete sie, sie würde die Tür überhaupt nicht öffnen können, oder vielleicht den Schlüssel abbrechen, wenn sie zu viel Gewalt aufwandte. Aber dann klickte es wieder, und als sie auf die gusseiserne Türklinke drückte, konnte sie die Tür nach innen aufstemmen.

Sobald der Spalt groß genug war, drückte Blanca sich hindurch, ließ die Tür wieder zufallen und schloss sorgfältig hinter sich ab.

Dann trat sie auf den nächtlichen Innenhof.

Es war, als habe sie sich in ein völlig anderes Gebäude verirrt. Der Mond ließ die Steinmauern silbrig schimmern, das Plätschern des Springbrunnens klang in der Stille der Nacht deutlich lauter und klarer. Der Säulengang um den Hof verlor sich in vollkommener Dunkelheit. Blanca wünschte, sie hätte ihre Kamera mitgebracht, obwohl sie daran zweifelte, dass sich diese Stimmung wirklich auf einen Film bannen ließ.

Vorsichtig ging sie weiter und musste im nächsten Augenblick über sich selbst grinsen. Sie hatte doch keinen Grund, hier so herumzuschleichen! Schließlich war sie kein Einbrecher, und außer ihr war auch niemand hier, der sie hätte hören können.

Sie tauchte in das Dunkel des Säulengangs. Natürlich hatte sie tagsüber nie darauf geachtet, ob es hier Lichtschalter gab, also verschwendete sie keine Zeit damit, die Wände danach abzusuchen, sondern steuerte auf Franciscos Labor zu, was sich als recht einfach erwies, da sich ihre Augen langsam an die Finsternis gewöhnten.

Allerdings nicht genug, um die Türklinke zu finden. Zweimal fasste Blanca ins Leere, ehe ihr aufging, dass die Tür zum Labor offen stand.

Das war verwirrend. Legte Francisco nicht größten Wert darauf, dass alle Türen abends sorgsam geschlossen wurden? Andererseits gab es ja die Tür zur Straße mit den beiden Schlössern, die an sich auch genug Schutz bot. Und vielleicht hatte Francisco es diesmal einfach vergessen. Blanca trat ein und tastete hier doch nach einem Lichtschalter. Kaltes Halogenlicht flackerte auf, an das sie sich erst einmal blinzelnd gewöhnen musste. Dann ließ sie den Blick über das Wandregal gleiten, wo die Flaschen mit den Entwicklerflüssigkeiten standen, ein wenig nachlässig mit handschriftlichen Etiketten oder gekritzelten Edding-Abkürzungen versehen. Aus einigen Aufschriften wurde sie beim besten Willen nicht schlau, aber sie fand immerhin eine Flasche, die den richtigen Entwickler für ihren Film enthalten musste.

Als Blanca danach griff, tauchte für Sekundenbruchteile wieder das Bild Emilios vor ihrem inneren Auge auf, wie sie ihn am Freitag im Hof gesehen hatte. Blanca schüttelte den Kopf, um diese Erinnerung zu verscheuchen, dann ging sie auf die schwarzen Vorhänge zu, die den Eingang zur Dunkelkammer markierten.

Ihr Herz klopfte voller Vorfreude, als sie den schweren Stoff beiseiteschob und in den kleinen Raum trat, in dem eine weitere Tür endgültig in die Dunkelkammer führte. Vorsichtig drückte Blanca die Klinke herunter und zog die Tür auf. Dann fuhr sie zusammen: Im matten rötlichen Licht der Kammer zeichnete sich eine Silhouette ab, die eindeutig nicht zu Francisco gehörte.

Blancas Aufschrei zerriss die Stille. Hastig taumelte sie rückwärts und blieb dabei mit der Hand an der Türklinke hängen. Ein stechender Schmerz schoss durch ihr Handgelenk, und im nächsten Moment saß sie auf dem Boden, schnappte nach Luft und hielt mit der linken Hand noch immer die Flasche fest.

»Entschuldigung«, sagte die Gestalt auf Spanisch, »ich wollte dich nicht erschrecken. Ich bin's, Emilio.«

*

Es dauerte einen Moment, bis sich Blancas Herzrasen einigermaßen beruhigte, und in diesem endlos scheinenden Augenblick stand Emilio einfach unschlüssig da und starrte auf sie herunter. Langsam konnte sie im schwachen Gegenlicht auch mehr ausmachen als diese Umrisse.

In Emilios dunklen Augen stand eine Mischung aus Erschrecken und Besorgnis, und gleichzeitig war er in seine übliche angespannte Starre verfallen. Seine Ärmel waren hochgekrempelt, und obwohl er breitbeinig vor dem Arbeitspult stand, als wolle er es verdecken, konnte Blanca hinter ihm die verschiedenen Fotoschalen und eine Reihe weiterer Flaschen sehen. Was um alles in der Welt tat Emilio hier, so spät an einem Samstagabend?

Zu ihrer Überraschung war er es, der sie erneut ansprach, während sie selbst noch nach Worten suchte.

»Ich bin gleich fertig«, sagte er und hob die Hände – ob abwehrend oder flehend, konnte Blanca nicht genau sagen. Seine Stimme klang rau, aber irgendwie melodisch. Der sanfte Singsang des Spanischen war bei ihm ausgeprägter als bei Francisco. »Ich räume nur schnell weg.«

Sie kämpfte sich auf die Füße, zuckte zusammen und biss die Zähne zusammen, weil sie sich natürlich mit der lädierten Hand auf dem Boden abgestützt hatte. »Ich kann auch ein andermal wiederkommen. Es ist nur … Francisco hat mir nicht gesagt, dass du abends hier sein könntest.«

Sogar im Zwielicht sah sie den Schatten, der über Emilios Gesicht huschte.

»*No sabe*«, antwortete Emilio lapidar: »Er weiß das nicht.«

Blanca runzelte die Stirn und trat neben ihn, um einen Blick in die flache Fotoschale mit dem Wasserbad zu werfen. Emilio war nicht mit der Entwicklung eines Films beschäftigt, das sah Blanca sofort. Er bearbeitete ein Bild, und es hatte seine Wanderung durch die verschiedenen Fotoschalen der Dunkelkammer bereits fast vollendet. Ein Schwarzweißfoto. Viel konnte Blanca nicht erkennen, aber sie erahnte die Züge eines ernsten Gesichts, den Umriss eines Hutes und eines Babys im Tragetuch, große ernste Augen, die sie anblickten wie ein Wesen aus einer versunkenen Welt. Blanca sah zurück und suchte den Blick dieser Fotografie.

Doch schon stand Emilio neben ihr, packte ihre Arme und schob sie energisch einen Schritt rückwärts.

Blanca fuhr zusammen. So viel Grobheit hatte sie von dem verschüchtert wirkenden jungen Mann nicht erwartet. Sekundenlang waren ihre Körper einander ganz nah. Sie spürte seine Wärme, roch seinen herben Duft, in dem sie trockenes Hochlandgras zu erahnen meinte. Zumindest stellte sie es sich genau so vor.

Im nächsten Moment ließ er sie schon wieder los und wich ein Stück von ihr zurück. »Du sagst es ihm nicht«, murmelte Emilio leise. Es war keine Frage, eher ein beschwörendes Flehen.

Blanca biss sich auf die Lippen und rieb über ihre Oberarme, dort, wo sich eben noch Emilios Finger eingegraben hatten. »Was um alles in der Welt machst du denn hier?«

Das Bild, das dort im Wasserbad ruhte, hatte etwas in ihr ausgelöst. Es erinnerte sie auf eigentümliche Weise an die Quiroz-Bilder im Innenhof, an den Gesichtsausdruck jener alten Frau. Und zugleich hatte Blanca auch in dem kurzen Blick, den sie auf das Foto hatte erhaschen können, Unterschiede ausgemacht, die sie zwar nicht bewusst hätte benennen können, die ihrem Instinkt aber eindeutig sagten, dass diese Fotografie eine ganz andere Handschrift trug. Es war keine Reproduktion eines der Bilder aus jener Quiroz-Serie. Also stammte es wahrscheinlich von Francisco. Aber warum sollte der Fotograf nicht erfahren, dass Emilio abends hierherkam? Erledigte der Assistent nun Aufgaben, die er eigentlich in seiner regulären Arbeitszeit bewältigen sollte?

»Ich arbeite«, erwiderte Emilio leise und rau. Er ließ Blanca nicht aus den Augen.

»Das sehe ich«, sagte sie. »Und warum soll Francisco davon nichts wissen?«

Jetzt sah er zur Seite. Eine steile Falte erschien auf seiner Stirn, und er bewegte nervös die Finger, als helfe ihm das beim Denken.

»Bitte«, flüsterte Emilio schließlich, »sag ihm nichts. Ich brauche auch nur noch ein paar Minuten. Dann gehe ich. Bitte.«

Jede Angriffslust war aus seiner Haltung gewichen. Plötzlich kam er Blanca unendlich verletzlich und verloren vor. »Wenn du nicht willst, dass ich es Francisco sage«, erklärte sie eine Spur spitzer als beabsichtigt, »dann solltest du mir verraten, was du hier treibst.«

Er sah wieder auf und starrte sie finster an. Im matten rötlichen Schimmer der Fotolampe wirkte dieser Blick noch weitaus beängstigender als bei Tageslicht. Blanca musste sich zusammennehmen, um nicht vor ihm zurückzuweichen. Fast hatte sie ein schlechtes Gewissen, diesen Ton angeschlagen zu haben. Aber auf der anderen Seite hatte Emilio ihr einen Heidenschreck eingejagt, sie gerade ziemlich unsanft angefasst und ihr auch sonst nicht wirklich Grund gegeben, freundlich zu sein.

Außerdem hatte sie das geheimnisvolle Foto neugierig gemacht. Sie wollte es wieder ansehen, wollte die Gesichtszüge der jungen Frau studieren, die sie eben hatte aufblitzen sehen, die Details, die ihr entgangen waren. Sie wollte in dieses Bild eintauchen und sein Geheimnis ergründen. Aber alles an Emilios Haltung machte deutlich, dass er das unter gar keinen Umständen zulassen würde. Und diese Entschlossenheit fachte Blancas Neugier nur noch mehr an.

»Es geht dich nichts an«, sagte Emilio schließlich, die Drohung in seiner Stimme so deutlich wie scharfkantiges Papier, das in Fingerkuppen schnitt. »Es sind meine Bilder.«

Meine Bilder. Blanca musste schlucken. Gab es also noch mehr als das eine, das gerade im Wasserbad lag? Und wieso besaß Emilio eigene Fotos? Sie hatte nie den Eindruck gehabt, dass er selbst fotografierte. Sie zögerte. Was sie da gerade in der Fotoschale gesehen hatte, war ihr nicht wie das Bild eines Amateurs vorgekommen. Aber sie mochte sich täuschen. Oder sie täuschte sich in Emilio, und in ihm steckte deutlich mehr, als er preisgab.

»Ich würde gern mehr über deine Bilder wissen«, sagte sie. »Was ich gesehen habe … Es hat mir gefallen.« Sie hoffte, dass Verwirrung und Zweifel nicht allzu deutlich in ihren Worten mitschwangen.

Emilio fixierte sie weiterhin, aber sein Blick kam ihr nicht mehr ganz so feindselig vor. »Sie müssen dir nicht gefallen. Und sie gehen dich auch nichts an. Du kannst hier gleich arbeiten.«

»Bist du öfter hier? Abends, meine ich?«

Seine dunklen Augen funkelten verärgert auf. »Ich werde nicht mehr kommen, solange du da bist, in Ordnung? Dann kannst du ganz in Ruhe deine Fotos entwickeln und den Wettbewerb gewinnen. Francisco wird es lieben!«

»Hey, langsam.« Jetzt machte Blanca doch einen Schritt rückwärts. Emilio hatte ihr diese Worte förmlich vor die Füße gespuckt. »Keiner sagt, dass ich hier was für den Wettbewerb mache. Nimmst du denn auch teil?«

Emilios Mund verzog sich einen Wimpernschlag lang zu einem harten, freudlosen Grinsen. »Natürlich nicht, das ist nur was für euch.«

Er drehte sich um und beugte sich über die Fotoschale. Allein die Art und Weise, wie ruckartig er Blanca seinen Rücken zuwandte, sprach Bände.

Sie blieb unschlüssig stehen. »Was meinst du damit?«, fragte sie stattdessen.

Sie sah, wie Emilio sich entspannte, während er die Finger behutsam nach dem Bild im Wasserbad ausstreckte.

»Was soll ich damit meinen? Das ist eben euer Wettbewerb.«

»Aber wenn du selbst auch fotografierst, könntest du es doch zumindest versuchen.« Wieder dachte sie an den Blick des unfertigen Porträts. Wirklich, wenn das Bild auch nur halb so gut war, wie es den Anschein gehabt hatte, war Emilio beim Wettbewerb alles andere als fehl am Platz. »Warum fragst du nicht Francisco, ob … «

»Ich fotografiere nicht. Ich arbeite«, sagte er schroff. »Und außerdem: Das ist bloß für Leute wie euch.«

»Leute wie wir?«

Er zögerte, und sie sah, wie seine Arme sich sacht hoben, erahnte, mit welcher unendlichen Sorgfalt Emilio das Bild gerade aus dem Wasserbad zog.

»*Gringos* eben«, erwiderte er schließlich und warf einen Blick über die Schulter zurück.

Gringos. Ausländer. Sie hätte es gleich wissen müssen.

»Pablo ist kein *gringo*«, wandte sie ein.

Sie hörte das fast schüchterne Geräusch von Tropfen, die aus geringer Höhe zurück in die Fotoschale fielen. Es mischte sich mit einem kurzen trockenen Auflachen.

»Doch«, sagte Emilio, »natürlich ist er einer, auf seine Art. Er ist aus Lima, er hat von vielen Dingen keine Ahnung.«

»Ist es das, was einen *gringo* ausmacht?«, fragte Blanca. »Dass man keine Ahnung hat?«

Wieder schwieg Emilio eine Weile, dann meinte sie, ihn nicken zu sehen. »Keine Ahnung von Peru, wie es wirklich ist«, antwortete er.

Blanca hatte auf einmal ein Bild vor Augen.

Hunde, die an Laternenmasten baumelten.

Der Essiggeruch aus den Fotoschalen hatte sich schlagartig verschärft.

»Du kannst viele Bilder machen, aber du fotografierst gar nicht das, was wirklich da ist«, fuhr Emilio fort. »Weil du es nicht verstehst.«

Sie wurde aus seinem Tonfall nicht schlau. Da war kaum verhohlene Angriffslust, ja, aber auch eine gewisse Traurigkeit. Und beinahe ein Vorwurf.

»Woher willst du wissen, dass ich das nicht verstehe?«

»Du bist nicht von hier.« Er trat einen Schritt zur Seite,

drückte das nasse Papier behutsam gegen die Wand und strich es glatt, langsam und sorgfältig. Blanca stand zu weit entfernt, um in der spärlichen Beleuchtung mehr zu erkennen als das, was sie auch schon im Wasserbad erahnt hatte, und unwillkürlich senkte sie ihren Blick. Es kam ihr angemessen vor. Nicht, weil Emilio es vielleicht so wollte, sondern weil sie das Gefühl hatte, dass sie dem Bild auf diese Weise Intimsphäre ließ.

»Doch, ein bisschen bin ich von hier«, sagte sie und ließ die Hand auf ihrer Brust liegen.

»Du musst dir nichts ausdenken.«

Blanca gab sich einen Ruck. »Ich denke mir nichts aus. Meine Urgroßmutter kam aus Arequipa.«

Er schwieg, aber sie konnte seine Verwirrung spüren. Und seine Aufmerksamkeit.

»Ich habe ein Bild von ihr. Wenn du willst, zeige ich es dir.« Vorsichtig sah sie auf. Die Worte waren ihr einfach so über die Lippen gekommen, und sie war für einen Moment unsicher, ob sie das nicht sofort wieder bereuen würde. Aber aus irgendeinem Grund hatte sie das Gefühl, dass es richtig war, Emilio davon zu erzählen. Vielleicht, weil sie trotz seiner Feindseligkeit und Blancas Verärgerung darüber doch im Prinzip bereits ein Geheimnis teilten: die Tatsache, dass sie beide nun hier waren. Vielleicht auch, weil es Blanca seltsam wehtat, zu denen gezählt zu werden, denen Peru fremd war, auch wenn es letzten Endes sicher stimmte. Aber sie wollte nicht so gesehen werden. Nicht von Emilio, der genau wie sie im Schutz der Dunkelheit hergekommen war, um Fotografien zu entwickeln.

Er drehte sich zu ihr um, zögerlich. Das glattgestrichene Foto hielt er so, dass Blanca das Motiv nicht sehen konnte, und sah ihr prüfend in die Augen.

Blanca atmete tief durch und zog ihren Brustbeutel unter dem T-Shirt hervor. »Es ist sehr alt«, fügte sie hinzu.

Sekundenlang stand Emilio reglos da und starrte sie an.

»Ja, ich will es sehen«, sagte er endlich. »Warte draußen auf mich. Bitte.«

Emilios Finger zitterten, während er seine Sachen in der Dunkelkammer zusammenräumte. Jeden Hinweis verschwinden ließ, dass er in dieser Nacht hier gewesen war.

Und obwohl er wusste, dass Blanca nur wenige Schritte entfernt auf ihn wartete, kam mit jedem Atemzug die Erinnerung zurück.

Sie hatten das Dorf abgebrannt. Egal, wie sehr Emilio sich zu erinnern versuchte, aber in seinem Gedächtnis gab es nichts als Asche, die den Boden bedeckte, so weit das Auge reichte. Manchmal träumte Emilio von dem Dorf, und dann stand er bis zu den Knien in Asche und ließ den Blick über verkohlte Mauern gleiten. Aus dem grauen Meer streckten sich starre Hände, aber immer, wenn Emilio sich zu ihnen vorgekämpft hatte, zerfielen sie zu Staub. Rastlos watete er durch die Asche, durch eine Welt aus Schatten und Graustufen. Der Glockenturm stand noch in diesen Träumen, das Bild hatte sich Emilio eingebrannt: die vordere Wand aufgerissen wie eine weggefetzte Bauchdecke, so dass nur verkohlte Eingeweide zurückgeblieben waren. Und die Glocke. Sie hing stumm in dem grauen Himmel.

Er versuchte, nach ihr zu rufen, weil er in seinem Traum daran glaubte, dass sie ihm antworten und dass ihr Klang das Dorf erlösen würde. Aber kein Laut kam aus seinem Mund. Stattdessen atmete Emilio feine Asche ein, würgte und hustete, doch auch das Husten blieb lautlos. Er hatte das Gefühl, dass die graue Flut ihn in sich aufsaugen wollte, dass er in ihr versinken und nicht einmal eine flehend hochgereckte Hand von ihm bleiben würde.

Dann fiel ihm ein, dass es nicht die Glocke war, nach der er rufen musste. Dass er nicht ihretwegen in das namenlose Dorf gekommen war.

Emilio kämpfte sich wieder auf die Füße, sein ganzer Körper von Asche bedeckt.

»Papá!«, rief er in die Stille.

Doch die Asche schluckte auch diesen Schrei.

Die Lautlosigkeit wurde ohrenbetäubend, die Ascheflocken schnürten Emilio die Kehle zu. Er wusste, dass sein Vater hier war. Dass er in das Dorf gegangen war, solange es noch einen Namen gehabt hatte.

Mamá hatte es verhindern wollen. »Nein, geh nicht. Du hast gehört, was passieren soll. Ich will nicht, dass du dabei bist.«

Aber Papá hatte ihr Gesicht in beide Hände genommen – diese großen, sanften Hände! – und ihr in die Augen gesehen.

»Doch, Sarita.«

Vielleicht waren da schon die Aschewolken wie Schatten um ihn herumgetanzt. Papá hatte Mamá auf die Stirn geküsst. Wahrscheinlich hatte er sich auch von Emilio verabschiedet. Gewiss von Marcelo.

Emilio wusste, dass sie später darüber gesprochen hatten – in seinem eigenen Dorf, das noch immer einen Namen besaß, den er nur einfach nicht denken mochte. Er wusste, dass es so gewesen sein mochte, aber die Grenzen verschwammen, Dunkelheit glitt über alles.

Jemand, da war sich Emilio sicher, hatte gesagt: Das haben sie nicht verdient. Und die Menschen im namenlosen Dorf gemeint. Die Hände aus der Asche.

Und dann gab es noch die anderen Hände. Kleine, feuchte, dreckige Hände, die an seinem Pullover zogen. Große Augen, die Emilio ansahen. Hatte er Marcelo je von den Träumen erzählt? Hatte Marcelo die Frage gestellt, was geschehen war?

Emilio wusste es nicht. Er wusste nur, dass Papá im namenlosen Dorf gewesen und nicht zurückgekommen war.

Er schluckte, sein Mund war trocken, und schlüpfte endlich durch den Vorhang der Dunkelkammer. Dorthin, wo Blanca wartete.

5. Kapitel

Das grelle künstliche Licht schmerzte in Blancas Augen, als sie aus der Dunkelkammer trat. Sie griff nach ihrem Brustbeutel, den sie immer bei sich trug, und zog Guadalupes Foto hervor, setzte sich auf einen der Tische im Labor und wartete auf Emilio. Was genau sie sich davon erhoffte, ihm das Bild zu zeigen, konnte sie noch immer nicht mit Gewissheit sagen, aber es reichte vielleicht auch schon, dass ihr eigenes Versprechen an Guadalupe realer wurde, wenn sie jemandem davon erzählte.

Es dauerte einen Moment, bis Emilio die schwarzen Vorhänge auseinanderschob. Aus seiner verschlossenen Miene wurde Blanca nach wie vor nicht schlau. Er wirkte müde, angespannt. Ein wenig wie jemand, der aus einem tiefen, aber unruhigen Schlaf erwacht war.

Sie rückte ein Stück zur Seite, damit er sich neben sie setzen konnte, und nach einem langen argwöhnischen Blick tat er das tatsächlich.

Blanca wusste nicht recht, wie sie anfangen sollte. War sie nicht eben noch stolz darauf gewesen, dass sie allein zurechtkam?

Aber Emilio starrte bereits auf das Foto in ihren Händen, die dunklen Augen geweitet vor Aufmerksamkeit.

»Das ist sie?«, fragte er schließlich leise, als könnte das brüchige Bild ansonsten zu Staub zerfallen.

Blanca nickte einfach, und nun hob Emilio den Kopf und sah sie an. »Sie ist Nonne!«

»Meine Urgroßmutter war Novizin in dem Kloster hier«, sagte Blanca. »Santa Catalina. Sie lernte meinen Urgroßvater kennen, als im Kloster eine Nonne starb und er sie fotografieren kommen durfte.« Wie sehr sie diese Geschichte liebte! Schon als Kind war Blanca irgendwie stolz darauf gewesen, dass sich so etwas in ihrer Familie zugetragen hatte. »Sie haben sich ineinander verliebt, und sie hat das Kloster für ihn verlassen, um mit ihm nach Deutschland zu gehen.«

Wieder blickte Emilio auf das Bild. »Und dann?«

Blanca zögerte. Sie dachte an Oma Magda und deren zitternde Stimme. »Dann kamen die Nationalsozialisten an die Macht, und meine Urgroßeltern hatten Angst vor dem, was passieren würde. Sie ahnten, dass es eine furchtbare Zeit werden würde. So sagt es meine Großmutter.«

»Sind sie gestorben?«

»Sie wollten zurück nach Peru gehen, alle zusammen, bevor es zu spät war. Meine Urgroßmutter ist vorausgereist, aber mein Urgroßvater und seine Tochter hatten Probleme, die Ausreisepapiere zu bekommen. Ich weiß nicht genau, was passiert ist, aber irgendwann war es eben doch zu spät.«

»Er ist in den Krieg gegangen«, bemerkte Emilio trocken und sah auf das Foto, als könne er dort eine Spur von Blancas Urgroßvater finden.

Etwas an seinem Tonfall ärgerte sie. »Er hatte keine Wahl. Eigentlich war er Fotograf. Das Bild hier hat er gemacht.«

Emilio hob die Schultern. »Ist er gefallen?«

»Er ist nicht gefallen. Er hat nach dem Krieg versucht, meine Urgroßmutter zu finden. Aber sie hat niemals auf seine Briefe geantwortet.« Vorsichtig strich Blanca mit den Fingerkuppen über das Foto.

»Es ist auch merkwürdig«, sagte Emilio leise, »jemanden nur mit Briefen finden zu wollen. Wenn es ihm ernst gewesen ist, warum ist er nicht einfach nach Peru gefahren und hat sie gesucht?«

»Das ging nicht so einfach.« Blanca dachte an alles, was Magda ihr über die Zeit damals erzählt hatte, die Kindheit zwischen Trümmern und einem schweigenden Vater, der einen Teil seiner Seele auf der anderen Seite des Ozeans verloren hatte. »Aber dafür bin ich jetzt hier.«

Emilio zog die Stirn kraus und sah zwischen Blanca und der Fotografie hin und her.

»Ehrlich«, sagte sie und suchte seinen Blick. Aus der Nähe betrachtet waren seine Augen von einem tiefen Braun, so dunkel, dass sie beinah schwarz wirkten. »Dein Urgroßvater … Er hat also nie herausgefunden, was aus ihr geworden ist?«

Blanca schüttelte den Kopf. »Nein. Und meine Oma weiß es auch nicht. Sie hat mich gebeten, dass ich nach Urgroßmutter suche. Dass ich herausfinde, warum sie nie geantwortet hat und nie zurückgekommen ist.«

Emilio schwieg eine Weile und blickte auf seine Hände. »Und, wirst du das tun?«

»Was soll die Frage? Natürlich werd ich das tun. Ich hab es meiner Oma versprochen.« Blanca ließ ihren Blick über die Fotografie gleiten, über Guadalupes versonnenes Gesicht.

Wer konnte schon wissen, woran sie in diesem Moment gedacht hatte, was ihr dieses spitzbübische Lächeln in die Mundwinkel gezaubert hatte? »Und außerdem möchte ich es auch selbst herausfinden.«

»Ich kann dir helfen«, sagte Emilio, »wenn du versprichst, Francisco nicht zu verraten, dass ich hier war.«

Damit hatte sie nicht gerechnet. Sie hob den Kopf und sah Emilio an, der weiterhin auf seine Hände starrte. Sein strubbeliges Haar, der ausgebeulte Pullover, auf den Wangen ein leichter Hauch von Rot, das wie die Erinnerung an besonders kalte Hochlandnächte dort zurückgeblieben war. Obwohl er so dicht neben ihr saß, dass sie die Wärme seines Körpers spüren konnte, hatte sie das Gefühl, Welten von ihm entfernt zu sein – weil er es so wollte. Wenn sie an seine feindseligen Blicke dachte, empfand sie noch immer leises Unbehagen. Sie wurde aus Emilio nicht schlau und trotzdem … Er musste Arequipa kennen, und vielleicht konnte er ihr wirklich helfen.

Sie versuchte sich an einem Lächeln. »Verrätst du mir dann auch, was es mit deinen Bildern auf sich hat?«

Er sah ihr direkt ins Gesicht und presste die Lippen sekundenlang zu einem schmalen Strich zusammen. »Nein.«

Am liebsten wäre sie aufgestanden und gegangen, so sehr verletzte sie Emilios knappe Antwort. Aber andererseits: Hilfe bei ihren Nachforschungen konnte sie wirklich gebrauchen, und was Emilios Geheimnis betraf, blieb genug Zeit, dem auch noch auf die Spur zu kommen.

»Okay«, sagte sie. »Einverstanden.«

»Gut«, antwortete Emilio und hielt ihr die Hand hin. Warm

und weich schlossen sich seine Finger um Blancas und drückten sie kurz, und aus den Augenwinkeln kam es Blanca so vor, als würde Guadalupe auf dem Foto das Lächeln nun noch offener aus den Augen leuchten.

*

Die Sonne stand bereits wieder hoch am Himmel, aber die dicken Steinmauern strahlten noch deutliche Nachtkühle aus, als Blanca den Haupteingang von Santa Catalina erreichte. Wie eine Festung ragten die Mauern vor ihr auf, die das Kloster umschlossen und dabei die Länge eines normalen Häuserblocks einnahmen: geschaffen, um die Welt vom Inneren des Klosters fernzuhalten, und das Innere von der Welt.

Es war kurz vor zehn, sie war seit zwei Stunden auf, froh darüber, dass sie sich ihren Wecker auf acht Uhr gestellt hatte. Denn obwohl sie nicht allzu spät im Bett gewesen war, hatte sie wie ein Stein geschlafen und war erst von dem penetranten Piepsen geweckt worden. Als sei sie die ganze Nacht über durch Bars und Discos gezogen, wie es die restlichen Stipendiaten offensichtlich gemacht hatten. Vermutlich hätte Blanca auch noch ein bisschen länger schlafen können, aber es war ihr wichtig gewesen, sich aus dem Gästehaus zu stehlen, bevor Claire oder jemand der anderen bei ihr an die Tür klopfte, um sie zu einem ausgedehnten Frühstück oder anderen Sonntagsaktivitäten einzuladen. Blanca konnte nicht genau sagen, warum, doch es erschien ihr falsch, den Rest der Gruppe in ihr Vorhaben einzuweihen, und indem sie ihnen aus dem Weg ging, kam sie zumindest für den Moment um die Notwendigkeit herum, sich eine Ausrede einfallen lassen zu müssen. Eine Dauerlösung war das nicht, das wusste sie. Aber die Suche nach Guadalupe war nichts, was Blanca mit der ganzen Gruppe teilen würde, und Emilio … Unwillkürlich starrte sie zu Boden.

»Wo würdest du an meiner Stelle anfangen?«, hatte sie Emilio gestern Abend noch gefragt, und seine Antwort war ohne ein Zögern gekommen: »In dem Kloster natürlich.«

Er hatte recht. Blanca hatte selbst das dringende Gefühl, dass sie den Ort kennenlernen musste, an dem Guadalupe einst gelebt hatte. Denn bevor Max Schwarzkopf in ihr Leben getreten war, hatte sie davon ausgehen müssen, dass sie den Schleier nehmen und bis zu ihrem Tod in Santa Catalina bleiben würde. Es gab keinen anderen Ort, an dem Blanca ihrer Urgroßmutter näherkommen konnte, das wusste sie. Also hatten sie sich für heute um zehn vor dem Haupteingang verabredet.

In ihrem Reiseführer hatte Blanca gelesen, dass der Klosterkomplex seit den siebziger Jahren auch für Besucher geöffnet war, wenngleich in einem Teil noch immer einige Nonnen lebten. Vielleicht gelang es ja, heute eine von ihnen ausfindig zu machen, obwohl das wohl eher unwahrscheinlich war, wenn sie den Touristeneingang benutzte.

Es war schon zwanzig nach zehn, als Emilio um die Ecke bog und zielstrebig auf Blanca zumarschierte. Kurz vor ihr blieb er scheinbar unschlüssig stehen, und ihr wurde bewusst, dass die gängige Begrüßungsform hier in Peru ein gehauchtes Wangenküsschen war. Aber das konnte sie sich bei Emilio beim besten Willen nicht vorstellen, und er offenbar auch nicht. Also beließen sie es beide bei einem etwas schiefen Lächeln.

»Mein *combi* hat länger gebraucht«, sagte Emilio, mehr eine Erklärung als eine Entschuldigung.

Blanca dachte an die vollgestopften Kleinbusse, die mit lautem Hupen und quietschenden Reifen die Straßen der Stadt beherrschten wie Schlachtschiffe in einem Meer aus gelben Taxis.

»Ist schon okay. Ich war auch ein paar Minuten zu spät.«

Etwas, das vielleicht ein Lächeln war, blitzte in Emilios dunklen Augen auf. »Ich dachte, ihr Deutschen seid so pünktlich.«

Sie überlegte, ob sie sich über diese Bemerkung ärgern sollte, dann grinste sie. »Vergiss nicht, ich hab auch peruanisches Blut. Gehen wir rein?«

»Aber wo gehst du denn hin?«, rief Emilio ihr nach, als sie Anstalten machte, in den steinernen Vorhof der Klosteranlage zu treten, wo hinter einem Schalter aus dunkel getöntem Glas der Ticketverkauf stattfand.

»Na, ins Kloster!« Verwirrt blieb Blanca stehen und zeigte auf die Drehtür aus massivem Metall. Um sie zu erreichen, musste jeder Besucher erst am Ticketschalter vorbei. Es würde Blanca also nichts anderes übrigbleiben, als in den sauren Apfel zu beißen und für sich und Emilio eine Eintrittskarte zu kaufen.

Emilio blieb stehen, wo er war, die Hände in die Hosentaschen gegraben und den Kopf leicht schief gelegt. In seinen dunklen Augen blitzten jetzt Funken, die sein ganzes Gesicht zum Leuchten brachten, und zwar spöttisch. Alles an seiner Haltung gab Blanca das Gefühl, dass sie im Begriff war, etwas unglaublich Törichtes zu tun.

»Was?«, fragte Blanca gereizt und hielt seinem Blick stand. »Wir wollten doch hierher!«

»Als Touristen?«, versetzte Emilio und grinste. »Ich dachte, du wolltest die Nonnen finden.«

»Ja, aber …« Sie blickte wieder zu der metallenen Drehtür hinüber.

»Wenn es so einfach wäre, bräuchtest du mich nicht. Komm.« Ohne ein weiteres Wort drehte er sich um und schlenderte an der Klostermauer entlang zur nächsten Straßenecke.

Blanca musste ein paar Schritte rennen, um ihn wieder einzuholen. »Und wo willst du jetzt hin?«

»Glaubst du wirklich, dass die Nonnen da herumwuseln, wo die Touristen Schnappschüsse mit dem Handy machen?«, erwiderte Emilio nur und bog schon um die Ecke, spazierte zielsicher weiter im Schatten der Klostermauern, bis er eine kleine unscheinbare Holztür erreichte. In der Mitte ein gusseiserner Türklopfer.

Blanca runzelte die Stirn. »Und nun?«

»Sie wohnen in einem Seitenflügel«, sagte Emilio. »Ich habe keine Ahnung, wie viele es noch sind. Aber über den Haupteingang kommt man jedenfalls nicht an sie heran.« Er nickte ihr aufmunternd zu, und nach einem kurzen Zögern streckte Blanca die Hand nach dem Türklopfer aus. Er war schwerer, als sie gedacht hatte. Trotzdem fiel das Pochen von Metall auf Holz erschreckend leise aus.

Emilio legte wieder den Kopf schief und musterte sie deutlich amüsiert. Langsam wurde das Tradition.

»Was?«, zischte sie.

Er seufzte, streckte dann ebenfalls die Hand aus und drückte auf den kleinen Klingelknopf an der Wand neben der Tür. Blanca konnte zwar nichts hören, doch Emilio wirkte zuversichtlich.

»Es ist der Lieferanteneingang. Ein Kumpel von mir hat mal für die Firma gearbeitet, die den Nonnen das Essen liefert«, erklärte er.

Blanca verschränkte die Arme vor der Brust und wartete, während sie hoffte, dass die Hitze schnell aus ihrem Gesicht wich. Zum zweiten Mal innerhalb weniger Minuten kam sie sich reichlich dämlich vor, und sie wusste beim besten Willen nicht, ob es wirklich an ihr lag oder ob Emilio es darauf anlegte, sie vorzuführen.

Sie war gerade zu der Überzeugung gelangt, dass sich nichts tun würde, als sich tatsächlich Schritte näherten. Keine lauten, energischen Schritte, eher leicht und federnd, und sie verharrten direkt hinter der Tür. Eine kleine Klappe, die Blanca vorher nicht aufgefallen war, wurde geöffnet, und ein streng wirkendes Augenpaar hinter dicken Brillengläsern lugte hindurch.

»Bitte?«, fragte die Nonne knapp. Ihr Blick glitt über Emilio und blieb dann an Blanca hängen. Die Augen hinter der Öffnung verengten sich, so als würden skeptisch die Brauen zusammengezogen.

Emilio hatte die Hände wieder in die Hosentaschen geschoben und sah Blanca nur auffordernd an.

Sie holte tief Luft. »Guten Tag, mein Name ist Blanca Freyenberg. Ich komme wegen meiner Urgroßmutter, die bei Ihnen im Kloster war, auch wenn das schon sehr lange her ist.« Nach diesem Satz musste sie kurz innehalten.

Die Nonne erwiderte nichts, aber sie starrte Blanca aufmerksam an, ohne zu blinzeln.

»Ihr Name war Guadalupe Bustamante«, setzte Blanca hinzu, und weil es ihr erst in diesem Moment einfiel, zerrte sie hastig ihren Brustbeutel hervor und entnahm ihm das Foto. Eilig hielt sie es an die Klappe, so dass die Nonne es sehen konnte.

Sie bekam keine Antwort. Aber die Klappe in der Tür wurde schwungvoll zugeschlagen.

Langsam ließ Blanca das Foto wieder sinken.

Sie atmete mit einem Zittern ein, voller Wut, Enttäuschung und Hilflosigkeit.

Dann hörte sie, wie die Ordensschwester sich von innen an der Tür zu schaffen machte.

Es knarrte leicht, als die hölzerne Pforte aufschwang. Die Nonne, eine erstaunlich kleine, etwas untersetzte Frau in den Fünfzigern, stand im Türrahmen und betrachtete Blanca aus verblüfft geweiteten Augen.

»Guadalupe?«, fragte sie. »Unsere Guadalupe? Die Fotografin?«

Blanca schluckte heftig. Sie wusste gar nicht, wo die ganzen Tränen in ihr herkamen, die energisch nach draußen drängen wollten. »Sie wissen von ihr?«

Die Nonne streckte die Hand aus, und nach einem kurzen Zögern reichte Blanca ihr das Bild. Erleichtert sah sie, dass die Nonne es sehr behutsam entgegennahm, darauf bedacht, es nicht zu knicken, und es dann sekundenlang über den Rand ihrer Brille hinweg musterte, als könne sie es so besser sehen.

Dann erst sah sie wieder auf, nickte und gab Blanca das Foto zurück. »Ich kannte sie«, antwortete sie. »Und du bist ihre Enkelin?«

»Urenkelin.« Blanca musste sich sortieren. Wie konnte es sein, dass diese Nonne Guadalupe gekannt hatte? So alt sah sie unmöglich aus. Es sei denn …

»Ich bin Schwester Mónica«, sagte die Nonne, trat zur Seite und zog die Tür ein Stück weiter auf. »Wollt ihr hereinkommen?«

*

Aller Lärm und alle Hektik der Außenwelt schienen durch die schlichte Holzpforte vollkommen ausgesperrt zu werden. Auf den ersten Schritten über den gewundenen Weg aus flachen Pflastersteinen hatte Blanca tatsächlich den Eindruck, in eine längst vergangene Zeit eingetreten zu sein. Dann hörte sie Gelächter und das Knirschen von Kies durch die hohen Hecken, und Sekunden später blieb ihr der Mund offen stehen.

Drei Nonnen sprangen durch den sonnendurchfluteten Klostergarten, dass ihre weißen Kutten flatterten. Immer wieder rissen sie die Arme vor der Brust in die Höhe – und spielten einander mit Schwung einen Volleyball zu. Eine von ihnen wirkte sehr jung, Blanca hätte sie nur auf wenig älter als sich selbst geschätzt. Bei den anderen beiden konnte sie es schwer sagen.

Schwester Mónica blieb mit einem Lächeln stehen und klatschte in die Hände. Dennoch dauerte es einen Moment, bis die spielenden Nonnen auf sie aufmerksam wurden. Die jüngste von ihnen fing den Ball ein und klemmte ihn sich unter den Arm. Blanca konnte Schweißflecken auf dem hellen Stoff des Habits erkennen. Dann schlenderten die drei Ordensschwestern näher.

»Schwester Amparo, Schwester Rosa und Schwester Micaela«, stellte Schwester Mónica vor.

Sie sah fragend zu Emilio.

»Emilio Huamani.« Etwas verlegen zog er die Hände aus den Hosentaschen, traute sich aber offensichtlich nicht, Schwester Mónica die Hand zu geben. »Ich arbeite in der Akademie Quiroz.«

»Aha.« Ein Schatten huschte über das Gesicht der Nonne, zumindest schien es Blanca so.

»Ich bin dort in der Sommerschule«, sagte sie hastig. »Mit einem Stipendium.«

»Du fotografierst auch?« Schwester Mónicas Gesicht hellte sich wieder auf, und Blanca musste lächeln.

»Wie mein Urgroßvater, ja.«

»Und wie Guadalupe«, ergänzte die Nonne und wandte sich zu ihren Ordensschwestern. »Sie ist Guadalupes Urenkelin.«

Die Nonnen starrten Blanca mit einer Mischung aus Neugier und Faszination an. Es hatte etwas Befremdliches, so gemustert zu werden.

Blanca schluckte und versuchte sich an einem Lächeln. »Ihr kennt sie?«

Wie im Fall von Schwester Mónica schien ihr keine der Nonnen alt genug, um Guadalupe noch persönlich gekannt zu haben.

»Wir sollten das wohl im Sitzen und bei einem Glas Limonade besprechen«, sagte Schwester Mónica und wies auf einen großen Holztisch, der im Halbschatten auf der Veranda stand. »Amparo, sei so gut und hol uns einen Krug und Gläser.«

Blanca war froh, dass Emilio neben ihr Platz nahm, auch wenn sie sein Unbehagen förmlich spüren konnte. Zu gern hätte sie gewusst, woran es lag. Irgendwie konnte sie ihm das nicht einmal verübeln.

Schwester Amparo, die jüngste der Nonnen, stellte einen Krug mit eindeutig hausgemachter Limonade auf den Tisch und dazu einen großen Teller mit Mürbeteigplätzchen. Auf ein aufforderndes Lächeln der Nonnen hin bediente Blanca sich. Das Gebäck schmeckte herrlich süß und brachte die erfrischende Säure der Limonade noch besser zur Geltung.

Schwester Mónica wartete einen Moment, dann beugte sie sich vor und faltete die Hände auf der Tischplatte. Ein wenig, als wollte sie jetzt ein Gebet sprechen. »Die Urenkelin unserer Guadalupe. Dass ich das noch erleben darf. Du siehst ihr ähnlich. Ja, ich bin mir sicher.«

Blanca schluckte und wischte sich Kekskrümel von den Lippen. »Haben Sie sie denn noch gekannt?«, fragte sie ungläubig.

Mit dem Lächeln ging eine Sonne auf in Schwester Mónicas Gesicht, und ihr Blick nahm etwas Verträumtes an. »Ja, das habe ich. Sie war hier im Kloster, als ich Novizin wurde, und sie hat mich unter ihre Fittiche genommen.«

»Aber das kann doch gar nicht sein«, protestierte Blanca. »Ich meine, so alt sind Sie gar nicht, und meine Urgroßmutter hat Peru Mitte der Zwanziger verlassen …«

Schwester Mónica lachte leise auf. »Davon habe ich in der Tat nur Geschichten gehört, mein Kind. Aber weißt du denn nicht, dass Guadalupe nach Peru zurückgekommen ist, bevor in Europa der Krieg ausbrach?«

»Doch«, sagte Blanca. »Ich weiß nur nicht, wie das genau gewesen ist. Ich meine … Sie ist einfach ins Kloster zurückgegangen? War das denn möglich?«

»Unsere Regeln sind streng«, erwiderte die Nonne, »aber auch nicht in Stein gemeißelt. Es ist zuweilen vorgekommen, dass wir Frauen aufgenommen haben, die den Schleier nicht oder nicht dauerhaft nehmen wollten. So war es auch bei deiner Urgroßmutter. Die damalige Oberin hatte eine sehr hohe Meinung von ihr. Ich kann nicht beschwören, wann genau es war, aber sie hat spätestens seit den vierziger Jahren wieder in Santa Catalina gelebt. Als ich dem Orden beitrat und sie kennenlernte, war sie eine alte Frau. Aber von solcher Lebenskraft, mein Gott! Ich wünschte, du könntest dir ein Bild davon machen, wie ihre Augen aussahen.« Sie sah Blanca direkt ins Gesicht. »So voller Schmerz und Leben. Ich habe sie sehr bewundert. Sie und ihre Fotografie.«

Da war es wieder. Verwirrt blickte Blanca auf. »Ich wusste nicht, dass Guadalupe auch fotografiert hat.«

»Aber damit ist sie doch berühmt geworden«, rief Schwester Amparo. »Die fotografierende Nonne. Frag mal in Arequipa herum, auf der Straße bei den älteren Leuten. Da kennt sie jeder.«

Blanca suchte Emilios Blick, doch der starrte weiterhin auf seine Hände. »Das gibt's doch gar nicht«, murmelte sie. »Aber was hat sie denn fotografiert?«

»Alles Mögliche«, sagte Schwester Mónica. »Sie hat immer gesagt, dass sie ihre Bilder mit der Seele macht. Es sind nur sehr wenige erhalten. Wir haben einige drüben im öffentlichen Teil ausgehängt – ich weiß nicht, ob du ihn kennst? Sie hat wundervolle Aufnahmen von Santa Catalina gemacht. Man meint, die Farben leuchten zu sehen, obwohl es Schwarzweißaufnahmen sind.«

»Meine Familie hat so sehr gewartet«, flüsterte Blanca. Mit einem Mal hatte sie das Gefühl, dass die Vormittagswärme sich bleiern auf sie legte. »Mein Urgroßvater muss viele Briefe geschrieben haben, aber Guadalupe hat niemals geantwortet.«

Schwester Mónicas Augen wurden wieder eine Spur dunkler. »Ich habe Gerüchte gehört, dass sie Familie hatte, drüben in Übersee, aber mir gegenüber hat sie nie ein Wort darüber verloren. Und ich habe nicht nachgefragt, weil ich keine alten Wunden aufreißen wollte. Ich ging davon aus, dass Guadalupe ihre Familie im Krieg verloren hätte.«

Blanca presste die Lippen aufeinander. Vor ihrem inneren Auge sah sie ihren Urgroßvater am Schreibtisch sitzen, ihre Oma als junges Mädchen reglos vor dem Fenster zur Straße.

Plötzlich empfand Blanca so etwas wie Trauer, weil jene zähen Jahre des Wartens damals, diese schmerzhafte Sehnsucht ihrer Familie weder ungeschehen noch sichtbar gemacht werden konnten.

»Es tut mir leid«, murmelte Schwester Mónica. »Vielleicht sind die Briefe verloren gegangen.«

»Aber doch nicht alle. Und warum hat sie nie von selbst geschrieben? Meine Oma … Guadalupes Tochter. Sie kann es nicht verstehen, sagt sie. Und ich kann es auch nicht verstehen.« Bei den letzten Worten zitterte ihre Stimme, aber um keinen Preis wollte sie vor einer Schar neugieriger Nonnen in Tränen ausbrechen. Blanca mochte ihre Urgroßeltern nicht gekannt haben. Dennoch waren sie ein Teil ihres Lebens. Sie dachte an die in Silber gefasste Fourierlinse, an die Vertrautheit von Guadalupes Gesichtszügen und verstand, dass es nicht nur Magdas Schmerz war, den sie hergetragen hatte, sondern auch ihr eigener, weil sie das Gefühl hatte, ihrer unbekannten Urgroßmutter sehr ähnlich zu sein.

Schwester Mónica hob die Schultern. »Ich kann dir nichts dazu sagen, so leid es mir tut. Das ist wohl nicht das, was du zu finden erhofft hast.«

Mit einem Ruck hob Emilio den Kopf. »Was ist denn aus ihr geworden?«, fragte er. Seine Stimme kam Blanca rauer als sonst vor.

Aber es tat merkwürdig weh, dass er diese Frage stellte. Dass Blanca nicht selbst auf diesen Gedanken gekommen war. Wäre es nicht die nächstliegende Frage gewesen?

Die Nonnen wechselten etwas unbehagliche Blicke.

»Sie ist nicht mehr am Leben, stimmt's?« Blanca versuchte zu lächeln. »Das hab ich mir gedacht. Ich meine, sie müsste jetzt weit über hundert sein …«

»Wir wissen es nicht«, sagte Schwester Mónica.

»Was soll das heißen?«

Wieder sahen die Nonnen einander an, und Mónica seufzte schließlich. »Hast du von der Zeit der Gewalt gehört, mein Kind?«

Ein hartes, kreischendes Geräusch wie von Kreide, die brutal über eine Tafel gezogen wurde. Blanca zuckte ebenso zusammen wie die Nonnen.

Es war Emilio, der abrupt seinen Stuhl zurückgestoßen hatte und jetzt kerzengerade saß. Seine Hände umklammerten die hölzernen Lehnen. Er fixierte Schwester Mónica, sein Blick verdunkelt.

Unwillkürlich dachte sie an Pablos Worte in der Saftbar, die ihr jetzt Lichtjahre her zu sein schienen: dass Emilio diese Zeit miterlebt hatte. Dass er mitten in ihr aufgewachsen sein musste.

Ohne zu wissen, woher sie den Mut dafür nahm, streckte sie die Hand aus und legte sie auf Emilios Arm. Er schien sie kaum wahrzunehmen. Seine Muskeln, das spürte sie, waren zum Zerreißen gespannt. Beruhigend drückte Blanca seinen Arm und sah dann wieder zu Schwester Mónica.

»Ja«, antwortete sie knapp. »Amparo hat es ja schon gesagt: Wer sich am besten an Guadalupe erinnern kann, das sind die einfachen Leute auf der Straße. Deine Urgroßmutter hat ein wirklich großes Herz für sie gehabt, Kind. Nicht nur für jene, die hier in der Stadt leben. Als der Terror begann, als die Luft mit jedem Atemzug mehr Todesangst mit sich brachte, da hat Guadalupe an die Menschen im Hochland gedacht. An jene, in deren Dörfer der Leuchtende Pfad einmarschiert ist. Oder die *sinchis,* die Militäreinheiten. Vielleicht hat Guadalupe viel früher als jeder andere erkannt, dass wir diese Menschen nicht sich selbst überlassen dürfen. Dass wir ihnen eine Möglichkeit geben müssen, sich Gehör zu verschaffen. Es ist ihr Schweigen, an dem sie ersticken; sie müssen eine Stimme haben, wenn sie sich retten wollen, hat sie gesagt. Wer soll sie hören, wenn sie keine Stimme haben?«

Neben Blanca begann Emilio zu zittern. Sie spürte es unter ihrer Handfläche, tastete sich vom Stoff seines Ärmels nach vorne, bis sie seinen eiskalten Handrücken spürte. Emilio wehrte sich nicht, als sie ihre Finger um seine schloss, und es kam ihr in diesem Moment als das einzig Richtige vor.

Die Nonne hielt kurz inne und betrachtete Emilio. Dann fuhr sie mit leiser Stimme fort: »Guadalupe hat ihr ganzes Leben lang mit einer einzigen Waffe geschossen, die keine Toten und keine Verletzten fordert, dafür aber Wahrhaftigkeit: mit ihrer Kamera. Und das war die Waffe, die sie den Menschen im Hochland an die Hand geben wollte. Abbilden, was man sieht. Festhalten, was geschieht. Ich habe damals nicht gewagt, sie aufzuhalten. Ich war eine junge Novizin, mein Kind. Unsere Oberin, ich erinnere mich, hat es sehr wohl versucht, aber Guadalupe war nicht davon abzubringen. Ich kann dir nicht mehr sagen, wann es gewesen ist. Der Terror war noch jung. Da ist sie ins Hochland gefahren.«

Blanca wartete. Aber Schwester Mónica sprach nicht weiter, und das allein schnürte Blanca die Luft ab. Sie wollte Fragen stellen. Es gab so viele Fragen. Doch sie konnte die Nonne nur anstarren und sich an Emilios Hand festhalten.

»Sie ist niemals zurückgekommen«, murmelte Schwester Mónica schließlich. »Ich wünschte, ich könnte dir mehr sagen.«

»Es sind so viele, die nie zurückkamen«, sagte Emilio mit kratziger Stimme. Mit einem Mal waren es seine Finger, die Blancas Hand umfassten und sie drückten.

Guadalupes Tagebuch

Arequipa, 14. April 1943

Ich will nicht daran denken, wie viele Jahre vergangen sind. Ich mag sie nicht zählen, obwohl ich weiß, ich trage sie mit erstem Silberglanz im Haar.

Aber so viele Jahre, und noch immer wirkt das Kloster leer ohne Constanza. Noch immer fehlt ihr Lachen in den bunten Gassen. Ihr Lachen, das den Sonnenschein nach Santa Catalina brachte und unsere Wände leuchten ließ.

Wenn ich bedenke, dass ich anfangs nicht zurückwollte. Ich habe Türen hinter mir zugeschlagen, als ich ging, mehr als eine, mehr als die nächtliche Seitenpforte, an der Max mich damals erwartete: Komm rasch, sei leise, bist du dir auch wirklich sicher?

Ja, mein Herz, ich war mir ganz sicher. Wie oft sehe ich diese Pforte vor mir, wenn ich die Augen schließe, wie oft träume ich, dass ich noch einmal vor der Wahl stehe. Den Schleier zerreißen oder hinter ihn zurückweichen. Aber ich wähle jedes Mal gleich. Ich würde es jedes Mal wieder tun und die Tür hinter mir zuschlagen, nach draußen treten und die Freiheit atmen.

Und doch war die einzige Pforte, die ich eigenhändig zugeschlagen habe, auch die einzige, die bei meiner Rückkehr offen stand. Ich hatte eine Familie. War willkommen im Haus Bustamante. Aber der Weg über den Ozean war zu weit. Mit dem Schleier hab ich jedes Band zwischen uns zerrissen, das haben sie mir gesagt.

Nur durch das Fenster hat der Mann mit mir gesprochen, der einmal mein Vater war. Von oben hat er auf mich herabgesehen, Stahl in seinem Blick, und langsam all meine Briefe aus Deutschland auf mich rieseln lassen, zerrissen in winzige Schnipsel.

Und so war ich wieder im Kloster gelandet.

Die Mutter Oberin war eine andere mittlerweile, aber keine Fremde. Ein Flüstern lief durch die schattigen Winkel der Klosterstadt, dass ich zurückgekehrt war.

Jeden Tag dachte ich an meine Familie jenseits des Meeres. Sie werden bald kommen, ich bin mir noch immer so sicher, auch wenn mir nur Stille antwortet. Es ist bestimmt der Krieg. Manchmal, im Traum, sehe ich die verlorenen Briefe im Straßengraben. Schwarz und weiß das Bild, aber ein Rinnsal greift mit roten Fingern nach den zerlöcherten Blättern. Die Straßen qualmverhangen, der Himmel in Flammen, und ich fahre hoch mit einem Schrei und bin allein.

Vielleicht hätte ich bleiben sollen.

6. Kapitel

Die Tür zum Archiv von Santa Catalina sah nicht so aus, als könnten sich hinter ihr viele Geheimnisse verbergen. Dazu war sie zu schlicht und vor allem zu modern, ein Fremdkörper im Weiß der Vulkansteinmauern.

Trotzdem spürte Blanca, wie aufgeregt sie war. Vielleicht wartete dort unten im Archiv gar nichts, was ihr weiterhelfen konnte. Aber allein, dass die Nonnen ihr den Zugang angeboten hatten, fühlte sich kostbar an.

Schwester Mónica ging die Schlüssel an ihrem beeindruckenden Schlüsselbund durch, als seien es die Perlen eines Rosenkranzes; sie bewegte sogar stumm die Lippen, während sie sich mit geschickten Fingern vorantastete. Schließlich, als sie offenbar den richtigen Schlüssel gefunden hatte, blickte sie auf und räusperte sich.

»Bitte nur du, mein Kind. Dein … dein Freund sollte hier warten.«

Blanca wandte sich zu Emilio um, der einen halben Schritt hinter ihr stand, genau dort, wo sich Sonnenlicht und Schatten in einer scharfen Linie auf dem Kiesboden trafen.

»Ist das okay?«, fragte Blanca leise und wusste im gleichen Moment, wie albern diese Frage war. Selbst, wenn es nicht okay war: Was hätte er denn sagen sollen?

Sie sah einen Schatten über seine Miene huschen.»Ich warte hier«, antwortete Emilio knapp und vergrub die Hände in seine Hosentaschen.

Sie nickte. »Ich beeil mich.«

Blanca hatte das Gefühl, sie würde ihn in einer vollständig anderen Welt zurücklassen. Aber sie schob den Gedanken beiseite und folgte Schwester Mónica, die die Tür zum Archiv geöffnet hatte, die steinernen Stufen vorsichtig nach unten stieg und dabei im Vorbeigehen einen Lichtschalter betätigte.

Zögerlich, beinah unwillig, flackerten die Deckenlampen auf und warfen warmgoldenen Glanz auf die verborgene Schatzkammer zu ihren Füßen. Blanca hielt auf halber Treppe inne, um den Blick schweifen zu lassen. Angesichts der nüchternen Tür hatte sie etwas erwartet, das der sterilen Atmosphäre eines penibel ausgeleuchteten Labors nahekam. Stattdessen schlummerte hier ein Archiv, wie man es sich bei einem jahrhundertealten Kloster vorstellte. Wuchtige, dunkle Holzregale schmiegten sich an die steinernen Mauern, drängten sich in der Raummitte zu den Wänden eines erdrückend schmalen Labyrinths zusammen, und wo Blanca hinsah, entdeckte sie riesige Folianten, vergilbte Papierstapel und dicke staubige Aktenordner. Klobige Kisten, die dunkle Holzfläche hell unter der Staubschicht, standen an den wenigen freien Punkten zwischen den Regalen.

Wenige Schritte neben dem unteren Treppenabsatz wirkte ein wackeliger Schreibtisch so, als habe er sich nur zufällig nach hier unten verirrt, und der nachlässig abgedeckte Computermonitor darauf schaffte es verblüffenderweise, nicht fehl am Platz auszusehen, sondern genauso alt und vergessen zu wirken wie alles andere in diesem Gewölbe auch.

»Unser Allerheiligstes«, sagte Schwester Mónica mit einem Lächeln und machte eine Armbewegung, die den gesamten Raum einschloss. »Wir wollten die Aufzeichnungen schon längst digitalisieren, aber weit sind wir noch nicht gekommen.«

Blanca stieg die letzten Stufen nach unten und atmete tief ein. Die Kühle vergangener Jahrhunderte schien sich zwischen diesen Mauern zu sammeln. Atemzüge, die einfach hier unten vergessen worden waren.

»Es ist toll«, antwortete sie leise. Ihr Herz klopfte jetzt heftig. »Schade, dass Emilio …«

Die Nonne war bereits an den Schreibtisch getreten und hatte ein großformatiges Indexbuch hervorgezogen, das sie behutsam aufschlug. Bei Blancas Worten hielt sie inne.

»Unser Allerheiligstes«, wiederholte sie, und diesmal schwang eine gewisse Schärfe in ihren Worten mit. »Nicht jeder bekommt Zugang. Es ist das Herz von Santa Catalina, die Seele unserer Geschichte. Ich zeige es dir, weil du zu Guadalupes Familie gehörst. Dein Freund nicht.«

Blanca hätte schwören können, dass in ihren Worten noch etwas anderes mitschwang, aber das mochte Einbildung sein, und im nächsten Augenblick lächelte Schwester Mónica schon wieder und winkte Blanca näher. »Komm her, mein Kind. Wollen wir mal sehen, was wir finden können.«

Fasziniert trat Blanca neben sie und folgte mit dem Blick Schwester Mónicas Finger, der über verschnörkelte Buchstaben strich, angeordnet in säuberlichen Tabellenspalten. Kunstvoll verknotete Wörter, kaum lesbar, wie es Blanca schien. Aber die Nonne schien die Schrift auf den brüchigen Seiten genau entziffern zu können. Ihr Finger glitt nach unten, dann blätterte sie unendlich vorsichtig ein Stück zurück und lächelte schließlich versonnen.

»Da haben wir es.« Sie tippte mit der Zeigefingerspitze auf einen Eintrag, der sich klein und verschämt zwischen zwei reguläre Tabellenzeilen drängte und auch mit anderer Tinte oder sogar Bleistift gemacht schien. Blanca beugte sich vor, kniff die Augen zusammen, aber die Buchstaben gaben ihr Geheimnis nur deshalb preis, weil sie bereits ahnte, was dort stand: *Guadalupe Schwarzkopf, geborene Bustamante.*

»Die Jahreszahl kann ich nicht lesen.«

»1939. Da ist sie zurück ins Kloster gekommen. Hm …« Schwester Mónicas Finger glitt ein Stück weiter, dann nickte sie und wandte sich ab, tauchte ein in den Halbschatten zwischen den Regalen.

Unsicher blieb Blanca beim Schreibtisch stehen. Am liebsten wäre sie der Nonne gefolgt, es war eine reizvolle Vorstellung, sanft über brüchige Ledereinbände und raues Papier zu streicheln, selbst wenn sie zwischen den Buchdeckeln nichts als Rätsel finden würde. Aber die Luft hier unten schmeckte nach Mysterium und Schatzsuche, als besäße sie eine ganz eigene Magie.

Doch Schwester Mónica hatte Blanca nicht aufgefordert, ihr zu folgen. Es dauerte eine Weile, dann kehrte die Nonne zurück, mit einer dicken Ledermappe, die sie wie ein Kind in den Armen trug und sehr sanft auf dem Schreibtisch ablegte.

»Das sind ihre Akten«, erklärte sie und senkte jetzt selbst die Stimme. »Alles, was wir über sie haben.«

Blanca schluckte und beugte sich vor. Der Geruch von altem Leder schlug ihr entgegen, als Schwester Mónica die Mappe öffnete.

Zuerst fiel Blancas Blick auf die dünnen, vergilbten Papierbögen mit Eselsohren und eingerissenen Ecken, die zum Vorschein kamen. Blanca stellte sich vor, dass die gleiche Lebenslust in ihnen steckte, die auf dem alten Foto aus Guadalupes Augen leuchtete, dass die Papiere um ein Entkommen aus der stickigen Mappe kämpften und deshalb so mitgenommen wirkten. Sie lächelte, und dann sah sie das Büchlein.

Es war klein genug, um in die Ledermappe zu passen, fast quadratisch und in einen dunklen Einband gefasst. »Gehörte das ihr?« Sie konnte nur flüstern.

»Ihr Tagebuch«, antwortete Schwester Mónica halblaut. »Sie ließ es hier, als sie ging. Ich habe es natürlich nie gelesen.« Sie streckte die Hand aus und strich ganz vorsichtig mit den Fingerspitzen über das kleine Büchlein. Wehmut lag mit einem Mal in ihrem Blick. Blanca versuchte sich vorzustellen, was ihre Urgroßmutter für Schwester Mónica bedeutet haben mochte, und umgekehrt. Dann hob die Nonne den Kopf und versuchte sich an einem Lächeln. »Willst du es mitnehmen?«

Blanca schluckte heftig. »Kann ich denn einfach …«

»Einfach ist gar nichts«, erwiderte Schwester Mónica sanft und blickte nachdenklich wieder auf das Büchlein. »Was sollten wir auch mit einem einfachen Leben? Lass uns die Unterlagen durchsehen, mein Kind. Sie müssen hierbleiben, denn sie sind Eigentum des Klosters. Aber das Tagebuch … das hat ihr allein gehört. Ich denke, du solltest es mitnehmen. Auch für deine Großmutter. Familienbesitz.«

Sie hob das kleine Buch auf und reichte es Blanca entgegen. Unter Blancas Fingerspitzen fühlte der Einband sich aufgeraut, aber doch angenehm an.

»Danke«, flüsterte sie und drückte das Tagebuch an ihre Brust.

Schwester Mónica faltete die Hände und lächelte wieder. »Sie hätte es so gewollt, Kind. Ganz gewiss.«

*

»Du bist sauer«, stellte Blanca fest, eine Hand auf ihre Umhängetasche gelegt, in der sich gemeinsam mit der Kamera jetzt das Tagebuch ihrer Urgroßmutter befand. Eben hatte sich die Seitentür des Klosters hinter ihnen geschlossen. Ein Strudel aus Motorenlärm, Hupkonzerten und anderen Stadtgeräuschen zog Blanca gewaltsamer ins Hier und Jetzt zurück, als ihr lieb war, und es verursachte beinah Übelkeit, nach den Geheimnissen des Archivs jetzt wieder die sonnenwarme, abgasgeschwängerte Luft Arequipas zu atmen.

»Nein«, widersprach Emilio, ohne den Blick von der Bordsteinkante zu nehmen. »Ich bin's schon gewohnt.«

Blanca blieb stehen. Sie dachte daran, wie sie vorhin im Kloster nach Emilios Arm gegriffen hatte. In jenem Moment war ihr die Geste selbstverständlich vorgekommen, aber jetzt erschien sie ihr so unwirklich und vor allem undenkbar, als handle es sich überhaupt nicht um eine eigene Erinnerung, schon gar nicht um eine vom selben Tag.

»Was hätte ich denn tun sollen? Ich durfte als Familienangehörige mit nach unten. Das ist doch verständlich, dass sie nicht jeden ins Archiv lassen, oder?«

»Verständlich.« Emilio sah sie jetzt doch an und legte den Kopf schief. Da war noch immer ein harter Zug um seine Mundwinkel, und in den dunklen Augen schimmerte etwas, das Blanca nicht recht zuordnen konnte. Er stand nur zwei Schritte von ihr entfernt und blickte sie wütend an.

»Warum stört es dich so sehr?«, fragte Blanca leise.

Zu ihrer Überraschung streckte Emilio den Arm nach ihr aus und fasste sie mit sanfter Bestimmtheit am Handgelenk. Seine Finger fühlten sich warm und rau auf ihrer Haut an. Blanca starrte ihn an, als er ihren Ärmel ein Stück nach oben schob und dann seinen eigenen Arm an ihren hielt.

»Siehst du es?«, gab Emilio einfach zurück.

Sie biss sich auf die Unterlippe und senkte den Blick. Ihr blasser Arm neben dem warmen Zimtbraun von Emilios Haut. Und noch immer das Gefühl der Finger an ihrem Handgelenk, die kaum Druck ausübten, aber einen Funkenregen durch Blancas Körper tanzen ließen.

»Was meinst du?«, murmelte sie.

»Du siehst es, oder? Hell, dunkel.« Seine Finger gaben ihr Handgelenk frei und tippten einmal auf ihren, einmal auf seinen Arm, bevor Emilio wieder einen Schritt zurücktrat. Die Erinnerung an seine Hand blieb als warme Spur auf Blancas Haut zurück.

»Aber …«, begann sie, ohne selbst genau zu wissen, wie sie fortfahren wollte.

Emilio sah sie mit blitzenden Augen an. »Aber was? Es ist so einfach. Das hat nichts mit der Familienzugehörigkeit zu tun. Da steckt viel mehr dahinter. Santa Catalina war immer ein Ort, der den Weißen gehört hat. Den Europäern. Den anständigen Leuten.« Er schnalzte mit der Zunge. »Natürlich lassen die einen wie mich nicht in ihr Archiv.«

Blanca schluckte. Sie musste den Blick abwenden, konnte nur auf ihren eigenen Arm starren, der ihr jetzt, nach dem direkten Vergleich, noch weißer vorkam. »Wenn du das denkst, warum bist du dann mitgekommen? Warum hast du mich hergebracht?«

»Weil ich's versprochen hatte«, sagte er. Die Bitterkeit in seiner Stimme tat Blanca weh. Er fuhr fort: »Und weil du's alleine nicht hinbekommen hättest. Außerdem, wie gesagt, ich bin es gewohnt.« Eine kurze Pause, und als Blanca aufsah, lächelte er – eine Spur zu schief, aber immerhin.

Sie holte Luft. »Tut mir leid. Mir war das nicht klar.«

»Ja, das dachte ich mir schon.«

Vorsichtig krempelte sie ihren Ärmel wieder nach unten. »Sie haben mir Guadalupes Tagebuch mitgegeben.«

»Du musst mir das nicht erzählen, wenn du nicht willst.«

»Wenn es dich interessiert, will ich gern. Wirklich.«

»Es interessiert mich«, antwortete Emilio. »Jetzt noch mehr als vorher. Ich kenne die Geschichten von der fotografierenden Nonne, aber ich hätte nicht gedacht, dass … dass sie das ist.«

»Du hast davon gehört?«

Sein Lächeln wurde beinah nachsichtig. »Manchen Geschichten kann man gar nicht entkommen. Guadalupes Geschichte ist so eine.«

Blanca tastete nach den Kanten des Tagebuchs, die sich durch den Stoff der Umhängetasche abzeichneten. Ihr Herzschlag beschleunigte sich, doch sie war sich mit einem Mal sicher, dass das nicht nur an dem kostbaren Fund aus dem Archiv lag, sondern an Emilios Worten.

Manchen Geschichten kann man gar nicht entkommen.

Konnten Emilio und Schwester Mónica recht haben? Würde sie Guadalupes Spur tatsächlich noch anderswo finden als im Klosterarchiv? »Erzähl mir mehr«, bat sie leise.

Emilio vergrub die Hände in den Taschen, legte den Kopf leicht schief und betrachtete Blanca. Er wirkte nachdenklich. Schließlich blieb sein Blick an ihrer Schultertasche hängen.

»Bring die Tasche nach Hause«, sagte Emilio.

Verwirrt runzelte Blanca die Stirn und versuchte, in seinen dunklen Augen einen Hinweis darauf zu finden, was sich hinter dieser unerwarteten Aufforderung verbarg. »Was?«

»Bring die Tasche nach Hause«, wiederholte er, und nun glomm ein Lächeln in seinem Blick. »Da, wo wir hingehen, solltest du besser nichts Wertvolles dabeihaben.«

Blanca drückte die Tasche etwas fester an sich. »Wo gehen wir denn hin?«

Emilios Lächeln gewann an Kraft. »Dorthin, wo die Geschichten sind«, antwortete er, »auf den Markt.«

*

Die Markthalle San Camilo lag nur wenige Blöcke von der Plaza de Armas entfernt. Das Gebäude ragte wie eine Insel aus dem Flussbett der schmalen Straßen auf, durch die sich statt Wasser ein unaufhörlicher Strom bunter, hupender Taxis wälzte.

Schon von außen erweckte es den Eindruck, aus allen Nähten zu platzen. Kleine Läden säumten seine Stirnseite, als hätten sie im Inneren keinen Platz gefunden, und gegenüber den Läden hatten sich Straßenverkäufer mit Bauchläden und provisorischen Ständen postiert.

Als Blanca dicht hinter Emilio durch das Eingangsportal der Halle trat, blieben Straßenlärm und Sonnenlicht zurück, kühle Luft streichelte Blancas Gesicht und ein ganzes Gemisch aus den unterschiedlichsten Düften umfing sie: die Süße frischen Obstes, die matte Würze von Kräutermischungen, ein Hauch von Fisch und Blut, Putzwasser. Blanca atmete ein und erwartete eine flache Markthalle in dämmrigem Halbschatten, einen Ort, an dem Beklommenheit im Gedränge wuchern konnte.

Stattdessen brachte der nächste Schritt sie gleichsam zurück ins Licht. Das Dach von San Camilo wölbte sich weit über ihr wie die ausladende Kuppel einer Kathedrale, getragen von einer Vielzahl schlanker Stützpfeiler, deren leuchtendes Sonnengelb ein lautloser Spottgesang auf die Schwerkraft zu sein schien. Tageslicht flutete die zweistöckige Halle, und zu den Gerüchen gesellten sich Stimmgewirr und Musik. In jedem der langgestreckten Gänge zwischen den Marktständen wimmelte es von Menschen. Blanca musste stehen bleiben, für einen Moment den Blick schweifen lassen und das Schwindelgefühl unter Kontrolle bringen, das ihr der Eintritt in diese neue Welt verursachte.

Emilio blieb neben ihr stehen und lächelte. »Willkommen in San Camilo. Das ist der älteste Markt von Arequipa.«

»Als ob jemand einen Bienenstock mit einer Kirche gekreuzt hätte!«, platzte Blanca hinaus.

Ein Mann mit einem kleinen Stapelwagen, schwer beladen mit offenbar prall gefüllten Plastiksäcken, rumpelte dicht an ihr vorbei, und Emilio fasste sie behutsam am Arm und zog sie ein Stück näher. Noch immer tanzte das Lächeln in seinen Augen, ihre Bemerkung musste ihm gefallen haben. »Lustig, dass du das sagst. Wusstest du, dass hier früher tatsächlich eine Kirche stand?«

Blanca hob die Augenbrauen. »Statt der Markthalle?«

»Die Kirche San Camilo.« Emilios Finger lösten sich von ihrem Arm, und zu ihrem Erstaunen spürte Blanca leises Bedauern in sich aufsteigen.

»Sie soll sehr groß und schön gewesen sein, mit einem gewaltigen Kuppeldach.«

Wieder ließ Blanca den Blick an der Dachkonstruktion entlangwandern. »Was ist mit ihr passiert?«

»Was hier meistens passiert.« Das Lachen verschwand aus Emilios Augen und ließ die bekannte Dunkelheit zurück. »Ein Erdbeben. Es hat San Camilo so stark zerstört, dass man die Kirche nicht mehr aufbauen konnte. Also wurde alles abgerissen, und stattdessen wurde der Markt eingerichtet. Das war Ende des neunzehnten Jahrhunderts. Bis dahin hatte Arequipa nur einen provisorischen Wochenmarkt auf dem Hauptplatz.« Mit einem Nicken bedeutete Emilio Blanca, ihm zu folgen, und sie schlenderte neben ihm tiefer in die bunte Welt der Markthalle hinein.

»Woher weißt du das alles, Emilio? Ich meine …« Blanca zögerte und hoffte, dass der nächste Satz ihn nicht verletzen würde. »Ich dachte, du bist doch gar nicht von hier?«

Emilio schob die Hände in die Hosentaschen und zog die Schultern ein Stück hoch. »Vielleicht weiß ich's gerade deshalb«, murmelte er, ohne Blanca anzusehen. Dann warf er ihr doch einen Seitenblick zu und hob die Mundwinkel zu einem etwas bitteren Lächeln. »Und ich hab dir doch gesagt: Manchen Geschichten kann man gar nicht entkommen.«

Sie fragte sich, ob er damit wirklich nur die Geschichten meinte, die durch die sonnenwarmen Straßen Arequipas huschten, oder ob er nicht vielmehr eigene Geschichten mit sich trug. Am liebsten hätte Blanca wieder die Hand nach Emilio ausgestreckt, aber sie traute sich nicht. Zu beiden Seiten der Gänge türmten sich Obst und Gemüse, als wüchse es direkt aus ihren Kisten und Körben hervor. Lächelnde Verkäuferinnen flüsterten den Passanten verschwörerisch hinterher, um sie zum Stehenbleiben und Kaufen zu bewegen. An den leuchtenden Farben konnte Blanca sich kaum sattsehen. In diesem Moment tat es ihr doch leid, auf Emilio gehört und die Kamera zurück ins Quartier gebracht zu haben.

Nur einige Minuten später ließen sie die Reihe der Obstberge hinter sich und passierten den Abschnitt, wo frisches Fleisch verkauft wurde.

Emilio führte Blanca zielstrebig weiter in den Schatten der Galerie, die sich um die gesamte Halle zog. Kleine Läden schlummerten hier etwas abseits des Geschehens, die Luft war kühl, und obwohl es nur wenige Schritte gebraucht hätte, um zurück unter die Weite des Hallendaches zu treten, hatte Blanca das Gefühl, dass diese Welt plötzlich meilenweit hinter ihr lag. Emilio passte hervorragend an diesen Ort, dachte sie. San Camilo war voller Widersprüche: Licht und Schatten, Ruhe und Bewegung, und mit jedem Schritt ahnte sie mehr, dass es hier doch noch verborgene Winkel geben musste.

Emilio wurde langsamer, die Hände noch immer in die Hosentaschen geschoben. Aber er wirkte mit einem Mal entspannter, als er mit einem Nicken nach vorn wies. Zunächst sah Blanca nur eine Wand, die ein Sammelsurium ölverschmierter Werkzeuge fast schwarz wirken ließ. Dann erst entdeckte sie den Mann, der auf einem Schemel davor saß, einen abgewetzten Werkzeugkoffer neben sich, und sein Mittagessen aus einer verblichenen Plastikdose löffelte. Er blickte auf, als habe er Emilios Blick gespürt. Ein Lächeln breitete sich auf dem faltigen Gesicht aus und entblößte mehrere Zahnlücken. Der Mann stellte die Dose auf den Deckel seines Werkzeugkoffers, sprang auf und wischte sich hastig die Hände an seiner speckigen Hose ab. »Und ich dachte, Marías hausgemachter *adobo* wär schon der Höhepunkt dieses Sonntags. Emilio, was für eine schöne Überraschung!«

Emilio lächelte jetzt ebenfalls. Ein Leuchten, das aus großer Tiefe kam, warm und ehrlich. »Jerónimo. Ich möchte dir Blanca vorstellen. Sie kommt aus Deutschland.«

Jerónimos Augen richteten sich voller Strahlen auf Blanca. Er lüpfte einen imaginären Hut, trat auf sie zu und hauchte ihr das obligatorische Begrüßungsküsschen auf die Wange, wofür Blanca leicht den Kopf neigen musste, denn Jerónimo war ein Stück kleiner als sie. »Aus Deutschland, hm?«, sagte er vergnügt. »Hätt ich das gewusst, ich hätte heute mein Deutschland-Trikot angezogen! Zur Feier des Tages!« Er wies auf den wackeligen Schemel, auf dem er bis eben gesessen hatte. »Ich habe leider nur den hier, aber wenn du dich setzen willst …«

»Das … das ist in Ordnung, ich kann stehen.«

»Oh, aber bitte setz dich doch! Ich hocke den ganzen Tag nur herum. Keine Kunden am Sonntag.« Er schüttelte den Kopf und wies auf die Wand hinter sich. Jetzt erkannte Blanca genauer, was dort hing: kein Werkzeug, sondern endlose Reihen von Schlüsseln. Offenbar bot Jerónimo eine Art Schlüsseldienst an, wenngleich das auf Blanca alles ein wenig provisorisch wirkte.

»Jerónimo ist ein guter Freund«, erklärte Emilio. »Er hat mir sehr geholfen, als ich nach Arequipa kam.« Er blickte wieder zu Jerónimo. »Und er kennt Geschichten. Zum Beispiel Geschichten von der fotografierenden Nonne.«

Ein seltsamer Glanz trat in Jerónimos Augen. »Und mehr als das, meine Liebe«, sagte er in Blancas Richtung, aber sein Blick schien verträumt in die Ferne zu gehen. »Ich bin ihr begegnet.«

Blanca öffnete den Mund, ohne zu wissen, was sie sagen sollte. »Sie haben sie wirklich getroffen?«, brachte sie schließlich hervor. »Guadalupe?«

Jerónimo betrachtete sie aufmerksam aus wachen Augen. »Nicht viele erinnern sich an ihren Namen«, antwortete er sanft.

Plötzlich war er mehr als ein alter Mann in abgetragener Kleidung. Er war ein Bindeglied zur Vergangenheit.

»Ich wünschte, ich könnte mich an mehr erinnern«, sagte Blanca leise. »Sie war meine Urgroßmutter. Ich … ich bin auf der Suche nach ihr.«

Jerónimo blickte sie weiter nachdenklich an und wies schließlich mit neuem Nachdruck auf den Schemel. »Dann, Blanca aus Deutschland«, erwiderte er, »solltest du dich wirklich setzen. Damit ich dir von deiner Urgroßmutter erzählen kann.«

Guadalupes Tagebuch

Arequipa, 15. Februar 1941

Der Regen ist da.

Ich habe ihn heute im Morgenwind geschmeckt, sein Duft hat mich umtanzt. Ich bin auf die Plattform gestiegen und habe seinen dunstigen Schimmer in der Ferne gesehen, über den Vulkanhängen warten taubengraue Schleier, die alles Licht von Arequipas grünen Feldern trinken. Schön ist es, diesem Regen wieder zu begegnen. In den kommenden Wochen wird er die Stadt regieren. Die Nachmittage gehören ihm. Arequipa, meine Sonnenstadt mit den zwei Gesichtern!

Der Regen ist da. Und er hat mich ins Freie getrieben, die Sonnenstunden am Vormittag will ich nutzen. Max' Kamera und ich. Meine Reise ins Ungewisse hat fünf Centavos gekostet. Den Beweis drücke ich als rauen Papierschnipsel in meine Handfläche: ein Straßenbahnbillett. Die moosgrünen Holzwaggons, die sich mit einem Ächzen an den Klostermauern vorbeischleppen, als sei dieser Weg sehr anstrengend für sie … sie gehören zu den Erinnerungen, die mich auf der anderen Seite des Ozeans beständig begleitet haben. Wenn ich in Deutschland Straßenbahnen gesehen habe, dann dachte ich an Arequipa. Max hat kaum glauben können, dass ich daheim nie Straßenbahn gefahren bin. Und trotzdem, wenn ich mich neben ihm auf eine der glatten Holzbänke drückte, mich zwischen den Ecken und Kanten deutschen Stimmgewirrs nieder-

ließ und vor dem Fenster Berlins verwaschene Farben vorbeizogen, konnte ich die Augen schließen und Arequipas Sonne atmen. Vielleicht, so sag ich mir heute, habe ich mich an die Zukunft erinnert: an heute, als ich aus dem Kloster trat, in Licht und Farbe, wo die Straßenbahn auf mich wartete. In ihrem Inneren schloss ich die Augen und dachte an Berlin, an Max und an den deutschen Regen, und für ein paar Momente war es ein Ort ohne Hier und Jetzt, wo das alles zusammenkommen konnte.

Wenn er und Magda kommen – sie müssen kommen –, werden wir gemeinsam fahren. Sieh, Magda, werde ich ihr sagen, wenn der Wagen durch die schmalen Gassen rumpelt und die Klostermauer passiert, hier hab ich gelebt, hier hat mich Dein Vater getroffen, hier hab ich auf Euch gewartet.

Als wir ausstiegen, die Kamera und ich, war das ein kleiner Abschied. Wir waren nicht weit gefahren, nur bis zur Markthalle, bis San Camilo, wo all die Linien zusammenkommen, als seien sie selbst behäbige Marktweiber in weiten Röcken, die einander schnaufend von ihrem Tageswerk erzählen. Die Pflastersteine brannten mir unter den Sohlen.

Ich stand fremd in meiner eigenen Stadt und hielt die Kamera an mich gedrückt.

Fremd, dachte ich mir. Wendete das Wort in meinem Mund, in meinem Denken hin und her. Und in diesem Moment, als ich unterwegs war, um die letzten Lichtstunden vor dem Regen zu nutzen, da hab ich es verstanden.

Wie soll ich Max und Magda hier empfangen, wenn ich meine Welt selbst nicht kenne? Gewiss, in Santa Catalina kann ich ihnen jeden verborgenen Winkel zeigen. Aber meine Stadt ist mehr als bunter Stein im Sonnenlicht. Meine Stadt sind auch ihre Menschen: müde Gesichter und arbeitsraue Hände, der Mahlstrom von San Camilo. Ich stand und sah, ich atmete, ich ahnte die Farben des Marktes. Und ich hielt die Kamera in meinen Händen.

Jetzt sitze ich hier, das Licht fällt bleiern durchs Fenster, und in meiner linken Hand knistert das Straßenbahnbillett. Ich lausche dem Regen, er ist angekommen, er wäscht die Ecken weich, die das Licht spitz geschliffen hat. Er bringt Ruhe, Frieden. Ich halte im Schreiben inne und streichle die Kamera. Stelle mir vor, dass sie schläft, ermüdet und glücklich, weil sie heute Bilder getrunken hat.

Mein Plan ist klar. An den Vormittagen werde ich mich aus dem Kloster stehlen, werde meine Stadt erkunden, mein Arequipa, wie es wirklich ist jenseits der stolzen Fassaden. Ich will den Menschen in die Augen sehen. Das Spiel von Licht und Schatten einfangen. Ich habe so viele Briefe geschrieben, aber wo Worte nicht weitersprechen können, vermögen es Bilder. Ich werde mit der Kamera die Stadt erobern, ich werde sie Max und Magda zeigen. Was mir vertraut wird, wird ihnen vertraut sein, und wenn sie kommen, sind sie keine Fremden mehr. Mit der Oberin, die so viel Güte in den Augen trägt, hab ich schon gesprochen. Es gibt ein kleines Kämmerchen, das lange nicht benutzt wurde. Ich darf dort meine Dunkelkammer haben, dort arbeiten, während der Regen fällt.

7. Kapitel

Es war Abend geworden, das Licht der Straßenlaternen fiel durchs Fenster in Blancas Zimmer und malte helle Streifen auf die Seiten von Guadalupes Tagebuch, das sie gerade zugeklappt hatte, als es an der Tür klopfte.

Sie schob das Tagebuch behutsam unter ihr Kopfkissen und rappelte sich auf, um zu öffnen.

Claire lächelte ihr entgegen. Wie üblich wirkte sie adrett und wie aus dem Ei gepellt, und sekundenlang fühlte Blanca sich in ihrem eigenen häuslichen Schlabberlook, angemessen für einen gemütlichen Sonntagabend, unendlich plump.

»Alles klar bei dir?«, fragte Claire. »Wir haben dich heute vermisst!«

Blanca zwang sich zu einem Lächeln, von dem sie hoffte, dass es ehrlich aussah. Sie wusste selbst nicht genau, warum es ihr ein Bedürfnis war, Guadalupes Geschichte vor den anderen Schülern der Akademie geheim zu halten. Im Moment hatte sie nur das unbestimmte Gefühl, sich erst einmal an die Wirklichkeit der Gegenwart gewöhnen zu müssen; jedes Wort über ihren heutigen Fund wäre da fehl am Platz gewesen. »Ich brauchte mal ein bisschen Ruhe«, sagte sie und tastete nach dem Türrahmen. »Den Kopf freibekommen und so. Ich war in Santa Catalina … und in der Markthalle.«

Das war immerhin nicht gelogen, und Claire nickte, obwohl ihre Augen sich skeptisch verengten. »In der Markthalle? Ich hoffe, es hat dich da keiner angespuckt oder bestohlen? In meinem Reiseführer steht, dass man da echt vorsichtig sein muss.«

»Ich war ohne Kamera da. Es ist toll, eine ganz eigene Welt. Da passiert nichts, wenn man ein bisschen aufpasst.« Unwillkürlich straffte Blanca sich. Aus Claires Worten hatte aufrichtige Sorge gesprochen, nichts weiter, trotzdem verspürte Blanca plötzlich das Bedürfnis, die Bogengänge San Camilos mit ihren Farben, Gerüchen und ihrem Chaos gegen jeden Angriff in Schutz zu nehmen.

»Klingt gut.« Claire lächelte, wirkte aber nicht völlig überzeugt, und Blanca fiel es mit einem Mal schwer, sich die Französin mit ihrer akkuraten Kleidung und dem dezenten, aber stets perfekten Make-up zwischen den Ständen der Markthalle vorzustellen. »Übrigens, wir haben überlegt, nächstes Wochenende nach Cusco zu fahren und auch Machu Picchu anzugucken. Kommst du mit?«

»Übers Wochenende?« Blanca zögerte. Von Arequipa nach Cusco waren es etwa acht Stunden Busfahrt, für peruanische Verhältnisse ein Katzensprung. Trotzdem. »Ist das nicht etwas kurz?«

Claire hob die Schultern. »Wir wollten mit Francisco reden, ob wir den Freitag und den Montag freibekommen. Hey, wir sind nicht nur als Arbeitstiere hier, und Fotografieren kann man auch in Cusco. Also, was ist?«

Blancas erster Impuls war ein Nicken. Allein schon die Vorstellung der majestätischen Ruinenstadt Machu Picchu, des Morgenlichts, das sich über die Bergkuppen schob und den alten Stein in frisches Leuchten tauchte, erfüllte sie mit Vorfreude. Doch auf der anderen Seite war da noch immer Guadalupes Geschichte. Und ein verlängertes Wochenende ohne die anderen Akademieteilnehmer bedeutete nicht zuletzt auch ein verlängertes Wochenende ohne Fragen und Ausflüchte, Tage, die sie voll und ganz ihrer Spurensuche widmen konnte.

»Ich muss es mir noch überlegen, Claire. Ehrlich. Und wir wissen ja noch gar nicht, ob Francisco Ja sagt.«

Claire machte einen halben Schritt rückwärts, ihre Augenbrauen wölbten sich irritiert. Offenbar hatte sie nicht mit dieser Antwort gerechnet. »Du musst dir noch überlegen, ob du Machu Picchu sehen willst?«

»Nur, ob ich das nächstes Wochenende will.« Blanca biss sich auf die Unterlippe und wusste, dass jede weitere Frage Claires sie böse aus dem Gleichgewicht bringen würde. Also versuchte sie sich ein weiteres Mal an einem Lächeln, das diesmal mit voller Absicht ein bisschen schief ausfallen sollte. »Du, sei mir nicht böse, ich bin heute irgendwie ziemlich platt. Das Übliche.« Sie legte eine Hand auf den Bauch.

Die Verwirrung verschwand nicht komplett aus Claires Blick, doch jetzt leuchtete auch Verständnis in ihren Augen auf. »Oh, du Arme. Ich verstehe. Kann ich dir irgendwas Gutes tun? Tee? Schmerzmittel?«

»Ach, es geht. Ich werde mich einfach mit einem Buch ins Bett legen, und morgen sieht das schon wieder ganz anders aus. Aber heute bin ich für nichts wirklich zu gebrauchen. Sorry.«

»Ist schon okay.« Claire lächelte ihr aufmunternd zu und wandte sich ab. Der Widerhall ihrer Schritte auf dem glatten Boden kam Blanca unnatürlich laut vor.

Einen Moment lang sah sie dem Mädchen noch hinterher,

dann schob sie die Tür zu und lehnte sich gegen die Wand. Regelschmerzen waren sicher nicht die schlechteste Ausrede gewesen, um Claire jetzt loszuwerden, trotzdem ärgerte sich Blanca. Sie hätte sie sich für das kommende Wochenende aufheben sollen, um damit zu erklären, warum sie besser in Arequipa blieb. Jetzt würde sie sich etwas Neues einfallen lassen müssen. Denn dass sie auf keinen Fall mit den anderen nach Cusco fahren würde, war ihr mittlerweile klar.

Nach kurzem Zögern warf Blanca sich ihre Jacke über, steckte die Schlüssel ein und trat aus dem Zimmer. Claires Auftauchen hatte die Gedanken aufgewirbelt, und sie brauchte frische Luft und Bewegung, um sich zu sortieren.

Sie hörte das Rauschen des Río Chili, als sie aus dem Haus trat. Unwillkürlich musste Blanca an den Regen von Arequipa denken, an die Art, wie Guadalupe über ihn geschrieben hatte, und das entlockte ihr ein Lächeln. Sie schob die Hände in die Jackentaschen, atmete die kühle Nachtluft ein und setzte sich in Bewegung.

Auf der einen Seite war alles bislang deutlich erfolgreicher verlaufen, als sie es sich hätte träumen lassen. Sie hatte Menschen getroffen, die Guadalupe kannten, sie war den hilfsbereiten Nonnen begegnet und konnte mit etwas Greifbarem nach Hause kommen: Guadalupes Tagebuch. Blanca hatte selten so offenherzige und zugleich so kraftvolle Worte gelesen. Jeder einzelne Schnörkel der verspielten Handschrift strahlte die unbändige Lust am Leben aus, die Guadalupe auch auf dem alten Foto aus den Augen leuchtete. Mit diesem Tagebuch kam Blanca ihrer Urgroßmutter so nahe, wie es nur irgendwie möglich war.

Und doch hatte sie gleichzeitig das Gefühl, dass die wahre Antwort auf ihre Fragen ihr nach wie vor durch die Finger glitt. Warum hatte Guadalupe aus dem Kloster heraus niemals wieder Kontakt zu Mann und Tochter in Deutschland aufgenommen? Wann und wie mochte sie gestorben sein? Was war aus ihren Fotografien geworden?

Mittlerweile hatte sie die Brücke erreicht, seufzte und blieb an die steinerne Brüstung gelehnt stehen.

Ich will es verstehen. Ich will wissen, wie es sein konnte, dass sie niemals zu uns zurückkehrte.

Das war die Frage, deren Antwort Blanca nachspürte. Sie wurde dringlicher mit jeder Tagebuchseite, die sie bislang gelesen hatte. Guadalupes Liebe zu Max und ihrer Tochter war der rote Faden, der sich durch jeden einzelnen Eintrag zog. Beim Lesen hatte Blanca mehrmals innehalten müssen, weil Guadalupes Sehnsucht ihr so lebendig und intensiv erschien, dass sie förmlich unter den Fingern brannte. Und in dieser Sehnsucht schwang keine Enttäuschung. Guadalupe hatte daran geglaubt, dass Max und Magda ihr folgen würden. Sie hatte darauf gewartet und ihr ganzes Leben nach dieser Erwartung ausgerichtet. Trotz des unerträglichen Schweigens hatte sie die Hoffnung nicht aufgegeben.

In Gedanken ging Blanca noch einmal alles durch, was Magda ihr erzählt hatte. Sie erinnerte sich an die Schilderung ihres Urgroßvaters, das Bild des Mannes am Schreibtisch, die verzweifelten Briefe an Guadalupe. Sicher, das war erst nach dem Krieg gewesen, und sie hatte Guadalupes Tagebuch noch nicht ganz ausgelesen. Doch ganz offensichtlich waren Max' Briefe nicht angekommen. Ob sie hier ansetzen konnte?

Blanca dachte an das, was ihr Jerónimo heute erzählt hatte. Er war Guadalupe Ende der Vierzigerjahre begegnet – ein kleiner Junge, der die fotografierende Nonne aus großen Augen betrachtet hatte. Damals hatte sie noch immer gewartet. Wie konnte das sein? Wohin hatte Max seine Briefe eigentlich geschickt? Direkt ins Kloster? Aber dort hatte er Guadalupe nicht vermuten können. Zu ihrer Familie, die die ungehorsame Tochter verstoßen hatte? Konnte sie Max' Briefe zurückgehalten oder zerstört haben? Oder hatte es damals schon so etwas wie Postfächer gegeben? Die Fragen tanzten wild durcheinander. Blanca musste herausfinden, wohin Max' Briefe gegangen waren. Nur dann konnte sie erklären, warum sie Guadalupe nicht erreicht haben mochten, selbst als die Wogen des Kriegs in Europa sich bereits wieder geglättet hatten.

Der Stein der Brüstung lag kühl und rau unter Blancas Fingern, und sie atmete tief durch, während es in ihr zu kribbeln begann. Sie warf einen letzten Blick in die Nachtschwärze des Río Chili, dann setzte sie ihren Weg über die Brücke fort. In Deutschland war es jetzt früher Nachmittag, was bedeutete, dass Blanca das Nächstliegende tun konnte: Oma Magda anrufen.

Wer in Arequipa telefonieren wollte, egal wohin, brauchte in der Regel nicht lange zu suchen. Fast an jeder Straßenecke fand sich ein *locutorio,* ein kleiner Laden mit Telefonkabinen, aus denen man für Centbeträge sowohl peruanische als auch internationale Anschlüsse anrufen konnte. Blanca hatte seit ihrer Ankunft zweimal kurz mit ihren Eltern telefoniert und war verblüfft über die kristallklare Verbindung gewesen, die sie angesichts der klapprigen, abgenutzten Telefone nicht erwartet hatte. Grund genug, dasselbe *locutorio* auch jetzt aufzusuchen.

Blancas Handflächen waren schweißnass, während sie Oma Magdas Nummer wählte und sich vorsichtig auf dem nicht sehr vertrauenerweckenden Plastikhocker niederließ, der kaum Platz in der Telefonkabine fand.

»Ja?«

»Oma! Ich bin's.«

Blanca hörte, wie Oma Magda überrascht nach Luft rang. »Kind, wie schön, dich zu hören! Wie geht es dir?« Besorgnis mischte sich in die Freude in ihrer Stimme. »Ist alles in Ordnung?«

»Es ist alles gut, Oma.« Blanca musste lächeln. »Ich wollte dir von Guadalupe erzählen.«

Sekundenlang hörte Blanca nur das ansonsten kaum wahrnehmbare Knarzen der Telefonleitung, nicht einmal Atemzüge, so vollkommen war Omas Schweigen. Dann ein Räuspern. »Du hast wirklich etwas herausgefunden?« Die Stimme zitterte jetzt, und Blanca spürte ihren Magen in dem vertrauten Widerwillen gegen Tränen krampfen.

»Noch nicht viel. Das heißt … eigentlich doch.« Sie holte Luft. »Ich war heute im Kloster, und sie haben mir ihr Tagebuch gegeben. Oma, sie ist wieder ins Kloster gegangen, als sie nach Arequipa zurückkehrte.«

»Sie hat wieder den Schleier genommen?« Oma Magdas Stimme klang brüchig.

Blanca schüttelte unwillkürlich den Kopf und musste über sich selbst grinsen, weil das am Telefonhörer ja herzlich wenig

Sinn ergab. »Nicht direkt. Ich habe noch nicht alles gelesen, aber sie hat auf jeden Fall auf … auf dich und deinen Vater gewartet. Ich bringe dir das Tagebuch mit. Und, Oma, wusstest du, dass sie selbst fotografiert hat? Die Leute in Arequipa kennen sie, das ist total verrückt! Ich war heute auf dem Markt …« Sie holte tief Luft. »Ich glaube, dass ich noch mehr herausfinden kann, ich habe ja gerade erst angefangen. Aber was ich dich fragen wollte: Weißt du, wohin dein Vater seine Briefe geschickt hat? Ich glaube, dass Guadalupe sie nicht bekommen hat.«

Wieder herrschte für einen langen Augenblick Stille, und es kam Blanca so vor, als könne sie das angestrengte Nachdenken ihrer Großmutter hören.

»Ich weiß es nicht genau«, sagte Oma Magda schließlich. »Für mich war es immer klar, dass sie zu meiner Mutter gehen.«

»An ihre Familie?«, fragte Blanca. »Guadalupe schreibt, sie wollten nichts mehr von ihr wissen. Vielleicht …«

»Nein.« Das kam mit großer Bestimmtheit. »Nein, das glaube ich nicht. Ich denke …« Sie zögerte. »Er hat sie an einen Freund geschickt. Einen gemeinsamen Freund, den sie in Arequipa hatten. Wenn ich nur wüsste, wie der hieß!«

»Das kann ich rausfinden«, behauptete Blanca. »Es … es ist doch okay, wenn ich das Tagebuch lese?«

»Natürlich, Kind! Himmel, ich kann gar nicht glauben …« Erneut ein verdächtiges Zittern in Omas Stimme.

»Ich halte dich auf dem Laufenden, Oma. Versprochen.«

»Ich danke dir. Pass gut auf dich auf, hörst du?«

Blanca verzog das Gesicht. »Aber das weißt du doch.«

Als sie wenige Minuten später aus dem *locutorio* zurück in Arequipas Nachtfrische trat, fühlte Blanca sich voller Tatendrang. Ihre Füße setzten sich wie von selbst in Bewegung, und es war, als kurble das auch ihre Gedanken an.

Sie würde auf jeden Fall das Tagebuch zu Ende lesen müssen. Vielleicht bot das weitere Antworten. Und sie musste so bald wie möglich ins Kloster zurückkehren. Wenn Guadalupe dort wirklich eine Dunkelkammer gehabt hatte, mussten sich da nicht Spuren finden lassen? Was war aus den Bildern geworden? Blanca hoffte, dass Schwester Mónica ihr ein weiteres Mal helfen würde.

Sie erreichte die Straßenecke, an der es nach rechts zur Akademie ging, und blieb wie angewurzelt stehen. Francisco! Warum hatte sie nicht gleich an ihn gedacht?

Er war Fotograf, und sein Großvater war es ebenfalls gewesen. Was Francisco im Unterricht über die bekannten Fotografen Arequipas und Perus erzählt hatte, ließ vermuten, dass er sich auch historisch wirklich gut auskannte. Er musste einfach von Guadalupe gehört haben. Schließlich war sogar Emilio, der gar nicht aus Arequipa stammte, über ihre Geschichte gestolpert.

Blancas Finger tasteten nach dem Schlüsselbund in ihrer Jackentasche und schlossen sich fest um das kalte Metall. Noch immer bereitete ihr der Gedanke, vor Francisco dieses Familiengeheimnis auszubreiten, ein gewisses Unbehagen. Aber das war Unsinn. Schließlich verstand sie sich mit ihrem charismatischen Lehrer. Er hatte ihr mehr als deutlich signalisiert, dass er sie für talentiert hielt und in jeder Hinsicht unterstützen wollte. Und ihn einzuweihen hieß ja nicht, dass sie ihm gleich das Tagebuch vorlesen musste.

Blanca nickte kurz in Richtung des Akademie-Gebäudes. Morgen würde sie einen ruhigen Moment abpassen und mit Francisco sprechen. Und mit etwas Glück würde sie der Lösung von Guadalupes Rätsel dann einen weiteren Schritt näher kommen.

*

Der Montag in der Akademie fühlte sich für Blanca so unwirklich und entfernt an, als handle es sich nur um eine Abfolge verblichener Fotografien. Gedankenverloren hörte sie Franciscos Ausführungen in den Theorie-Stunden zu und malte Kringel in ihre Kladde. Als Francisco erklärte, dass die freien Sitzungen sich nun nicht länger auf die Dachterrasse der Akademie beschränken sollten, blieb sie stumm inmitten des beifälligen Murmelns. Und als Claire sich schließlich mit strahlendem Lächeln meldete und in sorgsam zurechtgelegten Worten um die Erlaubnis für die Fahrt nach Cusco bat, spannte Blanca sich unwillkürlich an. Wieder dachte sie daran, dass sie dieses Strahlen von Laura kannte.

»Was wäre ich für ein Lehrer, wenn ich euch das Lernen verböte?«, sagte Francisco lächelnd und faltete für einen Moment die Hände. »Und Reisen bildet. Natürlich dürft ihr nach Cusco fahren! Ich möchte euch lediglich bitten, als Ersatz für die ausgefallene Unterrichtszeit eine Reihe von Bildern mitzubringen, die wir dann in der kommenden Woche bearbeiten können. Es sollte mindestens eine

Porträtaufnahme dabei sein, und Machu Picchu ist wie geschaffen für Landschaftsaufnahmen und Perspektivstudien …«

Blancas Gedanken schweiften ab, während Francisco weitersprach. Sie malte ein Karokästchen mit sorgsamen Strichen aus und schrak zusammen, als Claire sie sanft in die Rippen stieß.

»Geht's dir besser? Am Wochenende bist du aber dabei, oder? Das ist doch jetzt quasi eine Pflichtveranstaltung.« Sie lächelte Blanca verschwörerisch zu. »Saftbar? Dann können wir gleich planen.«

Blanca umklammerte ihren Kugelschreiber so fest, dass es schmerzte. »Ich komm nach«, sagte sie. »Ich wollte Francisco noch etwas fragen.« Den anderen Teil von Claires Frage ignorierte sie geflissentlich. Über kurz oder lange würde sie Claire eine Antwort präsentieren müssen, das wusste Blanca nur zu gut. Aber nicht jetzt.

Sie schob ihr Schreibzeug in die Tasche, schenkte Claire noch ein flüchtiges Lächeln und ging nach vorne zu Francisco. Ihr Magen fühlte sich gerade an wie ein Reservoir für Brausetabletten. Energisch atmete sie durch. »Kann ich kurz mit dir sprechen?«

Francisco hob die Augenbrauen, und Blanca hätte sich selbst ohrfeigen können für ihre dünne Stimme und ihren verschwörerischen Tonfall. Im Rücken meinte sie irritierte Blicke der anderen Kursteilnehmer zu spüren und hätte einiges darum gegeben, die Szene zurückspulen und noch einmal in Angriff nehmen zu können.

»Sprechen oder flüstern?«, fragte Francisco schließlich mit

einem freundlichen Zwinkern. »Du weißt, ich bin jederzeit für dich da, Blanca. Worum geht es?«

Blanca schluckte. Sie warf einen kurzen Blick zur Tür, wo Noemi und Claire gerade etwas unschlüssig stehen blieben, und bedeutete ihnen mit einem sachten Nicken, schon einmal vorzugehen. Dann erst wandte sie den Kopf und blickte Francisco wieder direkt in die Augen.

»Ich glaube, ich brauche deine Hilfe!«, platzte sie heraus und spürte, wie sie rot wurde. Blanca hatte sich zwar überlegt, was sie Francisco erzählen wollte, aber einen genauen Einstieg für dieses Gespräch hatte sie sich natürlich nicht zurechtgelegt.

Das Lächeln verschwand aus Franciscos Gesicht. Er streckte die Hand aus und drückte kurz Blancas Schulter. »Zum Helfen bin ich da, meine Liebe. Es geht nicht um die Arbeit, nehme ich an?«

Blanca schüttelte den Kopf und suchte nach Worten. »Es geht um meine Urgroßmutter.«

An der Art, wie sich seine Augen leicht weiteten, sah sie, dass er mit dieser Antwort nun wirklich nicht gerechnet hatte. Einen Moment lang stand Francisco schweigend da, dann lächelte er plötzlich. »Deine Urgroßmutter. Hast du Lust, das bei einem Kaffee zu besprechen?«

*

Franciscos Lieblingscafé lag wenige Blöcke von der Plaza de Armas entfernt und gab auf den ersten Blick von der Straße aus lediglich einen wuchtigen Holztresen preis, hinter dem

Kaffeebohnen und frisch gemahlenes Pulver zum Mitnehmen verkauft wurden. Doch hinter dem Tresen führte eine schmale Wendeltreppe zu dem winzigsten Café empor, das Blanca je gesehen hatte. Drei runde Tische drängten sich auf den abgetretenen Holzbrettern. Sie mochte den Ort auf Anhieb.

»Also«, sagte Francisco, als sie einander schließlich gegenübersaßen. »Deine Urgroßmutter. Sie kam aus Arequipa, sagtest du?«

Blanca nickte und rührte in einem Berg aus Milchschaum. »Sie ist vor dem Krieg hierher zurückgekommen und hat sich niemals wieder bei meiner Familie gemeldet. Ich habe meiner Oma versprochen, dass ich herausfinde, was damals passiert ist.«

Francisco nickte nachdenklich und nippte an seinem Kaffee. »Das klingt nach Detektivarbeit. Brauchst du Hilfe beim Zugang zu städtischen Archiven?«

»Möglicherweise, aber im Moment geht es nicht darum.« Blanca zögerte und drehte ihren Löffel nervös zwischen den Fingern »Ein paar Sachen habe ich schon herausgefunden. Sie hat in Santa Catalina gelebt, und wahrscheinlich ist sie später im Hochland gestorben. Aber um deine Hilfe wollte ich dich bitten, weil ich erfahren habe, dass sie auch Fotografin war.«

Francisco beugte sich vor, steile Falten hatten sich in seine Stirn eingegraben. »Moment, Moment. Hast du nicht erzählt, dass dein Urgroßvater der Fotograf war?«

»Ja, das stimmt auch. Aber sie hat auch fotografiert. Das wusste ich ja selbst nicht.« Blanca legte den Löffel auf die Untertasse und holte tief Luft. »Und ich habe mitbekommen, dass sie in Arequipa durchaus bekannt ist. Ich dachte, du hast bestimmt von ihr gehört. Guadalupe, die fotografierende Nonne.«

Jetzt erstarrte Francisco, die Augen ungläubig geweitet, die Lippen leicht geöffnet und die Finger mitten in der Bewegung über dem Tassenhenkel schwebend. Schließlich ein tiefes Einatmen, und Francisco griff nach seiner Tasse, trank einen Schluck Kaffee und wischte sich Milchschaum von der Oberlippe – in beklemmender Langsamkeit und mit einer Ruhe, der Blanca nur zu deutlich anmerkte, wie erzwungen sie war. Schließlich stieß er die Luft aus und schüttelte den Kopf. »Guadalupe?«

»Du kennst den Namen, oder?«

Sie hatte das Gefühl, dass Francisco sich verkrampfte, aber nur Wimpernschläge später blitzte sein vertrautes Lächeln auf. »Blanca … du bist wirklich für Überraschungen gut.« Er lachte kurz auf. »Bist du dir ganz sicher, dass das deine Urgroßmutter ist?«

»Ja, natürlich! Ich war in Santa Catalina und durfte ihre Unterlagen sehen, aber leider waren die nicht sehr aufschlussreich. Da war auch eine Nonne, die sie noch kennengelernt hat, und ich habe mit Leuten gesprochen, die ihr begegnet sind. Emilio sagte …« Sie unterbrach sich. Eigentlich hatte sie Emilio aus dieser Sache ganz heraushalten wollen. Aber jetzt war der Name gefallen, und Franciscos hochgezogene Brauen zeigten deutlich an, dass er auf eine Fortsetzung wartete. Also zwang Blanca sich zu einem Lächeln. »Emilio sagte auch, er habe von ihr gehört. Und ich dachte mir, dass du ganz bestimmt mehr weißt.«

»Mit Emilio hast du also schon gesprochen?« Francisco lehnte sich kopfschüttelnd zurück und griff nach einer Serviette, um daran herumzufalten. »Wie kommt's?«

Blanca starrte auf ihre Kaffeetasse. »Das war mehr Zufall. Wenn ich gewusst hätte, dass Guadalupe etwas mit Fotografie zu tun hat, hätte ich dich viel früher angesprochen.« Sie hob den Kopf und suchte Franciscos Blick. Seine Reaktion in Bezug auf Emilio verwirrte sie, aber im Grunde konnte sie sie verstehen. Francisco war ihr Lehrer, er hatte ihr wiederholt gezeigt, dass er sie schätzte und ihr vertraute. Dass sein stiller Assistent vor ihm wusste, was es mit ihrer Urgroßmutter auf sich hatte, schien ihn zu verletzen.

»Bitte«, sagte Blanca eindringlich. »Weißt du mehr? Kannst du mir helfen?«

Er schob die Serviette mit einem Seufzer beiseite. »Helfen … Was erwartest du denn von mir, Blanca?«

»Du kommst aus einer Fotografenfamilie. Und du kennst Arequipa. Was weißt du über Guadalupe? Über ihre Bilder? Sie müssen sicher irgendwo erhalten sein.«

Franciscos Lächeln erschien wieder und wirkte fast nachsichtig. »Ich weiß zunächst einmal, dass wir alle dazu neigen, uns an Dinge zu erinnern, die einprägsam und außergewöhnlich erscheinen. Niemand weiß das besser als wir Fotografen, meine Liebe; das ist die Magie, mit der unsere Bilder arbeiten. Eine fotografierende Nonne in den Straßen von Arequipa. Natürlich vergessen die Menschen das nicht. Arequipa ist ein Sammelbecken emblematischer Gestalten. Hast du den Schnürsenkelverkäufer gesehen, der aussieht wie eine wandelnde Raupe aus Bergen von Schnürsenkeln und immer auf die gleiche Weise *¡Amarres!* schreit? Ganz Arequipa kennt ihn. Und es geht den wenigsten darum, dass seine Schnürsenkel so besonders hervorragend wären, dass sie mit dem richtigen Knoten Glück bringen würden oder was weiß ich. Es geht um die poetische Kraft des Bildes, das er darstellt.« Francisco lächelte plötzlich. »Meine persönliche Theorie ist ja, dass er uns an den *ekeko* erinnert. Eine vorspanische Gottheit aus dem Hochland: ein kleiner, rundlicher Mann, der über und über mit Gegenständen behängt ist, die für unsere Wünsche und unseren materiellen Wohlstand stehen. Und der Schnürsenkelverkäufer ist unser moderner *ekeko*. Nur dass keiner von uns bewusst so weit denkt.«

Blanca musste grinsen. Selbst während ihres kurzen Aufenthalts in Arequipa war sie dem Schnürsenkelverkäufer bereits begegnet, der sich in die enorme Auswahl seiner Ware nahezu einpuppte und unter einem Kokon aus Schnürsenkeln unbeirrt durch das Stadtzentrum stapfte. »Ich verstehe trotzdem nicht, was der Schnürsenkelmann mit meiner Urgroßmutter zu tun hat.«

Francisco streckte eine Hand aus, so dass seine Fingerspitzen sacht Blancas Handrücken berührten. Sein Gesichtsausdruck war nun der eines nachsichtigen Vaters. »Ist das nicht offensichtlich? Das Bild der fotografierenden Nonne hat auf seine Weise dieselbe Kraft wie das des Schnürsenkelverkäufers. Sie bereichern das Stadtbild. Die Leute lieben sie. Aber es ist ihr fotografisches Potential, in dem Guadalupes ganzes Geheimnis besteht. Ich habe zumindest nie eines ihrer Bilder gesehen oder irgendetwas davon gehört. Ihr Fotoapparat ist ihr Attribut gewesen wie die Schnürsenkel das unseres modernen *ekekos* sind. Aber so wie die Schnürsenkel für sich genommen auch nichts weiter bedeuten als Nutzgegenstände für unsere Schuhe, vollkommen banal, sobald wir sie dem Schnürsenkelmann abgekauft haben, so wird es auch mit den Bildern sein, die deine Urgroßmutter gemacht hat. Banalitäten. Nebensächlichkeiten, und ich denke tatsächlich, dass sich keines erhalten hat.« Er zog seine Hand zurück, zuckte mit den Schultern und leerte demonstrativ seine Kaffeetasse. »Ich habe einen guten Bekannten, der im Stadtarchiv arbeitet. Wenn du möchtest, bitte ich ihn, einmal die Unterlagen zu durchforsten. Wenn deine Urgroßmutter allerdings im Kloster gelebt hat, dürfte es außerhalb nicht viele Spuren von ihr geben. Maximal eine Sterbeanzeige.«

Blanca starrte auf die Maserung des Tisches. »Im Kloster meinten sie, dass sie später … ins Hochland gegangen und nicht wiedergekommen ist. Während des Terrorismus.«

»Du liebe Zeit.« Francisco schüttelte den Kopf. »Ich kann meinen Freund anrufen, aber wenn deine Urgroßmutter nicht in Arequipa geblieben ist, wird es schwer. Weißt du, wie viele Menschen in jener Zeit verschwunden sind? Und ›ins Hochland‹, das ist ein weiter Begriff. Wenn du ihr Grab finden möchtest oder etwas in der Art, will ich dir keine falschen Hoffnungen machen. Es gibt zu viele namenlose Gräber in diesem Land.«

Eine Spur, die im Nichts verlief. Fast hatte Blanca es befürchtet. Sie hob den Kopf und suchte wieder Franciscos Blick. »Kannst du deinen Freund trotzdem fragen? Ich will alles versuchen. Und ihre Bilder … Meinst du nicht, dass es in Arequipa noch welche gibt? Sie hat bestimmt nicht alles mitgenommen.«

Er hob die Schultern. »Ich bewundere, wie sehr du dafür glühst. Du hast Familiensinn. Doch wie ich dir sagte: Bis jetzt habe ich noch nie gehört, dass Bilder der fotografierenden Nonne erhalten oder bekannt sind. Der Akt des Fotografierens ist in ihrem Fall wichtiger als das Ergebnis. Hast du Hinweise, was und wen sie fotografiert hat? Ansichten der Stadt vielleicht? Du suchst die Nadel im Heuhaufen. Ohne Ansatzpunkte wird das nichts. Und ich denke auch nicht, dass es sich lohnt. Ich glaube, du hast herausgefunden, was es herauszufinden gibt, meine Liebe.«

»Aber …«, begann Blanca und brach ab, weil sie nicht wusste, wie sie den Satz fortsetzen konnte. Sie starrte auf den Rest Milchschaum in ihrer Tasse, sah die winzigen Luftbläschen in der weißen Masse platzen und vergehen, als atme der Kaffee sich seinem unabwendbaren Ende entgegen.

»Pass auf, ich mache dir einen Vorschlag«, sagte Francisco sanft. »Ich rufe Carlos an und bitte ihn, einmal das Archiv zu durchforsten. Und du konzentrierst dich dafür auf die wesentlichen Dinge. Du hast so viel Talent, Blanca. Du solltest an die Ausstellung denken. Die Vergangenheit ist wichtig für unsere Gegenwart, da stimme ich dir zu, aber du darfst dich nicht in ihr verlieren. Das hätte auch deine Urgroßmutter auf gar keinen Fall gewollt.«

Sie nickte langsam, und im gleichen Moment ertönte irgendwo aus der Ferne der kehlige Ruf des Schnürsenkelverkäufers: »*¡Los amarres!*«, als habe er nur auf seinen Einsatz gewartet, um Franciscos Worte zu unterstützen.

»Wenn du dann fertig bist«, meinte Francisco, »sollten wir zurück in die Akademie. Es gibt viel zu tun, meine Liebe. Sehr viel.«

Der letzte Schluck Kaffee schmeckte fad. Blanca wischte den Milchschaum weg, der auf ihrer Oberlippe kribbelte. »Wahrscheinlich hast du recht«, sagte sie. »Es gibt eine Menge Arbeit.«

*

Emilios Erinnerungen drängten sich in sein Bewusstsein, sobald er im *combi* saß, das ihn ins Stadtzentrum und zur Akademie brachte. Die Luft war heiß und stickig, doch immerhin hatte er einen Sitzplatz ergattert und starrte aus dem Fenster, ohne wirklich etwas wahrzunehmen.

Wenn Emilio die Augen schloss, sah er den Blick seines Vaters. Er war da, seitdem Vater fort war und ihn nur noch auf diese Weise ansehen konnte.

Klar vor Augen hatte er nur die schwarze Tasche. Sie stand am Fußende auf Papás Bettseite, als habe Papá sie nur einmal kurz abgestellt.

Emilio musste sie stundenlang betrachtet haben; vielleicht im Stehen, die Hände auf dem Rücken gekreuzt, den Kopf leicht geneigt, aber das wusste er nicht mehr.

Mamá hätte sie fortstellen können, vielleicht unter das Bett schieben. Aber Mamá rührte sie nicht an – Wochen, Monate, Jahre. Auch Emilio tat es nicht. Er betrachtete die Tasche nur. Fotografierte sie mit seinen Augen.

Das Begreifen kam, als die Welt jenseits der Tasche sich weitergedreht hatte. Eines Tages streckte er die Hand aus, und als seine Finger die dunkle Rauheit abgewetzten Leders berührten, verstand er. Während er die Finger ganz fest um den Schulterriemen schloss, spürte er Papás Blick.

Das war Emilios erste Erinnerung an sich selbst, seit das Dorf seinen Namen verloren hatte.

Die Haustür, die Mamá nie wieder abgeschlossen hatte, wartete nicht auf Papás Heimkehr. Sie wartete auf Emilios Fortgehen. An diesem Tag verstand Emilio, dass er erwachsen geworden war, ohne es bemerkt zu haben.

Auf dem Zettel, den er Mamá hinterließ, versprach er keine Rückkehr, und er sprach nicht von Papá. Er schrieb nur, dass er Geld schicken würde, sobald er Arbeit gefunden hatte.

Und dann brachte er seine Welt für immer aus den Fugen, indem er ihren Mittelpunkt vom leeren Bett nahm und sich über die Schulter warf.

Das ruckartige Bremsen des *combis* riss ihn jäh aus den Erinnerungen.

»Die Brücke!«, krähte der Busbegleiter, der mit einer Hand die schwere Schiebetür betätigte. »Steigt jemand aus?«

»Ich steig aus!« Seine Stimme kam Emilio selbst fremd vor, als er sich zwischen verschwitzten Körpern hindurch den Weg zum Ausstieg bahnte.

Er sprang aus dem *combi*, überquerte die Brücke, blieb für einen Moment am Geländer stehen, damit der frische Flusswind die Erinnerungen forttrug. Es hatte mit Blanca zu tun, dachte Emilio, mit ihr und all den Fragen nach der Vergangenheit. Das wühlte ihn auf.

Vielleicht war es besser, wenn er ihr aus dem Weg ging.

8. Kapitel

Blanca war in der folgenden Woche wie betäubt. Wann immer sie Emilio in der Akademie über den Weg lief, beschleunigte er seine Schritte, bevor Blanca ihn ansprechen konnte, und eilte jedes Mal so stumm an ihr vorbei, dass sie sich irgendwann fragte, ob sie sich seine Anwesenheit nicht nur einbildete. Es fiel ihr schwer zu glauben, dass er sie nur wenige Tage zuvor auf der Spurensuche nach Guadalupe begleitet hatte, dass sie überhaupt jemals ein Wort gewechselt haben sollten. Es tat ihr weh, dass Emilio sich wieder so vollkommen zurückgezogen hatte, vor allem, nachdem Blanca so viel von sich selbst preisgegeben hatte.

Dazu kamen Claires immer wiederkehrende Fragen nach der Exkursion und die betäubende Vorfreude der ganzen Gruppe.

Blanca jedenfalls wollte nicht nach Cusco, sie wollte nur ihre Ruhe, eine Gelegenheit, ihre Gedanken zu ordnen und über Franciscos Worte nachzudenken, die objektiv betrachtet zweifelsohne zutrafen: Was es an handfesten Informationen zu Guadalupes Schicksal herauszufinden gab, hatte Blanca bereits entdeckt. Francisco hatte sie schon am nächsten Tag beiseitegenommen und ihr gesagt, dass sein Bekannter im Stadtarchiv auf nichts Hilfreiches gestoßen war, nur auf einen Eintrag im Geburtsregister, der Guadalupes Geburtsdatum bestätigte. Doch über ihr Leben im Kloster und ihre Reise ins Hochland gab es keinerlei Aufzeichnungen. Mit etwas bürokratischem Aufwand hätte Blanca versuchen können, eine Kopie der Geburtsurkunde zu bekommen, aber sie fragte sich, ob das die Mühe wert war. Das half ihr nicht weiter. Sie hatte keine Anhaltspunkte für Guadalupes Schicksal, und sie wusste nicht, wo sie nach den Fotografien hätte suchen sollen.

Und wenn Guadalupe, diese verträumte und lebenslustige Frau mit einem Sinn für kraftvolle Bilder, die Fotografie wirklich ernst genommen hatte, dann hätte sie ohne Zweifel tatsächlich gewollt, dass Blanca ihre Chancen im Hier und Jetzt nutzte, anstatt ihre Zeit mit einer so gut wie aussichtslosen Suche zu verschwenden – einer Jagd nach Akten und Fotografien, von denen sie überhaupt nicht wusste, ob es etwas zu finden gab. Vielleicht war es ja einmal mehr nur Blancas Starrsinn und Ehrgeiz, die sie antrieben und keine Niederlage zulassen wollten.

Dennoch hatte Guadalupes Tagebuch sie berührt. Sie konnte sich nicht von der Vorstellung verabschieden, dass ihre Urgroßmutter keine nennenswerten Fotos hinterlassen hatte. Außerdem blieb die Frage, warum die Briefe aus Deutschland Guadalupe offenbar niemals erreicht hatten und was aus der Dunkelkammer geworden war, die im Tagebuch erwähnt wurde. Es blieben noch einige Einträge, die sie noch nicht gelesen hatte, aber jedes Mal, wenn sie am Abend die Hand nach dem Tagebuch ausstreckte, meinte sie Franciscos missbilligenden Blick auf sich zu spüren. Es hätte

Zeit und Kraft gekostet, sich jetzt durch das kalligrafische Dickicht von Guadalupes Handschrift zu schlagen, und Blanca wusste nicht, ob sie beides aufbringen konnte. Oder durfte. Die Erinnerung an Franciscos Worte lähmte sie, und manchmal war da noch mehr: Laura, die verächtlich die Brauen zusammenzog.

Du und dein Familienkram, hatte sie damals gesagt. *Werd erwachsen, Blanca. Guck nach vorne, anstatt dich in irgendwelche verstaubten Geschichten zu versenken. Mach auch mal was Richtiges.*

Die Worte hatten Blanca damals wehgetan, und sie verletzten sie bis heute. Noch mehr der Gedanke, dass Laura sie jetzt genauso wiederholt hätte, wäre sie hier. Blanca dachte an Lauras Lächeln, und seltsamerweise verschwamm es mit Claires.

Zeitverschwendung, Blanca. Das ist alles Zeitverschwendung.

Die Worte waren bei ihrem letzten Telefongespräch gefallen. Bis zu diesem Tag hatte Blanca sich nicht eingestehen wollen, dass ihre Freundschaft schon lange nicht mehr gewesen war wie früher. Jedes Mal, wenn sie telefonierten oder einander sahen, gab es mehr unbehagliche Pausen. Schon lange hatten sie sich keine neuen Erinnerungen mehr geschaffen.

Aber bis zu dem Telefonat hatte es keine von ihnen offen ausgesprochen, und damit war es ein Stück weniger wahr gewesen. Im Grunde mussten sie beide gewusst haben, dass es so auf Dauer nicht bleiben konnte.

Du kommst nicht? Noch immer spürte Blanca die Fassungslosigkeit, die ihre eigenen Worte begleitet hatten. *Aber wir wollten doch …*

Laura hatte genervt geklungen, als sie Blanca das Wort abschnitt. *Nein, ich komm nicht. Maxi hat einen Segelkurs zum Geburtstag bekommen, und ich darf mit. Das bringt mir auch einfach mehr, als bei uns im Kaff rumzuhängen und in Erinnerungen zu kramen. Mal ganz ehrlich, Blanca: Das ist doch alles nur Schwachsinn und eine riesige Zeitverschwendung.*

Im Nachhinein wusste Blanca nur noch, dass der Streit damit begonnen hatte. Sie hatte Laura entgegengeschleudert, dass sie enttäuscht war und sich alleingelassen fühlte, und Laura hatte kühl gekontert, dass sie sich mit Blanca langweilte. *Klar, es war eine coole Zeit, aber du bist nun mal nicht mehr meine beste Freundin. Kapier das, okay? Ist nicht böse gemeint. Aber was ich mit Maxi und den Leuten hier mache, das bringt mich halt weiter. Das ist jetzt mein Leben.*

All ihre eigenen Worte – und alles, was Laura danach noch gesagt hatte – hallten nur verschwommen und schmerzhaft in ihr wider. Wer von ihnen hatte damals das Telefongespräch beendet? Laura? Blanca selbst? Im Grunde war es auch egal. Es reichte, was sie einander an den Kopf geworfen hatten, und dass es für Laura nicht einmal von Belang gewesen war, ob sie Blanca vor dem Abflug nach Peru noch einmal sah. Wahrscheinlich hätte es sie nur angeödet. Ihr nichts gebracht.

Blanca ließ das Tagebuch geschlossen. Und tat auch sonst nichts. Sie fand einfach nicht die Ruhe, sich zu sammeln und konzentriert zu arbeiten. Sonst hatte sie immer ein sicheres Gefühl für den richtigen Moment gehabt, in dem sie den Auslöser betätigen musste. Aber dieses Gespür schien sie vollkommen im Stich gelassen zu haben, so dass sie sich vorkam, als fotografiere sie blind. Das Schlimmste waren Franciscos besorgte Seitenblicke, die Überzeugung, dass sie dabei war, ihn zu enttäuschen. Und das Gefühl, sich zwischen zwei Versprechen entscheiden zu müssen – zwischen Francisco und Magda, zwischen dem Wettbewerb und Guadalupe. Es lähmte sie. Auch wenn sie Entscheidungen hasste, diese würde sie treffen müssen. Sie hoffte nur noch auf das Wochenende, auf die Atempause an den freien Tagen. Dann würde sie weitersehen.

Als Blanca am Mittwoch aus dem Seminarraum schlüpfen wollte, trat Claire ihr energisch in den Weg. »Wir wollten runter zum Busbahnhof, Tickets nach Cusco kaufen. Was ist mit dir?« Ihre Stimme klang freundlich, doch Blanca entging die Kühle nicht, die darin mitschwang. Sie konnte es Claire nicht verdenken, dass sie ihr ausweichendes, bisweilen abweisendes Verhalten der letzten Tage als verletzend empfand. Mehrmals hatte sie mit dem Gedanken gespielt, Claire ins Vertrauen zu ziehen und ihr einfach die Wahrheit zu sagen – allein schon, um das eigene Gewissen zu beruhigen.

Doch nach wie vor erfüllte die Vorstellung, Guadalupes Geschichte vor Claire auszubreiten, Blanca mit einem tiefgreifenden Unbehagen. Sie fühlte sich unfähig, die richtigen Worte zu finden, und jedes Mal, wenn sie sich vorstellte, wie Claire wohl reagieren würde, meinte sie Lauras Antwort zu hören.

Verstaubte Geschichten. Du und dein Familienkram. Zeitverschwendung.

Claire war Laura einfach zu ähnlich. Vermutlich wäre sie nicht im Traum auf den Gedanken gekommen, eine Reise mit Freunden, ein fröhliches Wochenende voller Abenteuer, gegen die Lektüre eines vergilbten Tagebuchs und die ungewisse Suche nach einer Handvoll Schwarzweißfotografien einzutauschen. Und dass sie jetzt vor Blanca stand und erwartungsvoll die Augenbrauen hob, wie es auch Lauras Art gewesen war, machte die Sache nicht besser. Ebenso wenig wie die Tatsache, dass Blanca in der letzten Nacht miserabel geschlafen hatte und sich wie zerschlagen fühlte.

Blanca schluckte und räusperte sich. »Nein«, sagte sie halblaut und hoffte, dass Francisco, der vorne am Pult seine Sachen zusammensuchte, sie nicht hören konnte, »ich werde nicht mitkommen, tut mir leid.«

Claires dunkle Augen verengten sich leicht. »Nicht mit zum Bahnhof oder nicht mit nach Cusco?«

»Beides.« Blanca atmete tief durch. »Ich … ich brauch das Wochenende einfach für mich. Irgendwie.«

»Irgendwie, hm.« Claire legte unmerklich den Kopf schief. »Was ist denn mit dir los? Hast du mit irgendwem von uns ein Problem?« Ein verletzter Glanz trat in ihren Blick. »Mit mir? Es wäre wirklich nett, wenn du mir das offen sagen würdest, weißt du?«

»Claire, nein!« Instinktiv streckte Blanca die Hand aus und legte sie für einen Moment auf Claires Oberarm. Etwas in ihrem Brustkorb zog sich zusammen, als ihr klar wurde, dass sie diesen Impuls zuletzt bei Emilio empfunden hatte. Sie biss für einen Moment die Zähne aufeinander. »Es hat wirklich nichts mit euch zu tun. Es … liegt irgendwie an mir. Ich denke, ich brauche ein paar Tage Ruhe, das ist alles. So, wie ich momentan drauf bin, würde ich euch Cusco und Machu Picchu und sämtliche Fotos verderben.«

Claire betrachtete sie skeptisch und schien darauf zu warten, dass Blanca noch etwas sagte.

Schließlich zuckte sie mit den Schultern. »Tja, schade. Aber wie du meinst.«

»Wenn ihr wiederkommt, geht's mir sicher auch wieder besser«, setzte Blanca dennoch hinzu.

»Wenn du mir nicht erzählen willst, was mit dir los ist, ist das auch deine Sache.« Abrupt wandte Claire sich ab und marschierte zur Tür.

Blanca nahm Notizbuch und Kugelschreiber an sich, stopfte sie in ihre Umhängetasche und prallte auf dem Weg nach draußen fast mit Francisco zusammen.

»Blanca, meine Liebe, ist alles in Ordnung mit dir?« Er legte ihr die Hände auf die Schultern. Die sachte Berührung tat ebenso gut wie die Wärme, die er ausstrahlte, und sein besorgter Blick sorgte dafür, dass Blanca beinahe die Tränen in die Augen stiegen.

Sie holte Luft. »Ich brauch einfach ein bisschen Ruhe«, sagte sie rau.

Francisco drückte sanft ihre Schultern, lächelte und ließ die Hände dann sinken. »Du fährst nicht mit nach Cusco?«

Blanca sah zur Seite. »Ist mir gerade irgendwie zu viel«, brachte sie hervor.

»Es ist in Ordnung«, antwortete Francisco sanft. Er schwieg, bis sie wieder einen vorsichtigen Blick zu ihm riskierte, und lächelte dann. »Jedem anderen würde ich raten, die Zeit sinnvoll zu nutzen. Aber ich denke – nein, ich weiß –, dass du genau das tun wirst.«

Ihr Herzschlag beschleunigte sich. Woher wusste Francisco, welche Hoffnungen sie auf diese freien Tage setzte? Wie konnte es sein, dass er sie nicht davon abbringen wollte, wenn er ihre Spurensuche in der Vergangenheit doch für überflüssig hielt? Sie umklammerte den Riemen ihrer Tasche fester und wagte es, Franciscos Lächeln vorsichtig zu erwidern. »Es … es ist einfach so wichtig für mich.«

»Natürlich.« Francisco nickte. »Das verstehe ich. Ich habe vollstes Vertrauen in dich, dass du eine äußerst überzeugende Bewerbungsmappe für die Ausstellung zusammenstellen wirst. Und wenn du dafür diese freien Tage brauchst – in Ordnung. Du bist erwachsen …«

Er zwinkerte ihr zu, und Blanca hoffte inständig, dass ihr Lächeln nicht so hilflos aussah, wie es sich anfühlte.

Die Ausstellung!

Noch vor wenigen Tagen wäre es ihr undenkbar erschienen, diese großartige Chance auch nur vorübergehend aus den Augen zu verlieren. Doch tatsächlich war genau das geschehen. Eilig nickte sie. »Danke, Francisco.«

Wenige Minuten später umfloss Arequipas Sonnenlicht Blanca weich und warm. Augenblicklich trug es ein Stück ihrer Anspannung weg, sie konnte wieder leichter atmen, und mit jedem Schritt, den sie sich von der Akademie entfernte, löste sich der Knoten in ihrer Kehle ein Stück mehr.

Vermutlich wäre es am besten gewesen, sie hätte sich etwas zu essen gesucht, nachdem sie schon zum Frühstück kaum etwas hinunterbekommen hatte. Tatsächlich verspürte sie jedoch keinerlei Hunger. Sie wollte nur laufen, in Bewegung bleiben, ihrem eigenen Unbehagen davonlaufen. Sie belog Claire und die anderen, und jetzt belog sie in gewisser

Weise auch Francisco. Wenn er mitbekam, dass sie ihr Wochenende nicht wirklich der Ausstellung widmete, würde er enttäuscht von ihr sein.

Nein. Blanca atmete tief durch und straffte sich. Sie konnte die Entscheidung nicht länger aufschieben. Auch wenn sie noch nicht genau wusste, was sie weiter unternehmen wollte – sie konnte den offenen Fragen in Guadalupes Geschichte nicht aus dem Weg gehen. Die Suche nach Antworten war die einzige Möglichkeit, um wieder ins Gleichgewicht zu kommen, und bevor Blanca das nicht geschafft hatte, würde sie auch keine guten Fotos machen können. Da konnte sie es auch gleich sein lassen. Es gab also nur eine Möglichkeit: ihre Suche beharrlich fortsetzen, um den Kopf wieder für die Fotografie freizubekommen.

Ein Schatten fiel kühl auf sie, und Blanca blieb für einen Moment stehen und legte eine Hand auf das poröse Gestein. Wie von selbst hatten ihre Schritte sie die Straße hinab und vor die Mauern von Santa Catalina geführt. Hinter diesen Mauern hatte Guadalupe gelebt, geträumt, auf ein Lebenszeichen aus Deutschland gewartet und gearbeitet. Wo, wenn nicht hier, konnte Blanca Antworten finden? Nach Santa Catalina zurückzukehren erschien ihr mit einem Mal als die einzig logische Möglichkeit. Warum hatte sie nicht früher daran gedacht? Die Nonnen waren ihr hilfsbereit und freundlich begegnet. Hier konnte Blanca auf Verständnis für ihre Mission hoffen.

Entschlossen löste sie ihre Hand von der Klostermauer und setzte sich wieder in Bewegung. Um zum Haupteingang zu gelangen, musste sie die Außenmauer in ihrer gesamten

Länge abschreiten und begriff einmal mehr, wie unglaublich groß Santa Catalina war. Am Haupteingang angekommen, warf sie einen kurzen Blick auf die Schlange von Touristen mit ihren Sonnenbrillen, Bermuda-Shorts und den gemusterten Schlapphüten, die es in jedem der zahllosen Souvenirläden zu kaufen gab, dann bog sie in die nächste Seitenstraße ab.

Blancas Herz klopfte, als sie wieder vor der schlichten Pforte stand, zu der Emilio sie am vergangenen Sonntag geführt hatte. An dem Tag war sie nicht auf die Antworten vorbereitet gewesen, die dahinterlagen – und noch viel weniger auf die Fragen, die diese nach sich zogen.

Sie gab sich einen Ruck und drückte auf den Klingelknopf.

Wie beim letzten Mal dauerte es sehr lange, bis sie hinter der Tür Schritte hörte. Nervös wischte Blanca sich die Handflächen an ihrer Hose ab.

»Ja?« Die Frage kam gleichzeitig mit dem Quietschen der kleinen Klappe, als diese geöffnet wurde. Blanca atmete auf, als sie Schwester Mónicas dicke Brillengläser erkannte.

»Ich bin es. Blanca. Ich … ich habe noch ein paar Fragen zu Guadalupe.« Sie räusperte sich, um das unsichere Krächzen aus ihrer Stimme zu bekommen. »Ich hoffe, ich komme nicht sehr ungelegen, ich kann auch gerne ein andermal vorbeischauen, wenn Sie mir sagen …«

Im nächsten Moment schwang die Tür bereits auf, und Schwester Mónica legte leicht den Kopf schief. Auf ihren Zügen schimmerte ein Lächeln. »Nun, ich war eigentlich mit einem Berg Verwaltungsangelegenheiten beschäftigt, der dringend erledigt werden muss. Aber wenn ich ehrlich bin, kommt mir ein wenig Ablenkung gerade recht. Komm herein.« Sie trat zur Seite und nickte Blanca zu.

Blanca atmete auf und spürte erschrocken, dass die Ahnung eines Schluchzens darin mitschwang. Sofort legte sich Schwester Mónicas Hand auf ihren Arm, während die Nonne mit der anderen die Tür wieder schloss. »Ist alles in Ordnung, mein Kind?«

»Doch, schon«, flüsterte Blanca, rang nach Luft und kam sich sehr albern vor. Aber das Mitgefühl in Schwester Mónicas Stimme tat gut. »Es ist nur … Ich habe noch so viele Fragen. Da sind Dinge, die ich mir nicht erklären kann. Und ich habe das Gefühl, niemand in meiner Umgebung kann verstehen, wie wichtig das hier für mich ist.«

Sanft drückte die Nonne Blancas Oberarm. »Ich verstehe es, Kind. Besser, als du dir vorstellen kannst. Komm, ich sehe nach, ob wir noch Limonade haben, und dann finden wir heraus, ob ich dir helfen kann.«

Es fühlte sich seltsam vertraut an, wieder an dem großen Holztisch auf der Veranda Platz zu nehmen, und Blanca war es, als fiele jetzt ein weiterer Großteil ihrer inneren Unruhe von ihr ab. Schwester Mónica kehrte zurück und stellte ein Glas Limonade vor Blanca hin, bevor sie sich selbst setzte. Sie wartete, bis Blanca einen Schluck getrunken hatte, und lächelte. »Nun, was gibt es? Hat das Tagebuch dir ein bisschen weitergeholfen?«

»Das hat es.« Blanca atmete tief durch. Die Limonade erfrischte sie. »Aber es gibt noch immer Dinge, die mir unklar sind. Ich verstehe nicht, warum Guadalupe die Briefe meines Urgroßvaters nicht erhalten hat. Sie können nicht alle verlorengegangen sein. Außerdem…« Sie brach ab, schloss ihre Finger fester um das fast schmerzhaft kalte Limonadenglas und sah für einen Moment auf die raue Oberfläche des Tisches.

»Und was?«, fragte die Nonne sanft, grenzenlose Geduld in jeder Silbe.

Blanca schluckte und blickte wieder auf. »In ihrem Tagebuch schreibt sie, dass sie hier im Kloster eine Dunkelkammer eingerichtet hat. Wissen Sie vielleicht, wo die gewesen ist? Und – könnte ich vielleicht …?«

Schwester Mónica seufzte, streckte den Arm aus und legte ihre Hand auf Blancas. »Oh, die Dunkelkammer. Nein, die gibt es leider nicht mehr.«

»Was ist passiert?«

Die Nonne lachte leise auf. »Nicht die furchtbare Katastrophe, die du dir vielleicht gerade vorstellst. Aber seit das Kloster 1970 für die Öffentlichkeit geöffnet wurde, hat es auch immer wieder Renovierungsarbeiten gegeben. Und als Guadalupe ins Hochland ging und nicht wiederkam, musste ihre Dunkelkammer schließlich weichen. Es tut mir leid, Kleines. Ich hätte sie gerne erhalten, aber …« Sie atmete tief durch und beugte sich ein Stück vor. »Da wir unter uns sind, kann ich es dir ja sagen. Es gab zuletzt gewisse Spannungen zwischen Guadalupe und der Mutter Oberin, und der Grund darin lag auch in der Fotografie.«

Blanca runzelte verwirrt die Stirn. »Wieso?«

»Ich weiß es nicht im Detail. Guadalupe hat wenig darüber gesprochen, sie war kein Mensch, der Konflikte nach außen trug. Aber es ging wohl auch darum, dass sie versucht hat, mit ihrer Fotografie Geld zu verdienen. Und was aus diesem Geld werden sollte, nachdem sie beschlossen hatte, fortzugehen. Es ist Spekulation, aber ich denke, dass die Dunkelkammer nicht erhalten wurde, dahinter stehen auch persönliche Motive unserer damaligen Oberin.«

»Und ihre Fotos?«, fragte Blanca. »Ich meine … Gibt es die noch?«

Schwester Mónica schüttelte den Kopf. »Wenn du möchtest, können wir nach drüben in den öffentlichen Teil gehen, und ich zeige dir die Bilder, die wir haben. Ich habe sie schon erwähnt, meine ich. Wirklich sehr schöne Aufnahmen von Santa Catalina.«

»Ich würde sie sehr gerne sehen.« Blanca trank den letzten Rest Limonade und schluckte ihn so heftig hinunter, dass sich das kalte Getränk wie ein scharfkantiger Block in ihrer Kehle anfühlte. »Aber … Was ist mit den anderen Bildern? Die Aufnahmen vom Markt und all das? Wenn Guadalupe so viele Jahre daran gearbeitet hat, dann müssen diese Aufnahmen doch irgendwo sein? Oder zumindest die Negative?«

»Nicht hier im Kloster«, antwortete die Nonne ruhig.

»Und wenn meine Urgroßmutter mit der Fotografie Geld verdient hat, wer hat die Bilder denn gekauft? Wissen Sie das zufällig?«

»Es tut mir leid, dass ich dir so wenig weiterhelfen kann, Liebes. Aber auch das gehört zu den Dingen, über die Guadalupe niemals gern gesprochen hat. Ich habe gespürt, dass diese Geschichte von einer gewissen Brisanz zu sein scheint, und es darum nicht gewagt, Fragen zu stellen. An wen mag sie die Bilder verkauft haben? Ich kann es dir nicht sagen.«

Blanca seufzte und drehte das leere Glas zwischen ihren Fingern. Sie hatte auf einen Anhaltspunkt gehofft, aber Schwester Mónicas Worte zerschlugen gerade jede Hoffnung. Guadalupes Bilder aufzuspüren schien ein aussichtsloses Unterfangen, wenn Blanca noch nicht einmal genau wusste, wie und wo sie suchen sollte.

»Komm, wir sehen uns die Bilder an.« Schwester Mónica erhob sich und rückte ihre Brille zurecht. »Ich weiß, es ist schwer, auf so viele Fragen zu stoßen. Aber denk daran, dass du auch Antworten gefunden hast. Deine Urgroßmutter hat lange Jahre hier im Kloster gelebt und gearbeitet, und du bringst ihr Tagebuch nach Hause.«

»Ja. Das stimmt.« Blanca stand auf und bemühte sich um ein Lächeln. Die Worte der Nonne klangen wie die Dinge, die Blanca sich selbst immer wieder sagte, aber auch aus Schwester Mónicas Mund gewannen sie nicht an Überzeugungskraft.

*

Was in Blancas Reiseführer über Santa Catalina geschrieben stand, hatte verheißungsvoll geklungen. Aber als sie jetzt an Schwester Mónicas Seite in die Welt dieser Klosterstadt eintrat, wurde Blanca bewusst, dass diese Worte der Wirklichkeit in keiner Weise gerecht wurden. Wie sollten auch kümmerliche, auf dünnem Papier gedrängte Buchstaben all die Leuchtkraft dieser Farben einfangen, all die stille Würde der verschlungenen Gassen in sich tragen können? Hatte sie bei ihrem ersten Besuch nur einen ganz kleinen Abschnitt des Klosters kennengelernt, entdeckte sie nun, geführt von der

Nonne, die ganz eigene Welt der sonnigen Gässchen und schattigen Winkel.

Blancas Herz klopfte heftig. Sie tastete nach der Kamera in ihrer Tasche und hatte zugleich das Gefühl, dass es in diesem Moment unschicklich gewesen wäre, Fotos zu machen, selbst wenn sie aus den Augenwinkeln immer wieder Touristen entdeckte, die genau das taten.

Aber diese Gestalten blieben eben immer am Rande des Blickfelds. Was Blancas ganze Wahrnehmung beherrschte, war das Kloster selbst. Es hatte nichts vom Zauber der Abgeschiedenheit verloren, die Guadalupe in ihrem Tagebuch beschrieb. All der Trubel und Lärm, der die Straßen Arequipas füllte, spielte auf dieser Seite der Klostermauern nicht die geringste Rolle. Durch die Gassen und Innenhöfe zu schreiten war ein Spaziergang zwischen Farben und Licht. Von manchen Wänden strahlte die ganze Wärme hellen Karminrots, andere leuchteten tiefblau mit der Kraft eines wolkenlosen Sommerhimmels, und hinter der nächsten Ecke taten sich Mauern in strahlendem Weiß vor Blanca auf, makellos wie Gletscherschnee. Sie durchschritt schattige Säulengänge und Torbögen, sah hier und da knorrige Bäume, die sich gegen die Klostermauern zu lehnen schienen wie alte Freunde auf der Suche nach einer Stütze. Nie zuvor hatte Blanca die Schönheit eines Ortes derartig intensiv empfunden, dass sie hätte weinen mögen.

Schwester Mónica blieb an einer der hellroten Mauern stehen und wies mit einem Nicken auf eine Reihe gerahmter Schwarzweißfotografien hinter Glas, die dort hingen. Sie waren kleiner, als Blanca erwartet hatte, nicht so eindrucksvoll vergrößert wie die Aufnahmen von Franciscos Großvater in der Akademie. Das Gleißen der Sonne machte es ihr zunächst schwer, etwas zu erkennen.

Es war ein sonderbares Gefühl, die Fotografien eines Ortes zu betrachten, an dem Blanca gerade selbst stand. Als seien es nicht einfach Bilder, sondern Fenster in eine verblichene Vergangenheit. Langsam schritt sie die Reihe der Bilder ab, betrachtete jedes einzelne: Santa Catalinas schmale Gassen hinter poliertem Glas, längst verwelkte Blumen, ein erstarrter Springbrunnen. Ihr kamen Schwester Mónicas Worte vom Sonntag in den Sinn, als sie diese Fotografien erwähnt hatte: *Man meint, die Farben leuchten zu sehen.* Wenn aus dem Porträt, das Max damals von Guadalupe gemacht hatte, all seine Liebe zu dieser lebhaften Frau sprach, dann waren Guadalupes Fotos erfüllt von der Faszination und Zuneigung, die sie für die Klosteranlage empfand. Sie schluckte schwer und wurde sich bewusst, dass Schwester Mónica in einiger Entfernung stehen geblieben war, als wolle sie Blanca etwas Zeit mit den Bildern allein geben.

»Das sind alle, die wir haben«, sagte sie nun leise. »Es gibt keine Negative mehr dazu, ansonsten hätte ich dir angeboten, Abzüge fertigen zu lassen. Vielleicht kann ich die Erlaubnis bekommen, dir die Bilder zu kopieren. Willst du das?«

Blanca nickte heftig. »Das wäre wundervoll.« Ihre Stimme zitterte, aber in diesem Augenblick erschien ihr das nicht falsch. »Sie sind … sie sind so schön.«

Schwester Mónica lächelte. »Das sind sie. Komm doch am Sonntag wieder, bis dahin habe ich vielleicht etwas erreicht. Ich muss gleich zurück ins Büro, aber wenn du möchtest, kannst du gern noch hierbleiben …« Sie machte eine unbestimmte Handbewegung. »Falls du selbst Fotos machen möchtest.«

Blanca tastete nach der Kamera in ihrer Tasche, lächelte schief und war kurz davor, ein weiteres Mal zu nicken. Dann fiel ihr siedendheiß ein, dass die Mittagspause bald vorbei sein musste – wenn sie es nicht schon längst war. »Das ist sehr nett, ich muss nur leider zurück zur Akademie. Aber wenn ich am Sonntag wirklich kommen darf …?«

»Du bist jederzeit willkommen, Liebes«, antwortete die Nonne, und ihr Lächeln wich einer fast feierlichen Ernsthaftigkeit. »Guadalupe hätte gewollt, dass du das Kloster kennenlernst. Da bin ich mir sicher.«

Blanca warf einen letzten Blick auf die Bilder an der sonnenüberfluteten Wand. »Ja«, flüsterte sie. »Ich auch.«

Guadalupes Tagebuch

Arequipa, 24. Juni 1941

Arequipa ist die Schatzkammer der göttlichen Schöpfung.

Als Gott die Welt schuf, behielt er die schönsten Farben bis zum Ende bei sich, und mit ihnen schuf er Arequipa. Darum ist der Himmel hier ein leuchtender Saphir, darum haben wir das strahlende Weiß unserer Häuser, die smaragdenen Täler und Felder, pulsierendes Weinrot auf unserer Flagge.

Constanza hat diese Geschichte geliebt, und ich habe es geliebt, sie zu hören. Nur ein einziges Mal habe ich sie selbst erzählt. Damals, als Max ganz frisch in mein Leben getreten war, als das, was zwischen uns sein würde, noch eine unbestimmte Möglichkeit war, eine Hoffnung, die zarte Sprösslinge in unseren Herzen keimen ließ. Ich konnte das Zittern der winzigen Blätter in meiner Seele spüren, wenn Max dicht neben mir saß. Sein Lachen brachte sie in Bewegung, so wie der Sonnenwind in den Kronen der Klosterbäume spielt. Dieses Lachen wollte ich hören. Also erzählte ich die Geschichte von den Farben.

Es hat sich seltsam angefühlt, das zu tun, als ob die Worte nicht wirklich in meinen Mund gehörten, als ob ich sie Constanza fortnähme. Aber ich wollte nicht, dass diese Worte mit ihr begraben bleiben. Ich habe langsam und klar gesprochen, damit ich Constanza in jeder Silbe spürte und damit Max mich besser verstand, ohne mir im Fluss der fremden Sprache verloren zu gehen.

Arequipa, die Schatzkammer der Farben. Das Schönste von allem ist hier. Und weil Gott so großzügig mit seinen Kostbarkeiten umging, wurden die Engel ganz besorgt, dass er es übertreiben würde. Würde das nicht Zwietracht bringen, wenn er ein Paradies auf Erden schuf, das keine Schattenseiten barg? Musste er nicht ein Gegengewicht einpflanzen zu all dieser perfekten Schönheit?

Ich habe eine Pause gemacht, als ich an diese Stelle kam, wie Constanza auch immer. Max hat mich neugierig angesehen. Noch heute, in der Erinnerung, spüre ich die Wärme seines Blicks auf meiner Haut, sehe die Erwartung in seinen Augen tanzen, die Vorahnung eines Lächelns um seine Mundwinkel spielen.

Gott beruhigte die Engel. Sie sollten sich keine Sorgen machen, sagte er, es werde alles im Gleichgewicht bleiben, er habe sich etwas ausreichend Übles überlegt. Und dann schuf er die Menschen von Arequipa.

Max hat gelacht, laut und ehrlich, und ich habe mir vorgestellt, dass Constanza es hören könnte. Damals wie heute.

In den letzten Monaten ist diese Erinnerung zu mir zurückgekommen, als habe sie zwischen den Klostermauern auf mich gewartet. Sie streicht um meine Beine, wenn ich in der Dunkelkammer arbeite, sie zaubert das Echo eines jahrzehntealten Lächelns auf meine Lippen, und alles wird leichter.

Ich betrachte meine Bilder, jene, die schon entwickelt sind. Ich blicke in Gesichter, deren dunkle Augen fremde Welten in sich tragen. Constanzas Geschichte verblasst vor diesen Blicken, diese Menschen sind nicht die Schattenseiten, mit denen Gott seine Schatzkammer verdunkelt hat. Sie sind ein Teil des Reichtums, Farbenpracht. Ich kenne diese Menschen kaum, möchte man meinen, ich bin ihnen begegnet zwischen Marktständen und überquellenden Kisten, habe den scharfen Geruch der Armut in der Luft eingeatmet und mit den Augen ertastet, was später meine Linse festhalten sollte: grober Stoff, zerrissene Kleidung, von harter Arbeit zerfurchte Hände. Ich kenne diese Menschen kaum, und doch stehen manche von ihnen mir vielleicht mittlerweile näher als meine Familie aus Fleisch und Blut. In jeder Silbe ihrer Namen schwingen Kraft und stille Würde: Silvia, die Kräuterfrau mit dem traurigen Lächeln. Eugenio, der Schlüsselzauberer von San Camilo.

Wir haben Chicha geteilt, das säuerlich prickelnde Maisbier in groben Tonbechern, die im Kreis von Mund zu Mund gereicht werden und deren letzter Tropfen stets sorgsam auf den Boden geschüttet wird, eine Gabe für die uralte Pachamama, die zwischen Weihrauch, Kreuzen und Heiligenbildern nicht vergessen ist. Als die Reihe zum ersten Mal an mir war, habe ich gezögert in meinem Habit, es fühlte sich verboten an, aber nicht so verboten wie damals, als ich Max die Seitenpforte zum Kloster öffnete. Ich bin dieser Erde hier so sehr verbunden, warum sollte ich sie nicht grüßen? Ich habe den letzten Rest Chicha zu Boden gegossen, Lächeln und Kopfnicken aufgefangen. Meine Bilder, das spüre ich, tragen all die Wärme dieser Momente in sich, die Neugier und das Zutrauen, mit denen Marktfrauen und Lastenträger über Max' Kamera gestreichelt haben, behutsam, als sei sie ein scheues Tierkind. Ich kann nur hoffen, dass dieser Zauber auch anderen sichtbar ist. Ich werde Tacho fragen; er kann gewiss helfen.

Manchmal, wenn ich an meinen Fotografien arbeite, frage ich mich, ob ihnen die Farben fehlen. Ob ich dem Glanz der Schatzkammer gerecht werde.

Dann denke ich an Max, wie er hinter mir steht, das Kinn auf meine Schulter stützt und die Arme um mich schlingt. Wie er mir zuflüstert: »Aber es wird immer etwas fehlen, Guadalupe. Bann die Farben auf das Bild, aber wo bleibt der Rest? Wo bleiben die Gerüche, das Gefühl von Wind und Sonne, wo bleiben die Stimmen, der Gesang und der Straßenlärm? Wir können der Wirklichkeit niemals gerecht werden. Wir können nur ihren Geist einfangen, die Essenz eines Augenblicks, und es ist unser eigenes Herzklopfen, das wir in der Fotografie festhalten und beim Betrachten wieder verspüren. Sein Echo trägt alle Erinnerungen. Das gibt dem Bild die Kraft.«

Er ist näher bei mir, wenn ich mit dieser Überzeugung arbeite, die wir beide geteilt haben. Eines Tages, ich weiß es, ich wünsche es, ich glaube fest daran, wird er meine Bilder betrachten und meinen Herzschlag in ihnen wiederfinden. Licht und Schatten in tausendfacher Abstufung, es ist genug für die Magie gefangener Momente.

»Wie die Sonnenstrahlen im Blätterdach eines Baumes, weißt du?«, hat Max auch einmal gesagt – da stand ich hinter ihm und sah ihm bei der Arbeit über die Schulter, machte mir fremde Handgriffe vertraut. »Du liegst im Gras unter dem Baum, du blinzelst in die Höhe, und im Gegenlicht verliert

die Welt ihre Farben. Aber du siehst das Licht durch die Zweige brechen, und du kannst den Himmel dahinter ahnen.«

In jenem Augenblick war der Sprössling unsrer Liebe längst ein junger Baum. Einer mit Lichtspiel in der Krone.

Mahagoni, hat Max gemeint, als er sich die Handschuhe abstreifte und sich zu mir umdrehte. Wir haben oft gelacht, wenn wir in Bildern sprachen – ob wir es taten, weil wir die Fotografie in der Seele tragen? Oder sind wir zur Fotografie gekommen, weil wir die Bilder so sehr lieben? Und der große Baum mit dem rot schimmernden Stamm, das war Max' liebstes Bild für uns und unsre Zukunft, eine fest verwurzelte Liebe, die Himmel und Abenteuer entgegenwächst.

Er war unterwegs in den Regenwald, als er nach Arequipa kam, er wollte zu den smaragdgrünen, nebelverhangenen Ostabhängen der Anden reisen, und das Bild seiner Sehnsucht war der Mahagonibaum, das rote Gold. Es gibt sie ja, Worte und Dinge, die uns einmal streifen – ein hingeworfener Nebensatz in einem Abenteuerroman, ein Kupferstich, den wir als Kind betrachtet haben – und für den Rest unseres Lebens nach Abenteuer schmecken. Zauberworte, die tausend Bilder in sich tragen. Vielleicht ist es diese Magie gewesen, die aus der Stegemann die perfekte Reisegefährtin gemacht hat. Vielleicht habe ich all diese Versprechen unter den Fingerkuppen gespürt, als ich an jenem fernen Tag in Santa Catalina zum ersten Mal über das sorgsam polierte Holz der Studienkamera gestrichen habe.

Max ist nie nach Osten gereist, er hat mich gefunden und einen eigenen Baum gepflanzt, hat zugelassen, dass sein Herz Wurzeln schlägt, die ihn am Reisen hindern. Aber das Bild ist geblieben, wie wir so viele Bilder hatten – wie wir noch viele haben werden, eines Tages, wenn Max und Magda erst einmal hier sind.

Ich trage den Baum im Herzen, seine Blätter wispern leise. Er wächst weiter, wie alles wächst.

9. Kapitel

Die letzten Unterrichtsstunden des Donnerstags verstrichen quälend zäh.

Irgendwo am anderen Ende des Raums sprach Francisco mit lebhaften Handbewegungen über seinen Großvater und dessen Bemühungen, sich als Fotograf in Arequipa zu behaupten, nachdem das goldene Zeitalter der Fotografie mit Einbruch der Weltwirtschaftskrise auch in Peru schlagartig ein Ende gefunden hatte. Die Worte plätscherten über Blanca hinweg, ohne sie wirklich zu erreichen. Nach einer weiteren beinah schlaflosen Nacht fühlte sie sich, als sei sie nicht anwesend. Sie konnte sich nur noch auf die Striche und Kringel konzentrieren, die sie in ihre Kladde malte. Rankende Pflanzen, die immer dichter über das karierte Papier wucherten, blaue Bäumchen, die sich zu einem Wald aus Tinte auswuchsen. Tinte und Bitterkeit. Blanca stellte sich vor, dass sie ihre gesamte Enttäuschung auf das Papier fließen ließ.

Dabei hatte der gestrige Abend mit einem Triumph begonnen, mit der grimmigen Gewissheit, dass Blanca trotz aller Unruhe jetzt bereit war, die verschlungene Handschrift ihrer Urgroßmutter zu entziffern. Atemlos hatte sie über das Buch gebeugt gesessen, Zeile um Zeile war sie Guadalupe durch das Labyrinth der Wortpfade gefolgt, nur um in einer Sackgasse zu enden. Eine letzte Seite, auf der unter einer Handvoll Zeilen das mit Feder gezeichnete Bild eines kleinen Baums mit ausladender Krone prangte, als habe Guadalupe versucht, die Metapher ihrer Hoffnung sichtbar zu machen.

Ich trage den Baum im Herzen.

Das war 1941 gewesen, zu einer Zeit, in der Blancas Urgroßvater in irgendeinem Schützengraben gelegen haben musste, vielleicht mit Guadalupes Fotografie in der Innentasche seines Mantels. Er hatte damals nicht ahnen können, wie viele Jahre des Wartens und Schweigens noch vor ihm lagen, wie viele unbeantwortete Briefe. Und Guadalupe ebenso wenig. Was war geschehen, dass sie Jahrzehnte später, als sie in Schwester Mónica eine Freundin gefunden hatte, kein Wort mehr über die Familie auf der anderen Seite des Ozeans verlor? Ob es irgendwo ein zweites Tagebuch gab, in dem Guadalupe ihre Gedanken in späteren Jahren festgehalten hatte?

Eine Bewegung am Nebentisch ließ Blanca zusammenzucken, so dass der Kugelschreiber in ihrer Hand wegrutschte und eine blaue Kerbe in den letzten Baumstamm hieb. Blanca beeilte sich, die Kladde zuzuklappen, bevor irgendjemand sehen konnte, womit sie die Unterrichtsstunde zugebracht hatte. Eine vermutlich unbegründete Sorge, denn Claire, Noemi und die anderen hatten eindeutig nichts anderes im Sinn, als ihre Sachen zusammenzuraffen.

Blanca warf einen Blick auf ihre Armbanduhr. Dass Francisco die Stunde vorzeitig beendet hatte, konnte nur ein Zugeständnis an seine Schüler sein, denen die Reiselust aus den Augen leuchtete. Blanca konnte den Enthusiasmus spüren, der den ganzen Raum erfüllte. Schon gestern Abend hatte sie von ihrem Zimmer aus das Stimmengewirr und Gelächter gehört, mit dem der Rest des Kurses vorzeitig den Ausklang der Woche und die anstehende Reise nach Cusco gefeiert hatte, mit Kisten voller Arequipeña-Bierflaschen und einem heiser knarzenden Transistorradio, das die unvermeidlichen Klänge von Cumbia-Musik über die Dachterrasse des Gästehauses gespült hatte. Die Ausgelassenheit, die der Nachtwind durch Blancas geöffnetes Fenster hereintrug, hatte sie kurz wehmütig gemacht. Aber ihre Einsamkeit war ihre eigene Entscheidung gewesen – zugunsten des Tagebuchs, das sie mit Fragen statt Antworten zurückgelassen hatte.

Für einen Moment blieb sie sitzen, ließ zu, dass die fröhliche Aufbruchsstimmung der anderen an ihr zupfte wie Sommerwind.

»Hey.« Noemi nickte ihr zu und lächelte scheu. »Alles klar? Noch kannst du mitkommen.« Sie sagte das mit einem Augenzwinkern, und für einen kurzen Moment stellte Blanca sich vor, einfach Klamotten, eine Zahnbürste und ihre Kamera zusammenzusuchen, mit den anderen zum Busbahnhof zu fahren und sich völlig spontan doch auf dieses verlängerte Wochenende einzulassen. Es wäre möglich gewesen. Busse nach Cusco fuhren von Arequipa aus nahezu stündlich, wahrscheinlich hätte sie sogar mit dem Rest der Gruppe gemeinsam reisen können, und vielleicht … Blanca warf einen kurzen Seitenblick hinüber zu Claire, die gerade im Begriff war, aus der Tür zu marschieren. Seit ihrem letzten Versuch, Blanca für den Kurztrip zu begeistern, hatte die Französin kein Wort mehr mit ihr gewechselt, und das tat weh.

Sie sah wieder zu Noemi, die noch immer an ihrem Pult stand, den Kopf leicht schiefgelegt. Das erwartungsvolle Leuchten in Noemis Augen weckte Blancas eigene Unternehmungslust.

Sie stellte sich Cusco vor, rotbraune Ziegeldächer unter einem Himmel, nach dem man die Hand ausstrecken konnte. Genug Bilder, um das wortlose Ende von Guadalupes Tagebuch vergessen zu können.

»Na?«, fragte Noemi, die Blancas Unschlüssigkeit spüren musste.

Und das war der Augenblick, in dem Blanca begriff, dass sie nicht nach Cusco fahren konnte. Nicht, solange diese Reise eine Flucht vor den Fragen gewesen wäre. Sie atmete tief durch und schüttelte sacht den Kopf. »Ich wünsche euch ganz viel Spaß.«

Das Leuchten in Noemis Augen erlosch, aber immerhin traten keine Vorwürfe an seine Stelle. »Klar«, sagte sie. »Dir auch. Erhol dich gut, hörst du?«

»Ich werde mich bemühen.« Blanca nickte Noemi zu, schob ihre Kladde in die Umhängetasche und stand auf. Der Rest der Gruppe würde jetzt ins Gästehaus eilen, Gepäck zusammenraffen und sich dann unter ausgelassenem Gelächter in ein Taxi zum Busbahnhof quetschen. Sie atmete tief durch, durchquerte mit langen Schritten den Innenhof und flüchtete zu der schmalen Holztür, hinter der die Toilette lag. Es tat gut, den kleinen Metallriegel einrasten zu lassen und sich sekundenlang einfach gegen das raue Mauerwerk zu lehnen. Stille. Schatten.

Sie beugte sich über das winzige Waschbecken, drehte den

Hahn auf und wusch sich das Gesicht. Unter dem eiskalten Wasserstrahl fühlten sich ihre Finger wie betäubt an, aber angesichts der quälenden Müdigkeit tat die Frische gut.

Blanca massierte sich die Schläfen, bis sie sich wacher fühlte, und schloss den Wasserhahn dann wieder.

Die Spur konnte unmöglich so im Nichts enden. Im Kloster und im Stadtarchiv mochte es keine weiteren Hinweise auf Guadalupe geben, aber das konnten auch nicht die einzigen Anlaufstationen sein, die Blanca blieben. Sie konnte die Geschichte jetzt nicht einfach auf sich beruhen lassen.

Mit dem Ärmel wischte Blanca sich übers Gesicht und nickte ihrem undeutlichen Abbild in dem fast blinden Waschbeckenspiegel zu. Es tat gut, eine Entscheidung getroffen zu haben. Entschlossenheit regte sich unter dem bisherigen Gefühl der Erschöpfung und des lähmenden Stillstands. Plötzlich flackerte eine Idee in Blanca auf: Die Leute auf dem Markt! Guadalupe hatte Namen erwähnt. Tacho, der offenbar ein hilfreicher Freund gewesen war. Silvia. Und Eugenio, den sie den Schlüsselzauberer von San Camilo genannt hatte.

Jerónimo! Blanca straffte sich. Konnte es sein, dass der alte Mann etwas wusste? Dass er sich nicht nur an die fotografierende Nonne erinnerte, sondern auch an den einen oder anderen Namen, den sie erwähnt hatte? Gerade, wenn Eugenio auch Schlosser gewesen war …

Sie schob den Türriegel zurück und verharrte noch für einen Moment. Die Mission schien klar, Blanca würde noch einmal nach San Camilo gehen und mit Jerónimo sprechen. Aber das bedeutete auch, dass sie Emilio ein weiteres Mal um

Hilfe bitten musste. Zwar hätte sie Jerónimo bestimmt auch allein wiedergefunden, doch der Gedanke, ihn quasi hinter Emilios Rücken noch einmal aufzusuchen, bereitete ihr Unbehagen.

Ganz abgesehen davon, dass es eine willkommene Gelegenheit war, das unsägliche Schweigen zwischen ihr und Emilio zu beenden. Sie hatte ihr Familiengeheimnis mit ihm geteilt – zumindest das, was sie selbst wusste –, und es fühlte sich einfach nicht richtig an, dass er ihr so konsequent auswich. Als sei diese Sache für ihn wirklich nur eine Pflichtangelegenheit gewesen, über die er jetzt nicht weiter nachdachte.

Entschlossen stieß Blanca die Tür auf. Der Innenhof der Akademie lag leer vor ihr, die anderen Schüler waren längst weg. Aber Francisco und Emilio hielten sich garantiert noch irgendwo hier auf. Bei dem Gedanken, Francisco unter die Augen zu treten und ihm vorspielen zu müssen, dass sie das Wochenende für den Wettbewerb nutzen wollte, zog sich Blancas Magen zusammen. Doch wenn sie Glück hatte, würde sie Emilio alleine antreffen.

Auf dem Weg in Richtung Labor wehte ihr eine Stimme entgegen, und verwirrt verlangsamte Blanca ihre Schritte. Sie musste einen Moment lang genauer hinhören, bis sie begriff, dass es Franciscos Stimme war, so fremd und ungewohnt klang deren Tonfall. Da war nichts von dem sonnigen Plauderton zu spüren, den Francisco im Unterricht verwendete – oder auch dann, wenn er allein mit Blanca sprach. Jetzt schwang in Franciscos Worten eine Härte mit, die bewirkte, dass sich Blancas Inneres schmerzhaft zusammenkrampfte;

und da war noch etwas anderes, aber das richtige Wort für diesen Beiklang bekam Blanca gerade nicht zu fassen.

Sie erreichte den Säulengang und blieb unschlüssig neben der halboffenen Tür zum Labor stehen. Schlagartig hatte sie das Gefühl, etwas Verbotenes zu tun.

»Vielleicht sollte ich dir bunte Gesichter auf die verschiedenen Flaschen malen, damit du sie unterscheiden kannst«, sagte Francisco gerade, und das Wort, nach dem Blanca eben noch gesucht hatte, traf sie mit voller Wucht, sprang sie mit dem Vielklang seiner Silben auf Deutsch und Spanisch zugleich an: Verächtlich. *Desdeñoso.* Eine Geringschätzigkeit, die Blanca den Atem nahm.

Wenn es eine Antwort auf Franciscos Tirade gab, dann war sie zu leise, als dass Blanca sie hätte hören können. Stattdessen fuhr Francisco fort: »Manchmal frage ich mich, wie ein Mensch so dermaßen stumpfsinnig sein kann. Liegt wahrscheinlich am kalten Wind bei euch da oben, nicht wahr? Es gibt medizinische Studien, die belegen, dass der schlecht fürs Hirn ist, wenn er einem durch die Ohren pustet.«

Blanca schluckte schwer. Jedes Wort ihres Lehrers traf sie so heftig, als sei sie selbst das Opfer dieser Beschimpfungen. Dabei …

Ihr Mund fühlte sich mit einem Mal trocken an, als ihr bewusst wurde, dass Francisco mit Emilio sprach. Es gab wohl kaum eine andere Möglichkeit – wer sonst sollte sich hier im Labor aufhalten? Sie sah Emilio vor sich, wie er stumm dastand, den Kopf leicht gesenkt, die Hände zu lockeren Fäusten geschlossen, die Schultern herabhängend. Sie sah die Tür zum Labor aufschwingen und glitt instinktiv seitwärts, so dass sie hinter einer Säule stand. Jemand trat in den Innenhof heraus. Ob es Francisco war oder Emilio, konnte Blanca nicht sehen, aber sie wollte von keinem der beiden ertappt werden. Fest presste sie sich gegen den Stein, lauschte angespannt auf die Schritte, die den Hof durchquerten und schließlich verklangen. Dann spähte sie um die Säule herum und rannte los, ohne noch einmal nachzudenken.

Ihre Finger glitten mehrmals von der Klinke ab, als sie die Tür zur Straße öffnen wollte, und als sie schließlich nach draußen schlüpfte, war es, als fiele eine schwere Last von ihr ab.

*

Das Abendlicht tauchte Arequipa bereits in Sepiatöne, als Emilio die Straße von der Akademie heraufkam. Er hatte die Hände in die Hosentaschen geschoben und starrte beim Gehen zu Boden. Wenn Blanca noch letzte Zweifel daran gehegt hatte, dass Francisco wirklich mit Emilio gesprochen hatte, so verblassten diese angesichts seiner Körperhaltung.

Blanca hatte beschlossen, an der nächsten Ecke zu warten. Sie hatte sich nicht getraut, direkt vor der Tür der Akademie auszuharren, denn vielleicht wäre Francisco als Erster herausgekommen, und sie fühlte sich im Moment außerstande, ihm in die Augen zu blicken. Außerdem erinnerte sie sich zu gut an seine reservierte Reaktion, als er von ihrem Austausch mit Emilio gehört hatte. Eine Reaktion, die Blanca jetzt in einem ganz neuen Licht erschien.

»Hey«, sagte sie und trat Emilio in den Weg.

Er hob den Kopf und blinzelte verwirrt. Gleichzeitig straffte er sich, und sie hatte das Gefühl, dass er mit dem Blick nach einem Fluchtweg suchte, dass Nervosität in seinen dunklen Augen aufflammte. »Was machst du da?«, fragte er und klang ein wenig rau.

Blanca holte Luft. »Ich hab auf dich gewartet.«

Eine steile Falte erschien auf Emilios Stirn. »Hier?«

»Hier.« Blanca überlegte, ob sie sich an einem Lächeln versuchen sollte, aber dann kam ihr das zu heuchlerisch vor. »Ich wollte mit dir reden. Und dann hab ich … ich habe Francisco gehört.«

Emilio blickte sie an, den Kopf ganz leicht schiefgelegt, als lausche er auf etwas, das nur er hören konnte. »Weißt du, ich muss nach Hause.«

»Du willst wegrennen.« Das rutschte Blanca heraus, bevor sie darüber nachdenken konnte. »Emilio, ich habe gehört, wie Francisco mit dir gesprochen hat!«

Er zuckte mit den Schultern.

»Du kannst dir das nicht gefallen lassen!«

»Glaubst du das wirklich?«, fragte er leise.

»Das weiß ich!«

Jetzt schüttelte er den Kopf, und obwohl er dabei nicht lächelte, wirkte es seltsam belustigt. »Du weißt gar nichts, Blanca.«

Es klang nicht wie eine Beleidigung. Er stellte einfach eine Tatsache fest.

Blanca presste die Lippen aufeinander und starrte für einen Moment auf ihre Schuhspitzen.

»Ich muss nach Hause«, wiederholte Emilio, und diesmal machte er Anstalten, sich an ihr vorbeizudrücken.

Ihre Hand schoss vor, ohne dass Blanca darüber nachdachte. Sie spürte die raue Wolle von Emilios Pullover unter ihren Fingern, die Anspannung in seinen Armmuskeln als Reaktion auf die unerwartete Berührung.

»Warte«, sagte Blanca, hob den Kopf wieder und suchte einmal mehr Emilios Blick. »Lauf nicht weg, bitte. Ich muss wirklich dringend mit dir reden. Darf ich dich zum Abendessen einladen?«

Er starrte sie an, und zu ihrer Überraschung lachte er plötzlich leise. »Aber ohne Kerzen und Sternenhimmel.«

Sein Lachen hatte etwas Befreiendes und ließ etwas in Blancas Magengrube sich zusammenziehen. »Sollten wir hinkriegen. Magst du Pizza?«

»Ja.« Schon kehrte der Ernst wieder in Emilios dunkle Augen zurück, aber Blanca fühlte sich dennoch erleichtert.

Sie hatte kurz nach ihrer Ankunft gemeinsam mit Claire und Noemi eine gemütliche kleine Pizzeria entdeckt, mit rustikalen Holzbänken, Salzstreuern in Form des Schiefen Turms von Pisa und einem Steinofen. Ganz billig war die Pizza nicht, besonders nicht für peruanische Verhältnisse, aber dafür hatte sie ausgezeichnet geschmeckt, und Blanca fand, dass das gedämpfte Licht und die dezente Musiklautstärke im Lokal es zu einem guten Ort machten, um ernste Dinge zu besprechen.

Emilios leises Unbehagen, während er die Karte betrachtete, entging ihr nicht. Wieder erschien die steile Falte zwischen seinen Brauen, und sie hatte das Gefühl, dass er das laminierte Papier fester als nötig umklammerte. Er wirkte so konzentriert, dass sie es nicht wagte, ihn anzusprechen. Ihr fiel wieder Franciscos Tirade im Labor vorhin ein.

Vielleicht sollte ich dir bunte Gesichter auf die verschiedenen Flaschen malen, damit du sie unterscheiden kannst … Sie schluckte schwer und starrte auf ihre eigene Karte, bis Gerichte und Preise vor ihren Augen verschwammen.

»Salami«, sagte Emilio schließlich und ließ die Karte sinken. »Ich nehme die Pizza mit Salami. Ist das okay?«

»Natürlich.« Sie versuchte sich an einem Lächeln. »Was magst du trinken?«

Er hob die Schultern und blickte kurz um sich. Wieder einmal wirkte es, als taxiere er Fluchtwege. »Ich muss nichts trinken.«

»Du wirst Durst von der Pizza kriegen.«

»Das kann ich aushalten.«

»Hey«, sagte Blanca und unterdrückte den Impuls, über den Tisch zu greifen und freundlich Emilios Hand zu drücken. Sie war sich zu sicher, dass er sie einfach unter Blancas Fingern weggerissen hätte. »Du bist eingeladen, okay? Bestell, was du möchtest.« Im nächsten Moment bereute sie diese Worte fast. Sie klangen so großspurig, als würde Blanca mit ihrem Geld nur so um sich werfen können.

Emilio musterte sie aufmerksam. »Es ist teuer hier.«

»Es ist in Ordnung, wirklich. Ich mach das ja nicht jeden Tag.«

Sein Gesicht war eine Maske des Zweifels. Schließlich seufzte er. »Gut. Wenn ich mir eine Inca Kola bestelle, rückst du dann mit der Sprache heraus, was du eigentlich willst?«

Es klang nicht ruppig, aber es traf Blanca trotzdem, und sie konnte nur nicken. Es war ihre Absicht gewesen, einen ruhigen Ort zum Reden zu finden und Emilio vielleicht eine Freude zu machen. Stattdessen hatte sie das Gefühl, dass er sich nicht wohl in seiner Haut fühlte und das Ganze lediglich als ein weiteres Tauschgeschäft betrachtete. Bei dem Gedanken fühlte sie sich schäbig. Natürlich war das hier kein Rendezvous, aber Blanca wünschte sich, Guadalupes Geschichte hätte Emilio mehr bedeutet. Noch immer wusste sie viel zu wenig über ihn, und sie hatte natürlich auch ganz anderes zu tun, als mit jemandem anzubandeln, und trotzdem … Sie mochte ihn. Seine Gegenwart hatte bei aller Verschlossenheit etwas Beruhigendes, und sein scheues Lächeln, wenn es sich denn einmal zeigte, erfüllte Blanca mit Wärme. Sie wollte, dass er ihr vertraute, dass er sie nicht einfach als die *gringa* sah, die sich von ihm Antworten erkaufte. Doch die Art und Weise, wie er sich gerade verhielt, machte deutlich, dass er davon noch sehr weit entfernt war.

Der Kellner, der an ihrem Tisch auftauchte und die Bestellungen aufnahm, verschaffte Blanca noch einen Moment Schonfrist. Aber dann ruhte Emilios argwöhnischer Blick wieder hochkonzentriert auf ihr, und sie schluckte, zerknüllte eine Papierserviette zwischen ihren Fingern und gab sich dann einen Ruck. »Wie Francisco da mit dir umspringt …«

»Das geht dich nichts an.« Obwohl Emilio ihr ins Wort fiel, blieb seine Stimme ebenso ruhig wie sein Blick.

»Er hat kein Recht dazu. Und du darfst dir das nicht gefallen lassen.«

»Aber du hast ein Recht, mir zu erzählen, was ich darf und nicht darf?« Emilio legte den Kopf schief. »Ich hab dir doch schon gesagt: Du weißt gar nichts. Francisco gibt mir Arbeit.

Er lässt mich lernen. Wenn er nicht wäre, müsste ich vielleicht als Lastenträger auf dem Markt arbeiten und nachts im Rinnstein schlafen.«

»Du könntest auch anderswo arbeiten«, rutschte es Blanca heraus.

Emilio blickte auf seine Hände, dann auf ihre, die noch immer die Serviette malträtierten. »Vielleicht will ich gar nicht anderswo arbeiten. Ich kann das Labor benutzen.«

»Heimlich«, sagte Blanca und suchte seinen Blick. »Erlaubt er dir nicht mal das?«

»Es ist meine Sache.«

»Wie bist du an die Anstellung gekommen? Ich meine … Vorhin im Labor, da klang er … Als ob er dir nicht besonders viel zutraut.«

Er hob die Schultern und betrachtete die Strukturen im dunklen Holz der Tischplatte. »Das *Centro Artístico* hat ein Förderprogramm. Francisco bekommt finanzielle Unterstützung dafür, dass er mich angestellt hat und ausbildet, viel Anerkennung und wahrscheinlich noch andere Vorteile.«

»Aber kannst du dich nicht beim *Centro* beschweren, wie er dich behandelt?« Blanca holte Luft. »Das ist doch bestimmt nicht Teil dieses Förderprogramms, dass er so mit dir redet. Und wie ist das überhaupt gedacht? Ich meine, bildet er dich wirklich richtig aus? Darfst du an Kursen und Seminaren teilnehmen?« Sie hatte das Gefühl, dass Emilio in der Akademie eher ein Mädchen für alles war – derjenige, der all die anfallenden Arbeiten rund um Fotografie und Entwicklung erledigte.

»Das ist für euch«, antwortete Emilio leise.

»Und das ist keine Antwort. Bildet er dich richtig aus? Weißt du, was das Programm genau vorsieht?«

»Ich fotografiere nicht. Ich arbeite. Dafür weiß ich genug.«

»Wenn du zum *Centro Artístico* gehst und ihnen steckst, dass Francisco dich schlecht behandelt und seinen Verpflichtungen nicht nachkommt …«

»Dann werden sie ihm sagen, dass ich mich beschwert habe und Lügen über ihn verbreite. Und er wird mich auf die Straße setzen, so einfach ist das.« Emilio brach ab, als der Kellner erst ihre Getränke und dann zwei riesige Pizzateller vor ihnen hinstellte, auf denen der Käse noch leise brutzelte. Erst als der Kellner wieder außer Hörweite war, beugte Emilio sich vor und sprach weiter. »Du kannst mir vielleicht eine Pizza kaufen, aber du kannst nicht mal eben die Welt verändern. Und das musst du auch gar nicht. Ich komm klar, okay? Ich kann das Labor benutzen. Das reicht mir.«

Die Art, wie Emilio sich im nächsten Augenblick seiner Pizza widmete, machte deutlich, dass das Thema für ihn erledigt war. Dabei hatte Blanca das Gefühl, dass sie es nicht so einfach auf sich beruhen lassen durfte. Dass es wichtig gewesen wäre, noch etwas zu sagen. Aber ihr fiel nichts ein, also rammte sie missmutig Messer und Gabel in ihre Thunfisch-Pizza und säbelte im Teig herum.

»Das war nicht alles, oder?«, fragte Emilio nach einem Moment. »Du wolltest noch etwas, stimmt's?«

Blanca dachte an Guadalupes Tagebuch, an das mit feinen Strichen gezeichnete Tintenbäumchen auf der letzten Seite. Schlagartig kamen ihr all die Rätsel ihrer Urgroßmutter unglaublich substanzlos und banal vor – zumindest im Vergleich mit Emilios Problemen. Sie schluckte zerlaufenen Käse herunter, zögerte und nickte schließlich trotzdem. »Ich glaube, ich brauche noch einmal deine Hilfe. Und Jerónimos.«

»Deine Urgroßmutter?«

»Meine Urgroßmutter.«

*

Das letzte Stück Weg gingen sie zu Fuß, weil die *combis* so spät nicht mehr alle Stationen bedienten.

Blanca schritt neben ihm. Er spürte sie frösteln und stellte sich für einen Moment vor, wie es wäre, ihr einfach einen Arm um die Schulter zu legen. Ob sie ihn weggeschlagen hätte? Emilio war sich nicht sicher. Er hatte das Gefühl, dass sie ihn tatsächlich mochte. Dass etwas in ihren Augen aufleuchtete, wenn sie ihn ansah, obwohl ihr das vielleicht selbst nicht bewusst war.

Auf jeden Fall vertraute sie ihm genug, ihm zu so später Stunde in einen ihr unbekannten Teil der Stadt zu folgen, weil er schließlich wusste, wo Jerónimo wohnte. Allein dieses Vertrauen fühlte sich ungewohnt und doch angenehm an.

»Wie war es eigentlich für dich, als du nach Arequipa kamst?«, fragte sie. »Ich meine, wie fandest du die Stadt?«

Er hörte Unbehagen in jeder Silbe. Als fürchte Blanca, dass ihre Frage zu weit ginge.

Vielleicht tat sie das auch.

Aber noch während Emilio überlegte, ob er einfach schweigen konnte, hörte er schon seine eigene Stimme die Antwort geben.

»Arequipa kam mir vor wie ein Foto.« Er machte eine Pause und suchte nach den Worten, die als vage Ideen in seinem Kopf wirbelten.

Blanca schwieg, und er begriff, dass sie wartete. Dass sie ihm zuhören wollte.

Also holte er Luft und erzählte weiter.

Vom ersten Tag an war ihm Arequipa erschienen wie eine überbelichtete Fotografie, in der die Helligkeit sich Mühe gab, alle Schatten zu verschlingen und in weißem Leuchten zerfließen zu lassen. Der beste Beweis dafür, dass Bilder lügen konnten. Arequipa war nicht nur eine Stadt des Sonnenlichts. Für Emilio war es ein Ort der tausend Schatten, die im gleißenden Licht von tiefer Schwärze hätten sein müssen und doch nicht mehr schienen als zartes Gewebe, ein Hauch von Dunkelheit.

Emilio ging dorthin, wo die Schatten wimmeln durften, wo ihre Finsternis sich in Farben und Düfte verwandelte: auf den Markt. Es war Zufall, dass der Wind sich gedreht und ihn in die weiße Stadt getragen hatte, an den Fuß der Vulkane, die mit den Silhouetten filigraner Kirchtürme verschmolzen. In den Straßen Arequipas schmeckte der Wind nach Staub und Sonne, aber ihm fehlte die frische Reinheit, mit der er über die Hochebenen fuhr. Es war keine Stadt der tiefen Atemzüge.

Am Anfang schlief Emilio zwischen zerdrückten Kartons und verwelkten Kräuterbüscheln hinter der Markthalle, an eine Steinwand gepresst, die sternenklare Kälte atmete. Papás

Tasche hielt er in den Armen, und manchmal träumte er, dass in ihr ein lebendiges Herz gegen seinen Brustkorb pochte. Dass alles in ihr lebte, fühlte, wartete.

Tagsüber schleppte er Markttaschen, deren Plastikriemen ihm Schultern und Handflächen wund schnitten, deren Gewicht seinen Rücken knirschen ließ. Er belud die Ladeflächen altersschwacher Pick-ups, stapelte hölzerne Kisten und schrubbte das Blut von den Fliesen der Metzgerstände. San Camilo war ein Ameisenhaufen, und Arbeit gab es immer. Emilio verdiente hier und da ein paar Münzen, ein warmes Mittagessen, einen Becher Chicha. Ein Lächeln, ein Nicken, einen freundlichen Händedruck. Wenn Zeit blieb, stromerte er durch die Straßen der Altstadt, blieb vor den Läden stehen, die Passbilder in zwanzig Minuten versprachen, mit der Möglichkeit, den Kopf auf die Abbildung eleganter Anzüge mit Hemd und Krawatte zu montieren. In einem dunklen Gebäude der Straße Santo Domingo nisteten zahlreiche winzige Studios, eines so provisorisch wie das andere, und gleichmütige Gehilfen entwickelten seelenlose Bilder wie am Fließband. Emilio fand nicht, was er suchte. Er brauchte den richtigen Ort. Genau den richtigen. Und er begann zu zweifeln, ob es ihn hier in der Stadt aus Licht und Schatten überhaupt gab.

Es wurde anders, als er Jerónimo traf, oder Jerónimo ihn, das wussten sie später nicht mehr genau. Aber bald saß Emilio zu Füßen des alten Schlossers, polierte Werkzeuge, sortierte Schlüssel und begriff, dass er nun nicht mehr in einem ziellosen Strom dahintrieb.

Mit jedem Satz war Emilio mehr in Fluss gekommen,

schob Blanca seine Erinnerungen zu wie handliche Polaroidfotos.

Doch an dieser Stelle verstummte er. Er hatte noch nicht alles erzählt, und er spürte, dass sie mehr wissen wollte. Doch konnte er das preisgeben?

Das Bedauern in ihren Augen tat ihm weh, und er senkte rasch den Blick. Ja, wahrscheinlich mochte er sie wirklich, doch das war gefährlich. Sie war nicht von hier, und sie würde bald wieder fortgehen. Er wusste wirklich nicht, ob er es wagte, ihr den Rest zu erzählen – den Weg in die Akademie.

Emilio grub die Hände tiefer in die Hosentaschen und wies mit einem knappen Nicken nach vorne. »So war das mit Jerónimo. Und wir sind auch gleich da.«

Er sagte es mit Bestimmtheit. Blanca schien zu verstehen – sie fragte nicht nach, sondern ging schweigend neben ihm, während er an jenen Teil der Geschichte dachte, der nur ihm allein gehörte.

Es war Jerónimo, der ihn damals auf die Ausstellung hinwies; die in Grautönen gehaltenen Plakate mit der tiefroten Schrift hatten zu ihm verständlich gesprochen, wo sie für Emilio geschwiegen hatten. Er konnte lesen, aber es war jedes Mal ein zäher, schmerzhafter Kampf gegen die einzelnen Buchstaben, die sich zu Mauern auftürmten, anstatt als Worte Sinn zu ergeben.

Jerónimo stellte keine Fragen, er nahm hin, was Emilio ihm anvertraute, und schien mit wachem Blick zu begreifen, was sein Gehilfe tatsächlich mit sich trug.

»Das ist vielleicht interessant für dich«, sagte er, als sie an einem der Plakate vorübergingen, und hob den Werkzeugkoffer leicht in dessen Richtung. »Im *Centro Artístico*, Fotografien und Erinnerungen.«

Jerónimo musste nicht mehr sagen, es gab Worte, die trugen ganze Welten in sich, zumindest für Emilio. Erinnerung war eines davon. Er nickte. Aber in seinem Herzen pochte etwas, für das er erst keinen Namen fand, und es war ein Sonnenstrahl in seiner Seele: Hoffnung.

Er nahm nicht alles mit, als er vorsprechen ging. Nur die zwei fertigen Bilder.

Das Büro roch nach Holzpolitur und abgestandenem Sonnenlicht, und Emilio mochte kaum atmen. Seine Handflächen schwitzten.

»Woher hast du das?«, fragte der Mann und sah Emilio über die Ränder seiner getönten Brillengläser hinweg an.

»Mein Vater hat sie gemacht«, sagte Emilio. Er stellte den Namen in das dumpfe Halbdunkel des Büros, ließ eine Ahnung frischen Andenwinds in die Stickigkeit schweifen: Hochlandsilben, Zauberworte, die Erinnerung an sanfte große Hände.

Der Mann hob die Augenbrauen. Es war, als habe er den Wind gespürt.

»Eine Spielerei«, antwortete er und schob die Bilder zurück über die Tischplatte. »Hier stellen Künstler aus, verstehst du? Fotografie ist eine Kunst.« Hinter jedem Wort standen zehn unausgesprochene. Sie grinsten, wo der Mann ernst blieb. Schulter an Schulter bildeten sie eine Mauer, die Emilio rückwärts aus dem Büro schieben wollte.

»Aber mein Vater …«, sagte Emilio. »Er wusste doch, was er tat.«

Der Mann lächelte. Er sah aus, als würde er gleich einen bunten Lolli über den Tisch schieben, mit spitzen Fingern, die sich scheuten, dem dreckigen Jungen den Kopf zu tätscheln. Wahrscheinlich sagte er noch etwas, aber Emilio hatte es vergessen. Er erinnerte sich nur an die Enttäuschung. Als ob Papá an der Tür stand und alles betrachtete.

Emilio besuchte die Ausstellung trotzdem. Die Bilder vergaß er. Aber durch das Glas eines Schaukastens entzifferte er eine Adresse, die in jedem Buchstaben ein Versprechen trug. Ein Ort, an dem die Bilder vielleicht noch ihre Seele haben durften, wenn sie in Stille und Dunkelheit geboren wurden. Er stand vor dem Tor, er streichelte die Buchstaben darüber mit dem Blick: *Academia Fotográfica*. Er legte die Hand auf sonnenwarme Mauern und träumte.

Und schließlich, als er sicher genug war, dass es keinen anderen Weg gab, bat er Jerónimo um einen Schlüssel.

10. Kapitel

»Eugenio«, sagte Jerónimo – bedächtig, als müsse er sorgsam in jeder einzelnen Silbe dieses Namens nach dem Aufblitzen einer Erinnerung forschen. »Der Schlüsselzauberer von San Camilo. Ja, natürlich.«

Blanca hielt unwillkürlich den Atem an und umklammerte ihre Teetasse fester. Sie saß neben Emilio in Jerónimos Wohnung – im Grunde wenig mehr als ein großes Zimmer mit schlichten Betonwänden, an die sich das zerwühlte Bett, ein Sideboard mit einem Fernseher und eine einzelne Kochplatte drängten. Jerónimo hatte den spontanen abendlichen Besuch mit einem freundlichen Lächeln und sanfter Gelassenheit zur Kenntnis genommen. Vielleicht sah Emilio öfter unangemeldet bei ihm vorbei, Blanca wusste es nicht. Aber sie war unglaublich dankbar für die Ernsthaftigkeit, mit der Jerónimo ihr Anliegen zur Kenntnis genommen hatte. Die anderen Namen aus Guadalupes letztem Tagebucheintrag – Tacho und Silvia – hatten bei ihm keine Reaktion gezeigt. Doch bei Eugenio lag die Sache offenbar anders.

»Du kanntest ihn?«, fragte Blanca schließlich, als ihr die Pause zu lang wurde. Im Hintergrund ihres Gesprächs flackerte eine Telenovela über den Fernsehbildschirm, deren Darsteller einander Dinge sagten, die der untermalenden Musik nach zu urteilen überaus dramatisch sein mussten. Es kostete Blanca Mühe, ihre Konzentration nicht abschweifen zu lassen.

Jerónimo nickte und nahm einen Schluck Tee. »Selbstverständlich. Er war ein Freund meines Vaters, und ich bin selbst bei Eugenio in die Lehre gegangen. Ein Sonderling mit einem großen Herzen, mehr Künstler als Handwerker. Er hat gewusst, dass Schlüssel etwas Besonderes sind. Sie haben oft mit Geheimnissen zu tun, pflegte er zu sagen, und mit Sehnsucht – nach Sicherheit, Schutz, Beständigkeit. Eugenio war nicht einfach der Dienstleister, der vorbeikam und wortlos irgendein Schloss einbaute. Er gab dir immer das Gefühl, dass mehr dahintersteckt. Seine Arbeiten … Das war eine eigene Art von Poesie.«

Seine Worte brachten Blanca zum Lächeln. Nicht nur, weil solche Wärme in ihnen mitschwang, sondern auch, weil sie mit wenigen Pinselstrichen ein Bild von Eugenio skizzierten, das sich mit Guadalupes flüchtigen Worten zu einem lebendigen Ganzen fügte. Plötzlich meinte Blanca zu verstehen, warum ihre Urgroßmutter diesen Kunstschlosser gemocht hatte. Er musste ein Mensch gewesen sein, der in seiner Arbeit einen ähnlichen Zauber sah wie Guadalupe in der Fotografie.

Jemand, der Jerónimo auch gewiss ein besserer Lehrmeister war als Francisco für Emilio, dachte sie und senkte den Blick auf ihre Tasse. »Und er kannte Guadalupe?«

»Durch ihn habe ich sie erst kennengelernt.« Jerónimo lachte leise auf, als zögen jetzt ganz besondere Erinnerungen an seinem inneren Auge vorbei. »Wonach suchst du, Blanca? Was erwartest du?«

Sie starrte weiter auf die dunkle Flüssigkeit in ihrer Tasse, atmete den Geruch von Zimt und Nelken ein, der als künstliches Aroma über dem Beutel-Schwarztee schwebte. Schließlich hob sie die Schultern. »Das Tagebuch endet einfach so im Nichts. Aber das kann doch nicht alles gewesen sein. Vielleicht gibt es noch ein späteres Tagebuch …« Sie blickte auf. Sowohl Jerónimo als auch Emilio betrachteten sie mit einer Aufmerksamkeit, an der nichts gestellt war. »Schwester Mónica hat behauptet, dass kaum Fotos von Guadalupe erhalten sind. Auch die Negative nicht. Aber das kann ich mir einfach nicht vorstellen. Meine Urgroßmutter hat über Jahre hinweg so viel fotografiert. Das muss doch irgendwo sein!«

Noch während sie das alles aussprach, kam sie sich hochgradig albern vor. Selbst in einer Stadt wie Arequipa, in der in jeder Mauerritze die Geschichte von Jahrhunderten schlummerte, war die Wahrscheinlichkeit gering, dass irgendetwas über einen so langen Zeitraum hinweg unentdeckt bleiben konnte. Vor allem nicht ein umfangreiches Archiv aus Glasplattennegativen, wie Guadalupe sie benutzt haben musste: Die Stegemann, die sie in ihren Aufzeichnungen mehrfach erwähnte, war eine typische Plattenkamera vom Anfang des Jahrhunderts, Blanca erinnerte sich an das Seminar zur Geschichte der Fotografie, das sie gleich im ersten Semester belegt hatte.

»Manche Dinge gehen einfach verloren«, sagte Emilio. »Die Glasplatten von Max Vargas hat bis heute auch niemand gefunden.« Eine weitere Botschaft schwang in diesem Satz mit, nicht ausgesprochen und trotzdem deutlich: Wenn das Archiv des berühmtesten Fotografen von Arequipas verlorengehen konnte, dann wohl erst recht das einer einsamen Nonne, die ihre Bilder zudem niemals irgendwo veröffentlicht hatte. Und wenn sich die Negative eines Max Vargas nicht mehr auffinden ließen … Blanca biss sich heftig auf die Zungenspitze, stürzte den Rest ihres Tees herunter und stellte die Tasse dann energisch auf dem Tisch ab. »Ich dachte einfach, dass diese Namen, die sie nennt, eine Spur sein können. Jerónimo, wenn du Eugenio so gut kanntest, hat er niemals irgendetwas in dieser Richtung erwähnt? Guadalupe muss die Leute auf dem Markt sehr gemocht haben. Sie hat sich doch bestimmt jemandem anvertraut.«

Jerónimo stieß die Luft aus und stand schwerfällig auf. »Möglich, meine Liebe. Vergiss nur nicht, dass ich damals ein kleiner Junge war. Eugenio hat deine Urgroßmutter gekannt, bevor ich überhaupt krabbeln konnte. Ich weiß längst nicht alles, was geschehen sein mag.«

Blanca verspürte den Impuls, sich tiefer in die rauen Polster des Sofas zu kuscheln und sich zu einer kleinen Kugel zusammenzurollen. Diese Spurensuche entpuppte sich als Irrgarten, und jeder neue Gang, der sich öffnete, endete in einer Sackgasse. Das Tagebuch, die Dunkelkammer im Kloster, Jerónimos eigene Erinnerungen. Es war nicht fair – und sie wusste wirklich nicht, wo sie noch suchen sollte. Jerónimo schlurfte in Richtung der Wohnungstür, und Blanca ahnte, was das bedeutete. Er hatte ihre Fragen beantwortet, so gut er konnte, und nun würde er sie freundlich zur Tür hinauskomplimentieren, und letztendlich hatte er vollkommen recht damit.

Der Schlosser blieb stehen und legte eine Hand auf die

Türklinke. Ein sanftes Lächeln erschien auf seinem Gesicht. »Aber vielleicht gibt es doch einen Hinweis«, sagte er. »Emilio, kommst du bitte und hilfst mir?«

Seine Worte elektrisierten Blanca. Sofort saß sie aufrecht da. »Was meinst du?«

»Ein bisschen Geduld«, erwiderte Jerónimo und nickte ihr zu. »Wir gehen etwas holen. Warte hier.«

Verblüfft sah Blanca zu, wie Emilio sich ohne eine weitere Nachfrage erhob und Jerónimo folgte. Plötzlich war sie allein mit dem Fernseher und dem Plappern der Telenovela, in der eine übermäßig geschminkte Schwarzhaarige, die eindeutig die Böse sein musste, gerade ihren Freund mit der sanftmütigen Traumprinzessin beim Händchenhalten erwischte. Eine Flut knallbunter Werbespots unterbrach die Handlung, und Blanca ertappte sich bei einem erleichterten Aufatmen. Am liebsten hätte sie den Fernseher ganz ausgeschaltet, aber das wagte sie dann doch nicht. Immerhin war es nicht ihrer.

Schritte auf der Treppe klangen durch den fröhlichen Gesang einer Seifenwerbung, und Blanca sprang auf. Jerónimo schob sich rückwärts zur Tür herein, langsam und mit gebeugtem Rücken. Gemeinsam mit Emilio wuchtete er eine hölzerne Kiste heran, blass und wurmstichig und definitiv zu hässlich, als dass man darin Kostbarkeiten hätte erwarten können. Emilio hatte die Lippen fest zusammengepresst, Jerónimo sah von hinten so aus, als müsse sein Rücken jeden Augenblick durchbrechen, aber als Blanca sich endlich ein Herz fasste und die Hände ausstreckte, um irgendwie mit anzufassen, wurde die Kiste bereits mit einem Ruck abgestellt.

Jerónimo richtete sich auf, eine Hand ins Kreuz gepresst,

atmete schnaufend durch und schenkte Blanca ein beruhigendes Lächeln. »Eugenio ist 1979 gestorben. Seitdem steht diese Kiste mit Krimskrams bei mir herum. Ich habe mir das nie genau angesehen, was soll ich in fremden Erinnerungen wühlen? Sie haben einfach ein ruhiges Zuhause gefunden. Aber mit Fragen und Antworten ist es wie mit Schlüsseln und Schlössern: Wenn du das eine hast, kannst du das andere vielleicht öffnen.«

Blanca stand still und starrte die Kiste an, unsicher, ob sie sich traute, neue Hoffnung zu empfinden. »Ich darf mir das wirklich ansehen?«

»Es wäre sehr schade, wenn du das nicht wolltest«, erwiderte Jerónimo mit einem Augenzwinkern, »dann hätten Emilio und ich das schwere Monstrum umsonst heruntergeschleppt. Nun komm schon her, meine Liebe. Lass uns sehen, ob mein Maestro vielleicht etwas hinterlassen hat, das dir weiterhilft.« Er wandte sich zum Fernseher um, und im nächsten Moment erloschen Flimmern und Plappern von der Mattscheibe.

Blancas Herz klopfte laut, als sie sich auf dem Boden niederließ und zögernd mit der Hand über den rauen Holzdeckel strich.

»Pass auf, dass du dir keine Splitter einziehst«, bemerkte Emilio und hockte sich auf die andere Seite der Kiste. Ihre Blicke trafen sich, und zu Blancas Erstaunen lächelte er scheu. »Bist du soweit?«

War sie das? Blanca zog ihre Hand zurück und nickte.

Gemeinsam mit Emilio wuchtete sie den Deckel in die Höhe. Er wäre an sich leicht zu öffnen gewesen, aber die langen Jahre, welche die Holzkiste vergessen in einem staubigen Winkel schlummernd verbracht haben musste, hatten dazu geführt, dass er sich leicht verkeilt hatte, und es kostete einiges an Kraft, bis er endlich mit einem Knarren aufsprang.

Blanca spürte Jerónimos Blick im Rücken, als sie sich über die offene Kiste beugte und hineinstarrte. Ein schwarzer, etwas abgewetzter Hut mit eleganter Krempe lag ganz obenauf, und Blanca fasste ihn ganz behutsam an, um ihn herauszuheben.

»Sein Sonntagshut«, erklärte Jerónimo rau, aber mit einem Lächeln in der Stimme. Er streckte die Hände aus und nahm Blanca den Hut ab. »Den hat er gehütet wie seinen Augapfel. Irgendwo müssen auch noch die Hutbänder sein. Eugenio war nicht eitel, aber der Hut, meine Güte, auf den hat er große Stücke gehalten.«

Blanca lächelte und sah wieder in die Kiste.

Ein paar zerknautschte Pappschächtelchen stapelten sich an den Kistenwänden. Mehrere Papierbündel – lose Seiten und vergilbte Briefumschläge – ruhten mit Bindfaden zusammengehalten in einer anderen Ecke. Ein kleines Büchlein mit abgestoßenen Ecken und geknicktem Einband, eine stumme, dunkel angelaufene Taschenuhr, ein Füllfederhalter. Ein paar Münzen mit stumpfer Oberfläche lagen auf dem Kistenboden, dazu ein zerknitterter Geldschein. Es roch nach Staub und Mottenkugeln. »Nun«, sagte Jerónimo vom Sofa aus, den Hut auf dem Schoß, als halte er ein junges Kätzchen. »Fangt an.«

Nach einem kurzen Zögern griff Blanca nach dem Büchlein. Die Schwarzweißfotografie eines düster dreinblickenden Mannes prangte auf dem Einband.

»César Vallejo«, bemerkte Emilio. »Das sind Gedichte. *Es gibt im Leben so schwere Schläge …*«

»*… ich kann's nicht verstehn*«, fiel Jerónimo ein, ihrer beider Stimme ein sanfter Singsang, erfüllt von wissender Vertrautheit. Blanca blickte auf, sah die beiden über ihren Kopf hinweg ein Lächeln austauschen, und strich mit der Fingerkuppe über den altersrauen Buchblock. Ihr gefiel die Vorstellung, dass diese Gedichte, die Eugenio gelesen hatte, offenbar eine Brücke über Generationen hinweg bauten.

Vorsichtig legte sie das Buch beiseite, unschlüssig, wonach sie als Nächstes greifen sollte. »Es kommt mir so falsch vor, hier herumzuwühlen.«

»Er mochte deine Urgroßmutter, meine Liebe. Wäre er noch am Leben, hätte er alles getan, um dir bei deiner Suche zu helfen«, sagte Jerónimo. »Mach dir keine Sorgen. Es ist in Ordnung.«

Seine Worte räumten Blancas Unbehagen nicht ganz aus, aber sie wagte immerhin nach einer der Schachteln zu greifen und mit äußerster Behutsamkeit den Pappdeckel zu öffnen. Welchen Gegenstand sie auch zur Hand nahm, Jerónimo gab den Fundstücken ihren Platz im Mosaik von Eugenios Persönlichkeit – die Manschettenknöpfe aus Perlmutt, der Füllfederhalter, der Ehering –, während Emilio mit präzisen Worten die Kulisse zu zeichnen wusste, vor der sich das Leben des Kunstschlossers ausgebreitet hatte: die alten Münzen einer längst abgelösten Währung, das sorgsam aufbewahrte Billett einer heute eingestellten Eisenbahnstrecke, die Eintrittskarte zu einem Konzert von Chabuca Granda. Bisweilen saß auch Emilio mit großen Augen da und lauschte, wenn Jerónimo erzählte. Ein altes Peru erwachte zum Leben wie ein Sepiafoto, das plötzlich von pulsierenden Farben durchflossen wurde.

In einer der Schachteln fand Blanca Schlüssel, die ihr eine Ahnung davon vermittelten, wie sehr Eugenio sein Handwerk tatsächlich verstanden hatte. Die Schlüsselgriffe waren allesamt filigrane Kunstwerke: verschlungene Ornamente, gravierte Initialen, die mittelalterlichen Handschriften entsprungen schienen, rankende Blumen und Blätter, Tauben mit einem Ölzweig im Schnabel, sogar ein stilisierter Vulkan, der eindeutig den Misti darstellte. Einen Schlüssel nach dem anderen nahm Blanca in die Hand, strich mit dem Finger über kühles Metall und betrachtete die kunstvolle Ausführung der kleinsten Details.

Bis sie aus dem Berg silbrigmatter Leiber einen Schlüssel fischte, dessen verzierte Räute seltsame Vertrautheit ausstrahlte.

Blanca keuchte erstickt auf und ließ den Schlüssel wieder fallen, so dass er mit einem leisen Klingen zwischen seinen Gefährten landete. Sie sah Emilio zusammenfahren und ihr einen besorgten Blick zuwerfen, in dem eine unausgesprochene Frage stand.

»Der Baum!« Blanca hob den Schlüssel wieder auf, starrte ihn an und konnte kaum atmen.

»Was ist damit?«, fragte Emilio. Er hob die Hand, als warte er darauf, dass Blanca ihm den Schlüssel reichte, doch sie fühlte sich für den Moment außerstande, irgendetwas anderes zu tun, außer jede Linie des feingearbeiteten Schlüsselgriffs nachzufahren, um Atem zu ringen und das Gleichgewicht zu behalten.

Das Bild seiner Sehnsucht war der Mahagonibaum. Ich trage den Baum im Herzen.

»Das ist der Baum aus ihrem Tagebuch«, brachte Blanca schließlich hervor. Ihr Mund fühlte sich trocken an. »Sie hat ihn gezeichnet. Er sieht ganz genauso aus.«

Jetzt schaffte sie es doch, den Schlüssel an Emilio weiterzureichen. Sie spürte, wie Jerónimo sich vorbeugte und ihr eine Hand auf die Schulter legte. »Dann hat Eugenio diesen Schlüssel möglicherweise für deine Urgroßmutter gefertigt.«

Blanca konnte nur nicken. Sie sah Emilio zu, der den Schlüssel mit äußerster Sorgfalt festhielt, als fürchte er, das Metall könne ihm unter den Fingern zerbrechen. Seine dunklen Augen weiteten sich, während er die Feinheit der Arbeit betrachtete. Beinahe andächtig strich er über den filigranen Baumstamm, die winzigen Blätter der ausladenden Krone. »Bist du sicher?« Seine Stimme klang überraschend rau.

»Es muss so sein. Es ist genau dieser Baum.« Für einen Moment musste sie die Augen schließen. »Ein Mahagonibaum.«

»Aber wofür?«, fragte Emilio und reichte ihr den Schlüssel zurück. »Und warum hat sie ihn nicht selbst behalten?«

»Vielleicht ist das irgendwo verzeichnet. Der Papierkram fehlt euch noch.« Jerónimo drückte Blancas Schulter und stand auf. »Ich denke, es ist Zeit für eine zweite Runde Tee.«

Blanca presste den Schlüssel fest in ihre Handfläche, bevor sie ihn auf dem Couchtisch ablegte und die Hand nach den Papierbündeln ausstreckte. Sie verharrte unsicher. In den Briefen zu lesen, die an jemand anders gerichtet gewesen waren, fühlte sich falsch an.

Emilios Finger streiften ihren Handrücken, und sie fuhr zusammen, sah auf und begegnete seinem Blick.

»Er hat gesagt, es ist in Ordnung«, wisperte Emilio und schenkte ihr ein kurzes Lächeln. »Wir gucken nur das an, was uns weiterhilft.«

Die Gewissheit, dass er ihr Empfinden so genau verstand und erraten hatte, erfüllte Blanca mit Wärme. Sie schaffte es, Emilios Lächeln zu erwidern. »Okay. Das machen wir.«

Jeder von ihnen nahm sich eines der Bündel vor. Der Bindfaden war so alt und spröde, dass er von selbst unter Blancas Fingern zersprang, als sie nur ein kleines bisschen daran zog. Sie atmete den Geruch des brüchigen Papiers ein, bevor sie sich daranmachte, das Bündel gezielt durchzuarbeiten. Sie fand Briefe und Rechnungen, mit denen sie nichts anfangen konnte, und Schwarzweißbilder mit gezackten Rändern. Auf einem davon lächelte ein junges Brautpaar in die Kamera, und Blanca vermutete, dass der schlaksige Mann mit dem kantigen Gesicht und dem versonnenen Gesichtsausdruck Eugenio sein musste. Sie fand ihn etwas später auf einem zweiten Foto, deutlich älter, das Haar schütter und ergraut, das Gesicht von Falten durchzogen, aber das Lächeln noch immer voller Herzlichkeit und Strahlkraft. Auf diesem Bild trug Eugenio einen schlichten Arbeitskittel, im verschwommenen Hintergrund meinte Blanca die Lebendigkeit einer Marktszene zu erraten, und als sie das Foto umdrehte, blieb ihr fast das Herz stehen.

Für meinen lieben Freund, den Schlüsselzauberer von San Camilo. In herzlicher Zuneigung – G.

Allein schon die saubere, geschwungene Handschrift ließ keinen Zweifel daran zu, wer diese Notiz verfasst hatte. Die Buchstaben verschwammen vor Blancas Augen.

»Blanca?« Sie spürte eine Bewegung neben sich, im nächsten Moment eine Berührung, die Wärme einer Handfläche, die sacht über ihren Arm strich. Blanca kniff die Augen zu, rang nach Luft und versuchte, die Tränen zurückzudrängen. Plötzlich erschien es ihr als die furchtbarste Vorstellung überhaupt, dass Emilio sie weinen sehen könnte.

»Ist okay«, presste sie hervor, ihre Stimme ein klägliches Piepsen.

Emilio rückte näher an sie heran, sein Arm legte sich lose um ihre Schultern, vorsichtig, tröstend. Mit der freien Hand fühlte sie ihn nach dem Foto tasten. Seine Fingerspitzen streiften ihre, als er es umdrehte.

»Hat sie das gemacht?«, fragte er sanft.

»Ist ihre Schrift.« Blanca schniefte und presste sich den Handrücken gegen den Mund.

Emilio blieb ruhig neben ihr sitzen und streichelte über ihre Schulter.

Obwohl sie spürte, wie er darauf wartete, dass sie die Fassung zurückgewann, hatte sie gleichzeitig das Gefühl, dass er ihr alle Zeit der Welt geben würde. Er war einfach da und drängte sich nicht auf. Sie hörte, wie Jerónimo hinter ihr die Teetassen auf den Tisch stellte, weder Emilio noch Jerónimo sagten etwas. Blanca wartete noch einen Augenblick, dann nickte sie und warf Emilio einen scheuen Seitenblick zu.

»Geht schon wieder. Lass uns weitermachen. Hast du etwas gefunden?«

»Ich bin mir nicht sicher.« Emilio nahm zu Blancas Bedauern seine Hand von ihrer Schulter und zog einen Teil seines Papierstapels heran. Als Erstes hielt er Blanca eine Handvoll verblichener Postkarten unter die Nase – manche in Farbe, die meisten in Schwarzweiß. Einige zeigten namenlose Berglandschaften, andere waren auch mit gedruckten Aufschriften versehen: Cusco, das Heilige Tal, der Titicacasee. Und wieder andere ließen Blanca zusammenfahren, denn sie zeigten weder Berge noch Kirchen, sondern Porträts. Gesichter, klar fokussiert, geschickt mit Licht und Schatten verwebt, ausdrucksstark und lebendig. Blanca sah dunkle Augen, faltige Wangen, widerspenstige Haarsträhnen. Tausend kleine Details, die von ebenso entbehrungsreichen wie erfüllten Leben sprachen. Zweifellos waren das keine kommerziellen Postkarten, die irgendjemand fertig im Laden gekauft hatte – dazu erinnerten die Bilder viel zu sehr an das Porträt Eugenios, das Blanca erst vor wenigen Minuten betrachtet hatte. Als sie die Karten umdrehte, sah sie die geschwungenen Bögen von Guadalupes Handschrift.

»Die sind von ihr«, sagte sie rau. »Sie hat ihm also geschrieben, nachdem sie ins Hochland gegangen ist.«

»Und selbst fotografiert«, ergänzte Emilio nachdenklich. Also hatte er die Ähnlichkeit auch gesehen.

»Hast du sonst noch etwas gefunden?« Blanca beugte sich vor, neugierig. Zögerlich reichte Emilio ihr ein Bündel gehefteter Papierblätter, bedeckt mit alter Schreibmaschinenschrift. Offiziell sahen diese Unterlagen aus. Blancas Blick fand

Halt, balancierte von einzelnen Buchstaben über Silben und Wörter.

Sie schluckte. »Cementerio General de la Apacheta?«

Für einen Moment herrschte Stille im Zimmer. Nur das Papier unter Blancas Fingern raschelte leicht.

»Der Apacheta-Friedhof«, sagte Jerónimo schließlich und klang überrascht. »Eugenio liegt dort, aber … Das können unmöglich die Unterlagen seines Begräbnisses sein!«

»Sie sind nicht von ihm.« Blanca hatte das Gefühl, dass jemand ihre Stimme mit Sandpapier aufgeraut hatte. Immer wieder las sie die Worte, fuhr mit den Fingerkuppen über die Rückseite und spürte, wie tief sich die Anschläge einzelner Buchstaben in das dünne Papier gegraben hatten. Wie um noch greifbarer zu machen, was auf der Vorderseite stand. *Guadalupe Bustamante de Schwarzkopf, eine Grabnische, Cementerio Civil, Reihe 3, N° 42.*

»Von wann ist das?« Jerónimo kam näher, und sie hielt ihm die Papiere entgegen. Er kniff die Augen zusammen, als er sie betrachtete. »1949.«

»Das ergibt keinen Sinn, oder?« Blanca fuhr sich mit der Hand über die Stirn. »Sie hat doch noch viel länger gelebt.«

»Es besteht die Möglichkeit, sich eine Grabnische zu Lebzeiten zu reservieren«, erwiderte Jerónimo. »Was La Apacheta betrifft, ist das gegenwärtig sogar besonders populär, weil der Friedhof nur noch sehr wenige Kapazitäten hat.«

»Ist er so besonders?«

»Einer der ältesten von Peru, heißt es. Und es liegen viele berühmte Arequipeños dort.« Jerónimo reichte ihr die Bögen zurück.

Eine Grabnische. Blanca dachte an alles, was sie in Guadalupes Tagebuch gelesen hatte. An die Lebenslust, die trotz allen verzweifelten Wartens aus jedem Wort sprach. Passte es zu so einer Frau, an den Tod zu denken? 1949 konnte Guadalupe nicht älter als Ende dreißig gewesen sein.

»Sie hat doch im Kloster gelebt«, sagte Blanca laut, in der Hoffnung, dass die Dinge logischer wurden, wenn sie sie nur laut aussprach. »Hätte sie nicht dort beerdigt werden können? Müssen? Ich meine, sie hat es doch eigentlich bestimmt nicht nötig gehabt, sich damals schon eine Grabnische auf einem öffentlichen Friedhof zu sichern? Damals war La Apacheta doch bestimmt noch nicht so voll wie heute.«

Wie sie es auch drehte und wendete, es ergab keinen Sinn. Guadalupe konnte dort nicht 1949 begraben worden sein. Aber wer dann?

»Wir könnten nachsehen.« Emilio klang ruhig und sachlich wie immer, trotzdem jagten seine Worte Blanca eine Gänsehaut über den Rücken.

»Nachsehen?«

Emilio hob die Schultern und sah Blanca ins Gesicht. »Da steht, welche Grabnische es ist, nicht wahr? Wir gehen einfach hin. Dann sehen wir, ob dort jemand liegt.«

Die Selbstverständlichkeit, mit der er *wir* sagte, verwirrte Blanca und tat gleichzeitig gut. »Du würdest mitkommen?«

Wieder einmal tauchte sein scheues Lächeln auf. »Natürlich.«

»Das klingt nach einer guten Idee.« Jerónimo nahm mit einem Ächzen wieder auf dem Sofa Platz. »Aber nicht heute

Nacht, wenn ich bitten darf. Trinkt euren Tee, bevor er kalt wird. Blanca?« Sie blickte zu ihm auf, als er seine Hand auf ihre legte und sacht ihre Finger drückte. »Nimm den Schlüssel mit. Wer weiß, was für Antworten er dir noch erschließen kann, meine Liebe.«

*

In dieser Nacht fand Emilio kaum Schlaf. Immer wieder wälzte er sich herum. Er mochte Blanca, und das erschreckte ihn.

Sie war anders. Nicht so, wie er erwartet hatte. Schließlich hatte sie Geld, sie war Ausländerin, sie war weiß. Alle Türen standen ihr offen. Für sie war es nie schwierig zu lernen und sich weiterzuentwickeln, und sie ahnte vielleicht gar nicht, wie unerreichbar fern es für andere war.

Und gleichzeitig war sie ein Kind, das mit großen Augen in einer fremden Welt stand und sich fragend umblickte. Es war albern, sagte Emilio sich, dass er das Bedürfnis verspürte, sie an die Hand zu nehmen, damit Blanca nicht verloren ging. Es war Unsinn, dass er sich vorstellte, wie es wäre, sie zu fotografieren. In Schwarz und Weiß, wie es Papá getan hätte; in der Bewegung, wie sie lachte, den Kopf wandte, so dass der glatte Pferdeschwanz flog. Sie strahlte Leben aus, Leben, das Emilio guttat.

Er setzte sich auf, schwang die Beine über die Bettkante und tastete nach der Nikon. Wie immer lag sie in Reichweite. Seine Fingerkuppen streichelten die raue Oberfläche.

»Nein«, sagte er in die Stille des Zimmers. »Ich fotografiere nicht.«

Aber er wollte helfen. Er hatte es versprochen, und es gab andere Gründe. Diese Geschichte. Diese Spurensuche.

Es gab Dinge, die er Blanca vielleicht erzählen musste, gerade, weil er sie mochte und das Leuchten in ihrem Blick ihm so guttat.

Das Geheimnis mit ihr teilen, wie sie es auch mit ihrem getan hatte.

Die Geschichte zu Ende erzählen, die er auf dem Weg zu Jerónimo begonnen hatte.

Emilio rollte sich wieder auf dem Bett zusammen, die Nikon noch immer an seiner Brust. Er schloss die Augen, damit kein Stück Geheimnis nach draußen gelangen konnte.

Noch nicht, dachte er, es war zu früh. Und zugleich durfte er nicht vergessen, dass Blanca eine Fremde war. Dass sie wieder weggehen würde.

Die Kamera drückte hart gegen seinen Bauch, und Emilio presste das Gesicht in die Rauheit seiner Bettdecke.

Vielleicht würde Blanca ihm gar nicht glauben. Oder nicht begreifen, was alles bedeutete. Vielleicht irrte Emilio sich, und sie war anders, als er glaubte. Sie konnte ihn überraschen, das wusste er – aber in beide Richtungen. Er konnte sich auch in ihr täuschen, und davor fürchtete er sich. Lieber noch eine kleine Weile warten. Noch etwas sicherer werden.

Mit diesem Gedanken schlief er endlich ein.

11. Kapitel

Der Freitag verging unendlich langsam. In der Akademie fand zwar kein Unterricht statt, aber Emilio musste natürlich trotzdem dort sein und Francisco im Labor zur Hand gehen. Und obwohl Blanca zwischenzeitlich ernsthaft mit dem Gedanken spielte, sich allein auf den Weg zum Friedhof zu machen, erschien ihr das nicht fair. Sie hatte das Gefühl, dass am Vorabend irgendetwas geschehen war, das Emilio ein Stück weit aus seinem Schneckenhaus gelockt und dafür gesorgt hatte, dass die Nachforschungen auf Guadalupes Spuren für ihn plötzlich mehr als eine Pflichtangelegenheit darstellten. Und immerhin hatte er auch von sich gesprochen. Er hatte ihr nur einen Teil seiner Vergangenheit in die Hände gelegt, doch auch das war schon ein Vertrauensbeweis, den Blanca zu schätzen wusste. Sie hatte keine Ahnung, was für Emilio den Ausschlag gegeben haben mochte, aber sie war froh darüber. Seine ruhige Besonnenheit tat gut, und Blanca ertappte sich mehrmals dabei, dass sie an das angenehme Gefühl seines Arms um ihre Schultern zurückdachte: ein tröstender Halt und eine Geste, die sie Emilio kaum zugetraut hätte. Zugleich sprach das von einem freundschaftlichen Vertrauen, das Blanca nicht verspielen mochte. Es gab noch zu viele Fragen, die sie Emilio stellen wollte, und sie konnte nur hoffen, dass er sie zulassen würde. In der Zwischenzeit spazierte Blanca rastlos durch die Stadt, schoss ein paar Bilder, mit denen sie auf der Stelle unzufrieden war, und aß einen Obstsalat in der Saftbar. Sie flüchtete vor der Mittagshitze zurück ins Gästehaus und las sich ein zweites Mal durch die Postkarten, die Guadalupe an Eugenio geschrieben hatte. Im Internet suchte sie Informationen über La Apacheta, fand aber wenig mehr als Schauermärchen, wie man sie in ähnlicher Form wohl über alle Friedhöfe dieser Welt erzählte.

Viel zu früh wartete sie am Treffpunkt, den sie mit Emilio vereinbart hatte: eine Kreuzung, zwei Häuserblöcke von der Plaza de Armas entfernt, mit schmalen Bürgersteigen, Kopfsteinpflaster und traurig grauen Steinfassaden. Es war kein besonders gemütlicher Ort, um auf jemanden zu warten, und Blanca war dankbar, als Emilio endlich um die Ecke bog, die Hände in den Hosentaschen vergraben, und mit seiner üblichen ernsten Miene stehen blieb. Sein missbilligender Blick blieb an Blancas Kameratasche hängen. »Die nimmst du mit?«

»Warum denn nicht?«, fragte Blanca zurück. »Hallo übrigens.«

»Du musst auf sie aufpassen«, erklärte Emilio. »Im *combi* wird es voll sein. Sie könnten dir die Kamera stehlen.«

Unwillkürlich drückte Blanca die Tasche fester an sich. »Ich werd sie schon im Blick haben.«

Er nickte nur. »Okay.«

Die *combis,* die sich durch die viel zu engen Altstadtstraßen quälten, waren für Blanca ein Wunderwerk. Fenster und Seiten jedes Fahrzeugs waren förmlich zugepflastert mit bunten Zetteln, auf denen einzelne Stationen der jeweiligen Routen standen. Dazu die Rufe der *cobradores,* die nicht nur für das Einsammeln des Fahrtgeldes zuständig waren, sondern sich mobilen Marktschreiern gleich aus den halbgeöffneten Türen hängten, um anstelle von Obst und Gemüse die wichtigsten Haltepunkte auf ihrem Weg anzupreisen – als könnten sie allein dadurch Passanten überzeugen, jetzt auf der Stelle und unbedingt zum Busbahnhof, zum Großmarkt oder ins Krankenhaus fahren zu müssen.

Keiner von ihnen schrie *apacheta,* und Blanca entdeckte auch auf keinem Fahrzeug einen Zettel, der auf diese Station hingewiesen hätte. Emilio hingegen winkte mit souveränem Gleichmut einem *combi* mit der Aufschrift »Los Blancos« zu, das seine Fahrt prompt verlangsamte, und bedeutete Blanca, ihm zu folgen.

»*Sube, sube*«, krähte der *cobrador* und machte ihnen Platz, damit sie in das vollgestopfte Innere des Kleinbusses klettern konnten. »Einsteigen, einsteigen! Weiter geht's!«

Blanca konnte gerade so nach einer Haltestange über sich greifen, die sich unter ihren Fingern warm und fettig anfühlte. Mit der zweiten Hand hielt sie ihre Kameratasche fest an sich gedrückt. Das *combi* war bis auf den letzten Platz besetzt, in dem schmalen Mittelgang drängten sich mehr Passagiere, als rein physikalisch in das Gefährt gepasst hätten. Blanca atmete den Geruch von Schweiß und leicht muffiger Wäsche, spürte die Hitze fremder Körper um sich herum ebenso wie die neugierigen Blicke, die sie streiften. Blancas Kopf stieß beinahe an die niedrige Decke. Einen Blick nach draußen zu erhaschen war aus dieser Position unmöglich. Die

Welt schrumpfte zu einem Mikrokosmos aus stickiger Luft und abgewetzten Kunstledersitzen zusammen. Es gab nur noch die Gleichmütigkeit der Passagiere, die ihre Balance dem abrupten Anfahren des *combis* anpassten, den heftigen Ruck, mit dem der *cobrador* die Schiebetür öffnete oder schloss, und den dumpf wummernden Rhythmus der Cumbia, die in voller Lautstärke aus dem Radio dröhnte und sich in alle verbliebenen Zwischenräume zu zwängen schien. Immer wieder einmal schrie jemand »*¡Baja esquina!* Steige an der Ecke aus«, das *combi* hielt, und großes Gedrängel setzte ein. Für jeden Passagier, der ausstieg, schienen sich drei neue ins Innere zu drücken.

Schließlich war es Emilio, der seinen Haltewunsch in die Runde brüllte, und Blanca atmete unwillkürlich auf. Er fasste nach ihrem Arm, als sie sich den Weg zur Tür freikämpften, und ließ Blanca erst los, als sie hinaus ins gleißende Sonnenlicht sprangen. Warmer Wind streifte Blancas Gesicht, als wolle er sie begrüßen, und an dem sachten Hauch merkte sie, wie verschwitzt sie nach der Fahrt im *combi* war.

Vor ihnen lag der Eingang zum Friedhof: Ein schlanker ovaler Steinbogen und daneben ein hoch aufragender dunkler Block, auf dem ein Kreuz aus hellem Stein prangte.

»Das sieht ziemlich modern aus«, sagte Blanca überrascht. »Ich dachte, es wäre ein ganz alter Friedhof?«

Emilio hob nur die Schultern. »Drinnen sind viele alte Gräber.«

»Warum kennst du den Friedhof?« Die Frage fühlte sich falsch an, kaum dass sie Blanca entschlüpft war. »Ich meine … liegt hier jemand, den du kennst?«

Er betrachtete sie mit sanftem Erstaunen. »Ich komme manchmal mit Jerónimo her, wenn wir das Grab seiner Frau besuchen. Meistens zu Allerseelen im November.«

Blanca tastete nach dem Zettel in ihrer Tasche, auf dem sie die Koordinaten der Grabnische notiert hatte. »Dann kennst du dich hier aus?«

»Wir werden das Grab schon finden. Aber La Apacheta ist groß.« Noch einmal warf Emilio einen etwas skeptischen Blick auf Blancas Kameratasche, dann setzte er sich in Bewegung, und Blanca beeilte sich, ihm zu folgen.

Noch besaß das Tageslicht einen Großteil seiner Strahlkraft, und das Gelände vor ihnen wirkte so bunt und lebendig, dass es Blanca vorkam, als beträten sie eher ein ganz eigenes Stadtviertel denn einen Friedhof. Tauben flatterten auf, Menschen schlenderten über asphaltierte Wege, und die steinernen Kreuze und Engelsfiguren zu beiden Seiten der Pfade stachen kaum zwischen den leuchtenden Blumensträußen hervor, die an den meisten Gräbern hinterlegt waren. Wie überdimensionale, gemauerte Regale ragten die Kolumbarien mit den Grabnischen vor der Kulisse des makellos blauen Himmels in die Höhe. Blumentöpfe waren im Mauerwerk vor den einzelnen Nischen befestigt, und Blanca fühlte sich auf seltsame Weise an Santa Catalina mit seinen malerischen Gassen erinnert – nur dass die schattigen Wege zwischen den Kolumbarien ironischerweise lebendiger wirkten als die pittoreske Szenerie der Klosterstadt. Der Spaziergang zwischen Blumen und Stein hatte etwas vom Schlendern zwischen Wohnhäusern. Jede einzelne Grabnische unterschied sich von den anderen. Blanca sah Marmorplatten mit goldglänzenden, glattpolierten Lettern darauf; Glasscheiben, hinter denen sich Fotos der Verstorbenen, Plüschtiere und Spielzeugautos drängten; zierliche Metallgitter, die in ihrer Durchlässigkeit den Nischen dahinter mehr Geheimnisvolles verliehen als jede Steinplatte. Alte Gräber, deren Inschriften kaum noch lesbar waren, wechselten sich mit solchen ab, die eindeutig erst wenige Jahre alt waren. Hier und da gruppierten sich die Kolumbarien um kleine, begrünte Innenhöfe; anderswo gaben sie den Blick frei auf ein stummes Meer steinerner Kreuze auf jenen Flächen, wo sich Grüften und Grabmäler zu ebener Erde erstreckten. Und wenn die Kolumbarien Blanca an moderne Wohnhäuser mit dichtgedrängten Fenstern und Balkons erinnerten, dann waren die Mausoleen, die mit verzierten Türmchen, Madonnenskulpturen und gemeißelten Efeuranken vom Wohlstand der hier Begrabenen sprachen, Kathedralen und Schlösser dieser Totenstadt. Immer wieder blieb Blanca stehen, legte den Kopf schief und kniff die Augen zusammen, um ein mögliches Motiv mit dem Blick einzufangen. Zugleich kam es ihr jetzt falsch vor, die Suche nach Guadalupes Grabnische stand im Augenblick an erster Stelle. Sie würde später noch Zeit haben, sie konnte wiederkommen. Vielleicht war La Apacheta das geeignete Sujet für ihre Wettbewerbsbeiträge. Doch im Moment fühlte Blanca sich als Gast in einem fremden Haus, der das Vertrauen der Gastgeber noch nicht verdient hatte.

Sie schnappte nach Luft, als sie vor einem der Kolumbarien eine schlichte, provisorisch anmutende Steintreppe entdeckte, die auf eine Plattform mit Brüstung emporführte.

»Weil der Platz ausgeht«, sagte Emilio neben ihr, und überrascht sah sie, dass er grinste. »Sie haben nach oben erweitert.«

»Das ist verrückt!«

»Was sollten sie denn sonst machen? Sie überlegen auch, besonders alte Gräber wieder zur Benutzung freizugeben.«

Blanca schluckte unwillkürlich. »Wie alt? Weißt du das?«

Er zuckte nur mit den Schultern. »Nicht genau. Fünfzig Jahre? Vielleicht auch hundert.«

Blanca presste den Zettel mit den Koordinaten in ihrer Handfläche zusammen. *1949.*

Emilio blieb kurz stehen, dann bog er nach rechts ab. »Hier entlang.« Kleine, etwas verkümmert wirkende Bäume säumten den asphaltierten Pfad. Die Sonne sank langsam und tauchte La Apacheta in ein weiches, beinahe unwirkliches Licht. In diesem Teil des Friedhofs war es stiller; nur in deutlicher Entfernung sah Blanca andere Besucher zwischen den Gräberreihen spazieren. Im Hintergrund, jenseits von Pracht und Glanz herrschaftlicher Grabmäler, machte sie eine freie Fläche voller Schutt und zersplitterter Grabsteine aus. Häuserwände ohne Putz ragten über die Friedhofsmauern wie ein ironischer Gruß aus der Welt der Lebenden.

Eine weitere Reihe von Kolumbarien kam in Sicht, und Emilio drehte sich zu Blanca um. »Welche Reihe?«

Sie hielt ihm den Zettel hin und sah ihn die Stirn runzeln. »Drei«, erwiderte sie deshalb rasch. »Und Nummer 42.«

Kaum hatte sie das ausgesprochen, schien der ganze Zauber des Friedhofs sich mit einem Schlag zu verflüchtigen. Blanca spürte die anbrechende Abendfrische, nahm die Veränderung der Lichtverhältnisse wahr, als seien ihre Sinne plötzlich unnatürlich geschärft. Alles um sie herum fühlte sich schlagartig zu echt und gegenwärtig an. In wenigen Minuten würden sie vor der Grabnische stehen, die Guadalupe gut sechzig Jahre zuvor erworben hatte. Was würden sie dort finden? Würde ein Name auf der Verschlussplatte stehen, oder wartete eine leere Öffnung? Blanca zwang sich, an die Möglichkeit zu denken, dass auch diese Spur in einer Sackgasse enden konnte. Dass die Friedhofsverwaltung die ungenutzte Grabnische vielleicht längst weitervergeben hatte und jetzt ein Fremder darin ruhte, der mit Guadalupes Geschichte rein gar nichts zu tun hatte.

Blanca bog hinter Emilio in die Reihe von Kolumbarien ein und ließ, genau wie er, den Blick über die Grabnischen schweifen. Frische Blumen gab es hier kaum, und der Boden war uneben; Schutt und lose Steine lagen herum.

»Diese hier«, sagte Emilio und hielt an. »Glaube ich.«

Blanca blieb neben ihm stehen, löste den Zettel aus ihrer schweißfeuchten Handfläche und warf einen weiteren Blick auf die Daten, die sie sich im Grunde viel zu gut eingeprägt hatte. Dann sah sie auf die Grabnische hinab.

Nicht alle waren nummeriert, aber neben dieser, etwa auf Brusthöhe, war eine kleine, schwarze 42 deutlich aufs Mauerwerk gepinselt.

Ein leicht rostiges, filigranes Metallgitter verschloss die Grabnische. Kein Glas dahinter, wie Blanca es in zahlreichen anderen Fällen gesehen hatte. Sie ging in die Hocke, um Gitter und Nische besser betrachten zu können, und ihr Herzschlag setzte für einen Moment aus.

Emilio folgte ihrem Beispiel, und an der Art, wie er ihr die

Hand auf die Schulter legte, erriet Blanca, dass er es ebenfalls gesehen hatte. Für einen Augenblick schwiegen sie und starrten das Muster im Gitter an.

»Der Baum«, sagte Emilio schließlich.

Sie nickte und zog den Schlüssel aus ihrer Hosentasche, obwohl ein genauer Abgleich im Grunde nicht nötig war. Zu gut hatte sie sich die verschlungenen Ornamente eingeprägt, welche die ausladende Krone und den kräftigen Stamm des kleinen Baums auf der Schlüsselräute bildeten. Und genau diesem Motiv sah sie sich jetzt wieder gegenüber: ein Metall gewordenes, deutlich vergrößertes Abbild der Zeichnung aus Guadalupes Tagebuch. Die Abendsonne verstärkte den rötlichen Schimmer der Rostspuren, und Blanca dachte, dass das nur passend war für einen Baum, dessen Holz als rotes Gold der Regenwälder galt.

»Der Mahagonibaum«, murmelte sie.

Emilio drückte ihre Schulter und zog seine Hand dann zurück. »Dann hat Eugenio dieses Gitter gemacht.«

»Aber warum …« Blanca kniff die Augen zusammen und beugte sich nach vorne, um zwischen den Gitterstäben ins Innere der Grabnische zu schauen. Kantige Umrisse zeichneten sich im Halbdunkel ab. Das war kein Sarg, und ganz gewiss waren es keine Urnen. Es sah aus, als hätte jemand eine hölzerne Kiste in die Grabnische geschoben. Ein Namensschild oder andere Inschriften fehlten. Es gab nur das Gitter – mit dem Baum. »Da ist etwas drin, Emilio. Bloß was?«

Emilio streckte die Hand nach dem rostigen Gitter aus und zog ein bisschen daran. Er presste die Lippen aufeinander und sah Blanca an, ohne seine Finger aus den Zwischenräumen des Gitters zu lösen. »Willst du's herausfinden?«

Sie zögerte, betrachtete den Schlüssel in ihrer Hand und dann wieder das Gitter. Es gab kein Schloss, ansonsten hätte sie den Schlüssel ausprobiert. »Wir kommen da nicht ran.«

»Willst du's herausfinden?«, wiederholte Emilio gelassen. »Dann kommen wir da ran.«

»Wie willst du das machen?« Blanca wurde bewusst, dass die Sonne jetzt fast untergegangen war. Die Kolumbarien lagen im Schatten, und es war merklich kühler geworden. Wahrscheinlich fröstelte sie aber nicht nur deshalb. Wie lebendig La Apacheta auch auf sie gewirkt haben mochte – dies war noch immer ein Friedhof, und in den umliegenden Grabnischen hatten Tote ihre letzte Ruhestätte gefunden. Das verlangte Respekt.

Doch andererseits schlummerten hinter dem rostigen Gitter vielleicht genau die Antworten, nach denen Blanca suchte. Dies war Eugenios Arbeit, was bedeutete, dass die Kiste in der Grabnische mit ziemlicher Sicherheit von Guadalupe dort verborgen worden war. »Und wenn es doch ein Sarg ist? Vielleicht …« Blanca schluckte schwer. Vielleicht ein Kind?

Ergab das Sinn? Konnte Guadalupe hier einem Baby seine letzte Ruhestätte verschafft haben? Bei dem Gedanken stellten sich ihr die Nackenhärchen auf.

»Das ist kein Sarg«, entgegnete Emilio. »Ich kann das Gitter vielleicht aus der Verankerung lösen. Soll ich?«

»Sollten wir nicht vielleicht besser … mit der Friedhofsverwaltung sprechen?« Blanca war überrascht, wie dünn ihre

Stimme klang. Wie viel Anrecht sie auch auf die Kiste hinter dem Metallgitter zu haben meinte, was sie hier planten, war nichts anderes als Vandalismus, und damit fühlte sie sich zutiefst unbehaglich.

»Deine Entscheidung«, sagte Emilio leise, ließ seine Hand aber weiter auf dem Gitter liegen. »Aber wenn wir noch lange warten, wird es dunkel.« Er schwieg bedeutungsvoll.

Nachts auf einem Friedhof. Auf einem ziemlich großen und alten Friedhof. Der Gedanke ließ sie schaudern. »Meinst du denn …?«, begann sie unsicher.

Emilio blickte sie mit seinem üblichen Ernst an, seine Augen im Halbschatten noch dunkler als sonst. »Ich meine, dass du für Nachtaufnahmen nicht die richtige Ausrüstung dabei hast. Außerdem ist La Apacheta schlecht beleuchtet, und ich hab keine Lust, auf dem Weg zum Ausgang über einen Grabstein zu stolpern.« Er klang gelassen und sachlich.

Sie sah sich kurz um und straffte sich. »Wie willst du das Gitter lösen?«

»Also soll ich?«

»Ja.« Blanca drückte den Schlüssel fest in ihre Handfläche. »Bitte.«

Er nickte leicht und widmete dann seine gesamte Aufmerksamkeit dem Gitter. Blanca sah nicht, was genau er machte, nur dass er zu drücken und zu ziehen schien. Schließlich ein leises Knacken, und der Mittelteil des Gitters, das Quadrat mit dem eingearbeiteten Baum, löste sich aus dem Rahmen. Emilio zog das Gitter zu sich und stellte es dann am Fuß des Kolumbariums ab.

Blanca schluckte. »Woher wusstest du …«

»Ich dachte mir einfach, dass man es öffnen können muss, auch wenn es kein Schloss gibt. Jerónimo hat mir schon etwas beigebracht.«

Sie starrte in das Innere der Grabnische, in dem sich die Dunkelheit zu verdichten schien, während gleichzeitig die Umrisse der Holzkiste mit fast unheimlicher Klarheit sichtbar blieben. Nur eine Armlänge trennte Blanca von dem Geheimnis, das Guadalupe hier begraben hatte.

»Also?«, fragte Emilio leise. »Willst du?«

Ich will es verstehen, flüsterte Magdas Stimme tief in Blancas Erinnerung. *Ich möchte es begreifen können.*

Sie schob den Schlüssel in ihre Hosentasche zurück, beugte sich vor und streckte die Arme aus, spürte die Rauheit des Metallrahmens, als sie ihn streifte. Ihre Hände griffen in schattige Kühle.

Die Oberfläche der Holzkiste fühlte sich erstaunlich glatt an. Blanca fand Halt, zog und verlor fast das Gleichgewicht, als zu ihrer Überraschung nur die obere Hälfte der Kiste nachgab und nach vorne rutschte. Tatsächlich waren es zwei Kisten, die übereinander in der Grabnische standen, und zumindest die obere, an der Blanca gerade zog, erwies sich als unerwartet schwer. Nur mühsam schaffte Blanca es, sie Stück für Stück nach vorne zu ziehen, auf den Boden der Nische gleiten zu lassen, von dort aus weiterzuzerren und die Kiste schließlich aus der Öffnung im Metallrahmen zu heben. Emilio griff zu, um ihr auf dem letzten Stück zu helfen und die Kiste behutsam auf dem Steinboden abzustellen.

Staub und Spinnweben lagen als graue Schicht auf dem Deckel, aber als Blanca mit der Hand darüberfuhr, kam wieder die glatte Holzoberfläche zum Vorschein. Die hölzerne Kiste war ein Stück größer als ein gewöhnlicher Schuhkarton.

Ohne ein Wort griff Emilio in die Grabnische, um auch die zweite Kiste ins Freie zu bringen. An seiner Anspannung und seinen fest zusammengepressten Lippen sah Blanca deutlich, dass diese mindestens so schwer sein musste wie die erste.

Sie schlang die Arme um ihren Oberkörper, als endlich beide Holzkisten vor ihnen auf dem Boden standen. Zwillinge, beide gleich groß. Helles Holz, und an der Vorderseite war jeweils ein Schloss angebracht. »Der Schlüssel«, bemerkte Emilio halblaut und stützte sich mit den Händen auf dem Boden ab.

Blanca biss sich auf die Unterlippe. Natürlich, der Schlüssel. Sie zog ihn hervor, betrachtete erst ihn und dann die Schlösser der beiden Kisten. Guadalupe hatte hier etwas bestattet, etwas, das ihr viel bedeutet haben musste. Andernfalls hätte sie es nicht im Zeichen des Mahagonibaums getan, der doch für Hoffnung und Leben stand.

Vorsichtig schob Blanca den Schlüssel in das Schloss der ersten Kiste, befürchtete Widerstand und spürte stattdessen ein sachtes Einrasten. Sie sah zu Emilio, doch sein Blick war fest auf ihre Hände und das Schloss gerichtet, erwartungsvoll, konzentriert. Mit einem Mal hatte Blanca den Wunsch, ihm zu sagen, wie froh sie darüber war, dass er hier war und sie in diesem Augenblick unterstützte.

Aber sie brauchte all ihren Mut, um den Schlüssel im Kistenschloss zu drehen.

Es klickte leise, dann sprang es auf.

Blanca spürte die Abendfrische der Luft, die Härte und Kühle unter ihren Knien. Sie sah die Rostspur auf ihren Armen, eine mahnende Erinnerung an ihren Griff in die Grabnische. Blätter rauschten in der Dämmerung, und neben ihr atmete Emilio.

Doch nichts von alledem war so präsent wie das Gefühl der Holzkante an ihren Fingerkuppen, als Blanca nach dem Deckel griff. Wie das leise Ächzen, mit dem er sich öffnen ließ.

Ein schlichtes wollenes Tuch quoll Blanca entgegen. Raue Fasern, etwas klamm. Sie schlug es behutsam zurück.

Eine flache Platte aus rötlichem, glattem Holz schimmerte unter der Wolle hervor. Angelaufene Messingbeschläge. In der Mitte die dunkle Linse eines Objektivs, die sie anblickte wie ein geöffnetes Auge, trüb von dem langen Schlaf.

Blanca wagte kaum zu atmen. Sie streckte die Hände aus, streichelte hölzernen Rahmen und Metall, ertastete sprödes Leder, gefaltet wie eine Ziehharmonika.

Vielleicht habe ich all diese Versprechen unter den Fingerkuppen gespürt, als ich an jenem fernen Tag in Santa Catalina zum ersten Mal über das sorgsam polierte Holz der Studienkamera gestrichen habe.

Unendlich vorsichtig hob Blanca das Fundstück aus seinem Versteck. Ihre Finger ertasteten weitere Objekte unter dem Tuch – vielleicht weitere Linsen, Lichtmesser, die Schiene zum Verschieben des Laufbodens, das würde Blanca sich alles später in Ruhe ansehen. Aber in diesem Moment zählte nur dieses kleine Gehäuse aus Leder, Holz und Messing, das sie in den Armen hielt. Die Stegemann, die treue Kamera, die Guadalupes und Max' Geschichte vom ersten Augenblick an begleitet hatte.

Emilio schwieg. Wieder einmal hatte sie das Gefühl, dass er ihr Zeit gab, dass er sich in die Rolle des stummen Beobachters zurückzog. Sie war ihm dankbar dafür. Dunkelheit war über La Apacheta gekommen, aber das musste nichts heißen; die Dämmerung in Arequipa war kurz, die Nacht legte sich im Handumdrehen über die Stadt, seit dem letzten Sonnenstrahl konnte nicht allzu viel Zeit vergangen sein.

»Ihre Kamera«, flüsterte Blanca in Emilios Richtung. Vorsichtig bettete sie die Stegemann zurück in die Kiste und breitete das Tuch wieder darüber, bevor sie sich dem zweiten Behältnis zuwandte.

Emilio sagte noch immer nichts, doch sie spürte seine Aufmerksamkeit. Wenn die Kisten einander so ähnlich sahen, standen die Chancen gut, dass der Schlüssel mit dem Mahagonibaum auch zur zweiten passen würde. Blanca hoffte es. Auch das zweite Schloss sprang beinahe mühelos auf. Ebenso vorsichtig wie bei der anderen Kiste hob Blanca den Deckel. Es überraschte sie kaum, dass ihre Hände auch hier als erstes grobe Wolle ertasteten, dass auch dieses Geheimnis mit äußerster Sorgfalt eingepackt war. Blanca zögerte kurz, bevor sie das Tuch zur Seite schlug. Sie blickte auf einen vergilbten Briefumschlag und noch auf etwas anderes.

Emilio rückte näher an sie heran, und das war gut. Er tat nichts, er legte ihr keine Hand auf die Schulter, er drückte nicht ihren Arm. Er war einfach nur da und blickte mit ihr gemeinsam auf die Sammlung der Glasplattennegative, die kalt und dunkel in der zweiten Holzkiste schlummerten. Verborgen und vergessen seit beinahe sechzig Jahren. Beerdigt von einer Frau, die das Leben genauso liebte wie die Fotografie.

Blanca holte Luft, suchte nach Worten, und jetzt endlich, noch immer schweigend, griff Emilio nach ihrer Hand und drückte sanft ihre Finger.

Guadalupes letzter Brief

Arequipa, 11. Mai 1949

Max, Liebster. Magda, mein Herz.

Die Farben dürften nicht mehr in der Welt sein. Sie hätten verblassen müssen. Die Kontraste ersterben. Die Schärfe verschwimmen.

Nichts dürfte mehr sein.

Und doch sitze ich hier, die ganze Stadt strahlt und leuchtet wie eh und je. Das Nebelgrau ist nur in meiner Seele. Ich sitze schweigend, in mir ist nichts mehr, nicht Worte noch Tränen. Vielleicht, das sag ich mir in Momenten, in denen es besser geht, vielleicht scheint die Sonne, weil Ihr dort oben seid.

Ich weiß nicht, wohin mit mir, mit meiner Zeit, meinem Leben. Es fühlt sich so falsch an.

Ich hab es von Tacho erfahren. Er trug Schatten im Blick, als er es mir sagte. Seine Hände auf meinen Schultern: Guadalupe, meine Liebe, bitte setz Dich. Es gibt Neuigkeiten.

Steinhart das Polster unter mir. Das Ticken der Pendeluhr plötzlich schmerzhaft laut.

Ein Bombenangriff, hat Tacho gesagt. Einer der letzten, der späten, als der Frieden schon fast greifbar war. Aber die Menschen haben das nicht gewusst. Ihr habt es niemals erfahren.

Er hat mir die Zeitungsberichte gezeigt, die Anzeige: Eure Namen im schwarzen Rahmen.

Ich stelle mir vor, dass es nachts geschehen ist. Dass alles voll tanzender Schatten war, das Heulen der Sirenen, der Gestank der Angst, aber ich stelle mir vor, dass Ihr beisammen wart. Seid Ihr im Keller gewesen? Wenn ich die Augen schließe, bin ich bei Euch. Magda, Du hast so kalte Hände. Ich höre das Flüstern, wahrscheinlich Gebete. Ich höre Dich, Max, ich schmecke die Hoffnung in Deinen Worten. Wenn Du bei Magda gewesen bist, wenn Ihr einander hattet. Ihr wart nicht allein. Das muss ich mir sagen.

Wie fühlt es sich an, wenn eine Bombe fällt? Wenn das Mauerwerk vibriert, wenn es dröhnt, wenn alles birst und bricht? Wie muss es sein, Schutt und Splitter zu atmen? In was für Schreien ist die Welt um Euch versunken? Oder war da Stille? Ist der Tod im Schlaf zu Euch gekommen? Habt Ihr geglaubt, es sei nichts als ein dunkler Traum?

Ich werde es niemals wissen. Ich weiß nicht, ob ich es wissen will. Aber die Fragen brennen hinter meiner Stirn. Als Constanza starb, trug Arequipa Trauer. Aber Ihr, Ihr habt mir kein Zeichen geschickt. Keinen Vogel im Morgengrauen, keinen Rauchkringel über dem Misti. Vielleicht, dass ich es übersehen habe? All das Schweigen der letzten Jahre. Wenn Stille ein Echo hat, dann spüre ich es dumpf in meiner Seele.

Ich war nicht bei Euch. Ich war zu weit fort.

Auf bald, hab ich gesagt. Ihr würdet kommen. Nie hab ich gezweifelt.

Ich darf auch jetzt nicht zweifeln. Muss hoffen, glauben, Gewissheit finden, dass wir uns anderswo wiedersehen. Dass Ihr auf mich wartet, dort in der Ewigkeit, dass jeder Sonnenstrahl ein Gruß von Euch ist.

Ich hatte zu träumen begonnen, was wäre, wenn wir gemeinsam nach Osten reisen, ins Meer aus Grün, wo die Wolken an den Andenhängen schlummern. Wo die Mahagonibäume warten, Hoffnung, Licht und Leben. Max, wir wollten doch reisen.

Die Stegemann blickt mich an mit ihrer großen Linse. Immerzu. Sie kann noch Bilder machen, sie hat es all die Zeit ohne Euch getan, ich fühle mich verraten.

Werden wohl noch Bilder an meinem Ärmel zupfen? Werden die Schatten ihren Reigen tanzen, das Licht seine Muster malen und zu mir sprechen: »Halt uns fest?«

Ich weiß es nicht. Ich will nie wieder fotografieren.

12. Kapitel

Das Papier war bleich wie ein Leichentuch, das Kuvert nur lose verschlossen. Blanca hatte den Brief vorgelesen, war durch Guadalupes Worte gewandert.

Emilio saß auf ihrem Schreibtischstuhl, Arme und Kinn auf die Rückenlehne gestützt, aber Blanca blickte kein einziges Mal zu ihm hinüber, während sie las. Als sie den Brief sinken ließ, hatte sie beinahe vergessen, dass Emilio da war und zugelassen hatte, dass sie das Geheimnis der Grabnische mit ihm teilte. Er sagte nichts, obwohl sie seinen Blick auf sich spürte. Das Schweigen im Zimmer lastete wie Blei auf Blanca. Guadalupes geschwungene Handschrift flackerte vor ihren Augen, verschwamm, verblasste, gewann wieder neu an Stärke.

Das also war die Antwort. Zumindest war es ein Teil davon. Die Erklärung, warum Guadalupe niemals einen Brief gesandt hatte, warum sie nicht einfach zurückgekehrt war, um nach ihren Lieben zu suchen.

Doch wie bisher jede Antwort warf auch diese wieder neue Fragen auf. Blanca biss sich auf die Lippen und hob den Kopf.

Emilio sah ihr geradewegs ins Gesicht. »Es tut mir leid.«

»Sie waren doch gar nicht tot.« Die Worte kratzten über ihren Gaumen.

»Nein.« Emilio lächelte nicht, obwohl es ihr in diesem Moment so gutgetan hätte. »Aber Guadalupe … Sie muss sehr gelitten haben. Und das tut mir leid.«

Blanca nickte. Vorsichtig strich sie über das Briefpapier, hörte es unter ihrer Berührung knistern und wünschte, es hätte einen Weg gegeben, ihrer Urgroßmutter die Wahrheit zu sagen.

»Trotzdem. Es ergibt keinen Sinn.« Blanca musste sich mehrmals räuspern, bis das Kratzen in ihrer Kehle verschwand. »Sie hat ihnen nicht mehr geschrieben, aber Max hat doch Briefe geschickt. Der Krieg war vorbei, die können doch nicht alle verloren gegangen sein.«

Nun lächelte Emilio doch und richtete sich auf dem Stuhl auf. »Du hörst wohl nie auf, Fragen zu stellen.«

»Nicht, solange die wichtigen noch offen sind.«

»Das werden sie immer sein, Blanca.«

Sie dachte an bunt bemalte Matrjoschkas. Fragen und Antworten, die sich bis zur Unendlichkeit ineinander verbargen. Langsam faltete sie den Brief zusammen, schob ihn zurück in den Umschlag, in dem er so lange Jahre geschlafen hatte, und legte dann die Hand auf den Deckel der zweiten Kiste, die neben ihr auf dem Bett stand. Guadalupes Glasplatten. Vorhin auf La Apacheta hatten sie nur einen flüchtigen Blick darauf geworfen. Die Platten maßen schätzungsweise neun mal zwölf Zentimeter, ein gängiges Format aus der damaligen Zeit. Sie ahnte, dass es nicht alle Aufnahmen sein konnten, die Guadalupe seit ihrer Rückkehr nach Peru gemacht hatte. Viel wahrscheinlicher handelte es sich um eine Auswahl der Negative, die ihr am kostbarsten gewesen waren.

Mit einem leichten Nicken bedeutete Blanca Emilio, zu ihr zu kommen, aber es bedurfte einer zweiten, energischeren Handbewegung, bis er sich endlich vom Stuhl erhob und unschlüssig zum Bett kam. Er schien sich überhaupt unbehaglich zu fühlen. Nur seine offensichtliche Überzeugung, dass er es Blanca nicht zumuten konnte, beide Holzkisten allein in ihr Zimmer zu schleppen, hatte ihn augenscheinlich bewegen können, das Gästehaus überhaupt zu betreten. Und trotz seiner stummen Geduld und Aufmerksamkeit machte alles an Emilios Körperhaltung deutlich, dass er sich hier fehl am Platz vorkam.

»Ich sollte nicht hier sein«, sagte er jetzt leise. »Ich glaube nicht, dass ich dir helfen kann.«

Blanca presste für einen Moment die Lippen aufeinander. Auf dem Friedhof hatte sie geglaubt, Emilio habe seine Zurückhaltung endgültig überwunden, aber das Gefühl von Vertrautheit hatte sich auf der Schwelle zum Gästehaus verflüchtigt. »Bitte, Emilio. Ich will das nicht alleine angucken.«

Er schob die Hände in die Hosentaschen. »Das ist kein Ort für mich.«

»Ich glaube kaum, dass Francisco gleich mit einem Maschinengewehr in der Tür stehen wird.«

Sein verletzter Blick sagte ihr deutlich, dass Emilio diese Bemerkung nicht lustig fand. Aber darauf konnte sie jetzt keine Rücksicht neben. Sie öffnete den Deckel der kleinen Truhe, zog das Wolltuch beiseite und atmete tief durch, bevor sie sorgsam die erste Glasplatte hervorzog und in die Höhe hielt, um im Gegenlicht das Motiv darauf erkennen zu können.

Sie erkannte die Umrisse eines Kopfes, Augen, die zur Aufnahme direkt in die Kamera geblickt haben mussten. Bei näherem Hinsehen offenbarten sich weitere Details: ein straff geflochtener Zopf, eine geballte Faust … Das Gefühl unbestimmter Erinnerung verirrte sich einen Moment lang in Blancas Bewusstsein, bevor sie zu der schockierenden Gewissheit gelangte, dass sie dieses Bild schon einmal gesehen hatte. Nicht auf einer Glasplatte, sondern entwickelt und vergrößert. Unwillkürlich hielt sie den Atem an und spürte, wie Emilio neben ihr erstarrte.

»Das hängt in der Akademie«, murmelte sie, ohne den Blick von der Glasplatte zu nehmen. Ihr Herzschlag setzte mit schmerzhafter Kraft wieder ein.

Emilio nickte ganz langsam. »Anastasio Quiroz«, sagte er, die Stimme ebenfalls zu einem Flüstern gesenkt.

Vorsichtig legte Blanca die Glasplatte zurück und holte die nächste hervor. Wieder hatten die Silhouetten auf der dunklen Oberfläche im ersten Moment etwas Geisterhaftes, doch Blanca hatte ihren Blick im Laufe ihres Studiums geschult, erfasste Umrisslinien und Details und bekam kaum noch Luft. Auch dieses Bild kannte sie: Zwei Bauern mit breitkrempigen Hüten, ein schiefes Lächeln auf den Gesichtern, einer von ihnen ein beladenes Maultier führend, während sich im Hintergrund die ausladende Fassade einer Kirche abzeichnete. Ein Foto, das ebenfalls im Innenhof der Akademie hing. *Mosaike einer Schattenwelt.* Die Bilderreihe, die Franciscos Großvater berühmt gemacht hatte.

»Das kann nicht sein«, brachte Blanca hervor, presste die Finger sekundenlang fest auf die scharfen Glaskanten, bevor sie die Platte auf der Bettdecke ablegte und zum Laptop hinüberhastete. Es dauerte, bis er sich in das wankelmütige Internet eingewählt hatte, und die Seite mit der Suchmaschine ruckelte, ehe sie endlich vollständig lud, was Blanca suchte: die Online-Galerie mit Anastasio Quiroz' bekanntesten Bildern. Es war eine Bestätigung, die Blanca eigentlich nicht wirklich brauchte, zu gut kannte sie die Bilder aus der Akademie.

Mit jeder Glasplatte, die sie aus der hölzernen Truhe hob und betrachtete, wuchs Blancas Fassungslosigkeit. Bis auf zwei oder drei Motive kannte sie alle Bilder, und der Vergleich mit den Fotos auf dem Laptop-Bildschirm zeigte deutlich, dass es sich nicht einfach nur um ähnliche Aufnahmen handelte. Nein. Was sie aus der Grabnische von La Apacheta geborgen hatten, waren Bilder von Anastasio Quiroz, und in dem Puzzle, das sich gerade erst unter Blancas Fingern zu einem Ganzen zu fügen begonnen hatte, ergab nun wieder rein gar nichts Sinn.

»Ich versteh's nicht.« Blanca warf einen hilfesuchenden Blick zu Emilio.

Er schwieg, saß stumm auf der Bettkante und betrachtete seine Hände. Auch er schien verwirrt. Sein Schweigen machte Blanca ungeduldig. »Was jetzt, Emilio? Was hat das zu bedeuten?«

Emilio hob den Kopf. »Ich weiß es nicht. Es sind Quiroz-Bilder.«

»Aber das ergibt keinen Sinn.«

Er hob müde die Schultern.

Blanca strich sich eine Haarsträhne aus der Stirn und

schluckte. Eine Verwechslung? Ein Missverständnis? »Wir sollten Francisco fragen.«

»Nein.«

Die Bestimmtheit in diesem einen Wort irritierte Blanca. »Warum nicht?«

»Er wird auch keine Antwort haben. Ich denke nicht, dass es gut ist, wenn er davon erfährt.«

»Aber es sind die Bilder seines Großvaters. Francisco hat ein Recht darauf, das zu wissen.«

Emilio spannte sich spürbar an und stand abrupt auf. »Du wirst tun, was du für richtig hältst.«

»Was soll das jetzt?«

»Du hast deine Entscheidung getroffen. Egal, was ich sage, du wirst mit Francisco reden. Dabei …« Er brach ab, ballte die Fäuste und blickte zur Seite.

Blanca stand jetzt auch auf und machte einen Schritt auf Emilio zu. Er hatte die Stimme nicht erhoben, aber die Worte heftig und bitter hervorgestoßen, und das Blitzen in seinen Augen zeigte, wie aufgebracht er war. »Dabei was?«

Emilio funkelte sie an. »Du hast ihn gehört. Du hast mir noch Vorhaltungen gemacht, ich dürfte mir das nicht gefallen lassen.«

Sie prallte zurück. In der Tat hatte sie die Episode in der Akademie beinahe schon wieder vergessen. Es war ein Nebenschauplatz, um den sie sich nicht kümmern konnte, solange die dringenden Fragen um Guadalupe im Raum standen. »Das ist doch etwas völlig anderes!«

»Natürlich.« Ein harter Zug erschien um Emilios Mund. »Es ist immer etwas anderes.«

»Ich verstehe dich nicht«, sagte sie leise.

Emilio warf einen langen Blick auf die geöffnete Holzkiste und die Glasplatten. »Ich denke einfach, es ist unsinnig, mich um Rat zu fragen, wenn du ohnehin schon weißt, was du tun wirst. Ich kenne meinen Platz, okay? Ich bin ein guter Fremdenführer, und ich kann schweres Zeug schleppen. Es ist fairer, wenn du es von vornherein dabei belässt. Und sei nicht empört, dass ich Franciscos Verhalten hinnehme, wenn du das selbst genauso tust.«

»Das hat doch hiermit gar nichts zu tun!« Blanca schnappte nach Luft. »Du warst doch derjenige, der über das Thema nicht reden wollte. Du hast doch klargestellt, dass du weiter schweigend katzbuckeln wirst, wenn Francisco dich beleidigt!«

Emilio schwieg für einen langen Moment, ohne sie aus den Augen zu lassen. »Weißt du, Blanca«, sagte er nach einer Weile, »ich habe es dir schon einmal gesagt: Du verstehst einfach gar nichts.«

Und damit ging er.

Einfach so.

Er stürmte nicht wutentbrannt aus dem Zimmer. Er schlug auch die Tür nicht hinter sich zu. Stattdessen schob er sie ganz behutsam hinter sich ins Schloss, und auch draußen im Treppenhaus wurden seine Schritte nicht schneller, sondern klangen gleichmäßig auf den Marmorstufen.

Blanca stand wie angewurzelt mitten im Zimmer und lauschte auf das Geräusch dieser Schritte, die sich so bedächtig entfernten, bis unten das Geräusch der schweren Haustür widerhallte. Erst jetzt wurde Blanca bewusst, wie langsam

Emilio das Zimmer verlassen hatte. Wie leicht es ihr hätte fallen müssen, ihm nachzulaufen und ihn aufzuhalten.

Stattdessen stand sie da, starrte auf die Zimmertür und schließlich, als sie ein bisschen den Kopf wandte, auf die leichte Mulde in der Bettdecke, die Emilios Körper als Abdruck hinterlassen hatte.

*

Die alte Frau blickte Blanca hinter dem gerahmten Glas hervor an, so eindrücklich, als könne sie Blancas Fragen und Verwirrung wahrnehmen über die Jahrzehnte hinweg, die sie trennten. Als hüte sie Antworten. Aber diese Antworten, das wusste Blanca, würde das Foto nicht preisgeben, solange sie es auch anstarren mochte.

Sie hörte, wie das Eingangstor zur Akademie geöffnet wurde, atmete tief durch und löste sich vom Anblick der Quiroz-Fotos. Die Holzkiste mit den Glasplatten hatte sie in einer karierten Markttasche in die Akademie geschleppt. Es erschien Blanca irgendwie am passendsten, sich mit Francisco hier zu treffen. Ihr war es unangenehm gewesen, ihren Lehrer am Samstag auf dem Handy anzurufen, aber sie konnte unmöglich bis Montag warten. Und trotz offenkundiger Verwirrung hatte Francisco sich mit ihren vagen Hinweisen begnügt, dass es etwas Wichtiges zu besprechen gab, und zugestimmt, in die Akademie zu kommen.

Jetzt klangen seine Schritte auf dem Steinboden, und mit einem Lächeln trat Francisco aus dem Torbogen ins Sonnenlicht. »Da bist du ja schon. Nun bin ich aber gespannt, mit welcher phänomenalen Nachricht du mein heiliges Wochenende unterbrichst.« Sein Augenzwinkern dabei machte deutlich, dass er diese Störung nicht sehr übelnahm – oder zumindest bereit war, sie nicht übelzunehmen, wenn sie begründet war.

Blanca zwang sich, das Lächeln zu erwidern. Der Francisco, der jetzt vor ihr stand, kam ihr wie ein völlig anderer Mensch vor als der, dessen harte Stimme sie im Gespräch mit Emilio belauscht hatte. Vielleicht gab es eine Erklärung für das, was an jenem Tag vorgefallen war. Blanca hoffte es so sehr. »Danke, dass du kommen konntest. Ich … ich habe etwas gefunden, das ich dir zeigen wollte.«

»Hoffentlich nicht hier draußen im Hof? Wir sollten es uns gemütlich machen.« Sein Blick wanderte zu der Markttasche und blieb an ihr hängen. Franciscos Augenbrauen wölbten sich leicht, aber er stellte keine Fragen. »Wollen wir uns in Anastasios Studio setzen?«

Blanca schluckte. Das historische Studio seines Großvaters hatte Francisco ihnen nur ein einziges Mal gezeigt. Es war ein Raum, in dem die Zeit stehen geblieben zu sein schien, und Blanca hatte sogar den Verdacht, dass Francisco extra Möbel und Accessoires aus den zwanziger Jahren besorgt hatte, um alles authentischer wirken zu lassen – und nostalgischer, als das tatsächliche Arbeitsumfeld Anastasio Quiroz' vielleicht gewesen sein mochte. Mit dem plüschigen Teppichboden und den Polstersesseln war es allerdings eindeutig der gemütlichste Raum in der Akademie.

Also nickte Blanca und wuchtete sich den Riemen der Markttasche über die Schulter. »Ja, gern.«

Francisco betrachtete sie prüfend, als wolle er dadurch erraten, was sich in der Tasche befand. Dann drehte er sich um, durchquerte den Hof und schloss die Tür auf, die zum Studio seines Großvaters führte.

Mittagslicht fiel durch die hohen Fenster, zeichnete helle Muster auf den Boden und brachte die floralen Motive auf der Tapete zum Leuchten. In einer Ecke standen einige sehr alte Kameras. Eine Voigtländer war dabei, wusste Blanca, aber keine Stegemann, und an der Stirnseite des Raums lehnten mehrere mit Ölfarben bemalte Leinwände, die idyllische Landschaften und griechische Säulen zeigten. Hintergründe, vor denen die Kunden in Quiroz' Fotostudio einst hatten posieren können, um die Illusion ganz besonderer Fotos zu erschaffen. Blanca wusste, dass solche Fotostudios gerade in den Goldenen Zwanzigern gang und gäbe gewesen waren. Umso mehr hatte der Eintritt in diesen Raum etwas von einem Besuch in der Vergangenheit.

Francisco geleitete sie zu einer Sitzgruppe von Polstersesseln, nahm selbst Platz und schlug die Beine übereinander. Blanca spürte seine Neugier, während sie die Tasche abstellte und sich ebenfalls setzte.

»Nun?«, fragte Francisco mit einem Lächeln. »Was schleppst du mit dir herum?«

Wortlos holte Blanca die hölzerne Kiste aus der Markttasche hervor, stellte sie auf ihrem Schoß ab und tastete nach dem Mahagonibaum-Schlüssel. Ihre Finger zitterten ein bisschen, als sie den Schlüssel ins Schloss schob und den Deckel öffnete. In Gedanken suchte sie nach den Worten, die sie sich zurechtgelegt hatte. »Ich habe weiter nach Spuren von Guadalupe gesucht. Und das hier gefunden.« Vorsichtig holte sie die erste Glasplatte heraus und hielt sie Francisco hin.

Er nahm sie stirnrunzelnd, aber behutsam entgegen, betrachtete sie, und seine Augen weiteten sich. Blässe überzog sein Gesicht, er schnappte nach Luft und sah auf. »Woher um alles in der Welt hast du das?«, stieß er hervor.

Blanca biss sich auf die Unterlippe, hielt die Holztruhe auf ihrem Schoß fest und berichtete in möglichst knappen Worten von dem Hinweis auf die Grabnische und ihrem Ausflug nach La Apacheta. Auch von Guadalupes Brief und ihrem darin festgehaltenen Entschluss, die Fotografie für immer zu Grabe zu tragen. Die Stegemann ließ Blanca für den Augenblick unerwähnt. Hier ging es um die Bilder, und um die Tatsache, dass sie entwickelt als Werke von Anastasio Quiroz in der Akademie hingen.

Francisco starrte Blanca an, als glaube er ihr kein Wort. »Und wie zur Hölle hast du diese Grabnische geöffnet?« Er fragte es leise, und doch war da ein Beiklang in seiner Stimme, der Blanca aufhorchen ließ und sie entfernt an den Tonfall erinnerte, den Francisco Emilio gegenüber angeschlagen hatte.

Sie starrte auf die restlichen Glasplatten. Eigentlich hatte sie nicht vorgehabt, Emilio in dieser Geschichte zu erwähnen, schließlich hatte er das selbst nicht gewollt …

»Lass mich raten«, sagte Francisco und beugte sich vor. »Emilio.«

Blanca zuckte zusammen. Dann zwang sie sich, ihrem Lehrer ins Gesicht zu blicken. »Ja, er hat mir geholfen.«

Sekundenlang war es, als sei Franciscos Mienenspiel ein Zeitraffer widersprüchlichster Emotionen – Verwirrung, Wut, Fassungslosigkeit –, bis Francisco sich mit einem schweren Seufzen zurücklehnte. Jetzt war er es, der auf seine Hände und die Glasplatte zwischen seinen Fingern starrte. »Ich hätte es wissen müssen.«

Blanca fühlte sich unbehaglich. »Was meinst du damit?«

Francisco hob den Kopf und wirkte mit einem Mal müde. Sein Lächeln besaß keine Strahlkraft mehr. »Ich glaube, ich hatte dir schon gesagt, dass es besser ist, wenn du dich von ihm fernhältst, nicht wahr?«

»Dafür gibt es keinen Grund.« Blanca verspürte den Impuls, die Holzkiste dichter an sich zu ziehen, sich an ihr festzuhalten und sie gleichzeitig vor etwas zu beschützen, das sie nicht benennen konnte. »Ich verstehe mich gut mit ihm. Und ohne ihn hätte ich das hier nicht gefunden.«

Francisco lächelte. Es sah nach Spott aus. »Was hat er getan? Die Grabnische aufgebrochen?«

Hitze stieg Blanca ins Gesicht, und sie musste zur Seite blicken, so ertappt fühlte sie sich. Vor ihrem inneren Auge erschienen wieder die geübten Bewegungen, mit denen Emilio das Gitter aus seiner Verankerung gelöst hatte, um die Nische zu öffnen.

»Nun?«, fragte Francisco.

»Da war ein Gitter, und er hat es geöffnet.«

»Und eine Kiste mit den Glasplattennegativen meines Großvaters hervorgeholt.«

»Francisco, ich kann mir nicht erklären, wie sie dorthin gekommen sind.« Blanca suchte seinen Blick. »Ist Anastasio meiner Urgroßmutter jemals begegnet? Weißt du darüber wirklich nichts?«

»Blanca, hör auf mit dem Unsinn.« Francisco legte die

Glasplatte mit äußerster Vorsicht auf einem niedrigen Tisch ab und wandte seine Aufmerksamkeit wieder ganz Blanca zu. »Ich habe es dir schon einmal gesagt: Du jagst einem Phantom hinterher. In was für einer Welt lebst du? In Grabnischen verborgene Schatzkisten? Das mag in Hollywoodfilmen passieren. Aber in unserer Wirklichkeit gibt es für so etwas andere Erklärungen.« Er senkte die Stimme. »Ich hatte dich für vernünftiger gehalten. Nicht nur, was deinen Einsatz für den Wettbewerb betrifft; den du viel eher im Auge haben solltest, anstatt deine Zeit weiter mit einer Schnitzeljagd zu verschwenden, die so etwas wie das hier förmlich provoziert.«

»Was soll das heißen: so etwas wie das hier?«

»Er hat dir also nichts von seiner Vergangenheit erzählt.« Franciscos Mundwinkel kräuselten sich in bitterer Belustigung. »Auch das überrascht mich nicht.«

Blanca dachte an Pablos Worte während der Mittagspause in der Saftbar. Jahrhunderte schien das her zu sein, diese beiläufige Bemerkung. »Ich habe gehört, dass er aus dem zentralen Hochland kommt, und dass damals ... der Leuchtende Pfad ... der Terrorismus ...« Sie brach ab. Alle Worte erschienen ihr zu banal für das, was sie sagen wollte, und gleichzeitig zu pathetisch, um in einem sonnendurchfluteten Raum mit Blumentapeten und Teppichboden ausgesprochen zu werden.

»Das meine ich nicht.« Fast nachsichtig schüttelte Francisco den Kopf. »Es stimmt zwar, aber es ist natürlich keine Entschuldigung für alles.«

»Entschuldigung?«, fragte sie schwach.

Francisco rutschte auf seinem Sessel nach vorne und

streckte die Hand aus, so dass er sie auf Blancas Arm legen konnte. »Viele, die aus den Bergen hierher in die Stadt kommen, haben es nicht leicht. Wenn sie mit dem Grauen des Terrorismus aufgewachsen sind, macht es das natürlich nicht besser. Aber es kommen noch so viele andere Faktoren dazu. Eine gewisse Trägheit. Starrsinn. Langsames Denken. Diese Menschen kommen aus einer anderen Welt. Sie sind oft noch nicht bereit für die Modernität des städtischen Lebens.«

Verwirrt blinzelte Blanca und versuchte, einen Zusammenhang zwischen Franciscos Worten und der Frage nach den Glasplatten zu erkennen.

Francisco fuhr fort: »Emilio ist so jemand, Blanca. Er hatte es schwer, als er nach Arequipa kam, und ich habe ihn quasi von der Straße weggeholt. Und wenn ich das nicht getan hätte, wäre er vermutlich über kurz oder lang im Gefängnis gelandet.«

Blanca verspürte das dringende Bedürfnis, ihren Arm unter Franciscos Hand wegzuziehen, aber sie konnte sich nicht bewegen. »Was?«

»Wie ich sagte: Trägheit, Starrsinn, Langsamkeit. Das sind nicht die besten Voraussetzungen für anständige Arbeit, und entsprechend hoch ist die Kriminalitätsrate unter den Einwanderern aus dem Hochland. Und das ist kein rassistisches Vorurteil, meine Liebe. Es gibt Studien und Statistiken, die dir das glasklar bestätigen werden. Als ich Emilio aufgabelte, war er ein gewiefter kleiner Taschendieb und Trickbetrüger. So hielt er sich über Wasser. Viele meiner Bekannten haben mir geraten, ihn nicht zu mir zu nehmen. Sie sagten, er würde mir das Labor leerstehlen. Mich hintergehen und mein Vertrauen missbrauchen.« Mit einem Stoßseufzer lehnte sich Francisco wieder in seinem Sessel zurück. Seine Finger verschwanden von Blancas Arm, und sie atmete unmerklich auf. »Ich habe daran geglaubt, dass in ihm etwas steckt. Dass aus ihm etwas werden kann. Herrgott, ich habe es nicht immer leicht mit ihm, und er braucht eine strenge Hand. Doch bislang war ich überzeugt, dass ich recht behalten habe und er seine Vergangenheit für immer hinter sich gelassen hat.«

Die Kiste auf Blancas Schoß fühlte sich mit einem Mal an, als sei sie schwerer geworden.

»Vielleicht hätte ich euch warnen sollen. Aber das kam mir unfair vor, auch ihm gegenüber.« Francisco unterbrach sich und schüttelte den Kopf. »Hätte ich es nur getan. Dann wäre dir das hier erspart geblieben. Blanca, es tut mir aufrichtig leid.« Er wies auf die Holzkiste. »Diese Suche ist so wichtig für dich, und er hat das gemerkt und dich hinters Licht geführt.«

»Francisco, das ist Unsinn!«, protestierte Blanca, aber vor ihren Augen flimmerte es. Sie sah wieder Emilio, wie er das Gitter aus der Verankerung löste. Mühelos. Gekonnt. Als habe er das nicht zum ersten Mal getan.

»Sag nicht, dass diese Geschichte dir nicht komisch vorgekommen ist«, antwortete Francisco sanft. »Oder dass du dir eine andere Erklärung zusammengereimt hast, wie die Glasplatten meines Großvaters in eine Grabnische von La Apacheta gelangt sein sollen. Hat deine Urgroßmutter etwa irgendwo behauptet, mit Anastasio Quiroz bekannt gewesen zu sein?«

Blanca schloss die Augen. Durch staubiges Rot sah sie die

zierliche Handschrift Guadalupes. Erinnerungen voller Poesie und kraftvoller Bilder, aber so wenig Konkretes, so wenige Namen. »Nein«, flüsterte sie.

»Siehst du. Blanca, ich kann dir sagen, was passiert ist, und es wird dir nicht gefallen, das zu hören. Du musst mir bitte glauben, dass es mir in der Seele wehtut, aber wenn diese Geschichte solche Ausmaße annimmt, dann bleibt mir nur übrig, dir die Wahrheit zu sagen.« Er schwieg, und sie begriff, er wartete darauf, dass sie die Augen wieder öffnete.

Als sie ihn wieder anblickte, sprach Francisco weiter. Sein Tonfall war der eines Arztes, der den Angehörigen eines Patienten dessen Todesnachricht überbringt. »Emilio versteht wenig bis gar nichts von Fotografie, aber er weiß, was Sachen≈wert sind. Weißt du, wie er zu mir gekommen ist? Ich ertappte ihn nachts in meinem Labor. Er war dort eingebrochen.«

Blanca zuckte zusammen. Zu deutlich flackerte die Erinnerung an ihre eigene Begegnung mit Emilio bei diesen Worten auf.

»Natürlich habe ich die Polizei gerufen und Anzeige erstattet, aber letztlich, weißt du, hat mein Glaube an das Gute gesiegt. Ich beschloss, Emilio eine Chance zu geben, bevor er noch weiter vom rechten Weg abkommen würde. Entgegen aller Warnungen nahm ich ihn als Lehrjungen an. Gab ihm die Chance, sich ehrlich seinen Lebensunterhalt zu verdienen. Eine große Herausforderung für jemanden wie ihn, das muss man sagen. In seiner Anfangszeit schlich er mehrfach um die alten Kameras herum, und einmal habe ich ihn beobachtet, wie er sich eine historische Zeiss-Linse in die Hosentasche schob. Immerhin, er hat sie zurückgelegt, ich musste nicht eingreifen und war sehr erleichtert darüber. Aber die Versuchung ist offenbar immer da gewesen, und dieses Mal war sie vielleicht zu stark.« Wieder machte Francisco eine kurze Pause. »Die Negativsammlung meines Großvaters bewahre ich hier im Studio auf, gut verschlossen in einem Schrank. Wie auch immer Emilio da herangekommen ist … er muss sie aus der Akademie und auf den Friedhof geschmuggelt haben, um dir einen Schatz präsentieren zu können.«

»Aber das ergibt keinen Sinn!« Das entfuhr Blanca heftiger, als sie es beabsichtigt hatte.

Francisco schien zu überlegen, ob er wieder die Hand nach ihr ausstrecken sollte. »Weil es der Plan eines Hochlandjungen ist, der nicht zu den hellsten Köpfen gehört, meine Liebe. Er hat es sich vermutlich nicht besonders gut überlegt …«

»Nein.« Blanca schüttelte den Kopf und beugte sich vor. »Es ergibt keinen Sinn, weil er das doch gar nicht wissen konnte! Der Hinweis auf das Grab befand sich im Nachlass eines Freundes von Guadalupe, und der Mann, der ihn verwaltet, hatte ihn noch nie durchgesehen!«

»So.« Francisco hob die Augenbrauen. »Das ist es, was sie dir erzählt haben? Was ist das denn für ein Mann?«

Ein Freund von Emilio, flüsterte es in Blancas Innerem, aber die Worte hatten keine Kraft, um auch aus ihrem Mund zu kommen. Das Puzzle war nicht länger eines, dessen Teile nicht zusammenpassten – sie zerbröselten unter Blancas Fingern. Sie sah wieder Jerónimo und sein freundliches Lächeln vor sich. Aber war das denkbar, dass er mit Emilio gemeinsam gezielt beschlossen hatte, ihr Lügen aufzutischen?

»Aber die Papiere … Guadalupe hat diese Grabnische zu Lebzeiten gemietet. Oder erworben. 1949.«

»Und du glaubst ernsthaft, deine Urgroßmutter hätte dort Glasplatten meines Großvaters versteckt? Welchen Sinn ergibt das, Blanca? Hast du einmal ausgerechnet, wie lange das her ist? Liebes, wie du es drehst und wendest, es ergibt keinen Sinn. Ich verstehe, dass du die Wahrheit nicht hören magst. Und ich rechne es dir hoch an, dass du so verzweifelt an das Gute in Emilio zu glauben scheinst.« Francisco stand auf, machte einen Schritt auf sie zu, und ehe Blanca reagieren konnte, hob er die Holzkiste von ihrem Schoß. »Aber die Dinge liegen klar. Ich weiß nicht sicher, was Emilio mit diesem … Diebstahl beabsichtigt hat. Doch er ist eindeutig zu weit gegangen. Danke, dass du mir Bescheid gegeben hast, Blanca.«

Sie presste die Lippen fest zusammen, starrte auf ihren leeren Schoß und fand keine Worte.

Irgendwo am Rand ihres Bewusstseins nahm sie wahr, wie Francisco die Kiste auf dem Tisch abstellte, näher kam und wieder die Hand ausstreckte. Seine Finger drückten sacht Blancas Schulter. »Wie ich sagte, Liebes. Es tut mir leid, wirklich. Ich bin erschüttert, dass Emilio sich das angemaßt hat. Ich weiß nicht, ob ich ihn unter diesen Umständen in der Akademie behalten kann.«

»Aber«, murmelte Blanca hilflos – und dann wurde ihr bewusst, dass sie keine Ahnung hatte, was sie hätte sagen können. Sie wusste nur, dass die wenige Gewissheit, die sie zu haben geglaubt hatte, gerade abhandengekommen war.

*

Emilio spürte keine Wut, als er hinaus auf die Straße trat und die Tür ins Schloss fiel, mit Blanca und den bösen Worten auf der anderen Seite.

Er empfand nur Schmerz.

Beide Hände in den Hosentaschen vergraben setzte er sich in Bewegung, lief, ohne sich noch einmal zum Gästehaus umzudrehen. Er würde kein *combi* nehmen, nicht jetzt. Er musste laufen. Mit jedem Schritt ein bisschen vergessen.

Langsam fand er seinen Rhythmus, und sein Herzschlag beruhigte sich. Nur der Schmerz blieb. Es gab einen ähnlichen in seinen Erinnerungen, wusste Emilio und forschte danach, bis er ihn fand: sein erster Besuch in der Dunkelkammer.

Er war sich nie sicher, warum Papá es ihm gezeigt hatte.

Vielleicht hatte er in Emilios Augen die stummen Fragen gelesen. Vielleicht hatte Papá es auch getan, um zu beweisen, dass es keine Zauberei war, was mit den Bildern geschah; oder vielleicht eben doch, aber eine ganz besondere Art von Zauberei. Eine, die Dunkelheit, Sorgfalt und Geduld erforderte, besondere Tränke und Papier.

Papá log nicht, als er Emilio mitnahm in die Dunkelkammer, jenes eine Mal. Er erzählte keine Märchen. Er war kein Mann der großen Worte. Emilio begriff es später, als Papá für immer verstummt war.

Er trug die Handgriffe im Herzen seitdem. Manche Träume führten ihn zurück in die Dunkelkammer, wo der gemeinsame Blick auf die Schale mit dem Fixierbad sie enger verband, als es alle Worte der Welt vermocht hätten.

»Du machst es gut«, flüsterte Papá, als Emilio das fertige Bild behutsam aus der Flüssigkeit zog.

Emilio spürte das Lächeln in diesen Worten. Den Stolz. Es war ein glücklicher Moment, einer, den Emilio nicht vergaß. Bestimmt hatte es andere glückliche Tage mit Papá gegeben, Tage mit Lachen unter wolkenlosem Himmel, mit Sonnenschein und Atemlosigkeit vor Glück. Aber in der Erinnerung genügten Emilio die Augenblicke in der Dunkelkammer. Ein Flüstern, ein Lächeln, das sanfte Brennen an seinen nassen Fingern. Ein Foto, von dem er vergessen hatte, was es zeigte, weil das nicht wichtig war, solange Papá hinter ihm stand und ihm sagte, dass er es gut machte.

Das Foto – so viel wusste Emilio noch – rollte er zusammen, irgendwo fand er das rote Geschenkband, die Schleife saß gerade, als er sie festzog. Er überreichte es Mamá vor dem Abendessen.

Sie trocknete sich die Hände ab und strich sich eine Haarsträhne aus dem müden Gesicht, bevor sie Emilios Gabe entgegennahm. Er lächelte, es wärmte sein Gesicht. Mamá blieb ernst.

»Was ist das?«, fragte sie, während sie das Blatt auseinanderrollte. Sie runzelte die Stirn, schoss einen kurzen Blick zu Papá.

»Ich habe es entwickelt«, sagte Emilio. Er sagte es leise, suchte in ihrem Blick nach dem Stolz, den er in Papás Stimme gehört hatte.

Stattdessen die Sturmwolken auf Mamás Zügen.

Sie sah das Bild nicht weiter an. »Was hast du dir dabei gedacht?«, flüsterte sie, aber die Frage galt Papá. Emilio stand direkt vor ihr, doch er fühlte sich aus ihrer Welt verschwunden. Ausgeblichen. Falsch entwickelt.

»Er wollte es gern lernen«, erwiderte Papá, »und er hat Freude daran …«

»Hör auf damit.« Mamá legte das Bild auf den Tisch. Das Geschenkband lag auf dem Boden, Emilio starrte es an, traute sich nicht, es unter Mamás Fuß wegzuziehen.

»Aber Sarita«, sagte Papá.

Mamá schüttelte den Kopf. Sie schob Emilio zur Seite, am Fuß das Geschenkband, dann stand sie vor Papá und sah zu ihm auf. »Ich meine es ernst. Es ist genug, dass du diesen Wahnsinn tust. Ich flehe dich an: Halt die Kinder da raus.«

»Er fotografiert nicht, Sarita. Ich nehme ihn nicht mit. Aber das Entwickeln …«

»Nein.«

»Es macht mir Freude«, wisperte Emilio, den Blick noch immer auf das zertretene Rot unter Mamás Schuh geheftet. »Bitte, Mamá.«

Er hörte sie scharf einatmen. »Eines Tages wirst du mir dankbar sein, Emilio.«

Das Bild blieb auf dem Esstisch liegen. Das Geschenkband auf dem Fußboden.

Emilio dachte an das Band, die ganze Nacht. Er sah es klein und verloren, die Schleife nur gelockert, nicht aufgezogen. Erst in den Morgenstunden schlief er ein, und als er schließlich erwachte, war das Band nicht mehr da und das Foto auch nicht.

Das Bild sah er nicht wieder, aber als er an jenem Tag die Kartoffelschalen in den Mülleimer warf, blitzte das Rot zwischen den Küchenabfällen.

Papá nahm ihn nie mehr mit in die Dunkelkammer.

13. Kapitel

Blanca hatte keine Ahnung, wohin ihr Weg sie führte, nachdem sie förmlich aus der Akademie gestolpert war – ohne Markttasche, ohne Holzkiste. Franciscos verständnisvoller Blick, sein tröstender Händedruck, aber ganz besonders seine Worte klangen noch immer in Blanca nach. Und jedes dieser Echos steigerte ihre Verwirrung.

Emilio hatte nicht gewollt, dass sie Francisco ins Vertrauen zog. Das passte zu den Behauptungen ihres Lehrers. Ebenso wie Emilios angebliche Vergangenheit seine Bereitschaft erklärte, lautstarke Beschimpfungen durch Francisco hinzunehmen. Und es erklärte auch, warum Emilio seine nächtlichen Aktivitäten im Labor verheimlichen wollte.

Blancas Gedanken drehten sich weiter im Kreis. Hieß das aber, dass Emilio einfach kein Vertrauen in Francisco hatte? Oder hatte er wirklich etwas zu verbergen? Da sie ihn in der Dunkelkammer ertappt hatte, war Blanca überzeugt gewesen, dass er nachts in die Akademie kam, um Bilder zu entwickeln. Entsprach das aber vielleicht gar nicht der Wahrheit? Hatte er an jenem Abend etwas anderes vorgehabt?

Und abgesehen davon … Konnte Emilio die Glasplatten wirklich auf den Friedhof geschmuggelt haben? Was war dann mit der Stegemann, die nun wirklich eindeutig Guadalupe gehört hatte? Und den zwei identischen Holzkisten? Auf der anderen Seite – der Schlüssel zu diesen Kisten hatte sich in Eugenios Nachlass und damit in Jerónimos Besitz befunden. Damit war es doch möglich, dass Emilio die kleinen Truhen in der Grabnische schon einmal vorher geöffnet und den Inhalt ausgetauscht hatte. Doch wenn dem so war, was bezweckte er mit all dem?

Nichts ergab wirklich Sinn – weder die Möglichkeit, dass Francisco die Wahrheit sagte, noch die Option, dass er log. Für Letzteres hatte er auch überhaupt keinen Grund. Warum hätte er als renommierter Fotograf und Privatlehrer seinen Gehilfen einfach verleumden sollen? Nein, daran konnte Blanca nicht glauben.

Aber sie konnte auch sonst nichts glauben.

Mit einem Blinzeln blieb sie stehen, um sich zu orientieren. Sie war in eine der Altstadtstraßen eingebogen, die parallel zur Klostermauer von Santa Catalina verliefen, und marschierte in Richtung Plaza de Armas. Die üblichen Herrenhäuser aus Vulkangestein säumten die schmale Straße. Schwere Holztüren, wie jene der Akademie, standen offen und gaben den Blick in schattige Torbögen und sonnendurchflutete Innenhöfe frei.

Blanca sah sich unschlüssig um – und ihr Blick blieb an der feinpolierten Metalltafel hängen, die sich deutlich gegen die helle Fassade der Hauswand abhob: *Centro Artístico de Arequipa*. Neben der gravierten Schrift ein Logo, das eine stilisierte Malerpalette, eine Feder mit einem dicken Tintentropfen daran und ein Stück Rollfilm zeigte.

Blancas Herzschlag beschleunigte sich. Das Tor stand offen. Sie musste nur die Straße überqueren, um die Institution zu betreten, die nicht nur den Wettbewerb ausrichtete, sondern – wenn Emilio die Wahrheit gesagt hatte – Francisco auch Fördergelder für seinen Lehrjungen zukommen ließ. Und wenngleich es unwahrscheinlich erschien, dass sie an einem Samstag jemanden antreffen würde, der dort arbeitete – warum es nicht versuchen? Der Gedanke keimte in ihr auf und gewann mit jedem Atemzug an Dringlichkeit. Sie kannte Franciscos Worte und Emilios Meinung. Was ihr fehlte, war eine dritte Position, die die anderen bestätigte oder widerlegte und Blanca dabei half, die Wahrheit zu erkennen.

Blanca fuhr sich flüchtig durchs Haar, ging über die Straße und trat durch den Torbogen.

Der Innenhof war menschenleer. Gläserne Schaukästen an den Wänden gaben Auskunft über geplante Ausstellungen; Türen und Fenster ringsum waren verschlossen. Eine Steintreppe, die aussah, als habe der Zahn der Zeit sie krumm und schief gekaut, führte nach oben zu einer mit dunklem Holz eingerahmten Galerie.

Blanca zögerte. Aber irgendjemand musste hier wohl sein, wenn das Tor offenstand, und im schlimmsten Fall würde sie auf der Galerie mit einer übellaunigen Putzfrau zusammenstoßen, die sie wieder nach draußen scheuchte.

Langsam stieg Blanca über die ungleichmäßigen Stufen nach oben. Von der Galerie ging eine ganze Reihe Türen ab, einige davon mit kleinen Bronzeschildern versehen, auf denen Namen standen. Sämtliche Türen waren verschlossen. Ganz am Ende des sonnigen Ganges gähnte ihr eine dunkle Türöffnung entgegen. Zumindest ein Büro schien besetzt zu sein.

Blanca beschleunigte ihre Schritte, bis sie an der offenen Tür stand. Es war schwer, im Gegenlicht etwas vom Raum dahinter wahrzunehmen, und sie klopfte schüchtern gegen den Türrahmen, bevor ihre Augen sich an das Halbdunkel gewöhnt hatten. »Entschuldigung?«

Eine Gestalt schälte sich aus dem Schatten. Blanca erkannte getönte Brillengläser, kurze Haare und ein formelles Hemd, das zu unbequem für die Sonnenhitze Arequipas wirkte. »Hallo! Aber bitte, komm doch herein!«

Etwas zögerlich leistete Blanca der Aufforderung Folge. Sie betrat einen kleinen Büroraum, in dem raue Steinwände mit den warmen Tönen hölzerner Büromöbel kontrastierten. Der Mann hinter dem Schreibtisch mochte an die vierzig sein und lächelte ihr freundlich entgegen. »Wie kann ich dir helfen?«

»Gehören Sie zum *Centro Artístico*?«, fragte Blanca und kam sich gleich darauf überaus dämlich und unhöflich vor. »Ich meine … Verzeihung. Ich kam zufällig vorbei und sah, dass die Tür offen stand, aber ich hatte nicht erwartet, am Samstag wirklich jemanden anzutreffen …«

»Samstag ist der beste Tag, um den elenden Papierkram abzuarbeiten, der unter der Woche liegen bleibt.« Der Mann zwinkerte ihr zu und wies auf einen Besucherstuhl vor seinem Schreibtisch. »Außerdem kann man sich ab jetzt für unsere Workshops einschreiben. Setz dich doch. Armando Gómez, zu deinen Diensten.«

Seine antiquierte Höflichkeit hatte etwas Rührendes, das Blancas Nervosität beruhigte. Sie ließ sich dankbar auf den Stuhl sinken. »Blanca Freyenberg. Ich … ich bin Stipendiatin in der Akademie. Bei Francisco Quiroz.«

»Ah!« Ein breites Lächeln erschien auf Armandos Gesicht, und er schwang im Halbkreis auf seinem Drehstuhl herum. »Da kommst du also her. Das freut mich. Du fotografierst also? Ich hoffe, wir können mit deiner Beteiligung bei unserem Wettbewerb rechnen?«

»Ja, sicher. Aber deswegen bin ich nicht hier.«

Armando schob seinen Stuhl näher an die Tischkante heran, stützte die Arme auf und nickte Blanca aufmunternd zu. »Nun, heraus mit der Sprache. Ich freue mich, wenn ich dir helfen kann.«

Sie atmete tief durch. »Ich habe gehört, dass das *Centro Artístico* eine Art Förderprogramm unterhält und dass … dass zum Beispiel Franciscos Assistent auf dieser Basis angestellt ist.«

Das Lächeln verließ Armandos Gesicht keinen Wimpernschlag lang. »Ja, das ist richtig. Ich weiß das, weil ich die Formalitäten dazu selbst abgewickelt habe.«

»Ich würde mich gerne über die genauen Rahmenbedingungen dieses Programms informieren.« Blanca hoffte, dass sie möglichst ruhig klang.

Armando hob belustigt die Augenbrauen. »Möchtest du selbst einen Lehrjungen anstellen?«

»Nein. Natürlich nicht.« Sie hielt kurz inne. »Ich möchte einfach wissen, ob alle Bedingungen des Programms erfüllt werden.«

»Hast du mit Francisco darüber gesprochen?«

Blanca biss sich auf die Zungenspitze. »Noch nicht. Ich wollte erst Informationen einholen.«

»So, so.« Armando streckte sich und sah noch immer milde

amüsiert aus. »Die Bedingungen des Förderprogramms … Ich kann gleich nachsehen, wo wir sie zusammengefasst haben. Wie kommst du denn darauf, dass etwas nicht in Ordnung sein könnte?«

»Es sind nur Vermutungen.« Plötzlich war Blanca sich nicht mehr sicher, ob es eine gute Idee gewesen war, hierherzukommen, vor allem so hinter Franciscos Rücken. »Ich habe gehört, wie Francisco sehr … unfreundlich mit Emilio gesprochen hat. Aber ich würde auch einfach gern … allgemein wissen, was dieses Programm beinhaltet, weil ich … mir nicht wirklich viel darunter vorstellen kann.«

Armando nickte beiläufig, stand auf und strich mit dem Zeigefinger über die Rücken der schwarzen Stehordner, die aufgereiht in einem Regal standen. Sein Lächeln flammte mit neuer Leuchtkraft auf, als er einen davon schließlich hervorzog und auf seinen Schreibtisch legte. »Emilio, ja. Ich erinnere mich. Ein Migrantenjunge.« Mit hochkonzentriertem Gesichtsausdruck schlug er den Ordner auf und blätterte sich durch den Inhalt, wobei er immer wieder gedankenverloren seinen Zeigefinger mit der Lippenspitze befeuchtete. Schließlich hielt er inne, betrachtete die aufgeschlagene Seite und strahlte Blanca an. »Da haben wir es. Das *Centro Artístico* bietet ein innovatives Förderprogramm an, über das wir den Zugang junger Menschen zu künstlerischen Aktivitäten und die Integration von Zuwanderern in das moderne Stadtbild fördern wollen.« Er sprach mit einem gewissen Schwung und erinnerte Blanca gerade dadurch an einen Werbefilm. Fast konnte sie die poppige Hintergrundmusik hören. »Wir bekommen staatliche und private Zuschüsse, die wir unsererseits dazu verwenden, Institutionen zu unterstützen, die sich dafür entscheiden, einen Arbeits- oder Ausbildungsplatz zu schaffen. Francisco Quiroz ist in dieser Hinsicht ein Pionier. Er gehörte zu jenen, die das Programm ins Leben gerufen haben, und er ist auch einer der Ersten, die sich daran beteiligt haben. Nach meinem Wissensstand vorbildlich.« Armando machte eine kurze Pause und warf einen Blick auf den Stehordner, ehe er fortfuhr: »Mit diesem Förderprogramm stellen wir sicher, dass die jungen Menschen ein angemessenes monatliches Gehalt bekommen, von dem sie ihre Lebenskosten bestreiten können. Außerdem ermöglicht das Programm ein ausgewogenes Verhältnis von Arbeitsleistung und Ausbildung.« Er lächelte einen Moment lang, wie um die Wirkung seiner Worte zu unterstreichen, und nickte Blanca dann zu. »Beantwortet das deine Frage?«

»Ist das nicht noch genauer umrissen? Was bedeutet das mit dem ausgewogenen Verhältnis? Gibt es da keine detaillierten Ausführungen, wie die Ausbildung sichergestellt wird?«

»Da wir mit ganz unterschiedlichen Einrichtungen arbeiten, wäre das nicht zielführend. Es gibt also immer einen gewissen Ermessensspielraum des Arbeitgebers und Ausbilders. Ich denke, du hast Francisco als Lehrer kennengelernt. Ist irgendetwas mit seinem Unterricht nicht in Ordnung?«

»Aber es geht doch nicht um seinen Unterricht.« Blanca holte Luft. »Ich hatte mich gefragt, ob es nicht genau festgeschrieben ist, dass Emilio neben den täglichen Arbeiten auch … mehr lernt. An Seminaren teilnimmt und so.«

»Weißt du, da bin ich wohl nicht der richtige Ansprechpartner, denn das ist etwas, das Francisco und Emilio ganz gewiss direkt miteinander ausgemacht haben«, sagte Armando freundlich. »Dennoch, gestatte mir noch einmal die Frage: Wie kommst du zu der Annahme, etwas könnte nicht in Ordnung sein? Francisco ist ein äußerst engagiertes Mitglied im *Centro Artístico*, deswegen ist mir sehr daran gelegen, mögliche Missverständnisse auszuräumen.«

»Es ist nichts Konkretes. Wie gesagt, ich habe eine … Auseinandersetzung mitangehört. Francisco ist sehr laut geworden …«

»Es ehrt dich, dass du dir darum Gedanken machst. Ich bin sicher, mit dieser Aufmerksamkeit bist du auch eine ausgezeichnete Fotografin. Aber ich denke, dass du solche Dinge dennoch direkt mit Francisco klären solltest. In allen Arbeits- und Ausbildungsverhältnissen gibt es mitunter Spannungen, so dass es nicht ausbleibt, dass da einmal die Stimme etwas erhoben wird.«

Blanca versuchte, sich Franciscos genaue Worte ins Gedächtnis zu rufen, aber es gelang ihr nicht. Plötzlich war sie unsicher, ob ihre Erinnerung sie nicht trog, ob es wirklich so ungeheuerlich gewesen sein konnte, wie es ihr in dem Moment erschienen war. »Ich hatte den Eindruck«, sagte sie unsicher, »dass Emilio sehr mit alltäglichen Aufgaben eingebunden ist und kaum … fotografische Dinge im Labor erledigen kann, so dass das manchmal … nach der Arbeitszeit …« Sie brach ab, bevor ihr Gestammel noch zusammenhangsloser werden konnte. Emilios Worte kamen ihr wieder in den Sinn: *Du weißt gar nichts, Blanca.* Vielleicht hatte er recht. Zumindest fühlte sie sich gerade so.

»Nach der Arbeitszeit – was?«, fragte Armando freundlich.

»Nun ja, dass er manchmal nach der Arbeitszeit noch im Labor ist, um Dinge zu erledigen.« Sie sagte das so leise wie möglich und wusste bei jedem Wort, dass es falsch war, das auszusprechen. Schließlich hatte sie Emilio versprochen, es nicht zu verraten. Auch wenn das hier nicht Francisco war. Aber blieb ihr etwas anderes übrig? Sie wollte ihm schließlich helfen, wollte Armando davon überzeugen, dass Emilio in der Akademie nicht gut behandelt wurde. Und aufzuzeigen, dass er sogar spätabends noch im Labor stand, war das einzig Greifbare, was sie momentan anbieten konnte.

»Was meinst du denn mit *nach der Arbeitszeit*?«, hakte Armando nach. »Und woher weißt du das?«

Sie starrte auf die Armlehnen ihres Stuhls. Jetzt gab es kein Zurück mehr. »Ich darf ab und an abends im Labor arbeiten«, sagte sie unbestimmt, »und da habe ich auch Emilio schon einmal getroffen, und es kam mir komisch vor …«

Armandos Stoßseufzer unterbrach sie. »Hast du denn wenigstens das mit Francisco besprochen?«

»Noch nicht.« Blanca verspürte das dringende Bedürfnis, sich auf der Sitzfläche in Luft aufzulösen. »Ich … war auch nicht sicher, ob Emilio das will …«

Sie hörte Armando leise auflachen. »Das klingt nach Geheimnistuerei. Ich denke, es wäre deine Pflicht gewesen, Francisco umgehend zu informieren. Dieser Emilio ist kein unbeschriebenes Blatt. Er ist vorbestraft. Nur Francisco hat er es zu verdanken, dass er in das Programm aufgenommen wurde und eine Chance bekommen hat.«

Seine Worte trafen Blanca mit Wucht in die Magengrube. Sie konnte nichts sagen, nicht einmal den Blick heben.

»Ich finde es rührend und lobenswert, dass du dir Gedanken machst.« In Armandos Stimme schwang noch immer das freundliche Lächeln. »Bei uns ist es jedoch üblich, solche Dinge direkt zu klären. Darum möchte ich dir raten, so rasch wie möglich mit Francisco zu sprechen. Er ist ein fabelhafter Pädagoge, ein hervorragender Fotograf und ein sehr großzügiger Mensch. Wahrscheinlich wäre er sehr enttäuscht, dass du nicht genug Vertrauen hast, die Sachen direkt mit ihm zu besprechen.«

»Das wollte ich noch«, flüsterte sie. Aber sie konnte nicht anders, als sich selbst durch Armandos Augen zu betrachten. Eine dumme *gringa*, die keine Ahnung von anständigen Umgangsformen hatte. Scham brannte in Blancas Kehle.

»Das ist gut.« Sie war überzeugt, dass er noch immer lächelte. »Ich bin sicher, Francisco kann dir alles erklären. Einen Grund zur Beunruhigung gibt es bestimmt nicht.« Armando schob eine Handvoll schreiend bunter Prospekte über den Tisch. »Hier, aktuelle Informationsbroschüren zu unserer Arbeit. Wir haben eine Ausstellung mit Landschaftsbildern aus dem Colca-Tal, und nächste Woche gibt es ein Theaterstück und einen Aquarellworkshop. Vielleicht hast du ja Lust, vorbeizuschauen.« Wieder zwinkerte er ihr zu. »Natürlich auch gern mit deinen Freunden aus der Akademie. Oh, und hier ist natürlich auch meine Karte, falls du noch Fragen hast, zum Beispiel rund um den Wettbewerb. Ich stehe dir jederzeit gern zur Verfügung.«

»Danke.« Blanca sammelte die Broschüren auf und klammerte sich an dem glatten Hochglanzpapier fest. Francisco hatte ihr offensichtlich die Wahrheit über Emilio gesagt.

*

Der Tag fühlte sich an, als hinge sie in einem riesengroßen Kaugummi fest. Nichts ging wirklich voran. Alles erforderte zu viel Kraft.

Blanca wusste, sie hätte zumindest den Nachmittag nutzen sollen, um Motive zu suchen. Vielleicht hätte sie noch einmal nach La Apacheta fahren und das Sonnenlicht ausnutzen können. Aber sie konnte sich nicht aufraffen. Sie war sich nicht einmal sicher, ob sie der Wettbewerb in diesem Augenblick noch interessierte. Dazu belasteten sie Franciscos und auch Armandos Worte zu sehr. Also flüchtete sie aus der Mittagssonne in die angenehme Kühle der Saftbar, bestellte einen milden Saft aus Erdbeeren und Guaven und kramte ihr Notizbuch hervor, in der Hoffnung, ihre Gedanken auf dem Papier ordnen zu können. Doch als ihr Blick auf die verschlungenen Kringel fiel, die sie in der letzten Unterrichtsstunde gekritzelt hatte – ein Wald aus Tintenbäumchen –, wusste Blanca, dass jeder Versuch, Ordnung in die Wirrnis zu bringen, heute zum Scheitern verurteilt war. Sie steckte die Kladde wieder weg, faltete Papierschiffchen aus den Broschüren des *Centro Artístico* und trank ihren Saft in kleinen Schlucken.

Irgendwann waren Glas und Saftkrug leer, und da Blanca beim besten Willen keinen Hunger verspürte, fand sie keinen Vorwand, ihren Aufenthalt noch um ein Sandwich oder einen Salat zu verlängern. Sie bezahlte, ließ die bunte Miniaturflotte auf der Tischplatte zurück und machte sich auf den Rückweg ins Gästehaus. Vielleicht konnte sie ins Bett kriechen, den Rest des Tages verschlafen und morgen so tun, als habe es ihn niemals gegeben. Oder sie fand in irgendeiner staubigen Zimmerecke doch noch die Motivation, um sich mit der Kamera erneut nach draußen zu wagen. Viel schlimmer konnte der Tag auf alle Fälle nicht mehr werden.

Als sie sich dem Gästehaus näherte, saß Emilio dort auf den Stufen und blickte ihr entgegen, das Gesicht ausdruckslos.

Blanca wurde langsamer, blieb ein paar Schritte vor ihm stehen und wusste nicht recht, was sie sagen sollte.

Er sah zu ihr auf und schien zu warten. Vielleicht darauf, dass sie doch angemessene Worte fand. Vielleicht auch einfach nur auf ein *Hallo.* Aber bevor Blanca auch nur irgendetwas herausbringen konnte, straffte sich Emilio und fragte leise: »Warum hast du es ihm gesagt?«

Sie schluckte schwer. Auf einmal war es, als trüge sie die schwere Markttasche mit den Glasplatten wieder über der Schulter. »Was hab ich wem gesagt?« Es klang zu dünn, zu schuldbewusst, um irgendwie überzeugend zu sein.

Emilio ließ sie nicht aus den Augen. »Du weißt es. Wir hatten eine Abmachung. Du hast mich verraten.«

Das Sonnenlicht brannte noch immer gnadenlos auf Blancas Kopfhaut, und trotzdem war es zugleich, als gieße jemand Wasser aus einem glasklaren Andenbach auf sie herab. Blanca dachte an ihr Gespräch mit Francisco, ging Wort für Wort durch. »Das habe ich nicht getan!«

»Nein?« Emilio stand auf und klopfte sich die Hosenbeine ab, bevor er Blanca wieder ins Gesicht sah. »Francisco hat mich angerufen und in die Akademie bestellt. Ich musste meine Schlüssel abgeben.«

Blanca gab sich Mühe, seinem Blick standzuhalten. »Ich habe ihm nicht gesagt, dass ich dich abends im Labor gesehen habe.«

Es stimmte. Sie hatte es nur Armando erzählt. Und auch das doch nur in bester Absicht.

»Er sagte, es sei ihm zugetragen worden.« Emilios Stimme bebte vor unterdrückter Wut. In diesem Moment verstand sie. Armando. Er hatte genug Zeit gehabt, nach Blancas Besuch Francisco anzurufen und ihm Bescheid zu geben. Nur für den Fall, dass die sozial unfähige *gringa* es versäumte, das selbst zu tun. Im ersten Augenblick verspürte Blanca Wut auf Armando. Im nächsten begriff sie, dass sie diese Wut selbst verdient hatte.

»Emilio, es ist nicht so, wie du denkst. Ich war im *Centro Artístico*, und da ist es mir rausgerutscht, aber ich wusste nicht, dass der Typ dort Francisco davon erzählen würde.«

Emilio erstarrte. Nicht einfach im Gesicht, sondern am ganzen Körper. Sie konnte sehen, dass jeder Muskel sich anspannte. Seine Lippen pressten sich zu einem schmalen Strich zusammen. »Du warst wo?«

»Im *Centro Artístico.*« Blanca straffte sich. »Ich habe nach den Bedingungen in diesem Förderprogramm gefragt. Ich wollte wissen, ob Francisco wirklich ein Recht hat, so mit dir umzuspringen.«

»Davon hast du ihnen erzählt?« Emilio trat von der untersten Stufe, so dass ihn nur wenige Schritte von Blanca trennten. Die Hände in seinen Taschen waren jetzt zu Fäusten geballt. »Wie kommst du dazu?«

Sie reckte das Kinn. »Vielleicht wollte ich dir helfen?«

»Ich habe dich nicht um deine Hilfe gebeten.«

»Weil du ein Sturkopf bist.«

»Nein.« Emilio schüttelte langsam den Kopf. »Weil ich sie nicht brauche. Weil du mir nicht helfen kannst. Wer gibt dir das Recht, hinter meinem Rücken loszugehen? Wir hatten eine Abmachung. Ich dachte … ich dachte, du würdest dich daran halten.«

»Hast du dich denn daran gehalten?«, fragte sie leise, bevor sie genauer darüber nachdenken konnte.

Seine Augen verengten sich. »Das weißt du. Ich habe dir geholfen. Und als Dank habe ich jetzt riesigen Ärger mit Francisco.«

»Und, hast du vielleicht Glück, dass der Ärger nicht noch wesentlich größer ist?« Blanca holte Luft. »Warum durfte Francisco nicht erfahren, dass du abends im Labor bist?«

»Weil er es mir nie erlaubt hätte. Und weil er dann gewusst hätte, dass ich einen Schlüssel habe.«

Blanca riss die Augen auf. Sie war bis zu diesem Moment davon ausgegangen, dass Emilio als Franciscos Assistent natürlich einen eigenen Schlüssel zur Akademie besaß, dass es lediglich darum ging, wann er sie betrat und wann nicht. Wenn Francisco aber von diesem Schlüssel gar nichts gewusst hatte, dann musste Emilio sich heimlich eine Kopie angefertigt haben. Jerónimo, natürlich. Plötzlich sah sie auch den alten Schlosser in einem ganz neuen Licht. Vermutlich stimmte es dann auch, dass Emilio ganz zu Beginn in die Akademie eingebrochen und von Francisco überrascht worden war. »Dann hast du Francisco hintergangen. Bisschen billig, mir dann vorzuhalten, wenn du mit ihm Ärger bekommst, oder? Ich find's logisch, dass er wütend ist. Er hat dir vertraut!«

»Wenn er mir vertraut hätte«, sagte Emilio und verschränkte die Arme, »hätte ich schon längst einen eigenen Schlüssel gehabt.«

Blanca tastete nach den Schlüsseln in ihrer eigenen Hosentasche. Metall gewordenes Vertrauen, das Francisco ihr schon nach kürzester Zeit in die Hand gedrückt hatte. »Ich denke, wenn er dir hätte vertrauen können, dann hätte er es auch getan.«

Emilio starrte sie an. So viel Düsternis in diesem Blick, und seltsamerweise machte das Blanca wütend. Ja, vielleicht war es nicht klug gewesen, dass sie ins *Centro Artístico* gegangen war. Vielleicht hatte sie ihre Abmachung mit Emilio nicht eingehalten. Aber hatte er sich das nicht selbst zuzuschreiben mit seiner wortkargen, zurückhaltenden Art? Sogar eine Auster war mitteilsamer! Hätte er ihr nicht einfach die Wahrheit sagen können? Blanca war sich so sicher gewesen, dass er ihr endlich vertraute, dass zwischen ihnen mehr bestand als eine nüchterne Abmachung – und dass er es zu schätzen wissen würde, wenn sie sich für ihn einsetzte und ihm helfen wollte.

»Was meinst du damit?«, fragte Emilio schließlich rau.

»Weißt du das nicht? Ich habe es von Francisco und von dem Kerl im *Centro Artístico* gehört. Vielleicht sagst du es mir ja auch noch einmal. Was war mit dir, bevor du zu Francisco gekommen bist? Bist du wirklich in die Akademie eingebrochen? «

Emilio biss sich auf die Unterlippe. Es musste wehtun, Blanca zuckte unwillkürlich zusammen. »Was spielt es für eine Rolle?«

»Was es für eine Rolle spielt? Ich würde langsam gern wissen, wem ich was glauben kann! Wer mir Lügen erzählt und wer aufrichtig zu mir ist! Du hattest heimlich einen Schlüssel zur Akademie. Und dann tauchen die Bilder von Anastasio Quiroz in einer Grabnische auf, in der sie angeblich seit sechzig Jahren liegen.« Blanca musste Luft holen, so kraftvoll hatte sie Emilio die letzten Worte entgegengeschleudert. »Kannst du mir das vielleicht erklären? Aufrichtig erklären? Vielleicht mit dem Hinweis darauf, dass du schon mal wegen Diebstahls vorbestraft warst? Oder mit dem Geständnis, dass du in der Akademie etwas stehlen wolltest, vielleicht sogar, als ich dich überrascht habe?«

Er schwieg.

»Und?«, fragte Blanca hitzig. »Stimmt es denn?«

»Ist es wichtig?«

»Ob es stimmt?«

Er schüttelte den Kopf und ließ die Arme sinken. »Nein. Ob es wichtig ist, was ich sage. Du hast deine Meinung doch. Du weißt nicht, wem du glauben kannst? Aber du hast doch längst entschieden, wem du glaubst. Es ist egal, was ich dir erzähle. Du wirst nicht auf mich hören, und du wirst mir auch nicht glauben. Ich hab dir doch gesagt: Die Akademie, euer Wettbewerb – das ist alles für Leute wie euch. Nicht für

Leute wie mich. Vertrauen hat weiße Haut. Zumindest hier in Peru.«

Blanca fragte sich, wie so viel Zorn in so gelassene Worte passte. »Du lenkst ab!«

»Siehst du?«, antwortete Emilio einfach, und jetzt war es genug. Seine Ruhe machte sie wütend, und wenn Blanca noch einen Augenblick länger hier stehen blieb, würde sie ihm vielleicht ins Gesicht schlagen. Sie schluckte hinunter, was ihr als mögliche Antwort auf der Zunge lag, machte zwei große Schritte an ihm vorbei und flog dann förmlich die Treppen zur Eingangstür hinauf. Zweimal rutschte der Schlüssel ab, bevor sie ihn ins Schloss geschoben bekam, und die ganze Zeit spürte sie Emilios Blick bohrend und wach in ihrem Rücken, das Echo seiner Worte in ihren Ohren: *Siehst du?*

Sie schlug die Tür hinter sich zu, damit der Knall das Echo übertönte. Das Treppenhaus empfing sie mit tröstlicher Kühle, die sich angenehm auf Blancas glühende Wangen legte. Stille dröhnte in ihren Ohren, und dann, endlich, kamen die Tränen.

*

Emilio ging den ganzen Weg zu Fuß, bis nach Hause, und als er ankam, fühlte er sich verschwitzt und staubig.

Er streifte seine Sachen ab und warf sie achtlos zu Boden. Ohne den Blick zu heben, tappte er in die Dusche und drehte das Wasser auf. Es war kalt, seine Vermieterin hatte den Boiler noch immer nicht reparieren lassen, aber Emilio machte es nichts aus. Eisig prasselte das Wasser auf ihn nieder, betäubte den Schmerz. Es wusch die Gedanken an Blanca fort, auch wenn es andere mitbrachte: Gedanken an die Stadt, die er gerade durchquert hatte.

Arequipa war eine Insel aus Licht in einer Zeit der Finsternis gewesen. Zumindest behaupteten das seine Bewohner. Der Terror, sagten sie, habe seine Schattenfinger nicht nach den makellosen Fassaden ihrer Stadt ausgestreckt. Den Grund dafür fügten sie, wenn überhaupt, mit einem verlegenen, entschuldigenden Lächeln und deutlich gesenkter Stimme an, ein wenig, als erzählten sie einen schlechten Witz: Der Anführer des Leuchtenden Pfads war Arequipeño, aufgewachsen im Leuchten der Weißen Stadt.

Emilio fragte sich, wie Arequipa gewesen sein mochte, während über dem restlichen Land der Schleier aus Furcht und Blut lag. In Lima, das hatte er gehört, gab es die Stromausfälle, Machtbeweise, die die Menschen wie zitternde Kaninchen in ihre Wohnungen getrieben hatte. Es gab die Autobomben. Die nagende Ungewissheit, ob abends nach Hause kehrte, wer morgens zur Arbeit ging. Wie mochte es gewesen sein, fragte sich Emilio, wenn die Asphaltschluchten einer Stadt zur Falle wurden?

Er kannte nur die andere Seite. Die Bedrohlichkeit der Berge, die sie einhüllte wie das giftige Licht vor einem aufziehenden Gewitter. Abgebrochene Sätze, erschrockene Blicke, wenn jemand etwas sagte, das nicht sein durfte. Bang klopfender Herzschlag in der eigenen Brust.

Einmal versammelten sich die Kinder im Dorf; sein bester Freund, dessen Namen Emilio vergessen hatte – er erinnerte sich nur noch an diese Lücke zwischen den Schneidezähnen, an diese wachen, pfiffigen Augen –, zupfte aufgeregt an seinem Ärmel. Ein Massengrab – gar nicht weit weg. Im Nachbardorf, das für seinen Wochenmarkt bekannt war und den Mann mit dem Fingerpuppentheater. Einige Kinder überlegten laut, loszuziehen und die Grube anzusehen.

Mamá zog ihn aus der Gruppe weg, bevor Emilio selbst etwas sagen konnte. Sie hatte die Finger so fest um Emilios Hand geschlossen, dass es schmerzte. Kalte Finger. Er sah zu ihr auf, während er neben ihr herstolperte. Er wollte ihr sagen, dass er nicht mitgegangen wäre. Dass er das Massengrab nicht sehen wollte. Dass er den Tod nicht für ein Abenteuer hielt. Aber Mamás Lippen waren ein schmaler Strich, so fest zusammengepresst, dass es für sie beide reichte.

Zu Hause weinte sie. Stumm, während sie Kartoffeln schälte. Lange Zeit konnte Emilio kein Salz schmecken, ohne an die Tränen seiner Mutter zu denken.

Abends, als Papá kam, waren die Tränenspuren getrocknet, aber noch immer deutlich. Emilio starrte auf seinen Teller, er biss auf eine Kartoffel und dachte an die kalten Körper da draußen in der Erde.

»Lass uns fortgehen«, flüsterte Mamá. Selbst ihre Heiserkeit schnitt messerscharf durch die Stille am Tisch und ließ Papá den Kopf heben.

Emilio saß, ohne zu kauen, betrachtete seine Eltern, wie sie einander in die Augen sahen und in ihren Blicken stumme Worte tauschten.

»Wohin?«, fragte Papá. Er griff über den Tisch, legte seine Hand auf Mamás. »Sie sind überall.«

Mamá neigte den Kopf. Sie starrte auf die Hand über ihren

Fingern. Nachdenklich, als wäre es ein Fremdkörper. »Lass uns fortgehen. Ich ertrage es nicht mehr.«

»Sarita.«

»Und du machst weiter! Immerzu! Warst du dort? Hast du … hast du wirklich …?«

Papá zog die Hand zurück. Mit einem Mal wirkte er klein und schuldbewusst, wie er dahockte, mit hängenden Schultern und gesenktem Blick.

»Es sind Tote«, sagte Mamá.

»Jemand«, antwortete er einfach, »muss es doch sehen.«

»Du bist ein Narr.« Sie stand auf, räumte hastig die Teller zusammen. Besteck schlug schmerzhaft laut auf den glasierten Ton. »Wer soll es denn sehen? Der Präsident? Das Militär? Die Reichen in Lima? Das kümmert doch keinen.«

»Wenn sie es sehen«, sagte Papá leise, »dann wird es sie kümmern.«

Emilio konnte nicht länger. Er schob seinen Stuhl zurück, stand auf, eilte auf den Hof, wo ein Müllkübel stand. Zermahlene Knochen, verwesendes Fleisch, Emilio spuckte alles aus, was seine Mundhöhle füllte. Das Würgen in der Kehle unterdrückte er tapfer, wischte sich mit den Ärmelspitzen über die Augen. Er atmete klare Abendluft.

Drinnen sprachen seine Eltern weiter. Ihre Stimmen verschwammen wie Tuschewolken im Wasserglas.

Nur eines erreichte Emilio draußen im Hof: Mamás Stimme, bestimmt und rau, mit der Härte einer geschliffenen Steinkante. »Uns glaubt niemand.«

Worte, die in Emilios Seele nisteten, jahrelang. Er konnte ihnen nicht entkommen.

Emilio drehte den Hahn zu, griff nach dem rauen Handtuch und lehnte die Stirn an die Wand. Die Bilder prasselten weiter auf ihn ein.

»Nein«, flüsterte er, »niemand.«

14. Kapitel

Tot und langweilig.

Es gab keine anderen Worte, um die Bilder zu beschreiben, die sich ihr heute in La Apacheta geboten hatten. War der Friedhof bei Blancas erstem Besuch ein besonderer, seltsam lebendiger Ort mit ganz eigener Stimmung gewesen, hatte sie heute dort nichts als eine Wüste lebloser Steine gesehen. Selbst die Blumen waren ihr fahl und blass erschienen. Egal, wo Blanca ihr Stativ positioniert hatte, ob sie das gute Teleobjektiv oder eines der gewöhnlichen benutzt hatte – zu keinem Zeitpunkt hatte sich das vertraute Kribbeln in ihrem Nacken eingestellt, das vom Zauber des richtigen Moments sprach.

Vielleicht lag es auch an dem dumpfen Kopfschmerz, mit dem Blanca bereits im Morgengrauen aufgewacht war. Als seien während der unruhigen Nacht sämtliche *combis* und Taxis Arequipas mitten durch ihr Bett und über sie hinweggefahren. Sie hatte sich den ganzen Tag ausgelaugt und elend gefühlt – genau wie am Tag zuvor. Ein müder Körper war Gift für ihre Kreativität und hatte dafür gesorgt, dass sie den kostbaren freien Sonntag und den heutigen Montag mehr oder weniger verschenkt hatte, unfähig, durch den Sucher ihrer Kamera irgendetwas zu erkennen, was ein gutes Foto ausgemacht hätte. Was sie heute und am Vortag gemacht hatte, war seelenloses Knipsen. Da schüttelte jeder Schnappschuss-Tourist bessere Bilder aus dem Ärmel.

Missmutig stellte Blanca die Kameratasche auf dem Fußboden ab und ließ sich rücklings auf ihr Bett fallen. Die Matratzenfedern quietschten protestierend, als sie sich ausstreckte, das Kissen unter ihren Kopf schob und an die Zimmerdecke starrte. Blanca fühlte sich, als sei sie in einer unzerstörbaren Blase aus Lustlosigkeit gefangen, die ihr den Blick auf das wahre Leuchten der Farben versperrte und stattdessen alles ringsum zu einer eintönigen Masse verzerrte. Egal, wie sehr Blanca versuchte, zur Normalität zurückzukehren und einfach zu fotografieren: Es gelang nicht. Vielleicht war es ein Fehler gewesen, sich überhaupt um das Stipendium zu bewerben und nach Peru zu kommen. Alles, was sie bislang geschafft hatte, war, es sich mit den Leuten zu verscherzen, die es irgendwie gut mit ihr gemeint hatten: Claire, Francisco, Emilio. Und was sie daheim Oma Magda präsentieren konnte, würden nach der anfänglichen Euphorie nur widersprüchliche Fragmente sein, die mehr neue Fragen aufwarfen, als sie beantworteten. Unzufrieden boxte Blanca in das Kissen und überlegte, ob sie nach ihrem Taschenkalender suchen und die Tage zählen sollte, die bis zum Abflug blieben. Oder direkt im Internet suchen, wie viel wohl ein Umbuchen des Tickets kostete …

Es klopfte an der Tür, laut und vernehmlich.

Blanca fuhr hoch. Ihr Herz hämmerte wie ein Echo dieses Klopfens. Für einen Moment war sie überzeugt, dass Emilio vor der Tür stand. Diesen Gedanken schob sie energisch beiseite, während sie sich aufrappelte. Er hatte keinen Grund, noch einmal hier aufzutauchen. Möglicherweise war es Francisco, der sie noch einmal zur Rede stellen wollte.

Sie zögerte, als sie die Tür erreicht hatte. Aufmachen? Oder sich wieder im Bett zusammenrollen und so tun, als sei sie gar nicht da?

Wieder klopfte es, so energisch, dass Blanca sich jämmerlich ertappt fühlte. Sie gab sich einen Ruck und öffnete die Tür.

Draußen stand Claire. Sie trug ausnahmsweise kein Makeup und statt des üblichen schicken Outfits eine enganliegende Trainingsjacke, aber selbst die sah an ihr irgendwie modisch aus. Claire wirkte ein bisschen müde, aber auch zufrieden. Vor der Brust hielt sie einen zerknitterten gelben Umschlag von der Größe eines Zeichenblocks.

»Hey«, sagte Blanca und versuchte sich an einem Lächeln. »Ihr seid ja schon wieder da.«

Claire hob leicht die Augenbrauen, und Blanca wurde klar, dass sie gerade nicht eben begeistert geklungen hatte. »Ja. Sind vorhin angekommen.«

»Oh. Cool.«

Nach einem unbehaglichen Moment des Schweigens streckte Claire ihr den Umschlag entgegen. »Hier, für dich. Da war ein Typ, der dich gesucht und das abgegeben hat.«

»Ein Typ?« Unsicher streckte Blanca die Hände nach dem Umschlag aus. Er fühlte sich weich unter ihren Fingern an, ausgeleiert von zahllosen Benutzungen. In Gedanken überschlug sie, wer in Frage kam. Emilio konnte es nicht sein, denn den hätte Claire erkannt.

»So ein alter Mann«, sagte Claire. »Er meinte, ich soll dir dazu sagen, dass die Postkarte im Vallejo-Buch steckte.« Sie machte eine Pause und hob die Schultern. »Was auch immer das heißen soll.«

Wieder verging ein langer Augenblick der Stille, in dem Blanca den Umschlag an sich drückte und nur langsam begriff, dass Claire vermutlich auf eine Erklärung wartete. Aber wie hätte Blanca in wenigen Worten umreißen können, was das alles bedeutete? Sie tastete über zerknittertes Papier, stellte sich vor, wie Jerónimo unten an der Eingangstür zum Gästehaus gestanden und mit einem schiefen Lächeln nach der Señorita Blanca gefragt hatte.

»Danke«, sagte sie, als sie spürte, dass das Schweigen zu lang wurde.

»Gern«, antwortete Claire spröde, nickte ihr zu und wandte sich dann ab.

Blanca blieb noch kurz im Türrahmen stehen und hielt einfach den Umschlag fest. Erst, als Claires Schritte im Treppenhaus verklungen waren, schaffte sie es, zurück in ihr Zimmer zu treten und die Tür mit dem Fuß zuzuschieben.

Sie setzte sich wieder aufs Bett und verharrte sekundenlang. In dem Umschlag befand sich mehr als eine Postkarte, das spürte sie. Was hatte Jerónimo ihr gebracht? Und warum? Eigentlich hätte sie Neugier empfinden müssen, es eilig haben sollen, den Inhalt des Kuverts zu entdecken. Doch stattdessen war da eine unbestimmte Angst – Angst vor einer neuen Enttäuschung, einer weiteren Sackgasse.

Energisch öffnete Blanca den Umschlag und drehte ihn um, so dass der Inhalt herausfiel: eine Postkarte, wie angekündigt, und mehrere verblichene Papierbögen. Einer sah nach handschriftlichen Notizen aus, und Blanca griff nach ihm, um ihn vorsichtig auseinanderzufalten. Sie blickte auf eine Liste aus säuberlich notierten Namen und Zahlen. Blanca runzelte die Stirn und machte sich daran, die einzelnen Posten zu entziffern.

Silvia … 25.00 Soles de Oro
Rocío … 15.00 Soles de Oro
Juan V. … 25.00 Soles de Oro
Tito … 45.00 Soles de Oro (mit Margaritas Anteil)
…

Verwirrt ließ sie das Blatt sinken. *Sol de Oro* war einmal die Währung Perus gewesen, das wusste sie, bevor erst der *Inti* und dann der aktuell gebräuchliche *Nuevo Sol* eingeführt worden waren. Das hatten ihr Jerónimo und Emilio erzählt; die Münzen in Eugenios Nachlass waren ebenfalls *Soles de Oro* gewesen.

Die Liste bot also einen Überblick über Zahlungen einzelner Personen. Aber Blanca hatte weder eine Vorstellung, um was für Summen es sich dabei umgerechnet handeln mochte, noch wofür sie da waren. Die einzige Notiz abseits der Liste war eine III in der rechten oberen Ecke, mehrfach rot eingekringelt und mit zwei Ausrufezeichen versehen. Nichts, woraus Blanca im Moment sonderlich schlau wurde.

Sie legte die Liste zur Seite und griff nach dem anderen zusammengefalteten Blatt. Es erinnerte sie an die Unterlagen, mit denen die Anmietung der Grabnische dokumentiert worden war; ein formeller Briefkopf, Schreibmaschinenschrift, ganz offensichtlich eine Rechnung.

Allerdings hatte diese Rechnung nicht das Geringste mit La Apacheta zu tun. Blancas Hände wurden feucht, während sie las. Die Adresse im Briefkopf war die eines fotografischen Fachgeschäfts in der Calle Mercaderes – bis heute eine belebte Einkaufsstraße, die direkt von der Plaza de Armas abging. Adressiert war die Rechnung an Herrn Eugenio Salcedo Gómez, und gekauft hatte er eine Leica IIIf, ein Stativ und eine passende Kameratasche. Datiert war die Rechnung auf September 1952.

Blanca schluckte und starrte auf die Rechnungssumme. Dann nahm sie die handschriftliche Liste wieder an sich. Bingo. Dort stand ganz unten die gleiche Zahl. All die Positionen neben den einzelnen Namen ergaben zusammengerechnet genau den Preis für eine Leica IIIf. Nicht nur dank ihres Studiums war Blanca mit den historischen Leica-Modellen einigermaßen vertraut. Sie wusste, dass die IIIf eine der späten Schraubleicas gewesen war und eine der ersten mit eingebauter Blitzsynchronisation. Ab wann die IIIf auf den Markt gekommen war, hatte Blanca nicht exakt im Kopf, aber es war nicht vor Anfang der 50er gewesen, was bedeutete, dass es sich zum Zeitpunkt des Kaufes um ein recht neues Modell gehandelt hatte.

Mit zitternden Fingern hob Blanca die Postkarte auf. Sie zeigte in Schwarzweiß eine Berglandschaft. Obwohl Sonne über den Felsen und den klobigen Mauern einer wohl vorspanischen Ruine lag, türmten sich im Hintergrund dunkle Wolken auf. Fast meinte Blanca, einen leichten Windhauch im Gesicht zu spüren, der das Gefühl eines nahenden Unwetters mit sich trug.

Vorsichtig drehte sie die Karte um. Es war keine wirkliche Überraschung, einmal mehr auf Guadalupes zierliche Schrift zu blicken.

Amigo mío,

»es gibt im Leben so schwere Schläge – ich kann's nicht verstehn …«

Aber es gibt auch Freunde, die uns nach diesen Schlägen stützen und aufrichten. Ich sende Dir und den anderen Grüße aus dem Heiligen Tal. Das Flüstern der Bilder ist zu mir zurückgekehrt. Ihr habt mir einen neuen Weg geschenkt, neue Augen, um die Welt zu sehen, und ich danke Euch tausendmal.

Bevor der Regen kommt, will ich wieder in Arequipa sein. Bis dahin sind meine Gedanken bei Euch.

Aufrichtigst

G.

Blancas Gedanken überschlugen sich. Sie las noch einmal den Postkartentext, glich Zeile für Zeile die Adresse mit der auf der Rechnung ab – als gäbe es noch irgendeinen Zweifel, dass es sich um denselben Eugenio handelte! – und starrte dann minutenlang auf die vergilbten Papiere auf der Bettdecke.

Ihr habt mir einen neuen Weg geschenkt. Blanca fühlte sich, als sei ihr gerade dasselbe passiert. Als schlängle sich da, wo sie eben noch glatte, endgültige Steinwand vermutet hatte, nun doch ein schmaler Pfad entlang – ins Ungewisse, aber immerhin voran. Blanca hätte einiges gegeben, um Emilio mit seiner ruhigen Ausstrahlung neben sich zu haben, vielleicht seine Hand auf ihrem Arm zu spüren, während sie ihre Gedanken zu ordnen versuchte. Es tat nicht gut, auf dieser Spurensuche allein zu sein.

In dem Moment, in dem sie das dachte, wusste sie auch eine Antwort.

Werd erwachsen, sagte Laura irgendwo in ihrer Erinnerung, und endlich begriff Blanca, was damit wirklich gemeint war. Ihr Problem lag nicht in den alten Familiengeschichten. Es war nicht ihr Umgang mit der fernen, vom Vergessen halb ausgeblichenen Vergangenheit, sondern mit ihrer eigenen, die noch greifbar in ihrer Erinnerung wartete. Seit dem Streit mit Laura hatte Blanca beschlossen, dass es am besten war, alles selbst in die Hand zu nehmen. Niemanden zu brauchen, dessen fehlendes Verständnis ihr vielleicht wehtun konnte. Oder der sie im Ernstfall verriet und alleine ließ, wie Laura es getan hatte.

Und genau das war falsch gewesen. Sie konnte nicht länger zulassen, dass ihr die Trümmer einer zerbrochenen Freundschaft auf die Füße fielen. Claire war nicht Laura.

Sie sammelte die Papiere zusammen, schob sie zurück in den Umschlag und zog nach kurzem Zögern auch Guadalupes Tagebuch aus der Nachttischschublade. Dann glitt Blanca vom Bett, huschte zur Zimmertür und hinaus auf den Gang, der still und halbdunkel vor ihr lag.

Vor Claires Tür blieb sie stehen. Kein Geräusch drang nach draußen, und sekundenlang war Blanca versucht, sich zu sagen, dass Claire sich, erschöpft von der Reise, bestimmt hingelegt hatte und schlief. Dass es also besser war, nicht zu klopfen, sondern sie ausruhen zu lassen. Aber Blanca wusste, dass es eine Ausrede war. Also gab sie sich einen Ruck und klopfte.

Ziemlich schnell hörte sie von drinnen Schritte, die sich der Tür näherten. Ein kurzer Moment, als ob Claire mit der Hand auf der Klinke innehielt, dann wurde die Zimmertür geöffnet.

»Hey«, sagte Blanca. »Darf ich reinkommen?«

Claire lehnte sich gegen den Türrahmen und betrachtete sie. Ihre braunen Augen blitzten überrascht.

Das Lächeln kam erst, als Blanca schon nicht mehr damit rechnete.

»Klar«, antwortete Claire und trat zur Seite. »Komm rein.«

*

Der Anfang war am schwersten. Nicht nur, weil Blanca die richtigen Worte finden musste, sondern auch, weil es Überwindung kostete, alles, was sie in den letzten Tagen entdeckt hatte – das Tagebuch, die Papiere, den Schlüssel mit dem Bäumchen –, zwischen sich und Claire auf dem Bett auszubreiten und dem skeptischen Blick standzuhalten, der jede ihrer Bewegungen begleitete. Als Blanca zum Sprechen ansetzte, kam sie sich vor, als sage sie den Text eines Telenovela-Drehbuchs auf: »Ich habe versprochen, die Wahrheit über meine Urgroßmutter herauszufinden. Sie war eine Nonne in Santa Catalina, und mein Urgroßvater hat sie kennengelernt, als er im Kloster eine Tote fotografieren wollte.«

Danach kam Blanca in Fluss, und obwohl ihre Erzählung

ihr blass und kraftlos vorkam im Vergleich mit der zarten Poesie in Guadalupes Worten, reichte es aus, dass Blanca in den Augen ihrer Freundin Satz für Satz eine Ahnung jenes Zaubers gespiegelt sah, den Guadalupes Geschichte für sie selbst ausmachte. Blanca fasste alles zusammen, was sie bislang sicher wusste. Sie erzählte auch von ihrem Schlüssel zur Akademie und der nächtlichen Begegnung mit Emilio, dem Besuch im Kloster, von Jerónimo und der Suche auf dem Friedhof. Als sie auf die Stegemann und die Glasplatten zu sprechen kam, spürte sie einen Kloß im Hals, der das Weiterreden schwierig machte, aber sie schaffte es, ihre gesamte Verwirrung, ihre Unterredung mit Francisco und mit Armando ebenfalls in Worte zu fassen. Und mit jedem Geheimnis, das sie vor Claire aufdeckte, wich ein bisschen Druck von Blancas Brust. Es bedeutete auch, dass die Tränen jetzt leichter den Weg nach draußen finden konnten, und mehrmals musste Blanca sich mit dem Ärmel über die Augen fahren. Aber es war vor allem ein tiefes Gefühl der Erleichterung, das mit jedem Wort an Intensität gewann.

»Und darum konnte ich nicht mit nach Cusco«, schloss sie endlich. »Ich hätte keine Ruhe gehabt. Und ich weiß, ich hätte es dir eher erzählen sollen. Aber es ging irgendwie nicht. Es hat sich wie etwas angefühlt, das möglichst wenige Leute wissen sollten. Es tut mir echt leid, ich schätze, ich habe mich vor allem in der letzten Woche ziemlich danebenbenommen.« Sie schluckte und lehnte den Hinterkopf gegen die Wand, zwang sich, ruhig zu atmen und die Tränen bei sich zu behalten.

Claire schwieg für einen langen Moment, bevor sie sich

vorbeugte und mit den Fingerkuppen erst über den Einband von Guadalupes Tagebuch, dann über die Postkarte an Eugenio strich. »Wow«, sagte sie einfach, suchte Blancas Blick und lächelte schief. »Das ist alles ganz schön verrückt.«

»Ich weiß«, murmelte Blanca. Es fühlte sich gut an. »Aber jetzt weiß ich nicht mehr, was das alles soll. Was stimmt und wem ich glauben kann.«

Claire schüttelte sacht den Kopf und rückte neben Blanca an die Wand. »Na, wenigstens bist du endlich draufgekommen, dass du mir glauben kannst.«

»Sorry, dass ich ...«

Erstaunlich behutsam legte Claire ihr eine Hand auf den Arm. Sie strahlte dabei nicht die gleiche tiefe Ruhe aus wie Emilio, aber es war trotzdem angenehm. »Ist okay. Ehrlich. Lass uns lieber überlegen, wie wir weiterkommen.« Plötzlich grinste sie und knuffte Blanca in die Seite. »Weißt du, was ich dachte? Ich habe fast geglaubt, du hättest was mit Francisco!«

Der Gedanke war so absurd, dass Blanca erstickt auflachte. »Um Himmels willen, natürlich nicht!«

»Dann bin ich beruhigt, dass ich dir da nicht den Kopf zurechtrücken muss.« Claire lachte ebenfalls leise. Dann zog sie die Beine an, so dass sie im Schneidersitz saß, straffte sich und klatschte in die Hände. »Also gut, was haben wir? Darf ich die Kamera nachher sehen?«

»Klar.«

»Wir bekommen das hin.« Claires Stirn legte sich in Falten. »Vielleicht ist das wie in diesen Knobelaufgaben. Du weißt schon, mit dem einen Typ, der immer lügt, und dem anderen, der immer die Wahrheit sagt, und du musst herausfinden, wer was gesagt hat.«

Die verschwommene Erinnerung an zerkaute Bleistiftstummel, den Geruch nasser Tafelschwämme und das Quietschen von Kreide schwappte an die Oberfläche. »Ich war nie gut in dem Zeugs.«

Claire lächelte. »Ich schon. Wir müssen einfach den Widerspruch finden.«

»Einfach.« Allein schon bei diesem Wort gewann das Wirbeln der Gedanken hinter Blancas Stirn wieder an Stärke. »Daran beiße ich mir die ganze Zeit die Zähne aus. Es gibt jede Menge Widersprüche, und am Ende ergibt einfach nichts Sinn.«

»Deswegen sag ich ja: Es muss wie in den Knobelaufgaben sein.« Claire schnippte mit den Fingern. »Da sind Widersprüche dabei, die gar nicht echt sind. Gucken wir uns mal Franciscos Version an. Emilio hat also die Glasplatten des alten Quiroz aus dem Studio geklaut und in einem Grab versteckt.«

»Von dem er dank der Unterlagen bei Jerónimo wusste.« Der Satz schmeckte bitter. Vor allem jetzt, da Jerónimo den Umschlag mit neuen Puzzlestücken vorbeigebracht hatte.

»Und das Ganze soll der arme Emilio warum gemacht haben? Um dich ins Bett zu kriegen?«

Blanca zog scharf die Luft ein, und Claire kicherte vergnügt.

»Siehst du«, sagte sie. »Du findest es auch albern.«

»Aber Emilio ist vorbestraft.« Blanca sah auf ihre Hände. »Das sagt Francisco, und der Typ vom *Centro Artístico* sagt es auch.«

»Ich habe früher gekifft«, erwiderte Claire trocken, aber in ihre Augen trat ein freches Funkeln. »Trotzdem bin ich heute keine stadtbekannte Dealerin. Das eine hat doch mit dem anderen gar nichts zu tun. Aber okay, wenn du meinst, dass der falsche Widerspruch nicht in Emilio steckt, dann machen wir mal weiter. Was ist mit der Kamera? Mit der Stegemann?«

»Das habe ich mich auch schon gefragt. Aber sie lag wahrscheinlich wirklich schon in dem Grab. Schließlich schreibt Guadalupe in ihrem Tagebuch, dass das die Kamera meines Urgroßvaters gewesen ist.«

»Hast du nicht gesagt, die Glasplatten steckten in einer exakt gleichen Holzkiste? Wie soll Emilio das denn fertiggebracht haben?«

Claires Art, Fragen zu stellen und sich dem Problem anzunehmen, war ganz anders als Blancas durcheinanderwirbelnde Gedanken: hart, klar und präzise. »Vielleicht war die zweite Kiste auch schon in der Akademie. Er hätte sie öffnen und den Inhalt austauschen können.«

»Dann lautet die eigentliche Frage, was da vorher drin gewesen sein soll, wenn er irgendetwas austauschen konnte. Wenn das auch Glasplatten waren, warum soll er es für eine gute Idee gehalten haben, die Negative Anastasio Quiroz' da reinzupacken? Und vor allem …« Claire brach ab und schien für einen Moment konzentriert nachzudenken. »Wie hätte er die Kiste denn öffnen sollen?«

»Ich hab dir doch gesagt, dass der Schlüssel bei Jerónimo war.«

Claire streckte die Hand aus und nahm den Schlüssel so vorsichtig von der Bettdecke auf, als sei er aus Glas. Sie drehte ihn zwischen den Fingern und wölbte die Augenbrauen. »Du hast nicht erwähnt, dass da ein kleines Etikett draufklebte, auf dem stand: *Mit diesem Schlüssel öffnen Sie bitte die verborgenen Holztruhen in Guadalupes Grabnische.*«

»Das war da auch nicht!«, protestierte Blanca. Der sanfte Spott in Claires Stimme erschien ihr unangebracht. Sie klopfte mit den Fingerknöcheln auf den Ledereinband des Tagebuchs. »Aber hier in Guadalupes Aufzeichnungen …«

Sie brach ab.

Die Aufzeichnungen. Das Tagebuch. Ohne die Zeichnung auf der letzten Seite hätte Blanca den Schlüssel niemals Guadalupes Besitz zugeordnet und schon gar nicht mit der Grabnische in Verbindung gebracht. Und das war ein Stück Information, auf das Emilio und Jerónimo keinen Zugriff gehabt haben konnten.

»Voilà«, sagte Claire zufrieden. »Sieht aus, als würden wir gerade dasselbe denken.«

»Aber …«

»Nichts aber.« Claire schüttelte den Kopf. »Es ergibt keinen Sinn, okay? Emilio könnte vielleicht die Glasplatten gestohlen haben, klar. Er hätte vielleicht auch wissen können, dass es auf dem Friedhof diese Grabnische gibt. Aber ich sehe nicht, wie er die Kisten hätte öffnen sollen.«

»Jerónimo ist Schlosser. Emilio war Taschendieb. Es gibt sicher Mittel und Wege …«

»Was nichts daran ändert, dass das alles höchst unwahrscheinlich klingt. Die Möglichkeit, dass Francisco einfach gelogen hat, hört sich für mich dagegen viel plausibler an.« Claire beugte sich vor und betrachtete weiter den Schlüssel in ihrer Hand. »Hast du nicht auch das Gefühl, er hackt gezielt auf Emilio herum? Und er hört sich viel zu gern reden.«

»Ich dachte, du magst Francisco«, sagte Blanca verblüfft. Sie war nicht auf die Idee gekommen, dass irgendjemand im Kurs sich dem Charme ihres Lehrers zu entziehen vermochte – schließlich konnte sie das selbst nicht.

»Er ist ein Schwätzer.« Claire hob die Schultern. »Ein guter Lehrer, okay, aber irgendwie … Ich mag solche Leute nicht. Hey, du hast einen Schlüssel zur Akademie bekommen, wir anderen nicht. Fällt dir was auf? Ja, ich bin etwas neidisch, das geb ich zu, aber darum geht's nicht. Es ist, als ob er uns gegeneinander ausspielen möchte, und so was macht kein wirklich guter Lehrer, weißt du?«

Blanca biss auf ihrer Unterlippe herum und nickte schließlich. »Stimmt schon.«

»Wenn Francisco gelogen hat, würde das bedeuten, dass Jerónimo und Emilio diejenigen sind, die die Wahrheit sagen. Widerspruch aufgelöst. Die Glasplatten waren in der Grabnische, fertig. Interessant ist jetzt nur: Warum waren sie da? Warum hat Francisco dich angelogen? Und wenn das Anastasios Bilder sind, kannte Guadalupe ihn?«

»Nein. Zumindest erwähnt sie ihn kein einziges Mal in ihrem Tagebuch – und sie spricht ansonsten schon von den Menschen, die ihr wichtig sind. Viele Freunde von San Camilo nennt sie beim Namen. Auch andere Nonnen aus dem Kloster.«

»Vielleicht hat sie ihn erst kennengelernt, nachdem das Tagebuch endet«, gab Claire zu bedenken.

»Francisco hat nichts davon erwähnt.«

Claire verdrehte die Augen. »Ich dachte, wir wären uns einig, dass er ein Schwätzer ist? Er hat dich zumindest in Bezug auf die Glasplatten wahrscheinlich angelogen. Vielleicht weiß er auch wirklich nicht, dass Guadalupe und sein Großvater sich kannten. Also, da würde ich auf seine Worte nicht allzu viel geben.«

Blanca massierte sich die Schläfen. Die dumpfen Kopfschmerzen, welche für den Moment hinter Aufregung und Verwirrung zurückgedrängt worden waren, kamen nun wieder an die Oberfläche. »Hast du einen Vorschlag, was wir sonst tun könnten?« Das *wir* kam ihr erstaunlich leicht über die Lippen. Sie hoffte, dass Claire ihr weiterhin helfen wollte. Ein klarer, analytischer Blick von außen war genau das, was Blanca im Moment brauchte und absolut nicht allein zustande brachte – in Verbindung mit dem Verständnis, auf das sie kaum zu hoffen gewagt hatte. Zartes Glücksgefühl erfüllte sie. Claire war Claire, sie war eine Freundin, und das brachte Lauras Stimme in Blancas Erinnerung endlich zum Schweigen.

»Na, zuallererst solltest du morgen vielleicht noch mal zu diesem Schlüsselmacher gehen, von dem du erzählt hast. Und ansonsten …« Claire legte die Stirn in Falten, dann lächelte sie. »Passt dein Schlüssel auch für Anastasios Studio?«

*

Emilio hatte es seltsam gefunden, an diesem Morgen in die Akademie zurückzukehren. Francisco erwähnte ihr Gespräch vom Vortag nicht, sagte kein Wort über den kopierten Schlüssel, aber sein Blick ruhte kühl und voller Argwohn auf Emilio, als er diesen hereinließ.

Emilio machte sich schweigend an die Arbeit. Er konnte wahrscheinlich froh sein, dass er sie behalten durfte. Dass Francisco ihn als billige Arbeitskraft viel zu sehr brauchte, um ihn einfach vor die Tür zu setzen, wenngleich Emilio ihn hintergangen hatte. Krampfhaft versuchte er das Gefühl zu ignorieren, dass sich Franciscos Blick weiterhin in seinen Rücken bohrte, die Erinnerung niederzukämpfen, dass er ihn mit derselben Geringschätzung bereits einmal auf sich gespürt hatte. Damals, in einer Jahre zurückliegenden Nacht, als Emilio sich mit dem Rücken gegen das Arbeitspult drückte, die Dunkelkammer eine Zwischenwelt rötlicher Schatten, Franciscos Gestalt nichts weiter als eine Silhouette, die sich scharf im Gegenlicht abzeichnete.

Emilio hatte Dinge gesagt. Fragmente, die seinem eigenen Gedächtnis entglitten, für immer verloren in der Dunkelheit eines Hauses, in dem er sich nicht hätte befinden dürfen. Deutlicher als seine eigenen Erklärungen blieb die Ungläubigkeit, die er im Funkeln der fremden Augen erahnen konnte.

»Nur ein Bild entwickeln«, sagte der Mann gedehnt, ein skeptisches Echo, und Emilio erinnerte sich an sein hastiges Nicken, an den Sturm hektischer Falter in seinem Brustkorb. An das Schweigen, das für endlose Sekunden in der Kammer hing, ein Schleier zwischen ihm und dem Mann. Ein Moment, in dem sich Mamás Worte wieder regten, schläfrig, aber messerscharf.

Sie blieben.

Das Bild schlummerte in der Entwicklerflüssigkeit. Kein Porträt, sondern eine Landschaft. Für einen aus dem Licht Arequipas würde es nicht mehr bedeuten als das. Für einen aus dem Schatten des Hochlands wären es verwaiste Felder, die niemand mehr bestellen konnte, eine einzige einsame Silhouette am unteren Bildrand, so verloren vor den weiten Anbauflächen.

»Wo hast du das her?«

»Es ist nicht von mir.« Der einzige Satz, an den Emilio sich später erinnern konnte. Es war die Wahrheit.

»Dann bist du ein sonderbarer Dieb.«

Emilio senkte den Kopf, starrte in die Dunkelheit, in der sich seine Füße verloren. Er mochte nicht mitansehen, wie der Mann das Foto betrachtete. Wie er es Emilio mit den Blicken wegnahm.

Später sah Emilio das Bild noch einmal. Als er den Vertrag bereits unterschrieben hatte, dessen Inhalt er unter pompösen Worthülsen nur erahnen konnte. Als er in den Spiegel blickte und dachte, dass ein Lächeln gut gewesen wäre, weil er jetzt Lehrjunge war. Und als er zugleich die Zähne zusammenbiss, dass es schmerzte, weil er bereits verstanden hatte, was er wirklich war: eine Arbeitskraft, die seinen Meister kein Geld kostete, weil dieser Emilios Gehalt, anders als vereinbart, nicht nur zum Teil, sondern komplett aus den Mitteln des Förderprogramms bestritt, und noch einen Teil für sich zurückbehielt. Aber Emilio, der sonderbare Dieb, würde schweigen. Zu deutlich hallten Mamás Worte nach.

Das Bild mit dem Feld fand er in einer Zeitschrift. Es war

genau so, wie er es entwickelt hatte. Darunter stand: Landschaft in den Anden. Fotograf: Francisco Quiroz.

Emilio starrte es an. Er dachte an Mamá, an Papá mit den hängenden Schultern. Und er wusste, sein Meister durfte nie erfahren, dass es noch andere Bilder gab.

15. Kapitel

»Du siehst nicht gut aus«, sagte Jerónimo, und sein Lächeln dabei spiegelte so aufrichtige Sorge, dass Blanca nicht anders konnte, als zurückzulächeln.

Sie wusste, wie sie aussah. Eine weitere unruhige Nacht hatte für Schatten unter den Augen gesorgt, und gegen Blancas dunkle Haare zeichnete sich die unübliche Blässe ihres Gesichts noch krasser ab. Ihrem Spiegelbild hatte Blanca die Zunge herausgestreckt und war insgeheim dankbar dafür gewesen, dass sie in der Tat elend genug wirkte, um auch Francisco überzeugen zu können, dass sie dringend ins Bett und nicht in den Seminarraum gehörte. Dass sie unter der kränklichen Fassade vor Entschlossenheit und Tatendrang brannte, war eine andere Sache.

»Es ist gerade alles ein bisschen schwierig.«

Jerónimo nickte, stemmte sich ächzend hoch und wies mit Bestimmtheit auf den Schemel. »Das habe ich schon gehört.«

Es lag kein Vorwurf in seiner Stimme, dennoch fühlte Blanca sich unbehaglich, als sie sich setzte. Sie fragte sich, was Emilio Jerónimo erzählt hatte. Was der alte Schlosser wohl von der ganzen Sache hielt. Immerhin schien er kaum erstaunt zu sein, sie hier zu sehen.

»Danke für den Umschlag«, sagte sie und hoffte, dass Jerónimo das nicht als Ablenkung verstand.

Er lächelte. »Der Inhalt scheint dir viel Kopfzerbrechen zu bereiten.«

»Wenn ich es richtig verstehe, haben die Leute von San Camilo zusammengelegt, um Guadalupe eine neue Kamera zu kaufen.«

»Das haben sie. Ich hätte das nicht mehr gewusst, aber ich habe mich mit Freunden unterhalten, deren Eltern damals dabei waren. Es war eine große Sache.«

»Meine Urgroßmutter muss sehr dankbar gewesen sein.«

Jerónimo nickte. Er lehnte an der Wand, leicht gebückt, und obwohl er Blanca nicht aus den Augen ließ, strahlte er nichts als Gelassenheit und Geduld aus. In diesem Moment erinnerte er beinah schmerzlich an Emilio. »Und, Blanca? Was wirst du jetzt tun?«

»Darum bin ich hier.« Sie atmete tief durch. Kühle Markthallenluft, die wie ein aromatisches Echo ein Gemisch aus Seifen-, Obst- und Ölgeruch mit sich trug. »Ich bin mir noch immer nicht sicher, was wirklich passiert ist. Irgendein Puzzlestück fehlt mir. Die Bilder, die wir in der Grabnische gefunden haben, sind die von Anastasio Quiroz.«

Das sanfte Aufleuchten in Jerónimos Augen verriet, dass er auch das schon wusste.

Vielleicht, weil er es wirklich miteingefädelt hat, flüsterte es garstig irgendwo in Blancas Kopf, aber sie schob das feine Stimmchen energisch beiseite.

»Ich denke, dass ich eine Lösung finde, wenn ich mich in seinem alten Studio in der Akademie umsehe.«

»Du bist bestimmt nicht nur hergekommen, um mir das zu erzählen«, sagte Jerónimo sanft.

Blanca blickte auf ihre Hände. »Nein.«

Sie schrak zusammen, als Jerónimo mühsam neben ihr auf die Knie ging, so dass er auf Augenhöhe mit ihr war. »Hast du mit Emilio gesprochen?«

Wieder bewunderte sie ihn dafür, dass er es schaffte, einfach nur diese Frage zu stellen, ohne auch nur einen Hauch von Vorwurf hineinzulegen. »Noch nicht. Ich wollte erst ins Studio.«

»Er ist ein anständiger Junge.« Der Ernst dieser Worte schien Jerónimos Augen eine Spur dunkler werden zu lassen, ohne dass die Wärme aus ihnen verschwand. »Du solltest noch einmal mit ihm sprechen. Und ihm zuhören.«

»Francisco sagt«, murmelte Blanca rau, »Emilio sei vorbestraft.« Im gleichen Moment hätte sie die Worte gern zurückgenommen. Es fühlte sich nicht richtig an, das jetzt anzuführen.

»Wenn du die Worte eines Dritten darüber entscheiden lassen willst, was du von Emilio zu halten hast, dann ist das traurig.«

Sie konnte seinem Blick nicht standhalten. »Ich hab das Gefühl, meine Linse ist ein bisschen trüb.«

»Aber nicht zersprungen.« Jerónimo lachte leise auf.

»Ist es denn wahr, was Francisco gesagt hat? Hat Emilio etwas ausgefressen? Ich … ich will doch einfach nur die Wahrheit wissen. Ich weiß einfach gar nicht mehr, woran ich bin.«

»Denk an die Linse, Blanca. Meine Worte wären auch nur die eines Dritten. Sprich mit Emilio, dann siehst du vielleicht klarer.« Er tätschelte ihr den Oberarm. »Und nun sag mir, was ich mit dem Studio von Anastasio Quiroz zu schaffen habe. Du hast doch etwas auf dem Herzen, nicht wahr?«

Seine Frage löste ein nervöses Ziehen in Blancas Magengrube aus. Jerónimo mochte kein Fotograf sein, aber offenbar verstand er, die Dinge tatsächlich zu sehen. Blanca wischte die feuchten Handflächen an ihrer Jeans ab und legte sich in Gedanken die Worte zurecht. Sie hatte keine Ahnung, wie Jerónimo auf ihr Anliegen reagieren würde.

»Ja«, sagte sie und blickte ihm nun wieder direkt in die Augen. »Da ist etwas, worum ich dich bitten wollte.«

*

»Bist du sicher, dass du allein gehen willst?«, fragte Claire.

»Ich muss.« Blanca zupfte an den Kordeln ihres Kapuzenpullis und tastete dann in dessen Taschen nach den Dingen, die sie mitnehmen würde: ihr gewöhnlicher Schlüsselbund, der Mahagonibaumschlüssel und die beiden Dietriche, die Jerónimo ihr mit ernster Miene überreicht hatte. Außerdem die Stabtaschenlampe, die sie am Nachmittag noch gekauft hatte. Alles war noch da, das kalte Metall liebkoste Blancas Finger, als wolle es ihr Mut zusprechen. »Falls irgendwas schiefgeht und Francisco mich erwischt, reicht es, wenn ich bei ihm unten durch bin.«

Claire nickte. Es sah widerstrebend aus, aber Blanca erriet auch eine gewisse Erleichterung. Mit ihrer scharfen Logik und ihrem Gespür für Widersprüche war Claire eine große Hilfe in der Auswertung all der verwirrenden Einzelteile –

aber sie war keine Abenteurerin, und offenbar bereitete ihr die Vorstellung Unbehagen, einen Einbruch zu begehen. »Wenn du es dir anders überlegst …«

Blanca schüttelte den Kopf. »Ich gehe jetzt rüber. Keine Ahnung, wie lange ich brauche, aber ich klopfe danach auf jeden Fall bei dir und erstatte Bericht.«

»Okay.« Claire atmete tief durch. »Sei vorsichtig, hörst du?«

»Klar.« Blanca stand auf. Sie hatte das Gefühl, dass die Kälte der Treppenstufen wie ein Abdruck in ihrem Rücken haften blieb. Gerne hätte Blanca gelacht, um die Sorge in Claires Blick zu zerstreuen, doch das hätte wahrscheinlich keine von ihnen täuschen können. So unspektakulär es im Grunde sein mochte, was Blanca da vorhatte, es blieb etwas Verbotenes, und es machte nervös.

Die Dunkelheit hatte sich bereits über Arequipa gelegt, als Blanca nach draußen trat, und brachte die übliche klare Frische einer Andennacht mit sich. Das Rauschen des Río Chili schien wie immer in der Finsternis an Stärke zu gewinnen. Blanca fröstelte, obwohl sie warm genug angezogen war, und setzte sich in Bewegung. Ihr Herz klopfte, und in ihrer Magengrube kribbelte es, aber zugleich erfüllte sie eine tiefe, entschlossene Ruhe, die sich mit wollener Sanftheit über alle anderen Empfindungen gelegt hatte. Was Blanca vorhatte, war richtig und nötig. Es war der einzige Ausweg aus der Sackgasse der Verwirrung, in die alle bisherigen Funde sie manövriert hatten. Und was auch immer sie im alten Studio fand: Morgen würde sie mit Emilio sprechen, falls er denn bereit war, ihr noch einmal zuzuhören.

Das Eingangstor der Akademie bereitete Blanca wie immer Schwierigkeiten, und sein Knarren kam ihr schmerzhaft laut vor. Sekundenlang blieb sie im dunklen Torbogen vor dem Innenhof stehen, während das Plätschern des Springbrunnens langsam das Rauschen des Blutes in ihren Ohren überlagerte. Die Akademie lag in Stille und Finsternis. Im Grunde hatte Blanca nichts anderes erwartet. Emilio besaß keinen Schlüssel mehr, und Francisco hatte sie zu dieser späten Stunde noch nie hier angetroffen. Sie war allein, alles war gut.

Dennoch zog sie unwillkürlich den Kopf ein, als sie sich durch den Innenhof bewegte. Undurchdringliche Schatten hingen in den Säulengängen, und bei der Vorstellung, dass dort vielleicht doch jemand stand und Blanca beobachtete, schauderte es sie.

Sie erreichte die Tür zu Anastasios Studio und zwang sich, ruhig zu atmen. Noch hatte sie nichts Verbotenes getan. Sie durfte hier sein. Und wenn in genau diesem Moment Francisco hinter ihr auftauchte und ihr eine Hand auf die Schulter legte, konnte sie im Zweifelsfall noch immer behaupten, dass sie nur ins Labor gewollt hatte.

Blanca gab sich einen Ruck, zog den Dietrich hervor und schob ihn ins Schloss.

Sie verstand nichts von solchen Sachen, und sie war sich nicht sicher, was sie davon zu halten hatte, dass Jerónimo ihr mit ruhigem Gleichmut hatte erklären können, wie sie vorgehen musste, wo Druck ausüben, worauf achten. Vielleicht waren das nicht unbedingt Dinge, die ein anständiger Schlosser wissen musste. Oder brachte der Beruf das automatisch mit sich?

Als das Türschloss – ein schlichtes, veraltetes Buntbartschloss – leise klickte, fuhr Blanca zusammen. Probehalber drückte sie auf die Klinke. Es quietschte, und die Tür ließ sich tatsächlich öffnen. Weitaus einfacher, als Blanca es sich vorgestellt hatte.

Das fahle Laternenlicht, das in den Raum fiel, reichte eben aus, um undeutlich die Konturen von Sesseln und Tischen nachzuzeichnen. Blanca musste blinzeln, als sie die Taschenlampe einschaltete. Ein unaufdringlicher, aber klarer Lichtkegel, an den Blanca sich erst gewöhnen musste. Vorsichtig zog Blanca die Tür hinter sich heran, schirmte die Lampe leicht mit der Hand ab und blickte sich um.

Zwei verschnörkelte langgestreckte Kommoden standen an der Wand und bildeten die einzige Möglichkeit in diesem Raum, etwas versteckt aufzubewahren; die restliche Einrichtung bildeten – neben niedrigen Tischen und Polstermöbeln – gläserne Vitrinen, in denen die ein oder andere historische Kamera nebst Accessoires lag. Blanca schritt langsam durch das Studio und nahm den Inhalt der Vitrinen genau in Augenschein. Wonach sie suchte, wusste sie nicht sicher, und wenn hinter dem dicken Glas irgendein Hinweis verborgen war, der zu Guadalupes Geschichte gehörte, dann übersah sie ihn. Auch die bemalten Leinwände, die vergessen an der Wand lehnten, boten keinen Anhaltspunkt.

Was blieb, waren die Kommoden.

Blanca sank vor der ersten auf ein Knie und biss die Zähne zusammen. Der größte Teil des Fotostudios war mit weichem Teppichboden ausgelegt, aber die Kommoden standen auf nacktem Steinboden.

Behutsam probierte Blanca erst die regulären Akademieschlüssel aus, bevor sie es wagte, den filigranen Kommodenschlösschen mit den Dietrichen zu Leibe zu rücken. Die innere Gelassenheit war nun wie weggefegt, stattdessen raste ihr Herz dermaßen, dass sie erwartete, es müsste jeden Augenblick ins Stolpern kommen. Der Dietrich glitt ihr mehrfach zwischen den verschwitzten Fingern weg. Zur Einbrecherin war sie jedenfalls nicht geboren. Für einen Moment hielt sie inne und lehnte die Stirn gegen die Kommode, atmete den Geruch von lackiertem Holz ein. Vor ihrem inneren Auge sah sie Emilio, wie er mit spielerischer Leichtigkeit das rostige Gitter der Grabnische aus seiner Verankerung löste.

Wahrscheinlich hätte er auch hiermit keine Probleme.

Energisch richtete Blanca sich auf, konzentrierte sich wieder auf den Dietrich in ihrer Hand und versuchte es ein weiteres Mal.

Diesmal gab das Schloss nach, und sie konnte die erste Kommodentür öffnen. Abgestandene Luft schlug Blanca entgegen.

Wo Eugenios Nachlasskiste ein chaotisches Sammelsurium gewesen war, in dem nichts zusammenpasste und doch alles zueinander gehörte, strahlte das Innere der Kommode peniblen Ordnungssinn aus. Zwei Stehordner, mehrere übereinandergestapelte und mit handschriftlichen Etiketten versehene Pappkartons, akkurat aneinander ausgerichtet. »Broschüren«, stand auf dem Etikett des obersten, und als Blanca ihn hervorzog und den Deckel lüpfte, kam darin genau das zum Vorschein: buntes, gedrucktes Infomaterial über die Akademie und das Studio des Anastasio Quiroz, wie sie es im *Centro*

Artístico von Armando bekommen hatte. Die Stehordner waren mit Jahreszahlen versehen, »vor 2000« und »ab 2000«, und enthielten Rechnungen und Quittungen eben dieser Jahre. Geheimnisvoll oder nostalgisch war daran rein gar nichts, und es bereicherte Blanca lediglich um die Erkenntnis, dass Francisco sämtliche Buchhaltung rund um seine touristischen Aktivitäten offensichtlich sehr ernst nahm.

Blanca kämpfte die Enttäuschung nieder, rutschte auf bereits schmerzenden Knien zur Seite und nahm sich das Schloss der zweiten Tür vor. Francisco hatte behauptet, dass er die Negative seines Großvaters hier aufbewahrte, und das bedeutete, dass sich hier noch irgendwo etwas befinden musste, das nicht aus der jüngsten Zeit der Hochglanzdrucke stammte.

Mit dem Dietrich stellte sich offenbar ein gewisser Übungseffekt ein, denn das zweite Schloss ließ sich beinahe auf der Stelle öffnen.

Wieder blickte Blanca auf säuberlich beschriftete Pappkartons und Stehordner. Aber, und das ließ ihr Herz höher schlagen, sie entdeckte auch die Holzkiste aus Guadalupes Grab. Sie stand am Rand, als habe es Mühe bereitet, sie neben den anderen Kartons unterzubringen, und dass sie dabei so fehl am Platz wirkte, erschien Blanca merkwürdig. Vorsichtig streckte sie die Hände aus und strich über das glatte Holz.

Die hölzerne Truhe war die einzige ihrer Art in einer Gesellschaft nüchterner Pappkartons. Sie war auch das einzige Objekt, das keine Beschriftung trug, kein Etikett, nichts. Im Geiste machte Blanca sich eine Notiz auf ihrer Liste der Widersprüchlichkeiten. Es war etwas, das sie nachher mit Claire diskutieren konnte.

Sie ließ den Blick über die Etiketten der Pappkartons gleiten. Jahreszahlen, zumeist saubere Fünfjahres-Intervalle: 1925–1930, 1930–1935 … Ein besonders großer Karton trug die Aufschrift »Bilder für Publikationen«. Ein schwarzer Stehordner enthielt dem Etikett zufolge »Presseberichte«.

Im unteren Fach stand ein Karton, der sich äußerlich nicht von den anderen unterschied, aber seine Beschriftung brachte Blanca zum Lächeln: *papeleo*, Papierkram.

Möglich, dass sich darin wieder nur sauber sortierte Rechnungen verbargen, aber wenn alles andere in diesem Fach direkt mit den Fotografien von Anastasio Quiroz verbunden war, setzte sich das vielleicht in diesem Karton fort. *Papeleo* – das konnte alles Mögliche sein. Vielleicht würde sie die Kaufpapiere einer Stegemann finden, den Beweis, dass die Kamera im Grab doch nicht Guadalupe gehört hatte …

Behutsam zog Blanca den Karton nach draußen und wechselte in den Schneidersitz. Der Pappdeckel ließ sich problemlos lüften, und beim Anblick des Inhalts schlug Blancas Herz höher: Vergilbte Papierbündel, säuberlich zusammengehalten mit Bindfaden. Ähnlich wie bei Eugenio, aber selbst sie waren hier ordentlicher einsortiert. Statt loser, fliegender Blätter erkannte Blanca Briefumschläge, die erstaunlich … jungfräulich aussahen.

Sie runzelte die Stirn und hob eines der Bündel aus dem Karton. Die Umschläge waren alt, das war ihnen anzusehen, und die eine oder andere Ecke war umgeknickt. Doch ansonsten wirkten sie glatt.

Als seien sie niemals geöffnet worden.

Blanca legte das Bündel auf ihren Schoß und beugte sich darüber, um die Anschrift auf dem Kuvert zu entziffern, das zuoberst lag. Es war eine eckige, etwas fahrig wirkende Schrift, weit entfernt von den zarten Schnörkeln Guadalupes. Vielleicht eine Männerhandschrift …

Guadalupe Bustamante de Schwarzkopf
c/o Sr. Anastasio Quiroz …

Blanca stockte der Atem. Sie kniff die Augen zusammen und sah noch einmal hin, folgte ein weiteres Mal jedem einzelnen krakeligen Strich. Doch es war eindeutig: Der Name Guadalupe leuchtete Blanca mit beängstigender Klarheit entgegen.

Vorsichtig zog sie den Briefumschlag aus dem Bündel hervor, drehte ihn um und ahnte doch im Grunde schon, was sie auf dem Absender lesen würde.

Max Schwarzkopf
Charlottenstraße 7
Berlin
Alemania

Der Raum schien sich mit einem Mal um sie zu drehen.

Wie lange sie so dasaß, wusste sie nicht, aber schließlich gelang es ihr, das Kuvert sacht auf den Boden zu legen und das Bündel weiter zu durchsuchen.

Es waren unzählige Briefumschläge. Die Poststempel waren teilweise unleserlich, dennoch glaubte Blanca Jahreszahlen entziffern zu können, die stetig fortschritten. Adresse und

Absender waren immer dieselben. Max schrieb an Guadalupe. Diese Briefe, auf die sie so lange gewartet hatte, hier waren sie also geblieben.

Die meisten Kuverts hatte augenscheinlich nie jemand geöffnet. Blanca entdeckte eines, das leicht zwischen den anderen herausragte. Behutsam – um das spröde Papier nicht zu beschädigen – zog Blanca ihn hervor und blickte wieder auf die spitze Schrift ihres Urgroßvaters.

Berlin, März 1947

Mein lieber Tacho,

ich bete, dass diese Sendung Dich und Guadalupe endlich erreicht, scheinen die vorherigen doch verlorengegangen zu sein. Einmal mehr danke ich Dir für Deine Freundschaft und Deine Hilfe …

»Tacho.«

Eine hohle Stimme flüsterte den Namen in den Raum, und es kostete Blanca Mühe, sie als die eigene zu erkennen. Tacho – Anastasio. War das die Lösung? Sie war bislang überhaupt nicht auf die Idee gekommen, dass Tacho kein Eigenname, sondern eine Abkürzung und Koseform war. Obwohl Abkürzungen dieser Art in der spanischen Sprache doch so häufig waren …

War das der Freund, den Guadalupe in ihrem Tagebuch immer wieder beiläufig erwähnte? Der ihr die vermeintliche Todesbotschaft überbracht hatte? Den sie auch in der Beurteilung ihrer Bilder um Rat gebeten hatte? Das Atmen fiel Blanca schwer. Auf einmal ergaben die Dinge Sinn. Nicht alle, aber einige. Denn wenn es sich bei Tacho um Anastasio

Quiroz handelte, dann war es natürlich, dass Guadalupe Wert auf seine Meinung gelegt hatte. Auch Max und Anastasio hatten einander offenbar gekannt, und das immerhin gut genug, dass er als Schnittstelle für die Briefe fungiert hatte, die Max an Guadalupe …

Blanca stockte. Sie zog den Karton näher und hob das nächste Bündel heraus. Es war längst nicht so dick wie das erste. Auch hier zahllose Briefumschläge, die wohl niemals geöffnet worden waren. Der Anblick trieb Blanca die Tränen in die Augen, aber selbst so erkannte sie ohne Zweifel Guadalupes Schrift, die in liebevoll geschwungenen Linien den Adressaten benannte: *Max Schwarzkopf.*

Blanca schluchzte auf, ohne dass sie es vermeiden konnte, und starrte auf das Briefbündel. All das Warten, all das Schweigen, das die Jahre für Guadalupe und Max erfüllt haben musste, schien in geballter Form über sie hereinzubrechen.

Ich möchte es verstehen, hörte Blanca Oma Magdas Stimme. Und Blanca war die Erste, die eine Antwort auf diese Frage in den Händen hielt – eine, auf die sie nicht vorbereitet gewesen war.

Sie zitterte. Ihr ganzer Körper fühlte sich fiebrig an. Die Tragweite dieses Missverständnisses, das Guadalupe und Max ihre gemeinsame Zukunft gekostet hatte, nahm ihr noch immer den Atem. Vielleicht war der eine oder andere Brief tatsächlich in den Wirren des Weltkriegs verloren gegangen. Aber die dicken Bündel erzählten von dem Schicksal, das den Rest ereilt hatte. Sie alle waren in den Händen von Anastasio Quiroz gelandet, und weder Guadalupe noch Max hatten das jemals vermutet. Die Frage lautete nur, warum? Welchen Grund hatte Franciscos Großvater gehabt, die Korrespondenz dieses Paares abzufangen? Und welche Rolle spielte Francisco bei alledem? Wenn Anastasio und Guadalupe wirklich so gut miteinander bekannt gewesen waren, musste Francisco es wissen – so akribisch, wie er alles aus dem Leben seines Großvaters zu ordnen und aufzubewahren schien.

Das aber bedeutete, dass er Blanca tatsächlich angelogen hatte.

Sie fuhr mit den Fingerkuppen über die Briefumschläge, rutschte rückwärts und lehnte sich gegen die Kommode. Claire wartete bestimmt, doch ein bisschen würde sie sich noch gedulden müssen.

Sie zögerte. Es fühlte sich falsch an, so alte Briefe zu öffnen, die für jemand ganz anderen bestimmt gewesen waren. Doch wenn Blanca Glück hatte, bargen diese Briefe die letzten Antworten, die ihr noch fehlten, um ein sinnvolles Bild zusammensetzen zu können.

Sie überlegte kurz und wählte den obersten Umschlag aus. Den Schlüssel zur Akademie benutzte sie als Brieföffner, roch an dem sauber zusammengefalteten Briefbogen und konzentrierte sich ganz auf das zarte Knistern in ihren Fingern.

Dann begann sie zu lesen.

Guadalupes Brief

Arequipa, 20. Juli 1941

Max, mein Liebster.

Ich hoffe so sehr, dass Ihr wohlauf seid. Dass ein Wind des Aufbruchs die Gardinen zum Tanzen bringt; dass Dein abge-

wetzter Lederkoffer aufgeschlagen auf dem Bett liegt, dass Dein Lachen sich mit Magdas mischt, während Ihr gemeinsam packt. Dass jeder Herzschlag, jeder Atemzug uns einem Wiedersehen näher bringt. Ich weiß, dass es so sein wird. Ihr werdet kommen.

Ich warte auf Euch. Ich bete, dass der Krieg meine Briefe, Eure Antworten nicht verschlingt. Tacho hilft mir, beruhigt mich, steht mir bei. Er hat beim Postdirektor vorgesprochen. Ich bin sehr dankbar für all seine Hilfe.

Da ist noch mehr, Max. Sind meine Bilder angekommen, die ich in den letzten Umschlag legte? Ein bisschen Sonne aus Arequipa, etwas Leuchten auf warmen Steinmauern, dazu Markttrubel – all die Dinge, die mit mir gemeinsam auf Euch warten. (San Camilo, ich bin mir so sicher, dass Magda den Markt lieben wird. All das Obst! All die Farben!)

Die Stegemann ist meine treue Gefährtin geworden. Sie schafft mir Gegenwart, ein Fundament für unsere Zukunft. Ich bin mit einigen Bildern zu Tacho gegangen; jene, in denen ich den stärksten Zauber spüre. Silvias Porträt ist dabei, eine Marktfrau, in ihren Augen wohnt alle Ernsthaftigkeit dieser Welt, alle Stärke, die eine einzelne Frau haben kann.

Was ich von Tacho erhofft hab, ich weiß es nicht recht – nur eine Meinung, dachte ich. Er ist Fotograf, er versteht ja sein Handwerk.

Wir saßen in seinem Studio, die Sonne flutete den Raum, und Tacho beugte sich über meine Bilder. Ich hatte Herzklopfen, Max.

Es sind gute Bilder, sagt Tacho (wie gern würd ich es von Dir hören! Dann glaubte ich es), ich habe viel von Dir gelernt, mein Blick sieht das Wesentliche. Es sind, auch das hat Tacho gemeint, tatsächlich Bilder, die man verkaufen könnte. Nicht für viel Geld, denn gewiss sind es keine Meisterwerke. Aber ja, er hält sie für recht gelungen.

Er weiß so gut wie ich, dass ich das Geld gebrauchen könnte: ein Beitrag für die Schwestern, die mich aufgenommen haben; und vor allem ein Polster, um es zurückzulegen, um es uns leichter zu machen, wenn wir endlich wieder zusammen sind. Wer kann schon sagen, in welchem Zustand Ihr ankommt, was Ihr aus einem zersplitternden Land retten könnt? Ich will vorsorgen, Max, ich will auf eignen Beinen stehen, so gut es geht, um Dir dann Stütze und nicht Last zu sein.

Das Problem, sagt Tacho, ist meine Geschichte. Peru ist zuweilen ein starres Land. Die Fotografie, die Profession, das liegt nicht in den Händen der Frauen, und weniger noch hinter Klostermauern. Tacho hat mich gewarnt: Es wird mühsam werden, die Bilder zu verkaufen, aber er will mir helfen. Weil er mich schätzt und Dich, will er meine Bilder kaufen, will sie auf eigenes Risiko weiterveräußern. Ich sehe es als freundschaftliche Hilfe, er weiß, ich bin zu stolz, einfach Geld zu nehmen, und so kommt doch alles ins Gleichgewicht.

Ich habe gezögert – gezögert, sie wegzugeben, wo sie doch nur für Euch bestimmt waren. Wenn die Bilder aber meine Sicherheit sein sollen, wenn Tachos Plan gelingen soll, dann bleibt wohl kein anderer Weg: Niemand, sagt Tacho, darf jemals erfahren, von wem die Fotos stammen.

Es fühlt sich an, als hätte ich meine Seele verkauft. Aber das wird sich legen. Ich habe nur meinen Namen verkauft, und das ist ein Preis, den ich zahlen kann, wenn ich Euch dafür zurückbekomme. Die Bilder für Tacho werde ich Dir also nicht mehr schicken; das eine oder andere Negativ aber aufbewahren, damit Du sie sehen kannst, wenn wir beisammen sind.

Ich hoffe sehr auf Nachricht von Dir. Von Euch. Du wirst verstehen, dass ich die Bilder verkaufen muss, nicht wahr? Du weißt, dass wir gemeinsam immerfort neue finden werden.

Ich sende Dir Licht und leuchtende Farben. Küss Magda von mir.

In Liebe
Deine Guadalupe

16. Kapitel

Die letzten Buchstaben flimmerten vor Blancas Augen, in ihr brodelte Zorn. Sie hatte das Gefühl, dass dieser Zorn zugleich ihren Blick nach innen schärfte. Jetzt endlich verstand sie, was geschehen war. Die Glasplatten von La Apacheta hatte Guadalupe längst entwickelt, und die entwickelten Bilder waren es, mit denen Anastasio berühmt geworden war. Die Negative hatte er niemals besessen. Wie auch? Guadalupe hatte sie damals in der Grabnische versteckt. Vielleicht ihre einzige kleine Rebellion gegen den Pakt, auf den sie aus Notwendigkeit eingegangen war. Wie sehr mochte es sie geschmerzt haben, dass Anastasio mit ihren Bildern, an ihrer Stelle berühmt geworden war? Oder war sie wirklich der Ansicht gewesen, dass Namen keine Rolle spielten, solange die Bilder ein Publikum fanden und betrachtet wurden? Was Blanca im Tagebuch gelesen hatte, klang beinahe danach. Als hätte Guadalupe diese Entwicklung hingenommen, weil es für sie Wichtigeres gab. Und nachdem sie geglaubt hatte, dass Max und Magda tot waren, konnte der verlorene Ruhm für sie ohnehin keine Rolle mehr gespielt haben.

Mühsam stand Blanca auf. Ihre Beine waren vom Sitzen auf dem harten Boden eingeschlafen und kribbelten unangenehm. Sie schaffte es in die Hocke, legte die Briefbündel auf den Deckel der hölzernen Truhe mit Guadalupes Glasplatten darin und wuchtete die Kiste aus der Kommode. Francisco würde das Fehlen vermutlich schnell bemerken, wahrscheinlich würde sie es ihm sogar gestehen müssen, damit er nicht auf die Idee kam, den Diebstahl Emilio anzuhängen. Doch auf gar keinen Fall würde sie die Briefe und die Glasnegative in Anastasios Studio zurücklassen. Sie gehörten hier nicht hin. Ein Geräusch an der Tür ließ sie herumfahren. Im gleichen Moment flammte Licht auf – sanfte Helligkeit flutete den Raum, und doch kam sie so unerwartet, dass Blanca für einen Moment die Augen zusammenkneifen musste.

»Dass du dich nicht schämst«, sagte Francisco.

Er lehnte mit verschränkten Armen an der Wand neben dem Eingang. Ein träges Lächeln lag auf seinem Gesicht, und dennoch wirkte es nicht eben freundlich. Wie lange er dort schon stehen mochte? Blanca hatte ihn nicht kommen gehört, aber sie war auch vollkommen gefangen von ihrer Lektüre gewesen.

»Wirklich, Blanca.« Bedauern malte sich auf Franciscos Miene. »Ich habe dir vertraut, ich habe alles getan, um dich zu fördern. Und so dankst du es mir? Indem du hier einbrichst?«

Francisco legte seinen üblichen freundlichen Plauderton an den Tag, aber jetzt fragte sie sich, wie sie ihn jemals hatte charmant finden können.

Blanca holte Luft. »Ich habe jedes Recht dazu. Ich vermute, das weißt du auch.«

Er hob die Augenbrauen, und sie hatte das Gefühl, dass er dabei betont spöttisch wirken wollte. »So?«

»Die Glasplatten gehören nicht deinem Großvater. Sie gehören Guadalupe. Anastasios berühmte Bilder sind gar nicht seine.« Sie starrte Francisco herausfordernd an. Er erwiderte ihren Blick eiskalt. Er hatte es gewusst, die ganze Zeit. Überraschen konnte ihn wohl nur, dass Blanca tatsächlich verstanden hatte.

»Die Glasplatten«, erwiderte er langsam, »gehörten sehr wohl meinem Großvater. Es gab ein Abkommen. Wer diese Bilder gemacht hat, ist letztlich unerheblich. Hast du die Quittungen gesehen?«

Blanca drückte die Holzkiste fester an sich. »Du hättest es mir sagen sollen.«

»Und dein romantisches Bild von der märchenhaften Nonne in Scherben schlagen? Du hättest mir doch nicht geglaubt, Blanca. Und außerdem bin ich es meinem Großvater schuldig, dass gewisse Dinge in der Familie bleiben.« Francisco schüttelte den Kopf, hakte die Daumen locker in den Hosenbund und schlenderte ein paar Schritte näher. »Mein Weg war der beste für uns alle. Ich hatte gehofft, du begnügst dich mit den üblichen Anekdoten.«

»Hast du mir deshalb die Schlüssel zur Akademie gegeben?«, zischte Blanca. »Damit ich brav für den Wettbewerb arbeite und Guadalupe vergesse?« Franciscos Näherkommen hatte etwas Bedrohliches, und sie kämpfte gegen den Impuls an, vor ihrem Lehrer zurückzuweichen. Auf keinen Fall würde sie Schwäche zeigen.

Er hob beschwichtigend die Hände. »Du siehst Gespenster, meine Liebe. Ich habe nicht von Anfang an gewusst, was es mit deiner Familiengeschichte auf sich hat. Du bist talentiert, hübsch und hast peruanische Wurzeln. Die ideale Gewinnerin für unseren Wettbewerb.«

Blanca öffnete den Mund, aber sie brachte kein Wort hervor.

»Was hast du geglaubt?«, fragte Francisco sanft. »Dass du wirklich so viel besser bist als alle anderen? Deine niedliche Eitelkeit ist ein weiterer Grund, warum ich dich ausgesucht hatte. Claire ist zum Beispiel auch sehr von sich überzeugt, aber auf Schmeicheleien reagiert sie äußerst schlecht.«

»Dann hätte ich den Wettbewerb also gewonnen.« Blancas Stimme klang fremd in ihren Ohren. Rau. Spröde.

Francisco zuckte mit den Schultern. »Nicht ganz unverdient, das möchte ich betonen. Und du kannst das noch immer. Stell die Sachen zurück und lass die Vergangenheit auf sich beruhen. Du kannst nichts Gutes damit bewirken. Nur jede Menge unnötigen Schaden anrichten. Aber du bist ein vernünftiges Mädchen, nicht wahr? Der Wettbewerb, die Ausstellung, das ist eine riesige Chance für dich. Das brauche ich dir wohl nicht zweimal zu sagen.«

»Ich soll so tun, als ob ich das hier nie erfahren hätte?« Fast hätte sie gelacht. Gleichzeitig kehrte das Zornbrennen mit neuer Intensität zurück. »Und wenn nicht? Dann gewinnt eben jemand anders den Wettbewerb, na und?«

»Blanca«, sagte Francisco mit sanfter Stimme. »Ich sagte doch, du bist vernünftig, oder? Mach die Dinge nicht komplizierter, als sie sind. An so einem Wettbewerb hängt eine ganze Menge. Das *Centro Artístico* will sich auch nicht in Unkosten stürzen, also will alles strategisch überlegt sein. Da brauchen wir Marketing-Potenzial und gute Geschichten. Wir gewinnen alle dabei.«

Sie schüttelte fassungslos den Kopf. Es klang hohl, was Francisco da sagte, sie wollte das nicht hören, nicht begreifen. »Es geht hier um meine Urgroßmutter!«

»Herzerwärmend«, erwiderte Francisco. »Hör zu. Für dich ist das eine romantische Schatzsuche, aber für mich hängt einiges mehr daran: finanzielle Einnahmen, Fördergelder, der Ruf meiner Akademie, meine berufliche Zukunft. Alles ein wenig handfester als der Geist deiner Urgroßmutter, findest du nicht? Und ich mag dich aufrichtig gern, so dass es mir leidtäte, wenn ich, nun ja, grob werden müsste.«

Obwohl Blanca ein schwaches Gefühl von Bedrohlichkeit schon vorher empfunden hatte, war das nun der erste Moment, in dem sich so etwas wie Angst in ihr regte. »Grob werden«, wiederholte sie tonlos.

»Ich hoffe sehr, dass du mir eine Wahl lässt. Stell die Kiste weg, Blanca. Lass uns vernünftig reden. Wenn du Briefe aus der Vergangenheit willst …« Etwas blitzte kalt in seinen Augen auf. Es strafte die Sanftheit in Franciscos Stimme Lügen. »Dann habe ich etwas für dich.«

Blanca blieb reglos stehen und hob nur leicht die Augenbrauen. Die Holzkiste wog mit jedem Atemzug schwerer in ihren Armen, doch zugleich fühlte sie sich wie ein Schutzschild an, den Blanca zu gerne weiterhin zwischen sich und Francisco behalten wollte.

Francisco trat näher und kniete sich vor die offene Kommode. Er kniff die Augen zusammen, wirkte konzentriert, als suche er etwas. Blanca hörte das Geräusch eines Deckels, der von einem Karton geschoben wurde. Dann richtete Francisco sich wieder auf und streckte ihr etwas entgegen.

Ein weiterer Briefumschlag. Ebenfalls vergilbt, aber nicht zerknittert. Sie konnte weder eine Beschriftung noch eine Marke entdecken. Blanca schluckte, spürte das Gewicht der Holzkiste in ihren Armen schmerzen und sah Francisco fragend an.

»Nimm ihn«, sagte er leise. »Lies ihn. Du wirst einiges verstehen. Er stammt von meinem Großvater.«

Blanca zögerte.

»Er war für Guadalupe bestimmt«, fügte Francisco etwas schärfer hinzu.

Sie biss sich auf die Unterlippe, dann stellte sie die Holzkiste auf der Kommode ab und ließ die linke Hand schützend über dem Briefbündel darauf liegen, während sie die andere wortlos nach Francisco ausstreckte. Sie durchschaute ihren Lehrer, sagte sie sich, sie würde sich nicht noch einmal von ihm blenden lassen. Natürlich wäre es am besten gewesen, einfach zu gehen, ungeachtet aller Drohgebärden. Doch wenn sie die Möglichkeit hatte, einen Blick auf Anastasios eigene Worte zu werfen, würde sie das tun.

Der Umschlag fühlte sich weich an, als Francisco ihn ihr zwischen die Finger schob. Für einen Moment musste Blanca die Hand doch von den verschlossenen Kuverts auf der Holzkiste nehmen, um ihn zu öffnen. Er musste über Jahre sorgsam aufbewahrt worden sein. Ganz eindeutig war dieser Brief niemals abgeschickt worden. Zwei eng beschriebene Bögen steckten im Umschlag. Vorsichtig entfaltete Blanca sie.

Tachos Brief

Arequipa, 7. Mai 1949

Ich schreibe Dir, Lupe, weil Du mir von Deinen Träumen erzählt hast. Sie interessieren mich eigentlich nicht. Ich höre Dir zu, weil ich besser weiß als Du, dass Deine süßen Hoffnungen sich nie erfüllen werden. Ich höre Dir zu, aber ich berichte selbst nichts. Es ist Dir nie aufgefallen, verloren und selbstverliebt, wie Du nun einmal bist; erst letzte Woche, da hast Du mich gefragt:

»Hast du noch Träume, Tacho?«

Du hast es gewagt, dabei zu lächeln. Ich habe Dir nicht geantwortet. Ich antworte Dir nun, ich erzähle Dir von meinen Träumen. Wir haben eine Gemeinsamkeit, Guadalupe: Der Name Max hat unser Leben verändert.

Ich war ein kleiner Junge und hatte gerade lesen gelernt. An einem Fenster in der Calle Mercaderes drückte ich mir die Nase platt. Meine allerersten Worte: Voigtländer, Zeiss, Kodak. Und Fotografie. Max Vargas.

Du hast bestimmt von ihm gehört. Der große Goldrausch unserer Zeit war der der fotografischen Ateliers, in Arequipa gewiss mehr als im Rest des Landes, und Max Vargas war sein Pionier. Sein Ruhm wirft einen Schatten, aus dem sich schwer hervortreten lässt. Als Junge, da hatte ich Träume: Gehilfe bei Vargas. Berühmt sein wie er. Du bist blind über die Fotografie gestolpert, Du tust nichts um der wahren Kunst willen. Wir wissen beide, woran Du denkst, wenn Du das Holz Deiner uralten Kamera streichelst. Es bedeutet Dir nichts. Wäre Dein Mann Angler gewesen, Du stündest heute mit Rute und Köder am Río Chili.

Aber ich, ich bin anders. Ich habe mich der Fotografie ein Leben lang verschrieben, von Kindesbeinen an. Ich habe hart für sie gearbeitet.

Max Vargas nahm mich nicht als Gehilfe an; ich sei noch nicht weit genug, ich solle später wiederkommen. Bevor ich es konnte, verließ er die Stadt. 1920 war das, ich stand voller Wut vor dem leeren Schaufenster in der Calle Mercaderes, schluckte alle Tränen herunter und ging zum alten Agustín. Kein Vargas, kein Díaz, aber ein Lehrmeister, immerhin. Manchmal träumte ich von Max Vargas und sagte ihm ins Gesicht, dass er mir die zweite Chance hätte geben müssen.

Die Jury im Centro Artístico hat mich mit einer Bronzemedaille abgespeist. Ein Trostpreis. Ich wollte sie in den Fluss werfen.

Aber ich bin ein Kämpfer.

Ich habe nicht aufgegeben, sondern die Zähne zusammengebissen, gearbeitet. Mein Leben lang. Agustín war kein Vargas, aber er hat große Stücke auf mich gehalten, wenigstens er, das dachte ich, mein Lehrmeister. Ich wartete, dass er mir sagte, du wirst das Atelier übernehmen, mein Junge.

Und dann, als ich endlich an dem Fenster in der Calle Mercaderes vorbeigehen konnte, ohne aus dem Augenwinkel Kameras und gerahmte Porträtbilder zu sehen, kam Max.

Nicht Vargas. Dein deutscher Max mit seinem unaussprechlichen Nachnamen. Jünger als ich, nichts als Reisen und Abenteuer im Kopf. Er lachte beim Fotografieren, als sei es keine Arbeit, die Ernst verdient. Ich habe ihn herumgeführt, Agustín sagte, ich solle das tun. Aber die Wahrheit ist doch, die Türen schwangen auf, sobald man Max kommen sah. Blaue Augen, ein Spanisch mit Ecken und Kanten, unser Volk liebt das Fremde zu sehr. Das Schicksal ist ungerecht, und es hat einen dunklen Humor. Max' Bilder waren nicht besser als meine. Sie waren es nicht. Aber sie gehörten einem Abenteurer, einem Fremden, oh, seht her, er kommt von weit weg, das muss doch gut sein!

Agustín hat sich blenden lassen, das hab ich ihm nie vergeben. Plötzlich konnten die Regeln aus dem Lot sein, und niemanden hat es gekümmert. Agustín wusste, wie viel mir sein Respekt bedeutete. Aber seit der Deutsche da war, sah er mich nicht einmal.

Mein Hass ist aus vielen Steinen erbaut, Guadalupe. Ich hätte die Welt auch bereisen und fremde Sprachen lernen mögen, aber die deutsche Schule in Arequipa hat mich abgelehnt, und das Stipendium in Lima haben sie mir nicht gegeben. Ich war gut genug. Mehr als das. Es hat sie nicht interessiert, es hat nie jemanden gekümmert, Schein statt Sein, du glaubst nicht, wie oft ich es schlucken musste.

Max muss es gewohnt gewesen sein, dass er als fremder Reisender in die Hände gespielt bekam, wovon andere ihr Leben lang träumten. Er kann nie gewusst haben, wie es ist, sich etwas zu erarbeiten. Für etwas zu kämpfen. Selbst in Santa Catalina bekam er ein Geschenk, er wurde zum Märchenprinz, der die verbotene Prinzessin entführt. Ja, was hat es das Gerede in der Stadt beflügelt, die Gerüchte, den Tratsch! Und wieder haben nur wenige den Kern der Sache erfasst: dass Du nichts bist als eine ungehorsame Frau, scheinheilig unter ihrem Schleier. Ich habe das Tuscheln hinter vorgehaltenen Händen gehört, die verträumten Seufzer. Wieder haben alle nur das

Märchen gesehen, die Geschichte, die sich gut erzählen lässt. Nicht die Wahrheit. Sie haben, im Verborgenen, mild gelächelt über den deutschen Draufgänger.

Ich mag zornig klingen. Vielleicht bin ich es noch. Es ist nicht Deinetwegen. Nicht geschenkt hätte ich Dich gewollt. An meine Seite gehört eine Frau, die Wahrheit statt Traumbilder sieht, die das Leben annimmt, wie es ist, und nicht versucht, es in alberne Verse zu drücken.

Es hat diese Frau gegeben, weißt Du? Dieses Mädchen mit der Klarheit in den Augen, das ich geliebt habe. Constanza. Ich wollte sie heiraten, ich habe es ernst gemeint. Ich wollte groß werden, berühmt, nur für sie. Ich wollte den Stolz in ihrem Blick sehen.

Ich habe sie nicht bekommen. Ein flüchtiger Kuss, so etwas wie eine Bronzemedaille des Herzens. Dann ging sie ins Kloster, ihre Eltern wollten es so. Fanden, dass bunte Mauern und Rosenkränze Constanza mehr geben konnten als ich. Ich habe ihr geschrieben, viele Male.

Ich stelle mir vor, dass Constanza meine Briefe nie bekommen hat, vielleicht hat die Pförtnerin sie zurückgehalten. Der Gedanke ist mir lieber als die Vorstellung, dass Constanza aus Hochmut geschwiegen hat. Dass sie mich nicht wollte.

Ob Du sie gekannt hast? Ob Ihr mehr Blicke getauscht habt als flüchtige Bekannte? Sie ist gestorben, soviel weiß ich. Es war jener seltsame Tag im Juni, bewölkt wie sonst nur zur Regenzeit. Der Tag, an dem alle Regeln gebrochen wurden.

Mein Lehrmeister war etwas Besonderes: Wenn eine Nonne starb, dann durfte er ins Kloster gehen. Ich habe ihn nie begleitet. Die Regeln waren heilig. Unverrückbar. An jenem Junitag, da schickten sie uns Nachricht aus dem Kloster, und Agustín sagte lächelnd am Frühstückstisch: »Max, wie wäre es, wenn du an meiner Stelle gehst? Santa Catalina, das ist etwas Besonderes. Kaum ein Mann hat es je von innen gesehen.«

Und ich saß daneben. Ich, nach all den Jahren, ich, der Fleißige, der Beständige, der Begabte. Ich, der ihn an jenem Wolkentag um einen Gefallen bitten wollte: Lass mich gehen, Agustín, lass mich die Verstorbene fotografieren.

Meine letzte Gelegenheit, Constanza zu sehen.

Max ging an meiner Stelle – nicht an Agustíns, an meiner. Einfach so. Er ging und fand eine Liebe, die er nicht gesucht hatte. Und ich durfte nicht. Massive Klostermauern, bis zuletzt zwischen mir und Constanza. Auch dafür hasse ich Max. Er hat mir Constanza gestohlen, den Abschied von ihr. Den letzten Blick.

Es ist, als ob er mich stumm verhöhnt hätte mit jeder seiner Taten. Erfolg und Liebesglück, das er weder ersehnte noch verdiente.

Und jetzt, da mir das Schicksal die Wahl gibt, soll ich tun, als ob es meinen Schmerz und meine Bitterkeit nie gegeben hätte? Soll Max' Mittelmaß helfen, seine unverdiente Liebe zu bewahren und Dir dabei zusehen, wie der Erfolg auf Dich niederregnet, um den ich seit Jahren ringe? Soll ich mir mit eigenen Händen Unrecht zufügen, wenn ich die Möglichkeit habe, endlich Gerechtigkeit zu schaffen – für mich?

Ich bin kein Narr, Guadalupe! Ich greife zu, wenn die Gelegenheit sich bietet. Dein Vertrauen in mich, Deine Hilfsbedürftigkeit, das ist der Schlüssel zu meiner Rache.

Und es erfüllt mich mit Genugtuung, dass Du auf meinen

Großmut, mein Geld, meine beruhigenden Worte hoffen musst, dass Du mir zu danken hast für meine selbstlose Hilfe. Du weißt ja nicht einmal, was ich Dir vorenthalte. Die Anerkennung. Das Leuchten in den Augen. Der Galerist aus Lima, ein spröder Mann, der nie zu viel bezahlen wollte, kam zu mir, als Du mir jene ersten Aufnahmen vorbeigebracht hattest. Meine eigenen hatte ich ihm aufdrängen müssen. Bei Deinen erstarrte er.

»Das«, sagte er, »besitzt eine ganz andere Ausdruckskraft.«

Es machte mich wütend. Ich sah die gleiche Kraft in meinen eigenen Bildern.

Der Galerist blickte mich an. Sah mich das erste Mal als Künstler, der sein Handwerk beherrscht. »Sind das auch Ihre Aufnahmen?«

Und ich habe genickt und Dir den Triumph gestohlen, den Du mir im Grunde schon verkauft hattest für ein paar Soles. Für so viel mehr kann ich Deine Fotografien weiterverkaufen. Ein Geschäft, das mir gefällt, Guadalupe, Deine Arbeit, Dein Werk, aber mein Name, mein Ruhm, wir haben es gut aufgeteilt, und ich ernte endlich die Früchte. Dir bleiben ein paar zerknitterte Geldscheine und das Schweigen Deines Mannes. Endlich entscheide ich selbst. Lasse Euch erfahren, wie sich die Mauer aus Schweigen anfühlt, die selbst so hoch in meinem Leben ragte. Keine Antwort von Deinem Liebsten, nur nagende Ungewissheit … Es schmerzt, nicht wahr? Ich weiß es. Es war Zeit, dass auch Ihr es erlebt. Durch meine Hand.

Ich will, dass Du dies hier liest, wenn Du alt und welk bist. Auf dem Sterbebett am besten. Das ist mein Traum, verstehst Du? Ich will zu gern Dein Gesicht sehen, wenn Du begreifst, welchem Irrtum Du all die Jahre erlegen bist, was das Schweigen wirklich zu bedeuten hatte. Möglich, dass ich es niemals sehen werde, aber ich stelle es mir vor, und in Deinen Tränen gehen meine Träume in Erfüllung.

A.

Langsam ließ Blanca die Briefbögen sinken und legte wieder eine Hand auf die Kiste mit den Glasplatten. Sie spürte einen schalen Geschmack im Mund, wie eine Ahnung jener Bitterkeit, die Anastasios Leben erfüllt haben musste – und seine rasende, brennende Eifersucht.

Constanza. Blanca erinnerte sich daran, wie oft der Name in Guadalupes Tagebuch gefallen war. Vermutlich hatte Anastasio nie erfahren, dass seine Liebste Guadalupe eine gute Freundin gewesen war. Und falls doch, hätte er Blancas Urgroßmutter vielleicht sogar die Trauer um Constanza missgönnt.

Beinahe hätte Blanca Mitleid mit diesem Mann empfinden können. Wenn nicht Franciscos Blick verraten hätte, dass er genau darauf hoffte.

»Und?«, fragte sie rau. »Was soll ich nach diesem Brief verstehen?«

Francisco starrte sie an. Alles Schalkhafte war aus seinem Gesicht verschwunden. »Warum er es getan hat. Warum er es tun musste. Und warum auch ich das Geheimnis hüten muss. Mein Großvater ist eine Legende.« Er zog wie schmerzhaft die Luft ein. »Und er hat es verdient, hörst du? Er ist zu spät geboren worden. Zehn Jahre früher, und er hätte das goldene Zeitalter der Fotografie in Arequipa noch voll auskosten können. Man hätte ihn in einem Atemzug genannt mit

Max Vargas und Emilio Díaz.« Er stockte und lachte bitter auf. »Dass das nichts geworden ist, war nicht seine Schuld. Der Zenith war überschritten. Die Weltwirtschaftskrise stand vor der Tür. Mein Großvater hatte es schwer. So viel schwerer, als du es jemals haben wirst. Stipendien? Wettbewerbe? Ausstellungen? Glaubst du, irgendjemand hätte ihm etwas geschenkt? Er hätte es verdient. Du hast keine Ahnung, wie viele Türen ihm vor der Nase zugeschlagen worden sind. Wie oft er mit leeren Händen dastand. Bis er die richtigen Bilder bekam. Es war höchste Zeit für die Anerkennung.« Francisco fixierte sie und senkte seine Stimme. »Dazu kam die Liebe. Du hast es gelesen. Er hat sehr gelitten, Blanca. Kannst du das gar nicht verstehen?«

Langsam schüttelte Blanca den Kopf. »Das ist kein Grund, sich mit fremden Federn zu schmücken. Darauf kannst du doch nicht stolz sein! Es ist doch alles Blendwerk!«

»Nein!«, widersprach Francisco und ballte die Fäuste. »Du hast keine Ahnung. Für dich sind die Dinge so einfach. Schwarz und weiß, mehr nicht, aber die Wahrheit sieht komplexer aus. Er hat es verdient. Mit diesen Bildern hat er den Ruhm bekommen, der ihm zustand. Und er hat deine Urgroßmutter über Jahre hinweg durchgefüttert. Obwohl er ihr das wahrlich nicht schuldig gewesen wäre.«

»Mit lächerlich wenig Geld.« Wütend funkelte Blanca ihren Lehrer an, holte Luft und raffte die Holzkiste wieder an sich. Wie hatte sie nur jemals so viel auf sein Urteil geben können?

»Lenk nicht ab!«, zischte Francisco. »Stell die Kiste zurück, und lass uns das vergessen. Es ist vorbei. Konzentrier dich auf die Gegenwart. Eine halbwegs ordentliche Arbeit für den Wettbewerb, Blanca, und ich organisiere dir die schillerndste Ausstellung, die du dir vorstellen kannst!«

»Glaubst du, mich interessiert ein arrangierter Sieg?«

»Andernfalls«, gab Francisco leise zurück und lächelte, »würde ich dir das wohl kaum anbieten. Es ist pragmatisch, meine Liebe, kein Pakt mit dem Teufel. Gang und gäbe in unserer Branche. Hör auf deinen Ehrgeiz, Blanca. Eine ganze Ausstellung nur mit deinem Namen.« Das Lächeln grub sich jetzt tiefer in seine Mundwinkel. In seinen Augen las Blanca Spott. »Und wenn du es unbedingt pathetisch haben willst: Wäre Guadalupe nicht unglaublich stolz auf dich? Du bekommst, was ihr versagt blieb.«

Er schaffte es, dass ihre Empörung kurz verflog, damit sie umso heftiger zurückzukehren konnte. »Vergiss es! Dein Großvater hat meine Familie zerstört. Hast du eine Vorstellung davon, was es für sie bedeutet hat? Wie sehr sie auf Nachricht voneinander gewartet haben? Meine Großmutter hat sich ein Leben lang gefragt, warum sie niemals wieder von ihrer Mutter gehört hat! Guadalupe und Max sind gestorben, ohne jemals zu erfahren, was hinter dem Schweigen steckte. War es das wirklich wert? Ein wenig Ruhm und Genugtuung gegen das Schicksal einer Familie? Du willst mir nicht erzählen, dass es das wert war!«

»Blanca ...«

»Und du glaubst, ich würde das akzeptieren, nur weil dein Großvater selbst einmal unglücklich verliebt war? Es tut mir leid für ihn. Von Herzen, Francisco. Aber das rechtfertigt nicht, was er getan hat. Was meine Urgroßeltern durchstehen mussten. Dein Spiel … Nein, ich mach da nicht mit. Ich werde die Sachen mitnehmen, und ich werde dafür sorgen, dass die Wahrheit bekannt wird!« Ihre Stimme klang schrill, kam kraftvoller, als Blanca das beabsichtigt hatte. Doch es machte Eindruck auf Francisco, das sah sie an seinen geweiteten Augen, an seinem bebenden Brustkorb.

Sie straffte sich, atmete mehrmals tief durch, bis sie sicher war, dass ihre Stimme ihr wieder ganz gehorchte. »Ich werde jetzt gehen«, sagte Blanca ruhig, ohne den Blick von Francisco zu nehmen. Sie hatte gewonnen. Seine Worte besaßen keine Macht mehr über sie, seine nicht und auch Anastasios nicht. Der Versuchung hatte sie widerstanden. Irgendwo, das spürte Blanca mit Gewissheit, lächelte Guadalupe.

Seine Bewegung kam aus dem Nichts, viel zu rasch und viel zu unerwartet. Francisco sprang auf Blanca zu, seine Augen blitzten, als er die Arme hochriss.

Sie wich zurück, knickte um und sah Franciscos Hände, die sich um die Holzkiste schlossen, daran zogen, sie Blanca entreißen wollten.

Mühsam kämpfte sie um ihr Gleichgewicht, holte mit dem linken Fuß aus und trat nach Francisco. Ein Tritt, der zu schwach ausfiel und ihren Lehrer kaum richtig streifte. Aber für einen Moment brachte er sie beide aus dem Gleichgewicht, und Blanca spürte, wie ihre Finger schweißnass auf dem glatten Holz abglitten. Die Briefbündel kamen ins Rutschen, federleichte Papierlawinen.

Dann verschwand das Gewicht aus ihren Armen, zu abrupt, zu schnell, und Blanca schrie.

Es war ein Schrei, der aus großer Tiefe kam und mit dem

Geräusch von Holz auf Stein zusammentraf. Das Glas barst.

Franciscos Finger schossen vor und packten Blancas Handgelenke. Neuer Schmerz, diesmal körperlich, zuckte durch ihre Arme. Ihr Schrei brach ab, sie rang nach Luft, die Stimmbänder wund. »Lass los!«, brachte sie hervor, versuchte einen weiteren Tritt, der ins Leere ging.

Francisco drängte sie rückwärts, stieß sie gegen die Wand. Er hatte die Lippen zu einem schmalen Strich zusammengepresst, trug keine Spur seines üblichen Lächelns mehr im Blick. »Halt still«, zischte er. »Sei vernünftig! Mein Angebot steht, Blanca. Wirst du vernünftig sein?«

Seine Finger gruben sich so fest in ihre Handgelenke, dass Blanca meinte, jeden Moment müssten sie sich bis auf den Knochen bohren. Es war ein stahlharter Griff, gegen den sie keine Chance hatte. Aber Franciscos Blick machte ihr mehr Angst als die Kraft, die er demonstrierte.

»Ich hab noch immer die Briefe«, flüsterte sie. »Die sind Beweis genug.«

»Sei nicht dumm«, raunte Francisco zurück. »Versprich mir, dass du den Mund halten wirst. Lass meinen Großvater in Frieden – und mich. Sonst wirst du es für immer bereuen. Und du weißt, was für dich davon abhängt. Spiel mit.«

»Für einen gezinkten Wettbewerb? Bestimmt nicht!«

Ein kaltes Lächeln spielte um Franciscos Mundwinkel. »Und für dein Leben, Blanca?«

Die Frage verwandelte ihren stolzen Zorn in jämmerliche Angst. »Was?«

»Ich meine das ernst.« Franciscos Stimme war nur ein Flüstern. »Ich bin stärker als du, das merkst du, nicht wahr? Neben uns steht die Kommode. Du könntest unglücklich stürzen, meine Liebe. Mit der Schläfe aufschlagen …« Er machte eine vielsagende Pause, und sein Lächeln wurde breiter – beunruhigender.

Die Kälte der Steinwand in Blancas Rücken nahm zu, als sei sie in diesem Moment wirklicher geworden. Die Asche ihres Zorns kribbelte in Blancas Kehle, vielleicht war es auch gewöhnliche Übelkeit. Francisco bluffte. Sie musste an Claires Worte denken, dass er ein Schwätzer war. Doch obwohl sie sich verzweifelt daran festhielt, dass er ihr nur Angst einjagen wollte, blieb ein Rest Zweifel. Ein Rest Furcht. »Das würdest du nicht tun«, krächzte sie.

»Du kennst Peru nicht«, wisperte Francisco. »Die Polizei stellt wenig Fragen, wenn man nach den Regeln spielt. Ich kann es mir leisten. Es täte mir leid, und es wäre sehr tragisch. Aber ich meine es ernst. Du kannst mir mit ein paar Worten kaputtmachen, wofür mein Großvater und ich ein Leben lang gearbeitet haben. Und das werde ich nicht zulassen.«

»Niemand würde glauben …«

»Ein Einbrecher, Blanca.« Francisco verstärkte den Druck auf ihre Handgelenke. »Ein skrupelloser Mistkerl, der Eigentum meines Großvaters entwenden wollte, und du hast dich ihm entgegengestellt. Schade, dass du dabei gestürzt bist. Nun?«

Blanca erstarrte. *Er blufft. Er muss bluffen. Er würde das nicht tun.* Wie ein Mantra wiederholte sie dies immer wieder, aber nur undeutlich durch einen Nebel aus Angst. Sie starrte Francisco an, und er starrte ungerührt zurück, ohne mit der Wimper zu zucken. Lange würde er nicht mehr auf eine Antwort warten. Und wenn die Antwort ihm nicht gefiele …

Es klickte. Eine Andeutung von Blitzlicht.

Francisco erstarrte. Sein Griff lockerte sich unwesentlich.

Wieder ein Klicken.

»Ich habe es fotografiert«, sagte Emilios Stimme, ruhig und ernst wie immer. »Lass sie los. Ich habe Beweise, dass du ihr wehtun wolltest.«

Blanca sah ihn nicht. In ihrem Blickfeld gab es nur Franciscos Gesicht; aber sie wusste, dass Emilio an der Tür zum Studio stehen musste, ungefähr dort, wo vorhin Francisco an der Wand gelehnt hatte. Und sie verstand, dass der Junge, der niemals fotografierte, eine Kamera in der Hand hielt.

Langsam, ganz langsam, gab Francisco Blancas Handgelenke frei und zog seine Finger von ihr zurück. Er schien den Atem anzuhalten. Noch immer wie in Zeitlupe machte er einen Schritt rückwärts und drehte sich leicht.

Blanca blieb an die Wand gedrückt stehen. Ein Zittern überfiel sie, gegen das sie nicht ankam. Aber immerhin konnte sie jetzt Emilio sehen, wie er in der Tür stand, eine kleine schwarze Kamera in beiden Händen, als sei es eine Waffe.

»Dir würde niemand glauben«, murmelte Francisco und fuhr sich mit dem Handrücken über die Augen, als erwache er gerade aus einem Traum.

Emilio blieb stehen, wo er war. »Aber den Bildern. Geh weg von ihr.«

»Du kleiner Hurensohn!«

Blanca horchte auf. Das war der Francisco, den sie bereits belauscht hatte – hart, verletzend, frei von jeder Schmeichelei. Das wahre Gesicht hinter der Maske.

Jetzt lächelte Emilio und ließ die Kamera sinken. »Vielleicht bin ich das«, sagte er gelassen. »Ich habe die Polizei gerufen.«

17. Kapitel

»Woher hast du's gewusst?« Beim Sprechen hatte Blanca noch immer das Gefühl, dass das Schreien ihre Stimme beansprucht hatte. An ihrem Rücken, ihren Beinen schmerzte die Kälte der Wand, obwohl Blanca längst nicht mehr dort lehnte. Aber das Gefühl blieb gegenwärtig, genau wie an ihren Handgelenken, an denen rote Abdrücke den Schmerz begleiteten.

»Jerónimo«, sagte Emilio schlicht. Er legte einen Arm um Blancas Schultern, so wundervoll unaufdringlich und ruhig, wie nur er das konnte, und sie lehnte sich mit einer Selbstverständlichkeit gegen ihn, die sie selbst erstaunte. Doch das Gefühl rauen Sweatshirtstoffs an ihrem Gesicht tat ebenso gut wie die Wärme, die Emilios Körper ausstrahlte, der zarte Geruch, den sie noch immer mit Hochlandwind und Sonne verband.

»Jerónimo.«

»Er hat mich angerufen und erzählt, was du vorhast. Er sagte, es wäre bestimmt besser, wenn ich ein Auge auf dich hätte.« Er verstummte für einen Moment, hielt sie weiter behutsam fest, und es kam ihr so vor, als ob sie nun im Gleichklang atmeten. »Ich dachte auch, das wäre gut. Also bin ich gekommen.«

»Du hattest doch keinen Schlüssel mehr«, murmelte sie.

In seiner Antwort schwang ein Lächeln, das sie deutlich hören konnte. »Ja, das dachte Francisco auch.«

Blanca richtete sich ein bisschen auf. Nur so weit, dass Emilios Arm nicht von ihrer Schulter rutschen konnte. »Erzählst du mir, was wirklich passiert ist?«

Ihre Fingerspitzen ertasteten seinen Handrücken. Unter der Berührung spannte Emilio sich unmerklich an, und Blanca hielt inne, beließ es dabei, dass ihre Fingerkuppen weiche Haut erahnen konnten, die Gewissheit, dass er da war.

»Morgen«, antwortete er schließlich, entspannte sich mit einem sanften Ausatmen und schob seine Hand tiefer unter ihre Finger. Er lächelte. »Ich muss dir dann auch etwas zeigen.«

Blanca hielt sich an diesem Blick fest. An der Ahnung des Lächelns, das die dunklen Augen erreichte. Sie fühlte sich zufrieden, wie am Ziel angekommen nach einem langen Marsch, wohlig erschöpft von einer langen Zeit rastloser Bewegung. Solange sie in Emilios Augen blickte, war die Welt auf sonderbare Weise im Gleichgewicht. Und das war gut.

»Und die Kamera?« Sie wollte eigentlich gar keine Fragen stellen. Es gab noch genug davon. Aber eigentlich spielten sie in diesem Augenblick keine Rolle.

Blanca und Emilio saßen auf dem Tisch im Labor, wo sie eine Ewigkeit zuvor ihren kleinen Pakt geschlossen hatten. Die Polizei war fort. Francisco war – für den Moment – fort. Es gab nur Emilios beruhigende Gegenwart, die Blanca genauso genügte. Sie wollte sich nicht davon lösen und in eine

Wirklichkeit zurückkehren, in der unter einem Holzdeckel zersplitterte Glasplatten schlummerten. »Du hast gesagt, du fotografierst nicht.«

»Tu ich auch nicht.« Emilio bewegte ganz zart die Finger, so dass sie Blancas Hand so flüchtig streiften wie der Flügelschlag eines schüchternen Kolibris. »Sie gehörte meinem Vater.«

Es war eine Antwort, die im Grunde nichts erklärte. Aber Blanca nickte und stellte erstaunt fest, dass es so in Ordnung war. Sie hatte heute Abend genug Antworten gehabt, die tatsächlich Dinge erklärten, und das auf schmerzvolle Weise.

Sie saßen schweigend weiter da und ließen die Zeit vergehen. Das kalte Licht des Laborraums war angenehm, weil es die Dunkelheit draußen hielt. Weil es keinen Raum für Schatten ließ. Blanca konzentrierte sich auf die gemeinsamen Atemzüge, die Ruhe ihres eigenen Herzschlags und die unendlich vorsichtige Begegnung ihrer und Emilios Finger, so zaghaft, dass es vielleicht gar keine war. Alles das war wirklich.

*

Emilio wohnte außerhalb des Zentrums; zu weit, um zu Fuß zu gehen. Jeden Morgen drängte er sich in das stickige Innere eines überfüllten *combis,* und je nach Verkehrslage dauerte die Fahrt in die Altstadt zwischen fünfzehn und vierzig Minuten. Genau konnte man das nie sagen, nicht in einer Stadt wie Arequipa, deren wahrer Herzschlag manchmal der Rhythmus hysterischer Hupkonzerte zu sein schien.

»Wir haben Glück«, sagte er zu Blanca, während das *combi*

sich mit geöffneter Tür eine Steigung emporquälte. Und Glück hatten sie wirklich: kein Stau, dafür Sitzplätze mit aufgeplatztem Kunstleder, unter dem Schaumstoff hervorquoll. Aber Sitzplätze.

Blanca nickte und sah aus dem Fenster, betrachtete das andere Arequipa. Hier gab es keine herrschaftlichen Stadthäuser aus Sillar-Gestein, keine kolonialzeitlichen Kirchen mit üppigen Barockfassaden. Flache, viereckige Gebäude beherrschten das Bild, emporgewuchert in jüngster Zeit und in einem Prozess, der längst nicht überall abgeschlossen war: Das sandige Rot unverputzten Mauerwerks war die vorherrschende Farbe. Struppige Hunde strichen rastlos auf den Dächern herum. Auf Mauern und Hauswänden lockten aufgepinselte Wahl- und Werbeversprechen, Plakate mit Neonschrift kündigten lokale Künstler an. Es war eine eigene, fremde Welt, und die Vorstellung, dass Emilio ein Teil von ihr war, hatte etwas Merkwürdiges.

»Wir steigen aus«, rief Emilio dem Fahrer zu, und an der nächsten Ecke kam das *combi* zum Stehen. Blanca stieß sich fast den Kopf, als sie hinter Emilio hinauskletterte. Abseits der schattigen Altstadtgassen schien die Sonne kraftvoller, beinahe feindselig zu brennen. Staub tanzte unter jedem Schritt.

»Als ich nach Arequipa kam, hatte ich gar nichts.« Emilio bog in eine Seitenstraße ab, die für Blanca wie der Eingang in eine Geisterstadt aussah; schweigende Häuser, Bauschutt, keine Regung unter dem blauen Himmel. »Ich habe auf dem Markt geschlafen. Später bei Jerónimo auf dem Fußboden. Dann kam ich zu Francisco, und von meinem Gehalt kann ich die Zimmermiete bezahlen.«

Er blieb vor einer Metalltür stehen und kramte nach seinem Schlüssel. Blanca biss sich auf die Unterlippe, während sie den Blick über das Gebäude gleiten ließ. Ein eigenes Zimmer. Am Ende der Welt, zumindest fühlte es sich für sie so an, aber die Erkenntnis, wie viel es für Emilio bedeuten musste, sich das überhaupt leisten zu können, ließ sie schweigen.

Du weißt gar nichts, hatte Emilio gesagt, wieder und wieder – eine nüchterne Feststellung, kein Vorwurf. Er hatte recht gehabt.

Sie folgte ihm durch die Tür in ein Treppenhaus aus nacktem Stein und stieg über viel zu hohe Stufen in den ersten Stock hinauf, wo Emilio eine weitere Metalltür aufschloss, kurz zögerte und sie dann öffnete. »Komm rein.«

Blanca dachte daran, wie sie Emilio das erste Mal gesehen hatte – im Halbdunkel des Torbogens, der zum Innenhof der Akademie führte. Alles an Emilio hatte den Eindruck erweckt, im Schatten und außer Reichweite bleiben zu wollen. Ein wenig, so fühlte es sich an, war er noch immer so. Und doch war er bereit, ihr sein Reich zu zeigen. Er musste nicht dazusagen, was für ein Schritt das war. Blanca verstand es auch ohne Worte. Erst recht, als sie das Zimmer betrat.

Es war klein. Kleiner sogar als ihr eigenes im Gästehaus. Eine schmale Klappliege mit einer viel zu dünnen Matratze, ein abgeschabter Holzstuhl, ein wackeliger Tisch mit einer Kochplatte, ganz wie sie das bei Jerónimo gesehen hatte. Ein weiterer Tisch, der unter dem Gewicht eines kleinen und vorsintflutlichen Fernsehers stumm zu ächzen schien. Neben dem Fernseher auf der Tischplatte stand eine schwarze Ledertasche, und auf dem letzten Stück Freifläche stapelten sich Pappordner.

Aber was auf der Stelle Blancas Blick auf sich zog, waren die Bilder, die über dem Bett an der Wand hingen.

Es war nur eine Handvoll, die nicht wahllos zusammengestellt erschien, sondern wie eine behutsame Auswahl. Schwarzweißporträts wie jenes, auf das sie in der Dunkelkammer einen Blick erhascht hatte. Einfache Menschen des Hochlands, die direkt in die Kamera blickten; ernsthaft, schmerzerfüllt, Schicksale in ihren Gesichtern, die Blanca nur erahnen konnte.

Sie blieb stehen und sah die Bilder einfach an. Emilio schwieg. Aber sie hatte das Gefühl, dass er ihr nur zu gerne Zeit einräumte, um mit den Fotografien vertraut zu werden. Dass es die Reaktion war, auf die er gehofft hatte.

Nach einer Weile wandte Blanca den Kopf und suchte Emilios Blick. »Sie sind unglaublich stark.«

»Sie sind von meinem Vater.« Die Art, wie Emilio diese Worte aussprach, berührte sie. Aber bevor sie etwas antworten konnte, trat Emilio an ihr vorbei, kniete sich hin und zog etwas unter dem Bett hervor: einen Pappkarton mit zerschlissenen Ecken, ansonsten jedoch in gutem Zustand.

»Das Wichtigste. Das hier ist für dich.«

»Für mich?«

Emilio blieb neben dem Karton hocken, beide Hände auf dessen Rand, und lächelte schief.

Blanca hockte sich neben ihn. Ein helles Wolltuch bedeckte den Karton, verbarg seinen Inhalt. Der Anblick versetzte Blanca einen kleinen Stich. Es war wie das Wolltuch, das die Glasplatten in der Holzkiste behütet hatte. Jahrzehntelang, und doch war es umsonst gewesen. Mühsam schob Blanca das Bild der dunklen Glasscherben beiseite, das sich ihr aufdrängte, atmete tief durch und schlug das Tuch zurück.

Stille hing im Zimmer, filigran und vollkommen.

Blanca grub die Finger in dicke Pappe, spürte ihr Nachgeben unter dem harten Griff. Dann, wieder mit der Behutsamkeit einer Flaumfeder im Wind, Emilios Finger, die über ihren Handrücken strichen.

»Die Dinge sind nicht immer, wie sie scheinen, weißt du?«

Langsam atmete Blanca ein und aus, bis sie es schaffte, eine Hand aus der Pappwand zu lösen und mit den Fingerspitzen die dunklen Glasplatten im Karton zu berühren. Sie zog keine davon heraus. Nicht jetzt. Es war der bange Moment zwischen zwei Herzschlägen, zwischen Traum und Erwachen, in dem alles möglich war.

»Das kann nicht sein.«

Emilio lächelte einfach.

»Das sind sie nicht, oder? Sie sind doch zerbrochen.«

Seine Hand legte sich mit sanfter Bestimmtheit auf ihre. »Nein. Eben nicht.«

Mit der freien Hand griff Blanca nun doch nach einer Glasplatte, hob sie ganz vorsichtig heraus und ließ den Blick sekundenlang in den Umrissen des Negativs versinken. Sie erkannte ein Gesicht, das sie anzuschauen schien, das vertraut wirkte. Die Marktfrau, deren Porträt auch in der Akademie hing.

»Das ist unmöglich«, flüsterte Blanca.

»Du hast geglaubt, ich hätte die Glasplatten ausgetauscht«, gab er zurück – ebenso leise, als könnten Glas und Geheimnis unter zu lauten Worten bersten. »Und ich hab es getan. Aber erst, nachdem Francisco sie dir weggenommen hatte. Das in der Kiste, das waren nur noch leere Negative. Weil ich sie ausgetauscht habe.«

»Wann?« Blanca legte die Glasplatte zurück, schüttelte ungläubig den Kopf und sah Emilio an.

»Am Sonntagabend.« Sie hatte ihn selten so oft lächeln sehen wie in diesen Minuten. »Ich hatte schon immer zwei Schlüssel für die Akademie. Falls mir einer verloren geht.«

Blanca dachte an die verschlossenen Kommoden, an das kleine Silberschloss an der Holztruhe und ihre eigenen Versuche mit dem Dietrich. »Und das Kistenschloss … Das hast du geknackt …?«

Jetzt zog er seine Hand zurück und senkte den Blick. »Nein. Wollen wir uns setzen?«, murmelte er, sagte es mehr zu Wolltuch und Glasplatten als zu Blanca. »Ich muss dir etwas erzählen. Und etwas zeigen.«

Blanca runzelte die Stirn, wartete darauf, dass Emilio sie wieder anblickte.

»Du wirst sagen«, flüsterte er und tastete nach seiner Hosentasche, »ich hätte es vorher erwähnen sollen.«

Der Silberglanz des Schlüssels hob sich hell gegen Emilios dunkle Finger ab. Blanca betrachtete den glatten Metallkörper, verirrte sich mit dem Blick in den zarten Schnörkeln am Schlüsselgriff.

Ein Baum.

Guadalupes Baum.

Erschrocken schnappte sie nach Luft und schob die Finger in ihre eigene Hosentasche. Die Frage drängte sich ihr auf, als Blanca warmes Metall ertastete, ihren Baumschlüssel dort fand, wo sie ihn vermutet hatte. Sie zog ihn hervor, starrte darauf, dann auf Emilios Finger.

Zwillinge.

Zwei Schlüssel. Identisch. Zwei silberne Mahagonibäume.

Sie blickte auf, verzichtete auf die Bemühung, ihre Frage irgendwie zu formulieren. Sie musste ihr deutlich genug aus den Augen leuchten.

»Ja«, sagte Emilio leise. »Ich erkläre es dir.«

Und dann begann er zu erzählen – die Geschichte, die er von Papá kannte und so sorgsam gehütet hatte, wie all die anderen Erinnerungen.

Sie war Papá an einem Sonnentag begegnet. Nicht zum ersten, aber zum letzten Mal. Denn der letzte *taller* war vorbei, die Teilnehmer hatten sich mit einem Lächeln auf den Lippen und feuchtem Schimmer in den Augen voneinander verabschiedet, jeder mit einer Tasche über der Schulter, in der sich eine Kamera verbarg.

»Ein kleiner schwarzer Drache, der Licht statt Feuer spucken wird«, sagte Papá, als er seine Nikon zum ersten Mal mit nach Hause brachte. Als sie für Emilio und Marcelo noch nichts weiter war als ein klobiges Kästchen.

Oh, Papá. Du hast nicht wissen können, welches Feuer dein kleiner Drache beschwören würde. Damals noch nicht.

An jenem Tag nach dem letzten Workshop hatte Papá einige Teilnehmer auf dem Pick-up mitgenommen und die letzten von ihnen gerade auf dem Hauptplatz von Cusimarca abgesetzt, das Radio leiser gedreht und den Zurückbleibenden ein letztes Mal zugewinkt. Der Wagen quälte sich über die unbefestigte Straße, und schließlich, direkt an dem schlanken Steinbogen, der die Ein- und Ausfahrt zum Dorf markierte, sah Papá die Nonne.

»Ich wusste sofort, dass sie es war.« Emilio konnte sich an Papás Worte erinnern. An das Lächeln, das jede Silbe durchdrang, so wie die Sonnenstrahlen an jenem Tag die tanzenden Staubwolken am Straßenrand durchdrungen haben mussten. »Sie war im *taller* dabei gewesen. Wir nannten sie Schwester. Schwester Leica, das sagte Urbino, der immer für jeden einen Spitznamen fand. Schwester Leica, weil auch sie ihre Kamera hatte. Natürlich trug die Schwester in Wahrheit einen anderen Namen, aber wir fragten sie nicht danach. Wir fragten sie lieber nach Blendeneinstellungen und Aufnahmewinkeln, wir beugten uns lieber mit ihr über die Schüsseln mit der Entwicklerflüssigkeit. Sie wusste vieles darüber, und sie teilte ihr Wissen mit einem Lächeln und großer Selbstverständlichkeit. Alt war sie, und unter der Ordenshaube lugten manchmal silberweiße Strähnen hervor. Aber ihre Hände waren schmal und weiß wie die eines jungen Mädchens. Wir hatten sie gern, unsere Schwester Leica. Ihr müsst eine Stimme haben, sagte sie oft und tippte mit akkurat kurzen Fingernägeln auf glatte Kameragehäuse. Die Bilder müssen eure Stimme sein.«

Auch Papá mochte die Nonne. Es überraschte ihn nur, sie hier zu sehen, auf einer Bergstraße unterwegs ins Nichts, als sei die Frau direkt aus dem aufgewirbelten Staub hervorgetreten. Papá kurbelte das Fenster hinunter, als er sie erreichte und den Pick-up in Schritttempo fallen ließ.

»Schwester«, sagte er über das verschämte Plärren des Radios hinweg, »kann ich Sie ein Stück mitnehmen? Wo wollen Sie hin?«

Die Nonne hob den Blick und lächelte, Erkennen in den dunklen Augen. »Ich will keine Umstände bereiten«, antwortete sie. »Fährst du ein Stück nach Osten? In Richtung San Vicente vielleicht?«

»Ich komme dort vorbei«, log Papá, für den es ein Umweg war. Aber die Schwester mit ihrem staubigen Habit, die Kameratasche über der Schulter und sonst nichts, die konnte er doch nicht allein marschieren lassen. Er stoppte den Wagen und stieß die Beifahrertür auf. »Kommen Sie, Schwester«, sagte er und nahm seine eigene Tasche mit der Nikon von der Bank, »ich fahre Sie hin.«

Das Radio machte ein seltsames Geräusch, als die Nonne einstieg. Als ob es sich räusperte.

Schwester Leica zog die Beifahrertür zu; sie drückte ihre Tasche auf dem Schoß an sich, während Papá den Motor wieder startete und das Radio, knarzend vor Verlegenheit, spielte einen Walzer von Chabuca Granda, der großen Sängerin, die gerade erst gestorben war.

»Was wollen Sie denn in San Vicente, Schwester?«, fragte Papá.

»Eigentlich gar nichts«, erwiderte sie, klopfte mit den Fingern auf dem Taschendeckel den Takt. »Ich will nur weiter von dort aus. Richtung Osten. Hinab in die Nebelwälder.«

Es ist ein fröhlicher kleiner Pfad, sang Chabucas Stimme im Radio, *mit Licht von Mond oder Sonne …*

Papá blickte auf den Weg, der trocken und kurvig vor ihnen lag. Er hatte Fragen, das erzählte er später daheim, aber er stellte sie nicht.

»Es ist«, setzte Schwester Leica fast entschuldigend hinzu, »meine letzte Reise.«

»Aber Schwester«, sagte Papá, sich dessen bewusst, dass der Schweiß ihm in dreckigen Sturzbächen über Schläfen und Wangen rann, »so alt sind Sie nicht.«

Da lächelte sie. »Alt genug«, antwortete sie, starrte verträumt durch die trübe Frontscheibe, als sehe sie schon den Wolkenschleier des Nebelwalds. »Alt genug für diesen Weg.«

Dem ich singend folgen muss, sang Chabuca, *ob ich dich wohl erreichen kann …*

»Sie machen mich traurig«, murmelte Papá.

Die Nonne schwieg eine Weile. »Das ist gut«, sagte sie schließlich, »es zeigt, dass du lebendig bist. Aber es ist nicht nötig, weißt du. Ich wollte den Nebelwald immer sehen. Und den Regenwald. Den Amazonas. All das wispernde Grün. Ich werde am Ziel sein. Nicht länger traurig.«

Mehr sagte sie nicht. Oder vielleicht, auch das war möglich, erinnerte sich Papá an den Rest nicht mehr. Es gab nun einmal Worte, die einem im Gedächtnis hängenblieben wie nachschillernde Schmetterlingsflügel, und andere, die im Nachmittagswind davonflatterten. Das letzte Stück Fahrt über herrschte aber auf jeden Fall Schweigen, zerrissen nur vom Stottern des Motors. Und obwohl Papá schwitzte, hatte er das Gefühl von Morgennebel auf der Haut, weil neben ihm eine Nonne saß, die aus den Regenwäldern nicht mehr zurückkehren wollte.

Er hätte sie gern fotografiert, als sie in San Vicente ausstiegen. Als Erinnerung. Als Dank. Als Beweis, dass er seine Stimme zu gebrauchen wusste. Aber Papá, der immer mutig gewesen war, wagte es nicht.

Schwester Leica stand vor ihm, sie reichte ihm nur bis zur Brust, doch sie legte den Kopf in den Nacken, damit sie Papá anlächeln konnte. »Ich kann dir nicht viel geben für deine Freundlichkeit«, sagte sie, und Papá sah auf seine Schuhe und murmelte, dass das auch nicht nötig sei.

Da streckte sie die Hand nach ihm aus und schob ihm kühles Metall zwischen die Finger. »Ich gebe dir das hier. Für die Erinnerung, und damit du nicht traurig bist.« Schmetterlingsworte.

Jedes Mal, wenn Papá daheim von der Nonne erzählte, öffnete er an dieser Stelle seine Hände, und darin glänzte Schwester Leicas Geschenk: der silberne Baumschlüssel.

»Aber Schwester«, sagte Papá hilflos, während sie seine großen Hände mit sanfter Gewalt um die Gabe schloss.

»Ich werde ihn nicht mehr brauchen«, erklärte sie ernsthaft. »Nimm ihn. Er ist gut für die Hoffnung.«

Das Metall erwärmte sich zwischen Papás Fingern. Er sah die Nonne an und suchte ein letztes Lächeln.

»Er hat mich begleitet, aber ich gehe nicht mehr zurück«, sagte sie. »Jeder Schlüssel ist Hoffnung auf die Antworten, die er selbst sich erschließen kann. Und es ist immer gut, wenn man hoffen kann in diesen Tagen, nicht wahr?« Jetzt lächelte sie wirklich. Noch einmal drückte sie Papás Hände.

Es kam ihm vor, als wolle sie Abschied vom Schlüssel nehmen, dem Silberbäumchen Lebewohl sagen. Und wenn sie ansonsten noch etwas sagte, dann ging es im Flirren des Sonnenlichts verloren.

Papá sah der Nonne nach, wie sie den Dorfplatz überquerte, sah die hundert Fotos, die er hätte machen können. Die schmutzigen Ränder des dunklen Ordensgewands, die straffen Schultern, die weiße Hand auf der Kameratasche. Jeder Schritt ein Versprechen.

Papá stand noch da, als sie längst außer Sicht war. Das Radio erzählte belanglose Dinge, und in Papás Hand glühte der Schlüssel.

Er fand nie heraus, wohin die Nonne gegangen war.

Epilog

Armando wirkte nervös. Er klopfte probehalber auf das Mikrofon, und die sonnenwarmen Wände des Innenhofs schienen das Geräusch mit besonderer Lautstärke zurückzuwerfen, ebenso wie das folgende Räuspern. »Meine Damen und Herren.«

Blanca strich sich eine schweißnasse Haarsträhne hinters Ohr und tastete nach Emilios Hand. Sie hatten einen einigermaßen ruhigen Platz im Halbschatten ergattert, wo die Menschen nicht zu eng gedrängt standen. Zumindest für Blanca war es überraschend, wie viele Besucher die angekündigte Preisverleihung angelockt hatte; sie entdeckte sogar Fernsehkameras und Reporter mit professionellen Fotoapparaten. Vielleicht besaß das *Centro Artístico* noch mehr Prestige, als Blanca es für möglich gehalten hatte. Vielleicht hatte der Zufluss aber auch mit den Schlagzeilen und Gerüchten um Francisco zu tun, die in den letzten Wochen nie vollständig verebbt waren. Blanca hatte das Gefühl, dass selbst jetzt und hier, auf engstem Raum, das Tuscheln nicht abreißen wollte. Sie fing flüchtige Seitenblicke aus der Menge auf, konzentrierte sich aber auf das Podium mit dem Mikrofon auf der anderen Seite des Innenhofs. Langsam kehrte Stille ein. Nur noch vereinzeltes Murmeln, das schließlich erstarb und einer spürbar drückenden Erwartung Platz machte.

Armando lächelte. »Es ist mir eine große Freude, Sie im Namen des *Centro Artístico* hier begrüßen zu dürfen. Dass Sie so zahlreich erschienen sind, ist für meine Kollegen und mich ein sicheres Zeichen, dass Kunst und Kultur weiterhin einen festen Platz im öffentlichen Leben Arequipas haben.«

Jemand schien der Meinung, dass an dieser Stelle Applaus angebracht war. Das einsame Klatschen ebbte aber schnell wieder ab.

»Es ist nicht das erste Mal, dass wir einen fotografischen Wettbewerb ausgerufen haben, um unbekannten Nachwuchskünstlern ein Sprungbrett zu bieten.« Armando räusperte sich. »Und zugleich ist es doch das erste Mal. Denn Voraussetzungen und Bedingungen des Wettbewerbs haben sich im Vergleich zu den vorherigen Ausrichtungen verändert. Eine der wichtigsten Änderungen haben wir auf Anregung der internationalen Stipendiaten aus der *Academia Fotográfica* umgesetzt.«

Er machte eine kurze Pause, und Blanca kam es beinahe so vor, als ob er in der Menge nach ihr suchte. Schließlich hatte Blanca einige der entscheidenden Gespräche mit ihm geführt. Doch im Grunde war es eine Gruppenentscheidung gewesen, und dafür war sie dankbar. Mit der freien Hand strich sie über Guadalupes Silberbaumschlüssel, den sie an einem Lederband um den Hals trug. Ein beruhigender Talisman. Es war Emilios Idee gewesen, ein zaghafter Vorschlag. Zwei Schlüssel, zwei Lederbänder. Er trug den zweiten.

»Unsere Jury ist jederzeit um größtmögliche Objektivität bemüht«, fuhr Armando endlich fort. »Für alle Hinweise, die es uns erlauben, bei der Auswahl der Sieger gerechter vorzugehen, sind wir dankbar. Somit sind wir gern dem Impuls der Stipendiaten nachgekommen, die Einsendungen für den Wettbewerb zum ersten Mal anonymisiert entgegenzunehmen.«

Überraschtes Murmeln lief durch die Menge; kein Applaus.

»Damit konnten wir sicherstellen, dass das Augenmerk unserer Juroren einzig und allein auf den eingereichten Arbeiten liegt«, sagte Armando. »Dass wir uns nicht von Namen beeinflussen lassen. Oder von den Geschichten, die mit manchen Namen verknüpft sein mögen. Wir haben nur die Bilder sprechen lassen. So, wie es sein sollte.«

Nun applaudierten ein paar Leute, und Blanca lächelte, als weitere Hände den Applaus aufnahmen. Sie warf einen Blick auf Emilio, der Armandos Rede konzentriert verfolgte und gleichzeitig wie auf dem Sprung wirkte.

»In der Zusammensetzung unserer Jury hat es außerdem Änderungen gegeben.« Armando räusperte sich vernehmlich. »Aus diversen und persönlichen Gründen ist unser langjähriger Weggefährte und Juror Francisco Quiroz von sämtlichen Ämtern und Positionen innerhalb des *Centro Artístico* zurückgetreten. Wie jüngst bekannt geworden ist, verbirgt sich hinter den berühmten Bildern seines Großvaters Anastasio Quiroz, die wir alle als einen Ausdruck der vielseitigen Identitäten Arequipas kennengelernt haben, eine tragische Geschichte unrechtmäßiger Aneignung.« Er holte tief Luft, und Blanca fragte sich, ob irgendjemand mit diesem Bandwurmsatz etwas anfangen konnte. »Es wird noch zu prüfen sein, wie mit diesen Erkenntnissen umgegangen werden kann. Sie betreffen uns nicht nur, weil wir in ihrer Konsequenz Francisco als Jurymitglied verloren haben, sondern auch, weil es in ihrem Licht nicht länger vertretbar ist, den ausgeschriebenen Preis im Namen von Anastasio Quiroz zu verleihen. Somit ist auch dies eine Änderung. Unser Preis heißt nicht länger *Premio Anastasio Quiroz*.«

Ein paar Schritte entfernt wandte Claire sich um und warf ihr einen fragenden Blick zu, aber Blanca konnte nur sacht den Kopf schütteln. Diese Ankündigung überraschte sie ebenso sehr wie den Rest der Anwesenden. Perplexe Stille ballte sich.

»Und nun genug der Vorrede.« Wieder ein Räuspern, dann wandte Armando sich um und wies auf eine große Leinwand, die an der Mauer angebracht und mit einer provisorischen Markise so gut wie möglich vom Sonnenlicht abgeschirmt wurde. »Meine Damen und Herren, liebe Teilnehmer und Teilnehmerinnen des Fotografiewettbewerbs. Nachdem die Jury die Einsendungen eingehend geprüft hat, ist es mir eine große Ehre, das Portfolio des Gewinners – oder der Gewinnerin – bekanntzugeben.«

Auf der Leinwand erschien die Vergrößerung einer Schwarzweißfotografie: eine junge Frau aus dem Hochland, einen runden Hut auf dem Kopf, ein gewebtes Tragetuch mit einem Baby auf dem Rücken. Mutter und Kind sahen mit den gleichen dunklen, ausdrucksvollen Augen in die Kamera. Die Züge der Frau waren mit eindrucksvoller Klarheit eingefangen und gegen den unscharfen Hintergrund einer Berglandschaft abgesetzt. Das Spiel der Grautöne betonte die dunklen Flächen der Wangen, die von der Kälte des Hochlands gerötet sein mussten.

Blanca verlor sich in diesem Blick, spürte ein Lächeln tief in sich kribbeln und drückte Emilios Hand fester.

»Unsere Teilnehmer haben ihre Arbeiten lediglich mit einem Kennwort codiert.« Armando lächelte und ließ den Blick über die Anwesenden schweifen. »Das Kennwort unseres Siegerportfolios lautet … Mahagonibaum.«

Jetzt spürte Blanca das Lächeln auch auf ihrem Gesicht. Wie ein Sprössling, der sich ans Licht gewagt hatte.

Emilio neben ihr stand erstarrt. Sie merkte es am Druck seiner Hand. Erst, als sie ihn sanft anstieß, kehrte sein Blick in die Gegenwart zurück.

»Geh du nach vorne«, flüsterte er rau.

Sie schüttelte den Kopf. »Das ist Unsinn, Emilio. Es ist dein Moment.«

»Ich kann das nicht.«

Vom Rand ihres Bewusstseins hörte sie das Stimmengewirr, das langsam an Kraft gewann, spürte die Seitenblicke, die Mischung aus Neugier und Ungeduld. Sie schob all das beiseite und griff auch nach Emilios anderer Hand. »Doch. Denk daran, was Guadalupe über die Stimmen gesagt hat. Was dein Vater gesagt hat. Du hast eine Stimme. Wir werden dir zuhören.«

Für einen Moment stand er da, als wolle er sich einfach losreißen und nach draußen stürmen. In seinen Augen zuckten schmerzhafte Schatten. Blanca hielt seine Hände fest, lauschte auf die Anspannung seines Körpers und sah Emilio in die Augen.

Schließlich stieß er die Luft aus. Die Ahnung eines Lächelns huschte über sein Gesicht. »Okay«, sagte er leise. Er drückte ihre Finger einen Augenblick länger als nötig, nachdem sie ihn freigegeben hatte. Dann straffte er sich und marschierte los in Richtung Podium. Jeder Schritt sprach von bedächtiger Entschlossenheit. Schweigend machten die Menschen ihm Platz. Blanca hörte das Knipsen einer Pressekamera und musste wieder lächeln.

Sie wandte ihre Aufmerksamkeit Armando zu und spürte ihr Grinsen breiter werden. Hinter seinen getönten Gläsern war es kaum sichtbar, wie sehr seine Augen sich weiteten, doch der Rest seines Gesichts drückte eindeutige Verblüffung aus. Er fing sich, hüstelte und fächelte sich nervös Luft zu.

»Herzlichen … herzlichen Glückwunsch. Dein Name …«

»Ich bin Emilio Huamani Riva.« Emilio blieb vor dem zweiten Mikrofon stehen. Seine Stimme füllte den Innenhof aus. Er sah Armando kaum an, sondern hielt den Blick ins Publikum gerichtet. »Und es sind nicht meine Fotos.«

Armando prallte zurück. »Was?«

Der überraschte Aufschrei, der durch die Menge lief, trug die Frage wie auf einem Wellenkamm empor.

Emilio suchte über alle Köpfe hinweg Blancas Blick. In diesem Moment wirkte er klein und verloren dort vorne, wie immer in seinem schlabberigen Sweatshirt und den alten Jeans. Aber er stand aufrecht, hielt die Schultern gerade, und als er weitersprach, brachte die Ruhe in seiner Stimme alles Tuscheln zum Schweigen.

»Es sind die Bilder meines Vaters. Felipe Huamani. Er hätte sich gewünscht, dass sie gesehen werden. Denn das ist der Grund, weshalb er sie fotografiert hat.«

Armando stand mit hängenden Schultern da. Plötzlich war er es, der fehl am Platz schien. Er starrte Emilio an, unternahm aber keinen Versuch, ihn zu unterbrechen.

»Da, wo mein Vater und ich aufgewachsen sind«, fuhr Emilio fort, dessen Blick jetzt ins Leere ging, »war die Zeit der Gewalt sehr spürbar. Arequipa ist damals friedlich geblieben. Trotzdem. Vielleicht könnt ihr euch vorstellen, wie es gewesen ist. Wir wollten nichts wissen von diesem Krieg. Aber es konnten jeden Tag Terroristen ins Dorf kommen und sagen: Ihr seid Verräter. Ihr seid Spitzel des Militärs. Ich weiß von Dörfern, in denen das passiert ist, in denen sie alle umgebracht haben.«

Auf dem Innenhof herrschte jetzt vollkommene Stille. Blanca fing einen kurzen Seitenblick auf; Pablo, der Student aus Lima.

»Es konnte aber auch das Militär kommen.« Emilios Stimme klang etwas heiser, aber noch immer fest. »Um den Leuten vorzuwerfen, sie seien Terroristen. Und auch das hat gereicht, um sie umzubringen. Wir wussten nicht, was geschehen würde; wir stellten uns manchmal vor, dass das Schicksal würfelt. Aber die Angst ist immer da gewesen. Wie ein Schatten über allen Dingen.« Emilio machte eine Pause, seine Hand lose auf den Mikrofongriff gelegt. »Die meisten von uns sind verstummt, weil die Angst zu groß für sie war. Nicht mein Vater. Es hat ein Programm gegeben, in verschiedenen Teilen Perus. Es war wie ein Workshop. Man ging hin und bekam eine Kamera, und es wurde einem erklärt, wie man damit umgeht. Hinter dem Programm stand eine Idee.« Jetzt glitt sein Blick wieder zu Blanca, und sie lächelte. Sie wusste, was Emilio sagen würde.

»Dass auch wir im Hochland unsere Stimme brauchen, wenn wir gehört werden wollen. Auch Bilder können eine Stimme sein, die erhoben werden kann. Mein Vater hat daran geglaubt. Er hat an diesem Programm teilgenommen. Ich war noch klein, aber ich erinnere mich an seine Entschlossenheit, an die Angst meiner Mutter. Mit den Kameras, das war die Idee, konnten die Leute losgehen und dokumentieren, was sie sahen. Ihr Leben. Ihre Welt. Und mein Vater wusste genau, was er fotografieren wollte.«

Blanca schloss die Augen. Sie blendete alles aus, was sie umgab, und ließ sich ganz auf den steten Fluss von Emilios Worten ein.

»Ich habe gehört, dass er in dem Programm mehr gelernt hat als manch andere Teilnehmer. Er wollte immer alles ganz genau wissen, immer besser werden, immer weiterlernen. Damit er die Dinge besser festhalten konnte. Er hat weitergemacht, als das Programm vorbei war. Es war schwer für ihn, die Bilder zu entwickeln, weil er kein eigenes Labor hatte. Aber das hat ihn nicht aufgehalten. Mein Vater war mutig. Er ist dorthin gegangen, wo die Gewalt war. Wo Asche auf den Straßen lag und tote Hände aus den Feldern ragten. Dort hat er Bilder gemacht. Jemand muss es tun, hat er immer gesagt. Und ich erinnere mich, dass meine Mutter viel geweint hat, weil sie wusste, wie gefährlich es war.«

Die nächste Pause fiel länger aus. Aber die Stille im Innenhof hielt ungebrochen an. Blanca hatte das Gefühl, dass das Publikum gemeinsam den Atem anhielt. Vielleicht tat es das wirklich.

»Eines Tages«, fuhr Emilio leiser als zuvor fort, »kam er nicht mehr zurück. Er hatte an jenem Tag nicht einmal fotografiert. Seine Ausrüstung stand daheim. Er war fortgegangen, um einen Film zu entwickeln. Bilder, die ich niemals gesehen habe, und auch ihn habe ich niemals wiedergesehen. Ich war noch ein Kind. Aber ich habe verstanden, was geschehen ist. Meine Mutter … Sie hat so sehr geweint, dass ich es einfach verstehen musste.« Er holte Luft, das Mikrofon verstärkte es gespenstisch. »Niemand hat sich danach jemals um die Bilder meines Vaters gekümmert. Die Negative, für die er keine Zeit mehr gehabt hatte. Keine Gelegenheit. Also habe ich versprochen, dass ich es tun würde. Da, wo ich herkomme, gab es keine Möglichkeit. Sobald ich also konnte, bin ich fortgegangen. Und so kam ich nach Arequipa.«

Blanca öffnete die Augen wieder. Ihr wurde bewusst, dass sie Emilio selten so viele Worte in so kurzer Zeit hatte sagen hören. Die Geschichte, die er erzählte, hatte sie selbst nur in kleinen Häppchen zu hören bekommen.

»Ich ging zum *Centro Artístico.*« Emilio lächelte in Armandos Richtung, und zu Blancas Überraschung senkte dieser den Kopf und starrte auf seine Schuhspitzen. »Ich dachte, ich könnte dort die Bilder vorstellen, und man würde mir vielleicht helfen, sie zu entwickeln. Man sagte mir, sie seien nur eine Spielerei. Keine Kunst.« Er wandte sich leicht um, so dass er das Bild auf der Leinwand betrachten, den Blick der jungen Frau auf dem Porträt suchen konnte. »Nichts, was jemand sehen wollen würde.«

Wenn Stille tiefer werden konnte, dann tat sie es jetzt. Blanca sah, wie zahllose Köpfe sich kaum merklich senkten. Dabei hatte Emilio beim Sprechen gelächelt. Kein Funken Vorwurf in seinen Worten.

»Offenbar ist es doch anders.« Er blickte noch immer auf die Leinwand, doch Blanca hatte den Eindruck, dass er in Wahrheit etwas ganz anderes sah. »Offensichtlich haben Papás Bilder doch Kraft und erzählen die Geschichten, die er mit ihnen einfangen wollte.« Emilio wandte den Kopf und lächelte Blanca zu. Es war ein feines, scheues Lächeln, wie sie es mittlerweile so gut von ihm kannte. »Gute Bilder können für sich alleine stehen. Es spielt keine Rolle, ob wir den Namen des Fotografen kennen. Ein Stück seiner Seele wird immer auch in ihnen sein. Und das ist das Wichtigste.«

*

Der Río Chili rauschte trüb und grün unter ihren baumelnden Füßen. Ab und zu, wenn der Nachmittagswind an Stärke gewann, trug er eine Ahnung von Sprühregen mit sich, die Blanca Arme und Gesicht benetzte.

»Hast du es gewusst?«, fragte Emilio.

Sie faltete die bunte Broschüre in ihrem Schoß weiter zusammen und schüttelte den Kopf. »Nein. Ich habe es gehofft, aber ich hatte keine Ahnung.«

»Ich hätte es nicht für möglich gehalten.« Emilios Papierschiffchen war bereits fertig. Er drehte es behutsam zwischen den Fingern und lächelte. »*Premio Guadalupe Bustamante.*«

»Und das«, sagte Blanca, »wusste ich auch nicht.«

Für einen Moment schwiegen sie und starrten gemeinsam in die Fluten. Das Donnern des Flusses verschluckte alle anderen Geräusche der Stadt.

Blanca faltete weiter. Sie biss sich auf die Zungenspitze, als sie das Resultat betrachtete: Etwas schief sah das Schiffchen aus.

»Das ist nicht seetüchtig.« Emilio lächelte tatsächlich. Er nahm ihr das Papierschiff aus den Händen, strich mit den Fingern über ihren Handrücken. Finger, die in den vergangenen Wochen zutraulich geworden waren, die ganz von allein die ihren suchten. Es hatte gutgetan, all die intensive Arbeit in der Dunkelkammer, die einzigen Stunden des Tages, an denen alles im Gleichgewicht zu sein schien, während tagsüber Francisco nur zurückhaltend seinen Unterricht gab. Der Zauber war erloschen, für alle im Kurs. Sie trafen sich häufiger in der Saftbar als in der Akademie. Jeder besaß jetzt eigene Schlüssel, und sie koordinierten gemeinsam die Benutzung der Dunkelkammer, arbeiteten an ihren Projekten und diskutierten über die Bedingungen des Wettbewerbs. Blanca hatte keinen Beitrag eingereicht, auch nicht, nachdem sie die Anonymität der einzelnen Portfolios durchgesetzt hatte. Stattdessen hatte sie Emilio unterstützt, und dass er das zugelassen hatte, bedeutete mehr als jeder Preis und jede Ausstellung.

Er hatte auch ihr geholfen, die Stelle mit den Wandmalereien wiederzufinden, die sie bei ihrer Ankunft vom Taxi aus gesehen hatte, und mit einem schiefen Lächeln dabei gestanden, während Blanca das Grinselama und den pinken Inka fotografierte. Vielleicht war es eine dumme Idee, aber sie hatte das Bedürfnis, Laura die Bilder zu schicken.

Merkwürdigkeit von unterwegs hatte sie in den Betreff der Mail geschrieben. In der Nachricht selbst nur wenige Zeilen.

Hey. Viele Grüße aus Peru. Ich wollt mich einfach mal melden. Ich weiß, wir haben uns lange nicht mehr unsere merkwürdigen Bilder geschickt, und es ist nicht mehr wie früher. Und das ist okay.

Das war es wirklich. Sie konnte an Laura denken, ohne dass ihr die Brust eng wurde. Sie konnte mit Claire lachen, ohne das mit Laura zu vergleichen. Es war in Ordnung, umso mehr, nachdem Laura ihr zurückgemailt hatte.

Coole Bilder. Tut mir leid, wenn ich grob war am Telefon. Hoffe, wir bleiben in Kontakt.

Das Foto im Anhang hatte Blanca Emilio gezeigt: eine Kirchturmuhr mit drei Zeigern. Er hatte gelacht. Das war das Beste von allem.

Blanca wusste nicht, ob Francisco seine Drohung an jenem Abend im Studio wirklich ernst gemeint hatte. Sie hielt es für wahrscheinlicher, dass es nur ein Bluff gewesen war, um sie einzuschüchtern. Aber es spielte keine Rolle. Er war bereit gewesen, diese Worte auszusprechen. Er hatte Blanca belogen und Emilio jahrelang ausgenutzt, seinen Assistenten glauben lassen, dass jeder Protest zwecklos war, weil niemand dem

Dieb aus dem Hochland zuhören würde. Und alles, um das Andenken seines Großvaters zu schützen, an dem auch Franciscos guter Ruf hing.

»Was wirst du jetzt tun?«, fragte sie, während sie Emilios Fingern zusah, die geschickt Kanten nachfalzten und Blancas Schiffchen instand setzten.

»Ich weiß nicht genau.« Er stellte das Papierschiff neben sein eigenes, ließ sie Seite an Seite auf dem sonnenwarmen Stein träumen. Seine Hand fand wieder Blancas. »Armando hat von einem Stipendium gesprochen. Aber nicht bei Francisco, weißt du.«

»Natürlich nicht.« Sie drückte seine Hand. »Ein Stipendium wäre doch großartig, oder?«

»Vielleicht.« Emilio hob die Schultern. Für einen Moment wirkte er wieder so verloren, als könnte der nächste Windstoß ihn mit sich tragen. »Aber ich fotografiere doch nicht.«

»Du könntest es lernen.«

»Ich weiß nicht. Ich lerne gut, aber ich lese so langsam. Und überhaupt …« Er starrte in die Fluten, und Blanca schwieg, ließ ihm Zeit und hielt den Augenblick fest, den sie miteinander hatten. »Was wirst du tun?«

»Tja.« Sie hatte die Frage erwartet und auch ein bisschen gefürchtet. Es war eine Frage, die sich nicht beantworten ließ, ohne auch vom Abschied zu sprechen. »Ich werde weitermachen, denke ich. Guadalupes Bilder in Deutschland entwickeln. Meiner Oma alles erzählen. Weiterstudieren.«

Emilio schwieg.

»Ich werde wiederkommen«, setzte sie hinzu.

Er hob den Kopf und sah sie zweifelnd von der Seite an. »Warum?«

»Wenn du mich das fragst, bist du wirklich ein Idiot.«

»Das wird alles nicht einfach sein«, sagte Emilio. »Du wirst so weit weg sein. Es gibt so viel zu tun für dich. Du wirst mich vergessen.«

»Klingt, als ob du gar nicht willst, dass ich zurückkomme.«

Emilio zögerte. Als seine Hände um Blancas Taille glitten, war das so behutsam, als hebe er hauchdünnes Fotopapier aus der Entwicklerflüssigkeit. Blanca musste lächeln. Sie ließ sich näher ziehen und legte eine Hand in Emilios Nacken.

»Ich will das gern«, flüsterte Emilio direkt auf ihre Lippen. »Ich hab nur Angst.«

»Ich komme wieder«, wisperte sie zurück, »ich verspreche es.«

»Bist du sicher?«

Blanca dachte an Guadalupe und Max, an Jahre des Wartens, des Schweigens. An einen Stapel ungeöffneter Briefe. So viele Worte, die in der Tiefe der Zeit verloren gegangen waren. »Wir haben es so viel leichter«, sagte sie leise, und an dem sanften Aufleuchten in Emilios Augen erkannte sie, dass er verstand.

Natürlich würde es noch immer schwer bleiben. Nicht nur die Ferne würde zwischen ihnen stehen, nicht nur die aufgetürmten Stunden der Zeitverschiebung zwischen Deutschland und Peru. Aber sie lebten in einer Zeit, in der alles einander näher rückte, sie waren jung, und sie durften hoffen.

Blanca lächelte. Sie sperrte die Welt aus, die ungewisse Zukunft mit all ihren Fragen, die Zweifel, all die Möglichkeiten des Scheiterns, die auf die bunten Papierschiffchen ihrer Herzen warteten. In diesem Moment gab es nur sie und Emilio, die Hoffnung zwischen ihnen ein junger Baum, der wachsen konnte.

Nachwort und Danksagung

Zwei Dinge bereiteten den Nährboden für diesen Roman: das Seminar »Visuelle Anthropologie im Andenraum« an der Bonner Abteilung für Altamerikanistik und die rotgoldene Abendstimmung auf dem Messdorfer Feld in Bonn. Andernfalls hätte es den ersten Ideenschössling vielleicht nie gegeben. Auf dem langen Weg des Wachstums, hin zum fertigen »Mahagonibaum« haben ihn und mich viele Menschen begleitet.

Mein Dank gilt als Erstes Annika Buchholz, dass sie mir ihre Magisterarbeit über den Fotografen Max Vargas zur Verfügung stellte, die mir in vielerlei Hinsicht bei der Recherche half und mich in anderen Punkten verblüffte: Die Romanhandlung war bereits fertig geplant, als ich in jener Magisterarbeit las, dass Max Vargas' Glasplattenarchiv ebenso verschollen ist wie das meiner Heldin Guadalupe – und dass die umfangreichste Nachforschung hierzu von Vargas' Enkeltochter durchgeführt wurde.

Max Vargas, Emilio Díaz und die Vargas-Brüder hat es somit natürlich gegeben, und ihre Fotostudios haben sich auch dort befunden, wie es im Buch beschrieben wird. Das *Centro Artístico* als historische Institution ist ebenfalls real, es wurden dort auch tatsächlich Fotowettbewerbe durchgeführt –

was ich ebenfalls erst durch Recherche herausfand, als ich es mir schon so für die Handlung zurechtgelegt hatte. Die Neugründung des *Centro Artístico* in der Gegenwart und all seine Erscheinungsformen im Buch sind jedoch frei erfunden.

Die Workshops im Andenhochland, an denen Emilios Vater während der Zeit des Terrorismus teilnimmt, basieren lose auf dem TAFOS-Projekt, das es wirklich gegeben hat, mit genau dem Ziel, das auch im Roman angesprochen wird: der Hochlandbevölkerung eine Stimme zu geben und eine Möglichkeit, ihre Erfahrungen und ihre Welt selbst zu dokumentieren. Viele dieser Bilder sind heute digitalisiert und im Internet zugänglich.

Weiterhin danke ich dem wunderbaren Tintenzirkel und dort besonders jenen, welche die Idee zum Roman vom ersten Moment an begleitet haben, mit ihrer Begeisterung zum Wachsen brachten und mir weiterhalfen, wenn ich in einer Sackgasse steckte.

Ich danke Claudia Mehrmann und Si-yü Steuber, die sich als Ansprechpartnerinnen für alle Fragen rund um Fotografie zur Verfügung stellten, und ebenso Julius Smolny, der mir wunderbare Bücher zum Nachschlagen lieh, sowie Felicitas Heine für die richtige Anregung zu richtigen Zeit.

Es kommt nicht von ungefähr, dass dieser Roman in Arequipa spielt, denn diese Stadt ist für mich eine Art zweites Zuhause. Viele der Orte, die im Buch erwähnt werden, sind an reale Schauplätze angelehnt. Die gemütliche Saftbar gibt es ebenso wie das kleine Café, in dem Blanca sich mit Francisco trifft. Den Markt San Camilo und das Kloster Santa Catalina gibt es selbstverständlich ebenfalls, die Beschreibung des Klosterarchivs ist hingegen fiktiv. Der Schnürsenkelverkäufer wiederum ist wirklich eine lebende Legende Arequipas, und zu der Szene mit den ballspielenden Nonnen im Kloster hat mich ein Foto der *National Geographic* inspiriert, das einen solchen Moment festhält.

Auf jeden Fall danke ich von Herzen allen Freunden, die mir geholfen haben, diese Stadt mit all ihren Facetten zu entdecken. Ganz besonders Delia Sulla, die mir beim Schreibprozess für auftretende Fragen zur Verfügung stand: Von wo fahren eigentlich die *combis* zum Friedhof La Apacheta?

Weiterer Dank gilt dem Hürten-Museum in Bad Münstereifel und seinem Leiter, der mir noch vor der offiziellen Eröffnung den Zugang zu einer Kamera-Ausstellung ermöglichte und eine sehr informative Führung dazu lieferte. Für die sorgfältige Auswahl des Leica-Modells, mit dem Guadalupe später fotografieren sollte, war dieser Besuch unermesslich hilfreich.

Schließlich danke ich jenen, die mir direkt bei der Arbeit am Text geholfen haben: Dominik Gaida, dessen Anmerkungen bei der Leseprobe Gold wert waren, und ganz besonders Tanja Rast, die mir auch inhaltlich und moralisch zur Seite stand und das Buch so umfassend begleitet hat wie sonst niemand.

Nicht vergessen möchte ich außerdem meine Agentinnen Natalja Schmidt und Julia Abrahams, denen ich nicht nur für ihr Vertrauen in mein Schreiben danke, sondern auch für ihre »Mitschuld« am Mahagonibaum in Titel und Handlung. Ganz herzlichen Dank außerdem an meine Lektorin Anne Gabler für ihre Geduld, ihre Anmerkungen und die wundervollen Impulse für die Arbeit am Roman.

Nikola Hotel
Jetzt oder Nils
Roman
286 Seiten
ISBN 978-3-7466-3135-6
Auch als E-Book erhältlich

Sag niemals Nils, Baby

Emma hat den peinlichsten Job der Welt:
Sie überbringt Blumen und Grußbotschaften – als Glücksschwein verkleidet.Kein Wunder, dass Journalist Nils wenig begeistert ist, als sie vor seiner Tür steht. Denn er will sich umbringen.
Das zumindest glaubt Emma und setzt Himmel und Hölle in Bewegung, um Nils zu retten. Neben seinen Problemen mit seinem korrupten Noch-Schwiegervater und dem drohenden Karriereaus muss er sich nun auch noch fragen, wie er die allzu hilfsbereite Emma wieder los wird.
Und ob er das überhaupt will…

Unglaublich komisch, turbulent und sehr romantisch!

Regelmäßige Informationen erhalten Sie über unseren Newsletter. Jetzt anmelden unter: www.aufbau-verlag.de/newsletter

atb aufbau taschenbuch